Brian Klingborg

Die Beute des Tigers

GOLDMANN

Buch

Inspektor Lu Fei hat das unglückliche Talent, bei seinen Ermittlungen einflussreichen Personen in die Quere zu kommen. So wurde er vor Kurzem in die nordchinesische Provinz Heilongjiang strafversetzt, wo er einen Fall von illegalem Wildtierhandel aufklären soll. Als eine junge Frau als vermisst gemeldet wird, ist Lus Spürsinn geweckt, denn beide Fälle gehören zusammen. Ein geheimnisvoller Regierungsbeamter liefert ihm schließlich den entscheidenden Hinweis: Lu muss tief in den Dschungel Myanmars reisen, um sowohl die vermisste junge Frau zu finden als auch die Tierschmuggler zu stoppen. Dieses Mal riskiert er nicht nur eine Strafversetzung, sondern sein Leben …

Brian Klingborg

DIE BEUTE DES TIGERS

Der zweite Fall für Kommissar Lu Fei

Thriller

Aus dem amerikanischen Englisch
von Thomas Stegers

GOLDMANN

Die amerikanische Originalausgabe erschien 2022 unter dem Titel
»Wild Prey« bei Minotaur Books,
an imprint of St. Martin's Publishing Group, New York.

MIX
Papier | Fördert
gute Waldnutzung
FSC® C014496
FSC
www.fsc.org

Penguin Random House Verlagsgruppe FSC® N001967

1. Auflage
Deutsche Erstveröffentlichung Mai 2023

Dieses Werk wurde im Auftrag von St. Martin's Press durch die Literarische
Agentur Thomas Schlück GmbH, 302161 Hannover, vermittelt.

Umschlaggestaltung: UNO Werbeagentur, München
Umschlagmotive: © Alamy Stock Foto / mabdalla / Stockimo; FinePic®,
München
Redaktion: Alexander Groß
ES · Herstellung: ik
Satz: Buch-Werkstatt GmbH, Bad Aibling
Druck und Bindung: GGP Media GmbH, Pößneck
Printed in Germany
ISBN: 978-3-442-49339-5

www.goldmann-verlag.de

Für Sophie und Sylvie

PROLOG

MYANMAR

Der Mann und der Junge warten, bis es dunkel wird, dann begeben sie sich auf die Jagd nach Beute.

Sie verstecken ihre Motorräder im dichten Unterholz und betreten den Wald zu Fuß. Die Motorräder sind wahre Höllenmaschinen, wie von Frankenstein erschaffene Fantasiefahrzeuge, zusammengeschweißt aus chinesischen, thailändischen und burmesischen Einzelteilen – was immer ihren Motor zum Laufen und die Räder zum Drehen bringt.

Bei der Waffe des Mannes verhält es sich nicht viel anders. Es ist eine uralte AK-47, abgenutzt und zerkratzt und nur von geschnorrten Teilen und einem stillen Gebet zusammengehalten. Auf der Mündung steckt ein selbst gebastelter Schalldämpfer, den der Mann geschickt aus einem gebrauchten Ölfilter hergestellt hat.

Der Name des Mannes ist Aung; er ist fünfunddreißig Jahre alt, sieht aber wie fünfzig aus. Er trägt ein zerfetztes T-Shirt, einen traditionellen burmesischen Sarong, auch als *longyi* bekannt, einen Hut, Flip-Flops und um die Schulter geschlungen einen Stoffbeutel. Er raucht eine dicke Cheroot-Zigarre, und während er durch das Gestrüpp stapft, steigen süßlich riechende Rauchschwaden in den grünen Baldachin über ihm auf.

Aung hat sich früher als Soldat an den endlosen Auseinandersetzungen zwischen der Zentralregierung und separatistischen Gruppen beteiligt, manchmal auf Seiten der *Tatmadaw*, der Streitkräfte der Regierung, manchmal auf Seiten der Separatisten. Welche Seite gerade mehr zahlte. Er hatte eine Familie zu ernähren.

Bei seiner Vergangenheit hat er genug schlechtes Karma für zehn menschliche Leben angehäuft. Er wird als Schlange wiedergeboren werden, vermutet er, vielleicht auch als Fisch. Um Schlimmeres zu verhindern und nicht als Raupe oder gar als Kakerlake ein zweites Leben führen zu müssen, ist er seit Kurzem dazu übergegangen, Jagd auf Tiere statt auf Menschen zu machen. Damit lädt er weiterhin karmische Schuld auf sich, aber das ist nicht zu ändern. Er hat immer noch Frau und Kinder, und ihre Mägen müssen immer noch gefüllt werden.

Natürlich könnte er sich seinen Lohn wieder bei den *Tatmadaw* verdienen und auf Teenager oder Studenten schießen, die auf den Straßen gegen den letzten Staatsstreich protestierten, doch alles hat seine Grenzen, und so tief will sich Aung nicht erniedrigen, nicht für Geld.

Außerdem gibt es im Wald jede Menge Gold; man muss nur wissen, wo man suchen muss. Schildkröten. Marmorkatzen. Nashornvögel. Schuppentiere, doch die werden zunehmend seltener. Für eine Pythonschlange würde er fünfzigtausend Kyat bekommen. Für einen Kragenbär fünfhunderttausend Kyat. Und ein Leopard würde ihm siebenhunderttausend Kyat einbringen. Das ist mehr als das Fünffache dessen, was er monatlich mit ehrlicher Arbeit verdienen könnte, falls es überhaupt ehrliche Arbeit gäbe, denn daran mangelt es in diesen aussichtslosen Zeiten erheblich.

Oft kehrt Aung mit leeren Händen nach Hause zurück oder mit gerade genug Buschfleisch für die engste Familie. Hat er dagegen eine wertvolle Beute erlegt, gibt er einen Teil des Geldes an Bedürftige im Dorf und spendet etwas an das nahe gelegene Kloster. Seine Motive sind nicht rein altruistisch. Er hofft, dass sich seine Großzügigkeit für ihn auszahlen wird, um sein schlechtes Karma wenigstens teilweise zu kompensieren. Trotzdem genießt er hohes Ansehen im Dorf, und ohne ihn hätten die Mönche kein brauchbares Fernsehgerät zum Fußballgucken.

Wenn die Nacht den Wald überzieht, sucht sich Aung, eine alte Taschenlampe mit einer zerbrochenen Linse in der Hand, einen Weg durch das Buschwerk. Hin und wieder bleibt er stehen und richtet den Strahl der Lampe etwas weiter nach oben und hält nach zwei verräterisch glühenden Punkten Ausschau, die auf etwas hindeuten, was eine Kugel wert sein könnte.

Der Junge folgt gehorsam. Sein Name ist Zaw, er ist Aungs Neffe. Er ist gerade dreizehn geworden und das erste Mal auf der Jagd. Aung wollte ihn eigentlich nicht mitnehmen, doch Familie ist Familie, und nachdem der Vater des Jungen ihn monatelang angefleht hatte, gab Aung schließlich nach.

»Halt einfach die Augen offen und den Mund geschlossen«, sagte Aung, bevor sie aufbrachen. »Du bewegst dich nur, wenn ich es sage. Nicht husten. Nicht niesen. Und wenn du zu laut furzt und die Tiere verscheuchst, ziehe ich dir bei lebendigem Leib die Haut ab und verkaufe sie auf dem Markt.«

Hunde, die bellen, beißen nicht, denkt sich Zaw. Aber er weiß auch, was auf dem Spiel steht – sehr viel Geld. Mehr Geld, als er je in seinem kurzen Leben gesehen hat. Deswegen befolgt er Aungs Anweisungen ganz genau und hat, seitdem sie von der Straße abgebogen sind, keinen Ton von sich gegeben.

Nach einer Stunde Fußmarsch legt Aung eine Pause ein. Zaw lässt sich mit einem Seufzer der Erleichterung auf dem Boden nieder. Sein Hemd ist schweißgetränkt. Die Bäume sind erfüllt vom Surren der Insekten und nächtlichen Vogelstimmen.

Aung wirft den Stumpen in den Dreck. »Es ist jetzt ganz nah.«

Zaw öffnet den Mund und schließt ihn wieder. Er ist unsicher, ob das die Erlaubnis zu sprechen ist oder nicht. Schließlich überwiegt die Neugier. »Was, Onkel?«

Zaw kann Aungs Miene in der Dunkelheit nicht erkennen, hört aber das Missfallen aus seiner Antwort heraus. »Das wirst du schon sehen.«

Sie setzen ihren Weg fort.

Zwanzig Minuten später stehen sie vor einem Maschendrahtzaun. Plötzlich wird Zaw klar, was sein Onkel beabsichtigt.

Die Erkenntnis erschreckt ihn.

»Halt mal«, sagt Aung und reicht Zaw die AK-47. Zaw

nimmt das Gewehr. Aung holt einen alten Bolzenschneider aus seinem Beutel und durchtrennt den Draht. Er schneidet ein Loch heraus, groß genug für einen schmalen Fünfunddreißigjährigen und einen noch schmaleren Dreizehnjährigen. Bevor Aung hindurchschlüpft, nimmt er Zaw das Gewehr wieder ab. Zaw folgt ihm nervös.

Sie werden von einem durchdringenden Ruf begrüßt:

Quäk-quäk-quäk-quäk-quäk!

Zaw haut es beinahe aus den Flip-Flops. Aung leuchtet mit der Taschenlampe, und Zaw sieht einen Pfau, der sich ihnen mit funkelnden Augen mutig entgegenstellt. Der Pfau spreizt sein Federkleid, ein schillerndes Muster aus augenähnlichen Gebilden. Aung zischt ihn an. Der Pfau dreht sich um und stolziert davon.

Ein paar Meter weiter stoßen sie auf einen zweiten Zaun. Er ist aus einem stabilen Stahlgeflecht und nicht dafür gedacht, Pfauen einzuhegen, wie Zaw weiß. Beim Näherkommen hört er ein tiefes Knurren, bei dem sich vor Schreck seine Hoden in die Bauchhöhle verkriechen.

»Onkel!«, fährt Zaw auf.

»Psst!« Aung schaltet die Taschenlampe aus. Er zieht seinen Neffen zu sich heran und flüstert ihm ins Ohr: »Hör gut zu. Das Gewehr macht trotz des Schalldämpfers einen Höllenlärm, deshalb müssen wir schnell reagieren. Du hältst das Licht, ich erledige den Rest. Wir nehmen das, wofür wir das meiste Geld bekommen. Schnurrhaare, Pfoten, Fell. Und ganz besonders, den *lee*.«

»Diese Tiere gehören bestimmt der Lady. Das ist zu gefährlich, Onkel.«

»Je größer die Gefahr, desto höher der Lohn.«

»Wenn wir geschnappt werden …«

»Tu, was ich sage, und es wird nicht dazu kommen.« Aung kann Zaws bebende Schultern unter seiner Hand spüren. »Sei stark. Denk daran, was du dir von deinem Anteil kaufen kannst.« Er lehnt das Gewehr an den Zaun und übergibt Zaw die Taschenlampe. »Halt sie so, dass ich sehen kann, was ich tue.« Ächzend durchtrennt er mit dem Bolzenschneider den Zaun.

Ein Husten in der Dunkelheit. Zaw richtet den Strahl der Lampe in das Gehege. Er sieht zwei glühende Augäpfel, die ihn anstarren. »Onkel!«

»Ich brauche Licht!«, zischt Aung. Er schneidet ein Loch aus dem Zaun und steckt den Bolzenschneider zurück in den Beutel.

Ein erneutes Knurren. Zaws Nackenhaare richten sich auf. Die glühenden Augäpfel sind näher gekommen. Zaw zittert vor Angst.

Aung holt ein in Zeitungspapier gewickeltes Päckchen aus seinem Beutel. Er öffnet es, entnimmt ihm ein Stück Schweineleber und wirft es in das Gehege. Dann schiebt er den Gewehrlauf durch das Loch im Zaun.

»Und wenn er das Fleisch verschmäht und angreift?«, flüstert Zaw mit zittriger Stimme.

»Dann können wir nur hoffen, dass das Gewehr keine Ladehemmung hat.«

Das Tier schleicht aus dem Unterholz heran. Es bleckt die Zähne. Blutroter Gaumen, gelbe, dolchartige Eckzähne.

»Achtung«, sagt Aung. Er hat nur einen Schuss, höchstens zwei. Und der Schalldämpfer wird die Treffsicherheit des Gewehrs stark beeinträchtigen. Seine Beute muss dicht vor ihm stehen. So dicht, dass er den ranzigen Atem riechen kann.

Je größer die Gefahr, desto höher der Lohn.

Der Tiger brüllt. Zaw hätte beinahe die Taschenlampe fallen lassen und wäre weggerannt. Aber er war noch nie so weit von seinem Dorf entfernt. Er wüsste gar nicht, in welche Richtung er fliehen sollte. Sein Schicksal ist mit dem Schicksal seines Onkels verwoben. Sie werden beide reich sein oder eines grässlichen Todes sterben.

Der Tiger schnüffelt an dem Stück Leber und bläst dabei Staubpartikel in die Luft. Mit unheilvollem Blick auf die beiden Menschen tappt er vor, öffnet das Maul, um sich die Leber zu schnappen.

Aung schießt. Einmal, zweimal.

Der Tiger wimmert, scharrt mit den Pfoten, dann liegt er still.

»Komm!«, sagt Aung. Er schlüpft durch das Loch im Zaun und zieht Zaw hinter sich her.

»Licht!«, befiehlt Aung.

Zaw sieht, dass eines der beiden Augen des Tigers nun ein leeres Loch ist, aus dem eine Flüssigkeit läuft. Die Zähne sind blutverschmiert.

Aung zieht ein Messer aus einer Scheide an seinem Gürtel. Er arbeitete zügig, trennt die vier Pfoten von den Läufen und wickelt sie in Streifen aus Zeitungspapier. Er rupft ein Büschel Schnurrhaare aus, die als Glücksbringer und Mittel gegen Zahnschmerzen hoch im Kurs stehen. Sodann amputiert er den Penis und präsentiert ihn stolz seinem Neffen. »Ist der nicht schön!« Aung wickelt das Glied in Zeitungspapier und verstaut alle Körperteile in seinem Beutel. »Heb das Bein für mich an.«

»Wir haben genug, Onkel«, sagt Zaw. »Lass uns gehen. Bevor noch jemand kommt.«

»Aber das Fell!«

»Bitte, Onkel. Bitte.«

Aung überlegt. Das Fell würde eine astronomische Summe einbringen, aber der Junge hat recht. Mit jeder Sekunde steigt das Risiko, erwischt zu werden. Er steckt das Messer in die Scheide und nimmt die AK-47. »Gib mir die Taschenlampe.«

Sie schlüpfen durch das Loch im Draht und gehen den Weg durch das Vogelgehege zurück in den offenen Wald. Mit jedem Schritt atmet Zaw entspannter. Bald darauf schlägt seine Angst in ein Hochgefühl um. Er und sein Onkel werden Helden sein! Das Geld wird reichen, um die weitverzweigte Familie für Monate zu ernähren. Dazu noch für ein Motorrad. Zehn neue Motorräder! Zaw muss sich einen irren Lachanfall verkneifen, indem er die Faust in den Mund steckt. Beinahe hätte er Aung angerempelt, der plötzlich stehen bleibt. »Onkel?«

Aung antwortet nicht. Er lässt den Lichtstrahl der Taschenlampe in der Dunkelheit vor sich hin und her wandern.

»Onkel?«, flüstert Zaw.

»Psst!« Aung nimmt die AK-47 von der Schulter.

Von hinten ertönt ein schriller Pfiff. Zaw und Aung

drehen sich um. Das Licht von Aungs Taschenlampe fällt auf einen Mann, der in fünf Meter Entfernung mit einem Gewehr auf sie anlegt. »Waffe fallen lassen«, sagt der Mann.

Aung zögert.

»Wir sind viele«, sagt der Mann. »Fallen lassen oder wir schießen.«

Umgehend wird die Dunkelheit von zahllosen Lichtstrahlen durchbohrt. Männer, die Taschenlampen unter ihre Gewehrschäfte halten, kommen aus allen Richtungen auf Aung und Zaw zu.

Aung weiß, dass sie ihn töten werden, ganz egal, ob er sich fürs Kämpfen entscheidet oder nicht. Aber der Junge … vielleicht lassen sie ihn laufen, wenn er sich nicht wehrt. Er legt die AK-47 neben sich und hebt die Hände. »Der Junge ist erst dreizehn. Nehmen Sie mich und lassen Sie ihn laufen.«

Einer der Männer tritt vor. »Das soll die Lady entscheiden.« Er stößt Aung den Gewehrkolben ins Gesicht.

Bei Tagesanbruch knien Zaw und Aung im Staub auf einem schmalen Pfad, der den Wald durchschneidet. Ihre Hände sind auf dem Rücken gefesselt. Blut aus Aungs gebrochener Nase hat auf seinem Hemd Flecken hinterlassen.

Ein halbes Dutzend Soldaten in grüner Tarnuniform lungert im Schatten eines Laubbaums. Sie rauchen Zigaretten und unterhalten sich über die Dinge, die Männer wie sie tun – die Alkoholmengen, die sie konsumiert haben, die

Frauen, mit denen sie geschlafen haben, die Männer, die sie getötet haben.

Ein Jeep nähert sich vom Waldweg her und kommt wenige Meter vor Zaw und Aung zum Stehen. Die Soldaten schnippen ihre Zigaretten weg und stehen stramm.

Ein Mann springt aus dem Jeep. Er ist klein und untersetzt und trägt eine Pilotensonnenbrille und eine 45er Automatik in einem Holster. Die Soldaten salutieren. Er erwidert den Gruß, sieht verächtlich auf Zaw und Aung herab und zündet sich eine Zigarette an.

Eine junge Frau steigt aus dem Jeep. Sie trägt eine dunkle Bluse und einen knielangen *longyi*. Die Haare sind jungenhaft kurz geschnitten, und ihr Gesicht ist gezeichnet von einem Netz winziger Narben, das sich vom Nasenrücken über die Augenbrauen bis zu den Wangenknochen erstreckt. Sie spannt einen Sonnenschirm auf und hält ihn einer dritten dem Jeep entsteigenden Person zum Schutz vor der Morgensonne hin.

Es ist eine ältere Frau, die lockere, fließende Kleidung trägt, das Gesicht verborgen unter einem wagenradgroßen Hut und einer riesigen Sonnenbrille; Finger, Handgelenke und Ohrläppchen sind mit wertvollen Edelsteinen geschmückt. Rote Erde knirscht unter ihren Schuhen, als sie auf Aung und Zaw zugeht, während die jüngere Frau ihr weiter den Sonnenschirm hält. »Ihr Arschlöcher«, sagt sie, eine Hand in die Seite gestemmt, »habt also einen meiner Tiger getötet.«

»Gnade«, fleht Aung, die Stimme heiser vor Durst und Angst. »Ich bitte um Gnade, Lady.«

»Ich gewähre dir dieselbe Gnade, die du meinem Tiger gewährt hast. Wie gefällt dir das?«

»Wenn ich gewusst hätte, dass er Ihnen gehört …«

»Es reicht. Du machst es mit deinen Lügen nur noch schlimmer.«

Aung lässt den Kopf hängen. »Es tut mir leid, Lady.«

»Das sagt sich jetzt leicht.« Die Frau zündet sich eine große Cheroot-Zigarre an und bläst Rauch aus den Mundwinkeln. »Da du Tiger ja so gerne hast, darfst du Bekanntschaft mit meinem Lieblingstier machen. Entgegen ihrem furchterregenden Ruf lassen sich Tiger durch Menschen leicht einschüchtern. Sie greifen nur selten an, nur wenn sie wirklich ausgehungert sind oder wenn sie einen Menschen für ein Beutetier halten. Aber der hier ist anders. Er hat mindestens elf Menschen getötet. Wir nennen ihn den Kehlenschlitzer.« Sie gibt den Soldaten ein Zeichen.

Die Soldaten stellen ihre Gewehre ab, marschieren zu Aung und Zaw und hieven sie hoch.

»Bitte!«, ruft Aung. »Bitte, Lady! Gnade!«

Etwa sechs Meter in den Wald hinein liegt ein Gehege. Die Soldaten zerren Aung, der schreiend um sich tritt, dorthin. Zaw lässt sich widerstandslos mitziehen, wie ein leerer Sack.

»Der Junge ist erst dreizehn!«, ruft Aung verzweifelt. »Es war ganz allein meine Idee! Er wusste nicht mal, was ich vorhatte!«

Ein Soldat schließt ein Tor in dem Maschendrahtzaun auf. Er öffnet es weit, und die anderen Soldaten stoßen erst

Aung und dann Zaw hinein. Der erste Soldat schließt das Tor wieder ab.

Aung kommt taumelnd auf die Beine und drückt sein Gesicht gegen den Zaun. »Er ist erst dreizehn!«

Die Frau schaut zu, wie sich der Tiger aus einem Gestrüpp in der Ecke des Geheges heranschleicht. Vorsichtig tappt er vor und zurück. Aung versucht, ihn mit Rufen und Tritten zu verscheuchen. Der Tiger zieht sich zurück, nähert sich ihm aber wenig später von hinten. Aung verflucht ihn. Der Tiger knurrt.

Zaw bleibt zusammengerollt auf der Seite liegen, das Gesicht im Staub vergraben.

Der Tiger setzt zum Sprung an und wirft Aung zu Boden. Er fällt über seinen Körper her, zerfetzt Haut und bricht Knochen. Nachdem er ein paar Brocken Fleisch gefressen hat, scheint sein Hunger gestillt. Er leckt sich die Lefzen und schlendert hinüber zu Zaw, schnüffelt neugierig an ihm und kehrt dann, offenbar gelangweilt, um, auf der Suche nach einem schattigen Platz.

Die Frau raucht ihre Zigarre und wartet darauf, dass der Tiger zurückkehrt und Zaw tötet, doch als das nicht geschieht, wird sie ungeduldig. »Erschießt den Jungen und schickt beide Köpfe in einem Korb an ihr Dorf«, befiehlt sie.

Nachdem die Sache erledigt ist, gehen die Lady, die junge Frau und der Mann mit der 45er zu ihrem Jeep, fahren den gleichen Weg zurück, den sie gekommen sind, und wirbeln dabei eine rote Staubwolke auf.

EINS

Viertausend Kilometer weiter nördlich macht Kommissar Lu Fei Jagd auf ein Tier von einem ganz anderen Schlag.

Jagd ist vielleicht das falsche Wort, beschwört es doch das Bild eines Mannes in Tarnuniform herauf, der ein Präzisionsgewehr über der Schulter trägt, seine Beute zielstrebig verfolgt und sich nicht von schlechtem Wetter oder schwierigem Gelände, Hunger oder Durst abhalten lässt.

Lu dagegen sitzt untätig auf einer Betonbank an einem kleinen Platz vor dem Eingang zu einem Freiluftmarkt in Rabental, einer mittelgroßen Gemeinde siebzig Kilometer entfernt von Harbin, der Hauptstadt der Provinz Heilongjiang. Die Julisonne scheint gnadenlos auf seine Schultern herab, wie Tropfen geschmolzener Lava. Das Hemd ist unter den Achseln schweißnass, die Zehen schwimmen in den Schuhen.

Er braucht ein Bier, dringend.

Am Rand des Platzes steht ein Imbisswagen, der Sesamnudeln und Tofu-Pudding anbietet. Ganzer Stolz des Verkäufers ist – etwas übertrieben nach Lus Meinung – eine Kühlbox voller Harbin-Lagerbier. Reihenweise smaragdgrüne Flaschen, von denen Kondenswasser abperlt.

Es wäre die reinste Freude, jetzt so einen Glasengel an seine erhitzte Stirn zu drücken. Den frischen goldenen Nektar zu schlürfen!

Aber nein. Die Pflicht ruft.

Die Pflicht ist in diesem Fall ein Mann namens Chen, der verschiedenen Restaurants und Apotheken in der Gegend Tierprodukte vom Schwarzmarkt anbietet – Fleisch, Knochen, Zähne, Fell, Schuppen, Genitalien, alles, was gegessen oder zu Heilmitteln verarbeitet werden kann. Der Verkauf seltener Wildtiere an Feinschmecker und Männer mit Erektionsstörung hat eine lange Tradition in der Volksrepublik, doch im Gefolge von Corona und erhöhtem internationalem Druck durch Umweltschützer macht die Regierung nun ernst damit, hart gegen den Handel vorzugehen.

Chen ist es bislang gelungen, seinen Betrieb geheim zu halten, eine beachtliche Leistung in einem Land, das seine Bürger mit zweihundert Millionen Kameras ausspioniert, doch kürzlich hat ihn eine Überwachungskamera beim Lebensmitteleinkauf im Ding-Hao-Markt von Rabental erwischt.

Daher die Observation unter der glühenden Sonne. Die verschwitzten Achselhöhlen. Der ungestillte Bierdurst.

Für Lu als stellvertretenden Leiter des Amtes für Öffentliche Sicherheit ist solche Routinearbeit eigentlich unter seiner Gehaltsklasse. Im Sinne der Gleichbehandlung und weil die *paichusuo* nicht über genügend Polizisten verfügt, um an strategischen Stellen auf dem Markt Posten zu beziehen, hat Lu jedoch freiwillig eine Nachmittagsschicht übernommen.

Lektion gelernt. Wenn das nächste Mal eine Observation im Juli durchgeführt werden sollte, wird er sich für die Abendschicht von vier bis Mitternacht einteilen lassen.

Das Handy in seiner Tasche vibriert. Eine SMS von Polizeichef Liang: *Neuigkeiten?*

Vor seinem geistigen Auge sieht er Liang in seinem Büro sitzen, die Klimaanlage voll aufgedreht, und eine *Zhongnanhai*-Zigarette rauchen; entspannt und schläfrig nach einem Mittagessen aus gegrilltem Lammfleisch und einem Johnnie Walker mit Eis.

Er schreibt zurück: *Avocados im Angebot, drei zum Preis von zwei.*

Was sind Avocados?, antwortet Liang.

Lu schüttelt stumm den Kopf und steckt das Handy wieder ein. Er steht auf und massiert sich die taube rechte Pobacke.

Wo steckt diese Schildkröte bloß?

Er muss unbedingt in den Schatten, und er braucht ein kaltes Getränk, deswegen betritt er die Markthalle. Dreitausend Quadratmeter, nach allen vier Seiten offen, unter einem Wellblechdach, falls es mal regnet. Die Lebensmittelstände, einer neben dem anderen, bieten eine unüberschaubare Auswahl von frischen Produkten an, Meeresfrüchte, Fleisch, Süßigkeiten, Getränke, Snacks und vieles mehr. Die Pandemie ist vorbei, und es ist so voll wie vorher, nur der Verkauf von Lebendvieh ist nicht mehr gestattet, sehr zum Missfallen der Großmütter, die gerne dabei zuschauen, wie ihr Essen vor ihren Augen geschlachtet, ausgeblutet, ausgeweidet, gehäutet und in mundgerechte Bissen zerlegt wird.

Lu bleibt vor einem Stand stehen und bestaunt die grellbunten Spieße mit kandierten Weißdornbeeren, blutrot und überaus köstlich. Wenn die surrenden Mücken nicht wären, käme er in Versuchung, einen zu kaufen. Er geht weiter und stöbert in einem Korb mit *longyan* – Longan- oder Drachenaugenfrüchten. Süßes weißes Fruchtfleisch, eine wundervolle Erfrischung an heißen Sommertagen. Aber er will sich nicht mit Schalen und Kernen abgeben. Zwei Reihen weiter ist ein Smoothie-Stand. Perfekt. Lu stellt sich in die Schlange. Zwei Frauen bedienen an dem Stand, von denen eine Polizeimeisterin Sun ist. Sie trägt Zivilkleidung, Plastikhandschuhe und eine schmutzige Schürze.

»Wassermelone, bitte«, sagt Lu.

Sun zögert. Normalerweise redet sie Lu mit seinem Titel an, doch da sie beide verdeckt ermitteln, wäre das unangebracht. Andererseits will sie auch nicht respektlos erscheinen. Sie wartet mit einem praktikablen Kompromiss auf. »Klar doch, *shuai ge.*«

Lu hätte beinahe gelacht. Der Begriff bedeutet wörtlich »hübscher Bruder«. Es ist eine höfliche, aber umgangssprachliche Anrede für einen Fremden. Angesichts der Tatsache, dass er ihr Vorgesetzter ist und ihn schon lange niemand mehr hübsch genannt hat, freut sich Lu über den Ausdruck.

Als Sun mit Lus Smoothie zurückkehrt, reicht er ihr das Geld und beugt sich zu ihr: »Sie sollen die Augen offen halten, nicht Apfelsinen schälen.«

»Es war einfach viel los, und ich hab mich schuldig gefühlt, so untätig herumzustehen, deswegen helfe ich zwischendurch aus.«

»Lassen Sie sich nicht ablenken.«

»Nein. Versprochen.«

Lu geht wieder zurück zu dem Platz vor der Halle und muss feststellen, dass zwei Männer mittleren Alters, die ihre Hemden bis zu den Brustwarzen hochgekrempelt haben, um ihre beachtlichen Bäuche zu präsentieren, es sich in der Zwischenzeit auf seiner Bank bequem gemacht haben.

Verständlich. Lu geht ein Stück weiter und lehnt sich an eine Wand im Schatten. Er trinkt seinen Smoothie und lässt den Blick über den Markt schweifen.

Das kleine, an seinen Gürtel geschnallte Walkie-Talkie piept. »Hier Anführer eins. Schießen Sie los.«

»Hier Rot zwei.« Rot zwei ist die Bezeichnung für Polizeimeister Huang. Er hat den Posten auf der Westseite bezogen, Lu gegenüber. »Ich sehe ihn. Zumindest glaube ich, dass er es ist.«

»Welcher Code, Rot zwei?«, fragt Lu.

Huang ist gutmütig und ein aufrichtiger Charakter, aber dumm wie Bohnenstroh. Ihm zuliebe hat Lu die Funk-Codes so einfach wie möglich gehalten. Code eins bedeutet, dass der Verdächtige allein beim Betreten des Marktes gesichtet wurde. Code zwei – in Begleitung. Code drei – er ist dabei, den Markt zu verlassen.

»Code eins!«, antwortet Huang.

»Verstanden«, sagt Lu. »Was trägt er?«

»Weißes Hemd, grüne Shorts, schwarzer Hut.«

»Verstanden«, sagt Lu erneut. »An alle Einheiten: observieren, aber Distanz wahren. Nicht vergessen: Wir wollen wissen, wohin der Verdächtige geht. Over.«

Lu beobachtet das Markttreiben, doch bei der Menschenmenge ist es unmöglich, Chen auszumachen. Er spricht in sein Funkgerät. »Anführer eins an Rot vier.«

Polizeimeisterin Sun antwortet. »Rot vier. Over.«

»Haben Sie Sichtkontakt?«

»Noch nicht. Over.«

»Halten Sie Ausschau. Aber seien Sie vorsichtig. Over.«

Lu wartet. Eine Minute vergeht, dann piept sein Funkgerät.

Sun: »Er kauft Gemüse.«

»Verstanden«, sagt Lu. »Behalten Sie ihn im Auge, aber bleiben Sie auf Abstand. Over.«

Zwei Minuten später meldet sich Sun erneut. »Er kauft jede Menge Obst … jetzt Rindfleisch in Scheiben … etwas Leber … *feichang.*« *Feichang* ist Schweinedickdarm, eine häufige Zutat für Suppen und Pfannengerichte, berüchtigt für seinen fauligen Geruch.

Einer der anderen Polizeimeister mischt sich ein: »Will er einen Feuertopf kochen? Im Juli?«

»Halten Sie den Kanal von unnötigem Geplapper frei!«, zischt Lu in sein Funkgerät.

Während er auf weitere Aktualisierungen wartet, schickt er Polizeidirektor Liang eine SMS, bekommt aber keine Antwort. *Vielleicht macht er ja gerade ein Nickerchen in seinem Büro.*

Sun meldet sich wieder. »Er begibt sich zum Südausgang.«

»Rot drei. Er kommt in Ihre Richtung«, sagt Lu. Rot drei ist der dicke Wang. »Warten Sie, bis er an Ihnen vorbeigegangen ist. Dann verfolgen Sie ihn. Verlieren Sie ihn nicht aus den Augen!«

»Verstanden«, sagt Wang.

Lu eilt über den Platz zum Markt. »An alle Einheiten. Achtung, Zielperson bewegt sich Richtung Süden.« Einige Reihen weiter sieht er Polizeimeisterin Sun. Er schlängelt sich zwischen Ständen hindurch und geht hinter ihr her. Sie treten aus der Markthalle heraus, auf eine mit Imbisswagen und mobilen Garküchen verstopfte Seitenstraße. Lu kann Chen nirgendwo entdecken. »Rot drei. Haben Sie die Zielperson im Blick? Over.«

»Er ist links abgebogen«, sagt Wang atemlos. »Äh, nach Westen. Nein, Osten! In die Renai Straße.«

»Bleiben Sie dran.«

Lu blickt sich rasch um. Polizeimeister Huang und John Wayne Chu bilden die Nachhut. Damit sind alle im Team eingebunden.

Lu und Sun biegen nach links in die Renai Straße. Lu vermutet, dass Chen den Umweg aus reiner Vorsicht macht, um zum Schluss doch wieder an den Ausgangsort zurückzukehren. Weiter vorn sieht er den dicken Wang, der sich zwischen Fußgängern hindurchschlängelt. Lu läuft los, um ihn einzuholen, Sun hinterher. Plötzlich, bevor Lu ihn erreicht, schwenkt der dicke Wang nach rechts.

»Der Verdächtige ist nach rechts in die Xinsheng Straße

abgebogen«, meldet sich Wang. »Der Verdächtige betritt ein Wohnhaus.«

Als Lu um die Ecke kommt, ist Chen längst im Gebäude. Zusammen mit Sun und dem dicken Wang duckt er sich seitlich an die Hauswand. Wang schwitzt stark, von der Anstrengung oder der Aufregung. »Ich wusste nicht, ob ich ihm ins Haus nachgehen sollte oder nicht«, gesteht er kleinlaut.

Lu sieht nach oben – das Gebäude ist ein sechsgeschossiger grauer Betonklotz – und zählt die Fenster, zehn pro Stockwerk. Also zwanzig Wohnungen pro Etage, hundertzwanzig Wohnungen insgesamt. *»Ta ma de.«*

»Tut mir leid«, sagt Wang. »Ich dachte, er könnte Verdacht schöpfen, wenn ich hinter ihm her ins Haus gehen würde.«

Lu nickt angespannt. Natürlich hat Wang recht. Aber was sollen sie jetzt machen?

Polizeimeister Huang und Chu stoßen zu ihnen. »Welche Wohnung ist es?«, fragt Chu.

»Wir wissen es nicht«, antwortet Wang.

»Na toll«, mault Chu. »Sollen wir jetzt an jede Tür klopfen?«

»Sie gehen ums Haus herum und beobachten den Hinterausgang«, sagt Lu.

»Warum ich?«

»Weil Sie groß und stark sind«, antwortet Lu.

Schnaubend stapft Chu los. Polizeimeisterin Sun schaut an dem Gebäude hoch und stellt die gleichen Überlegungen an wie Lu. »Und? Klopfen wir nun an jede Tür?«

»Sollen wir uns Unterstützung holen?«, will Polizeimeister Huang wissen.

»Ich habe dem Chef schon Bescheid gesagt.« Lu sieht auf seinem Handy nach. Liang hat geantwortet. »Er ist unterwegs.«

»Gut«, sagt der dicke Wang erleichtert.

Lu überprüft den Sitz seines Revolvers im Hosenbund. Er trägt als Einziger im Team eine Waffe. Lu ist davon überzeugt, dass bei dem mangelhaften polizeilichen Waffentraining in der Volksrepublik die Ausstattung aller Kollegen mit Feuerwaffen garantiert zu einer Katastrophe führen würde. Eher würden sie auf einen unbeteiligten Zuschauer schießen oder aufeinander, statt den Verdächtigen zu treffen.

Zehn Minuten später treffen Polizeidirektor Liang, Polizeiobermeister Bing und Polizeimeister Wang Guangrong ein. Alle drei tragen Uniform, Liang und Bing außerdem ein Holster.

Lu schickt Wang Guangrong nach hinten, wo er zusammen mit Polizeimeister Chu warten soll. Er macht sich daran, das Gebäude zu betreten, doch Liang bedeutet ihm, sich noch einen Moment zu gedulden. Liang raucht eine Zigarette, zieht ein letztes Mal daran und schnippt sie dann auf die Straße.

»Das war eine *Chunghwa*«, rechtfertigt sich Liang. *Chunghwa* ist eine Luxusmarke, die fünfmal so teuer ist wie *Zhongnanhais*, die Liang normalerweise lastwagenweise konsumiert. »Falls ich heute hopsgehe, habe ich wenigstens noch eine letzte Zigarette genossen.«

»Sind Sie sicher, dass eine reicht?«, fragt Lu. »Wir können gerne noch so lange warten, bis Sie die Packung aufgeraucht haben.«

»Werden Sie nicht unverschämt«, sagt Liang. »Welche Wohnung ist es?«

»Wir wissen es nicht genau«, antwortet Lu. »Aber er kocht einen Feuertopf. Das sollte man bis auf den Gang riechen.«

Liang ist skeptisch. »Das ist Ihr Plan? Ihre Nase an jede Türritze halten, bis wir ihn finden?«

»Er hat *feichang* gekauft. Riecht es nach würziger Brühe und Schweinescheiße, sind wir wahrscheinlich an der richtigen Stelle.«

»Nicht zu fassen!«

»Haben Sie eine bessere Idee, Chef? Ich bin ganz Ohr.«

Liang hat keine bessere Idee.

Die Haustür ist abgeschlossen. Lu drückt auf die Klingel einer Erdgeschosswohnung und kann nur hoffen, dass Chen sich nicht ausgerechnet dort versteckt. Als der Bewohner antwortet, sagt Lu: »Gesundheitsamt. Lassen Sie uns bitte herein.«

Nach einem kurzen Moment hört man ein Klicken, und das elektronische Schloss wird entriegelt. Lu öffnet die Tür und tritt ein. Die anderen folgen im Gänsemarsch. Polizeimeisterin Sun und der dicke Wang bleiben unten und bewachen den Hauseingang. Lu, Polizeidirektor Liang und Polizeiobermeister Bing arbeiten sich Stockwerk für Stockwerk hoch.

Es gibt ein paar Fehlalarme – das Haus ist ein Potpourri

verschiedener Düfte, manche angenehm, die meisten nicht –, doch schließlich nähern sie sich einer Wohnung im dritten Obergeschoss, die sich durch den typischen Geruch der scharfen Paprika und den Gestank von *feichang* verrät, überdeckt von der widerlichen Süße von Räucherstäbchen. Lu klopft an die Tür, Liang und Bing postieren sich links und rechts.

»Gesundheitsamt!«, sagt Lu. »Fieberkontrolle.« Keine Reaktion, was Lu nicht weiter erstaunt. Aus der Wohnung dröhnt laute Musik. Lu könnte die Tür mit einem Vorschlaghammer einschlagen, ohne dass der Bewohner etwas davon bemerken würde. Er versucht es trotzdem noch einmal, diesmal mit Rufen. »Aufmachen oder wir müssen die Polizei holen!«

Urplötzlich wird die Lautstärke heruntergedreht. Lu vernimmt ein Klicken an der Innenseite der Tür und fasst nach seinem Revolver.

Die Tür öffnet sich einen kleinen Spalt. Ein Mann späht hindurch. Es ist Chen, eindeutig, Lu erkennt ihn von den Aufnahmen der Überwachungskamera. Chen steht mit nacktem Oberkörper und schweißglänzender Brust vor ihm.

Lu lächelt entwaffnend. »Guten Tag, Onkel. Wir sind gekommen, um bei Ihnen die Temperatur zu messen.« Infolge des Virus ist solch ungebetener Besuch nicht ungewöhnlich.

Chen mustert Lu. In Zivilkleidung sieht Lu nicht aus wie ein Polizist, aber auch nicht wie einer vom Gesundheitsamt. »Sie tragen ja gar keine Uniform«, sagt Chen.

»Machen Sie es mir nicht schwer, Onkel. Ich muss in dem gesamten Wohnblock jeden einzelnen Bewohner überprüfen. Lassen Sie mich rein, und in dreißig Sekunden sind Sie mich wieder los.«

»Nur zu«, sagt Chen. »Halten Sie Ihr Thermometer hoch.«

»Dafür muss ich hereinkommen.«

»Nein. Das müssen Sie nicht.«

Lu stemmt sich gegen die Tür, und Chen versucht, sie zuzudrücken. Es kommt zu einer Rangelei. Polizeiobermeister Bing eilt mit seiner massigen Statur zu Hilfe, und gemeinsam brechen sie die Tür auf. Chen fällt der Länge nach zu Boden. Als er Bings Uniform sieht, kriecht er in die Küche und schnappt sich ein Hackbeil von der Arbeitsfläche.

Lu zieht seinen Revolver, bleibt dann aber wie angewurzelt stehen, den Mund vor Schreck weit aufgerissen.

Die enge Wohnung ist zu einem Tiermarkt mit angeschlossenem Schlachtraum umfunktioniert worden.

Ein Dutzend Drahtkäfige an der Wand beherbergt einen regelrechten Minizoo. Lu sieht Katzen, Bambusratten, Vögel, Schlangen, Eidechsen, Fledermäuse und zwei Wolfsjunge. Auf der Küchentheke liegen ausgebreitet die Überreste einiger dieser unglücklichen Kreaturen – Fleischbrocken, Knochen, ein flauschiges Fell. Auf einem Ständer am Fenster hängen Tierhäute zum Trocknen. Der Küchentisch ist vollgestellt mit Körben, in denen sich getrocknete Teile von Tieren befinden, Knochen und Zähne. Auf dem Herd brodeln vier große Kochtöpfe, von denen gewaltiger, fettgetränkter Qualm aufsteigt. Chens Essen kocht sicher nur in einem der Töpfe, wie Lu vermutet.

Die Mixtur aus strengen Gerüchen – Räucherstäbchen, Feuertopfbrühe, Moschus und Fäkalien – löst bei Lu fast einen Brechreiz aus. Mit der freien Hand hält er sich den Mund zu, mit der anderen richtet er weiter die Waffe auf den Verdächtigen. »Ganz ruhig, Chen. Sie kommen hier nicht raus. Wir sind in der Überzahl, und wir haben Schusswaffen. Legen Sie das Hackbeil weg. Ganz ruhig.«

»*Qu ni de ma!*«, faucht Chen und schleudert Lu das Hackbeil ins Gesicht. Lu kann sich gerade noch ducken, und das Beil landet mit einem dumpfen Geräusch in der Wand über dem Türsturz.

Chen dreht sich um und nimmt einen Topf mit kochender Brühe vom Herd. Lu, der sich erst kürzlich von schweren Brandverletzungen erholt hat, die er sich bei der Aufklärung eines Falls zugezogen hatte, ruft noch »Achtung!« und geht erneut in Deckung. Chen verspritzt die Suppe im Raum. Polizeiobermeister Bing wirft sich zu Boden, bekommt aber einen Schwall auf den Rücken ab. Er brüllt vor Schmerz. Polizeichef Liang steht ein paar Schritte hinter Bing, dessen Körper ihn vor dem Schlimmsten abschirmt, sodass die kochend heiße Flüssigkeit nur auf seine Schuhe klatscht.

Diese Schuhe sind die schönsten, die Liang je besessen hat; er hat sie sich zu seinem fünfundfünfzigsten Geburtstag geschenkt. Jeden Abend nach der Arbeit poliert er sie sorgfältig und liebevoll, bis sie glänzen.

Er schaut hinab auf das feine äthiopische Leder, nun besudelt mit heißer Brühe und fettem Fleisch. Auf seiner rechten Schuhspitze ist eine gallertartige Scheibe Schweinedarm gelandet.

Liang brüllt. Er zieht seine Pistole und richtet sie auf Chen. Dieser hält den leeren Suppentopf vor sich, doch ihm wird schnell klar, dass er einer Kugel nicht standhält, und er kriecht unter die Küchentheke.

»Nicht, Chef!«, schreit Lu.

Zu spät.

Liang drückt ab. Geschirr zerbricht. Glas zerspringt. Holz zersplittert. Der Lärm ist ohrenbetäubend.

»Raus da, dreckiger Hundearsch! Hände hoch!«, schreit Liang ihn an.

Chen krabbelt mit erhobenen Händen unter der Theke hervor. Lu sieht, dass sich Tonsplitter in seine Handballen gegraben haben. »Nicht schießen! Ich ergebe mich!«

Liang steckt seine Pistole zurück ins Holster. »Legen Sie ihm Handschellen an.« Er sieht, wie Lu und Polizeiobermeister Bing einen fassungslosen Blick wechseln.

»Was?«

Sie legen Chen Handschellen an und schaffen ihn auf die *paichusuo*, wo er in eine Zelle gesperrt wird. Lu ruft den Staatsanwalt des Bezirks an und informiert ihn über die Festnahme. Danach holt er sich ein kaltes Getränk aus der Kantine und geht zum Zellentrakt. Er betritt den Raum und sieht Liang auf einem Hocker thronen, in Strümpfen, eine Zigarette rauchend – ein schwerer Regelverstoß –, und Chen, der auf dem Fußboden seiner

Zelle sitzt und, bewaffnet mit Lappen und Schuhcreme, Liangs Schuhe putzt.

»Immer schön kräftig, aber sanft reiben«, belehrt ihn Liang. »Als wollten Sie das Flugzeug treffen.« Dieser Ausdruck, *da feiji*, der sich auf die Scharfmachung einer Flugabwehrrakete bezieht, ist ein Euphemismus für Selbstbefriedigung. Liang sieht Lu in der Tür stehen und setzt ein schiefes Grinsen auf.

Lu kehrt ihm den Rücken zu und geht. Er tut so, als wäre er nicht soeben Zeuge einer eklatanten Verletzung der Rechte eines Gefangenen geworden.

ZWEI

Eine Stunde später erzählt Lu diese Geschichte Luo Yanyan bei einem Glas Bier in ihrer kleinen Bar Zum Roten Lotus. Seit Lus letztem Fall sind die beiden enge Freunde geworden, obwohl Lu hofft, dass vielleicht auch mehr daraus werden könnte.

Yanyan fällt die Kinnlade herunter. »*Tian!* Er hat doch wohl keine Nachbarn getroffen, oder?«

»Nein. Er hatte großes Glück.«

»Und der Verbrecher?«

»Der wird morgen ins Bezirksgefängnis überstellt.«

»Was geschieht mit dem Polizeidirektor?«

»Wie meinst du das?«

»Er hat in einem Wohnhaus eine Pistole abgefeuert. Auf einen mutmaßlichen Täter, der nur mit einem Topf bewaffnet war. Muss er sich dafür nicht verantworten?«

Lu trinkt einen großen Schluck aus seiner Bierflasche und wischt sich über den Mund. »Chen hatte ein Hackbeil in der Hand.«

»Trotzdem.«

»Liang hat nichts zu befürchten. Die Nachbarn werden es nicht wagen, sich zu beschweren. Vielleicht zahlt er dem

Vermieter ein paar Yuan für den Schaden. Mehr wird nicht passieren. Ich habe den Pistolenschuss nicht mal in meinen Bericht aufgenommen.«

»Ihr Bullen haltet wohl alle zusammen, was?«

»Komm schon. Die meisten Leute können unseren Anblick nicht ertragen, es sei denn, sie sind gerade in einer Notlage, und dann beschweren sie sich, dass wir nicht schnell genug zur Stelle sind. Wir sind wie eine dritte Tochter, wenn man doch eigentlich endlich einen Sohn haben will. Eine unliebsame Last im besten Fall. Im schlimmsten Fall Zielscheibe erbitterter Feindseligkeit. Wenn schon nicht wir selbst füreinander eintreten, wer dann?«

»Hm.« Yanyan steht vom Tisch auf. »Ich muss meine Runde machen.«

Lu beugt sich vor und nimmt ihre Hand. »Yanyan.«

Sie entzieht sie ihm und deutet mit dem Kopf warnend in Richtung der anderen Gäste.

»Na und?«, sagt Lu.

»Ich bringe dir noch ein Bier.« Sie überlässt ihn seinen Tischnachbarn, mit denen er Höflichkeiten austauscht, Büroangestellte, Männer in weißen Hemden und schwarzen Schuhen, die Maotai-Schnaps trinken und geröstete, mit Seegras und Salz gewürzte Erdnüsse essen.

Lu seufzt. Seit Langem verehrt er Yanyan heimlich, und nachdem er im Zuge der Ermittlungen in dem furchtbaren Fall um den Serienmörder Zeng sein Leben für Yanyan aufs Spiel gesetzt hatte, schien sich ihre Beziehung zu etwas mehr als nur reiner Freundschaft zu entwickeln. Er möchte die Sache unbedingt weiter vorantreiben, verfolgt aber eine eher behutsame Annäherung, da Yanyan Witwe ist und nach wie vor um ihren Mann trauert. Lu muss immer an die alte Geschichte über einen Bauer denken, dem das Wachstum der neuen Saat zu langsam geht und der, um es zu beschleunigen, jeden Tag an den Keimlingen zupft. Natürlich ruiniert er sich damit die gesamte Ernte.

Doch kein Mensch kann sich ewig in Geduld üben.

Erst vor wenigen Wochen hatte Lu während des Drachenbootfestes eine Gelegenheit gewittert, in seiner Herzensangelegenheit weiterzukommen. Dieses quirlige Fest findet alljährlich zum Gedenken an den Dichter und Staatsmann Qu Yuan statt, der sich aus politischem Protest ertränkte. Vielleicht war er auch nur betrunken in den Fluss gefallen, die Umstände seines Todes sind unklar. Zur Feier des Tages versammeln sich die Menschen und kochen *zongzi*, klebrige Reisbällchen mit diversen süßen Füllungen, trinken Wein und schauen Mannschaften von jungen Burschen zu, die mit bunten Drachenbooten Rennen austragen.

Lu hatte es sich so schön ausgemalt, eine Feiertagsatmosphäre, Alkohol, Sonne, Lachen, eine perfekte Kulisse für eine Romanze.

Er überredete Yanyan, sich einen Tag freizunehmen und mit ihm nach Harbin zu fahren, um sich das Bootsrennen auf dem Songhua anzusehen. Nach ein paar angenehmen Stunden in der Stadt aßen sie in einem Fischrestaurant in Rabental zu Abend, gefolgt von einem Schlummertrunk bei Yanyan. Eins führte zum anderen, und sie landeten, wie zu erwarten, im Bett und fummelten an der Kleidung des anderen herum. Lu war es gerade gelungen, Yanyans Bluse aufzuknöpfen und sie vom Hals an abwärts bis zu ihrem köstlichen Dekolleté zu küssen, als sie erstarrte und ihn von sich stieß.

»Was ist los?«, fragte er erschrocken. »Was hab ich falsch gemacht?«

Sie richtete sich auf und schüttelte den Kopf, dann fiel ihr Blick auf ein gerahmtes Foto auf ihrem Nachttisch. Lu kannte dieses vermaledeite Foto und seine stumme Mahnung nur zu gut. Es war ein Bild von Yanyan und ihrem verstorbenen Ehemann an ihrem Hochzeitstag, er in seinem besten Anzug, vielleicht dem einzigen, und sie in einem roten *qipao*, dem langen Seidenrock mit Mandarinkragen, der in China traditionell von der Hochzeitsbraut getragen wird.

»Tut mir leid«, sagte Yanyan. »Ich glaube … es ist besser, wenn du gehst.«

»Aber …«

»Mir geht es nicht gut. Zu viel Wein.« Tränen liefen ihr über die Wangen. Er berührte ihre Schulter, doch sie stand auf und verzog sich in eine Ecke des Zimmers. »Bitte, Lu Fei. Ich muss allein sein.«

Was blieb ihm anderes übrig, als in seine kleine Junggesellenwohnung zurückzukehren und in einer toxischen Mischung aus Betroffenheit und Verunsicherung, Enttäuschung und unbefriedigter Lust vor sich hin zu brüten?

Seit diesem Abend hatte Lu mehrfach versucht, Yanyan näherzukommen, sowohl körperlich als auch emotional, ohne Erfolg. Sie ist wie eine Backsteinmauer. Irgendwie ist es sogar schlimmer als vorher, als er sie nur heimlich aus der Ferne anschmachtete. Jegliche Intimität, die er in den vergangenen Monaten mühsam aufgebaut hatte, war aufgekündigt, wie die Mitgliedschaft in einem Privatklub, der ihm seinen Beitrag erstattet und ihn gleichzeitig darüber in Kenntnis setzt, dass er Klienten mit seinem speziellen Profil nicht mehr aufnimmt.

Für Lu ist diese schreckliche, unbefriedigende Situation in dem alten Gedicht »Der Wahrsager« von Li Zhiyi gut in Worte gefasst:

Ich lebe flussaufwärts am Yangtze,
Du lebst flussabwärts.
Obwohl ich dich nicht sehen kann, denke ich jeden Tag an dich.
Wann wird der Yangtze aufhören zu fließen?
Wann wird dieser Kummer verblassen?
Ich wünschte, dein Herz wäre wie meins,
Damit ich dieses Begehren nicht länger für uns beide ertragen muss.

DREI

Das Mädchen ist etwa zwölf, vielleicht dreizehn Jahre alt. Sie sitzt auf einer Bank im Warteraum der *paichusuo*, trägt Baggy Pants, ein gelbes T-Shirt, das irgendwann mal weiß war, und Plastiksandalen. Ihr Haar ist kurz und nachlässig geschnitten.

Lu wurde von Polizeimeister Huang dazugeholt, der heute Morgen den Dienst am Empfang versieht. »Sie sagt, ihre Schwester werde seit Freitag vermisst«, informiert ihn Huang. »Sie befürchtet das Schlimmste.«

Lu gibt Huang mit einem Kopfnicken zu verstehen, er könne wieder an seinen Platz zurückkehren, und lächelt das Mädchen an. »Wie kann ich dir helfen?«

Die Augen des Mädchens sind zu groß für ihr Gesicht, und als sie den Mund öffnet, scheinen auch die Zähne zu groß zu sein. Sie sieht aus wie eine verwilderte Katze. Lu braucht einen Moment, um zu begreifen, dass dies keine für das Mädchen charakteristischen körperlichen Merkmale sind, sondern das Ergebnis von Unterernährung. »Meine Schwester. Sie wird vermisst.«

Lu setzt sich neben sie auf die Bank. »Seit Freitag, sagst du?«

»Etwas Schreckliches ist mit ihr passiert.« Die Augen des Mädchens füllen sich mit Tränen.

»Das wissen wir noch nicht.«

»Sie ist tot oder wurde entführt und an ein Bordell verkauft.«

»Wir wollen nicht vorschnell sein. Möchtest du Tee? Ich bringe dir eine Tasse Tee.« Lu überlegt, ob die Anwesenheit einer weiblichen Person vielleicht beruhigend auf sie wirken könnte, und bittet Huang, Polizeimeisterin Sun Bescheid zu geben, sie möge Tee und Kekse bringen. Er kehrt zu dem Mädchen auf der Bank zurück und fragt sie nach ihrem Namen.

»Meirong. Tan Meirong.«

»Meirong. Ein schöner Name. Und deine Schwester?«

»Meixiang.«

Lu stellt ihr ein paar unverfängliche Fragen. Wo Meirong wohnt, auf welche Schule sie geht, wie alt sie ist.

»Fünfzehn.«

Lu ist erschüttert. Sie sieht wesentlich jünger aus. »Wo sind deine Eltern? Warum sind sie nicht mitgekommen?«

»Meine Mutter ist tot.«

»Oh. Das tut mir leid. Was ist passiert?«

»Krebs.«

»Und dein Vater?«

Meirong verzieht das Gesicht. »Er konnte nicht kommen. Er ist … Ihm geht es nicht gut.«

Lu hat den Eindruck, dass mehr hinter diesen dürren Worten steckt, doch in dem Moment trifft Polizeimeisterin Sun mit einer Dose Mandelkekse und einem Pappbecher ein. Lu macht die beiden miteinander bekannt. »Erzähl uns mehr über deine Schwester«, fordert er sie auf. »Sie heißt also Meixiang?«

Stockend erzählt das Mädchen, knabbert zwischendurch Mandelkekse und trinkt Tee. Ihre ältere Schwester arbeitet seit zehn Jahren in Harbin, um die Familie zu ernähren, die nach dem Tod der Mutter nur noch aus ihnen drei besteht, den beiden Schwestern und ihrem Vater.

»Was macht dein Vater beruflich?«, fragt Lu.

»Nichts«, sagt Meirong. »Er hat sich den Rücken verletzt und arbeitet seitdem nicht mehr.«

Sie setzt ihre Erzählung fort. Während Meixiangs Aufenthalten in Harbin bleiben die Schwestern fast täglich über WeChat in Kontakt. Meirong holt ihr Handy aus der Hosentasche und zeigt Lu und Sun den Chatverlauf – es ist wie eine Fremdsprache, voller seltsamer Akronyme, Emojis und Memes.

»Letzten Freitag hat sie mir geschrieben, dass sie in Urlaub fährt«, sagt Meirong. »Hier. Sehen Sie.« Sie scrollt herunter zu der Nachricht: *Kleine Schwester, ich geh ein bisschen Sonne tanken.* ☼ 😆. *Bis später!* »Ich weiß genau, dass sie das nicht selbst geschrieben hat.«

»Woher?«, will Lu wissen.

»Immer wenn sie einen freien Tag hatte, ist sie nach Hause gekommen. Nicht Sonne tanken oder so. Sie hatte keine Zeit, um an den Strand zu gehen. Und auch nicht das Geld dafür. Alles, was sie verdient hat, ging für unser Essen oder für die Miete drauf. Und außerdem nennt sie mich nicht kleine Schwester!«

»Wie nennt sie dich denn?«

»Göre. Scheißhaufen. Teufelchen. Alles Mögliche. Aber nicht kleine Schwester.«

»Du hast diese Nachricht am Freitag bekommen«, sagt Lu. »Und heute ist Dienstag. Zwischen Freitag und heute …«

»Ich habe ihr hundertmal geschrieben, aber nichts. Ich habe sie hundertmal angerufen, auch nichts. Zuerst hat ihr Telefon noch geklingelt, aber seit Samstag schaltet sich gleich der Anrufbeantworter ein.«

»Kannst du mit deinem Handy ihr Handy orten?«, fragt Sun.

»Nein. Meixiang sagt, das sei einfach nur neugierig.«

Lu schmunzelt. »Erzähl Polizeimeisterin Sun alles noch einmal und lass nichts aus, was vielleicht von Nutzen sein könnte. Bekannte, die deine Schwester mal erwähnt hat. Freunde, Ex-Freunde. Wir beantragen als Erstes Zugang zu ihren Handydaten und fragen bei der Polizei von Harbin nach.«

Lu kehrt in sein Büro zurück und verschafft sich mit Hilfe verschiedener Datenbanken, die ihm zur Verfügung stehen, rasch einen Überblick über Tan Meixiangs bisherigen Lebenslauf. Sie hat die Oberschule abgeschlossen, arbeitet in der Dienstleistungsbranche in Harbin, ist noch nie straffällig geworden, hat in den sozialen Medien nichts Verwerfliches gepostet, ihre Rechnungen rechtzeitig bezahlt und daher kaum erkennbare Spuren in der Welt hinterlassen.

Er beauftragt Polizeimeisterin Sun, Tan Meixiangs We-

Chat-Protokoll anzufordern. Er ermittelt das Revier, in dem sich Tan Meixiangs Wohnung in Harbin befindet, und ruft die örtliche *paichusuo* an. Er nennt seinen Namen und Dienstgrad und meldet Tan Meixiang als vermisst.

»Könnten Sie bitte mal nachprüfen, ob sie vielleicht eine Anzeige eingereicht hat oder etwas Ähnliches?«, sagt Lu. »Und könnte bitte auch jemand bei den Hospitälern und Leichenhäusern nachfragen?«

»Wir haben gerade viel zu tun«, antwortet der Kollege am anderen Ende der Leitung. »Aber wir *jin liang*.«

Lu stöhnt innerlich auf. Neben »kein Bier« sind ihm die Worte *jin liang* im Chinesischen am meisten verhasst. Sie besagen im Grunde nichts anderes, als dass man vielleicht, unter Umständen gedenke, der Bitte nachzukommen, falls die Götter einem gewogen sind, die Sterne in einer günstigen Konstellation stehen und man absolut nichts Besseres zu tun hat.

Aber da er keinerlei Macht über die Polizei von Harbin hat, kann er sich nur bedanken und auflegen. Im selben Moment steckt Polizeiobermeister Bing den Kopf durch die Tür. »Auf zur Arbeitssitzung.«

»Oh, um Buddhas willen!«

»Kommen Sie schon. Sie sollten mit gutem Beispiel vorangehen.«

Die Kommunistische Partei Chinas bedient sich seit ihrer Gründung zahlreicher Mittel zur Indoktrination ihrer Bürger in der Theorie des Marxismus oder, wie die KPCh es nennt, »Sozialismus chinesischer Prägung«. Eines dieser Mittel ist die regelmäßige Arbeitssitzung. In der prädigitalen Ära trafen sich kleine Gruppen in der Mittagspause oder nach der regulären Arbeitszeit, um über so schillernde Themen wie »Mao Zedongs Gedankenwelt« und die »Deng-Xiaoping-Theorie« zu diskutieren. Ganz im Sinne der Zeit hat die Propagandaabteilung der KPCh kürzlich eine App entwickelt – »Was weißt du über die Große Nation?« –, die eine lange Liste von Bildungsthemen enthält, aber auch diverse Ratespiele und Tests, um zu überprüfen, ob die Anwender auch aufgepasst haben.

Die App ist nicht verpflichtend, doch ihr Gebrauch wird jedem nahegelegt, besonders den Mitgliedern der Kommunistischen Partei, Staatsbeamten und Angestellten staatlicher Betriebe. Auch viele Schulen und Privatunternehmen sind auf den Zug aufgesprungen. In einer abgemilderten Version der früheren »Kampfsitzungen«, in deren Verlauf Beschuldigte gezwungen wurden, angebliche Verbrechen gegen den Sozialismus zu gestehen, und sich einer öffentlichen Demütigung ausgesetzt sahen, sind heute einige Schulen dazu übergegangen, Studenten mit schlechten Noten bloßzustellen, während Firmen die Mitarbeiter, die bei den Ratespielen nicht gut abschneiden, nötigen, Selbstkritik zu üben.

Selbst Rabentals verschlafene *paichusuo* hat sich mitreißen lassen. Der Dienstälteste des Bezirks ist ein grauhaariger Polizeidirektor namens Bao. Um sich bei Provinzbeamten anzubiedern, lässt er alle Polizeiwachen in seinem Zuständigkeitsbereich in einem Wettbewerb um die höchste gemeinsame Punktezahl gegeneinander antreten. Den Gewinnern verspricht er eine Karaoke-Orgie mit

Schlemmeressen und Besäufnis. Und dem Chef der Einheit, die das niedrigste Punktergebnis erzielt, droht er mit einer Versetzung in irgendein gottverlassenes Drecksnest an der chinesisch-russischen Grenze in Heilongjiang.

Das erklärt Polizeidirektor Liangs plötzliche Begeisterung für die »Stärkung der Fähigkeit der Partei bei der Anwendung marxistischer Prinzipien zur Lösung der Probleme, die sich dem heutigen China stellen«. Wöchentlich beruft er eine Versammlung in der Kantine ein, auf der sämtliche diensthabenden Polizisten ihr Wissen zusammentragen, um einige der schwierigeren Fragen der App zu beantworten.

Sobald sich alle eingefunden haben, kommt Liang zur Sache. »Wer kennt die Antwort auf diese Frage? ›Unser erlauchter Präsident betont das Ziel der Schaffung einer Schicksalsgemeinschaft zwischen dem chinesischen Volk und den Menschen auf der Welt mit einem … *Leerstelle.*‹ Nun? Womit? Geld? Freibier?«

»Die Antwort lautet ›mit einem friedlichen internationalen Umfeld‹«, meldet sich der dicke Wang.

»Volltreffer«, sagt Liang und tippt die Antwort in sein Handy. »Sie sind vom nächsten Wochenenddienst befreit.«

Alle im Raum protestieren umgehend.

»Ruhe!«, kommandiert Liang. »Alle haben die gleichen Chancen auf eine richtige Antwort. Also, nächste Frage: ›Die Kommunistische Partei Chinas wurde offiziell 1921 auf einem Boot auf welchem See gegründet?‹«

»Oh, das weiß ich!« Polizeimeister Huang hebt die Hand. »Auf dem Nan-Hu-See in der Provinz Zhejiang.«

Huangs Ruf, etwas beschränkt zu sein, ist allgemein bekannt, deswegen zögert Liang, seine Antwort einzutippen.

»Er hat recht«, mischt sich Polizeimeisterin Sun ein.

»Na gut«, sagt Liang. »Polizeimeister Huang, hiermit sind Sie vom Aussortieren von Recyclingmaterial befreit.«

Und so geht es weiter. Bis alle ausstehenden Quizfragen beantwortet und alle wieder zu ihren Dienststellen zurückgekehrt sind.

VIER

Am nächsten Morgen kommt Lu frisch und ausgeschlafen in die *paichusuo*.

Er holt die Thermoskanne aus seinem Büro, füllt sie in der Kantine mit heißem Wasser und geht nach vorne, um das Wachbuch zu überprüfen. Yuehan Chu hatte von Mitternacht bis acht Uhr morgens Dienst, und als er Lu kommen sieht, richtet er sich kerzengerade auf, reibt sich den Schlaf aus den Augen und deutet mit einem Kopfnicken zum Warteraum im Eingangsbereich. Lu späht durch die Trennscheibe aus Glas und sieht das Mädchen, Tan Meirong, auf einer der Bänke sitzen.

»Wie lange ist sie schon hier?«, fragt Lu.

»Keine Ahnung. Ich habe aufgeblickt, und da war sie.«

»Sie meinen, Sie sind aufgewacht, und da war sie.«

»Ich musste mal austreten. Soll ich das nächste Mal in meine Thermoskanne pinkeln?«

»Achten Sie auf Ihren Ton, Polizeimeister.« Lu geht in den Warteraum und stellt sich vor Meirong. »Was machst du hier?«

»Darauf warten, dass Sie meine Schwester finden.«

»Musst du nicht in die Schule?«

»Es sind Sommerferien.«

»Ach so, ja.«

»Wann werden Sie sie finden?«

»So etwas dauert seine Zeit, Meirong. Geh nach Hause. Ich rufe an, wenn es etwas Neues gibt.«

»Ich möchte lieber hier sitzen bleiben und warten.«

»Bitte, sei vernünftig.«

»Ich weiß, wie es ist. Wenn ich nicht hierbleibe und Sie daran erinnere, dann vergessen Sie sie.«

Lu beißt die Zähne zusammen. »Wie du willst.«

Er geht wieder in sein Büro und löffelt Teeblätter in seine Thermoskanne. Während der Tee zieht, überprüft er seine Nachrichten. Wie erwartet gibt es von der Wache in Harbin keine aktuelle Meldung. Er erkundigt sich bei Polizeimeisterin Sun nach den WeChat-Protokollen, und sie erklärt, diese lägen erst am Nachmittag vor.

Den Vormittag verbringt Lu mit nervtötenden Verwaltungsaufgaben, und so vergisst er für mehrere Stunden Tan Meixiang. Sein knurrender Magen erinnert ihn daran, dass es Zeit für die Mittagspause ist. Als er sein Büro verlässt, um sich etwas zu essen zu kaufen, fällt ihm das Mädchen plötzlich wieder ein, und er späht durch das Fenster am Empfangsschalter, ob sie noch immer im Warteraum sitzt.

Sie ist tatsächlich noch da.

Dickköpfig, denkt Lu. Er verlässt die *paichusuo* durch den Hinterausgang und kauft zwei Portionen gebratene Nudeln bei einem Straßenhändler. Zurück im Warteraum bietet er Meirong einen der Styroporbehälter mit den Nudeln an. Sie ist verwirrt.

»Ich dachte, du hast vielleicht Hunger«, sagt er.

»Sie sollen mir kein Essen kaufen«, erwidert Meirong. »Sie sollen meine Schwester finden.«

»Ich habe dir doch gesagt, dass ich daran arbeite.«

»Irgendetwas Schreckliches ist mit ihr passiert. Sie ist an einen Bauer in der Provinz Qinghai verkauft worden, der sie vergewaltigt und den ganzen Tag schlägt. Oder jemand hat ihr die Nieren entfernt und sie an den Meistbietenden verkauft!« Meirong bricht in Tränen aus.

Lu wirft einen Blick zum Fenster am Empfangsschalter und hofft auf Hilfe von Polizeimeisterin Sun. Stattdessen sieht er dort den stummen Li, der so heißt, weil es mitunter vorkommt, dass er wochenlang kein einziges Wort von sich gibt. Also keine Hilfe. Nicht die geringste. Er setzt sich neben Meirong auf die Bank. »Ich verstehe ja, dass du dir Sorgen machst. Aber du musst dich nicht mit solchen Gedanken quälen.«

»Sie ist alles, was ich habe.«

»Und dein Vater?«

Meirong schüttelt den Kopf. Ihre schmalen Schultern beben.

Lu streckt die Hand aus, um sie zu trösten, zieht sie dann aber wieder zurück. »Hör zu. Du isst deine Nudeln, und später fahre ich nach Harbin und rede dort persönlich mit der Polizei.«

Meirong wischt sich mit der Faust die Tränen weg. »Darf ich mitfahren?«

Lu greift in den Plastikbeutel des Straßenhändlers und reicht ihr eine Serviette. »Putz dir die Nase. Tut mir leid, aber ich kann dich bei einem dienstlichen Einsatz nicht mitnehmen.«

»Ich könnte von Nutzen sein.«

»Nein.«

»Woher wollen Sie wissen, ob zum Beispiel etwas aus ihrer Wohnung fehlt?«

Hmm. Lu überlegt. Aber nein. »Das verstößt gegen die Regeln.«

»Bitte.«

»Nein.«

»Ich war noch nie in Harbin. Ich bleibe auch im Auto sitzen. Ich mache keinen Ärger. Bitte.«

Lu hat Hunger und will in die Mittagspause. »Ich überlege es mir. Und jetzt iss die Nudeln.«

Lu legt ihr den Behälter in den Schoß, nimmt den anderen an sich und steht auf. Meirong klammert sich an seinen Ärmel. Sie zupft einmal kurz anklagend daran und lässt ihn dann los.

Am frühen Nachmittag informiert Polizeimeisterin Sun ihren Vorgesetzten Lu, dass Tan Meixiangs WeChat-Protokolle jetzt zugänglich seien. Sie enthalten Meixiangs Geldüberweisungen, ihre Postings in den sozialen Netzwerken und ihre Textnachrichten. Das Übliche. Nur eine Sache ist interessant: Am vergangenen Freitagabend hat Meixiang eine Fahrkarte für den Zug am Samstag nach Dalian gekauft.

Dalian ist eine Hafenstadt an der Südspitze der Provinz Liaoning, etwa dreieinhalb Stunden mit dem Hochgeschwindigkeitszug von Harbin entfernt. Lu war bereits mehrmals dort, zu verschiedenen Gelegenheiten. Es ist ein beliebtes Ausflugsziel, besonders bei Russen, Japanern und Südkoreanern. Es bietet angenehmes Sommerwetter, schöne Strände, Vergnügungsparks, ausgezeichnete Fischgerichte und, was das Beste ist, ein Bierfest im Juli und August, mit Biersorten aus aller Welt, Live-Musik und Imbissständen.

Wenn Tan Meixiang tatsächlich vorgehabt hatte, Urlaub zu machen, dann wäre Dalian die naheliegende Wahl. Doch es finden sich nach dem Kauf der Fahrkarte keine Zahlungsbelege oder Abbuchungen. Nicht von Hotels in Dalian, nicht von Restaurants oder Taxiunternehmen. Überhaupt nichts. Sie hat nicht mal Geld an einem Automaten abgehoben. Seltsam.

Lu ist fast versucht zu sagen: verdächtig.

Er überprüft die GPS-Tracking-Daten von Tan Meixiangs Handy. Er entdeckt ein Ping-Signal von einem Mobilfunkmast in Dalian um 12.15 Uhr. Er vergleicht die Zeit mit ihrer Zugfahrkarte. Die Abfahrt in Harbin war um 8.30 Uhr, Ankunft in Dalian um 12.06 Uhr.

Mit Sicherheit lässt sich also sagen, dass zumindest Meixiangs Handy in Dalian angekommen ist.

Nach dem letzten Ping-Signal ist das Handy verstummt.

Lu ruft beim Amt für Öffentliche Sicherheit in Dalian an und bittet um eine Abfrage bei den städtischen Kranken- und Leichenschauhäusern nach einer *wu ming nu shi* – einer namenlosen weiblichen Person. Das wird einige Stunden dauern. Mindestens. Vom Amt für Öffentliche Sicherheit in Harbin liegt auch noch keine Nachricht vor.

Er trägt sich in die Liste für einen Streifenwagen ein und bleibt auf dem Weg nach draußen im Warteraum stehen. Tan Meirong sitzt zusammengesackt auf der Bank, dösend, eine Plastiksandale baumelt von ihrem großen Zeh. Er sollte sie schlafen lassen, statt sie in die raue Wirklichkeit zurückzuholen, zu ihrer vermissten Schwester, die wahrscheinlich ein schlimmes Ende gefunden hat.

Sanft berührt er sie an der Schulter. »Meirong?« Sie reißt die Augen auf, ihr Blick angsterfüllt. »Alles gut«, sagt Lu. »Ich bin's nur.«

Meirong kehrt zurück in die Wirklichkeit – an welchen dunklen Ort auch immer ihre Träume sie entführt hatten. »Haben Sie sie gefunden?«

»Nein. Aber hast du immer noch Lust auf einen kleinen Ausflug?«

Sie fädeln sich in den Verkehr auf der Tongjiang-Schnellstraße nach Harbin ein. Es sind nicht viele Autos unterwegs, und wenn die Fahrer Lus Streifenwagen sehen, drosseln sie aus Angst vor einem Strafzettel das Tempo. Lu schlängelt sich ungeduldig zwischen den Autos hindurch, sucht eine freie Spur. Er überlegt, ob er das Blaulicht einschalten soll, aber das würde gegen die Regeln verstoßen.

Meirong bewundert das aufwendige Armaturenbrett des Polizeifahrzeugs, das Radio, den Computer, die Reihen von Knöpfen. »Wofür ist das?« Sie zielt mit dem Zeigefinger auf einen Knopf.

»Nicht anfassen!«

Meirongs Hand zuckt zurück, und Lu hat ein schlechtes Gewissen, weil er sie so angefaucht hat.

»Damit schaltet man die Sirene ein«, erklärt er nach einer kleinen Pause. »Mit den Knöpfen wählt man verschiedene Töne aus.«

Lu drängelt weiter um einen guten Platz auf der Schnellstraße, sieht sich aber schon bald eingequetscht zwischen einem Pritschenwagen vor ihm und einem Baojun-SUV auf der Nebenspur. Nach einigen frustrierenden Minuten sagt er: »Willst du sehen, wie es funktioniert?«

»Wirklich?«

»Ja. Probier mal den.«

Meirong drückt einen Knopf. Lu betätigt die Hupe. Statt des normalen Quäkens kommt ein satter voller Bass. Der Fahrer des Pritschenwagens, unsicher, ob er herausgewunken wird oder nicht, tritt auf die Bremse. Lu winkt dem SUV-Fahrer aggressiv zu, der sich daraufhin zurückfallen lässt. Lu setzt sich vor ihn. Er beschleunigt, steckt aber wenig später erneut in einem kleinen Stau. »*Ta ma de*. Drück den da.«

Meirong drückt einen weiteren Knopf. Lu betätigt die Hupe. Diesmal ertönt ein echtes Signalhorn, und die Spur vor ihnen ist erstaunlich schnell frei.

»Das ist wie Zauberei«, sagt Lu, und Meirong kichert.

Sie fahren eine Weile, dann fragt Lu: »Was kannst du mir noch über deine Schwester erzählen?«

»Ich weiß nicht. Was zum Beispiel?«

»Hat sie viele Freunde? Einen festen Freund? Ist sie hübsch? Geht sie aus? Zum Tanzen? Trinkt sie?«

»Ich glaube nicht, dass sie viele Freunde hat. Und einen festen Freund hat sie auch nicht. Sie sieht durchschnittlich aus. Abends arbeitet sie meistens in einem Restaurant. Und sie trinkt Tee.«

»Nicht gerade sehr aufschlussreich.«

»Sie ist ein ganz normales Mädchen.«

»Je mehr Einzelheiten du beisteuerst, desto besser kann ich abschätzen, wo ich nach deiner Schwester suchen soll.«

Meirong zuckt mit den Schultern. »Ich weiß nicht, was ich noch sagen soll.«

»Wie alt warst du, als deine Mutter starb?«

»Zehn.«

»Und deine Schwester vierzehn?«

»Ja.«

»Vier Jahre sind ein großer Altersunterschied.«

»Nach Meixiangs Geburt musste mein Vater weit wegfahren, um Arbeit zu finden. Deswegen hatten sich er und meine Mutter lange nicht gesehen.«

»Was war das für eine Arbeit?«

»Hauptsächlich auf dem Bau. Er ist nicht Professor oder Polizist oder so. Normale Arbeit eben.«

Lu versteht. Es ist nicht ungewöhnlich für die ländliche Bevölkerung ohne Bildung oder besondere berufliche Fähigkeiten, sich in der nächsten Stadt eine Arbeit zu suchen, wo die Chancen besser sind. Etwa 228 Millionen dieser *nongmingong* – Wanderarbeiter – verdienen ihren Unterhalt derzeit als Kuriere, auf Baustellen, in Fabriken, Restaurants, als Taxifahrer, Hilfsarbeiter oder in der Dienstleistungsbranche, weitab von ihrer Heimat und Familie, manchmal mehrere Jahre am Stück. Sie sind Teil eines stillschweigenden Pakts der Kommunistischen Partei mit dem chinesischen Volk: Arbeite fleißig und kümmere dich nicht um Politik – dann kannst auch du unermesslich reich werden.

Während diese Strategie das Erstarken einer Mittelklasse ermöglicht und viele Millionen aus jämmerlicher Armut befreit hat, ist für die *nongmingong* der versprochene Reichtum mehrheitlich ausgeblieben. Aufgrund ihres Status im *hukou*-System schuften sie für niedrige Löhne und ohne Arbeitsplatzsicherheit, ohne die Vorteile einer Versicherung, ohne Zugang zu medizinischer Versorgung, ohne Rentenanspruch und die vielen anderen Vorteile der Sozialfürsorge, die all jenen Bürgern zustehen, die einfach nur das Glück haben, in einer Stadt zur Welt zu kommen.

»Erzähl mir mehr über deinen Vater«, sagt Lu.

»Da gibt es nicht viel zu erzählen. Er war oft weg, und dann hat er sich den Rücken verletzt. Seitdem kann er nicht mehr arbeiten.«

»Wann war das?«

»Vor drei Jahren.«

»Was macht er jetzt?«

»Er liegt auf dem Sofa und jammert vor Schmerzen und trinkt viel.«

»Ah.« Lu lässt das für einen Moment sacken. »Musste deine Schwester deshalb nach Harbin gehen? Um Geld zu verdienen?«

»Ja. Nach der Oberschule hat sie erst in einem Supermarkt gearbeitet, in einem Café und einer Blechfabrik. Aber dann hat sie gehört, dass man in Harbin mehr verdienen kann. Deswegen ist sie da hingezogen.«

»Versteht sie sich mit deinem Vater?«

»Schlecht. Auch ein Grund, warum sie nach Harbin gegangen ist.«

»Hat er … War er gemein zu ihr?«

»Sie hatten immer Streit«, antwortet Meirong. »Er … also … er sagt, sie würde ihn nicht respektieren. Da hat er wohl recht.«

»Hat er ihr irgendwie wehgetan?«

»Vielleicht mal geohrfeigt ab und zu. Mich auch.«

Lu sieht darin einen möglichen Anhaltspunkt. Ein Streit über Geld, der aus dem Ruder gelaufen ist. »Hat er sie jemals unsittlich berührt?«

»Wie meinen Sie das?«

Lu sucht nach den richtigen Worten. »Du weißt schon … sie so angefasst, wie es sich nicht gehört.«

Meirong ist entsetzt. »Mein Vater ist nicht pervers!«

»Schon gut. Ich versuche nur, mir ein Bild zu machen. Mehr nicht. Hatten sie vielleicht vor Kurzem Streit? Etwa letzte Woche?«

»Wie denn? Sie sprechen ja kaum miteinander, und außerdem war sie in Harbin und er in Rabental.«

»Besucht er sie nie in Harbin?«

»Er steht ja kaum vom Sofa auf – nur um aufs Klo zu gehen.«

»Ach so, ja. Hat deine Schwester irgendwelche Bekannten in Dalian?«

»Dalian?«, fragt Meirong. »Keine Ahnung. Glaube ich nicht. Warum?«

»Wir haben ihr Handy dort geortet.«

»Sie haben Ihr Handy gefunden?«

»Das nicht«, sagt Lu. »Wir haben nur ein Ping-Signal von einem Sendemasten bekommen. Wir wissen nicht genau, wo sich ihr Handy gegenwärtig befindet. Entweder ist es abgeschaltet, zerstört, oder der Akku ist leer. Aber wenn deine Schwester Urlaub machen wollte, dann wäre Dalian ein logisches Ziel.«

»Ich habe Ihnen doch schon gesagt, dass sie keinen Urlaub gemacht hat! Das ist der Beweis, dass sie entführt und an irgendeinen fiesen alten russischen Gangster verkauft wurde, der nach Wodka stinkt.«

»Beruhige dich, Meirong. Ehe wir uns in wilden Spekulationen ergehen, sollten wir lieber abwarten, welche Antworten Harbin für uns bereithält.«

FÜNF

Wenig später erreichen sie die Stadt. Lu steuert das zuständige Amt für Öffentliche Sicherheit an und parkt davor in zweiter Reihe. Er überlegt, ob es besser wäre, wenn Meirong im Auto wartet, doch draußen brennt die Julisonne, und das wäre grausam und unmenschlich. »Du kannst mit reinkommen, aber bleib still im Warteraum sitzen und stör nicht«, sagt er.

Er zeigt dem Diensthabenden am Empfang seinen Ausweis und bittet um ein Gespräch mit einem Aufsichtsbeamten. Man lässt ihn zwanzig Minuten warten.

Schließlich taucht ein großer, dünner Mann auf. Er trägt einen Stern und zwei Silberstreifen an der Schulterklappe, womit er einen Dienstgrad unter Lu steht. Er stellt sich als Aufsichtsbeamter Deng vor. »Wie kann ich Ihnen helfen?«

»Ich bin wegen eines Vermisstenfalls hier«, sagt Lu. »Ich habe gestern angerufen und eine Nachricht hinterlassen, aber es hat niemand zurückgerufen.«

»Entschuldigen Sie, wir haben viel zu tun. Und Vermisstenfälle gibt es ständig. Wen immer Sie suchen, ich bin sicher, dass er bald wieder auftaucht.«

»Die Person, um die es geht, ist eine neunzehnjährige

Frau, und sie wird seit Freitag vermisst«, sagt Lu. »Die Umstände sind verdächtig.«

»Eine Neunzehnjährige«, erwidert Deng. »Dann ist sie bestimmt nur mit ihrem Freund durchgebrannt.«

»Sie hat keinen Freund«, sagt Meirong.

Deng sieht sie verächtlich an. »Und wer bist du, bitte schön?«

»Ihre Schwester.«

Deng runzelt die Stirn. »Ist das übliche Praxis bei Ihnen, bei Ermittlungen in einem Vermisstenfall Angehörige mitzubringen?«, fragt er Lu.

»Wollen Sie denn gar nicht Ihren Namen wissen?«, fragt Meirong. »Sie heißt Tan Meixiang.«

»Tan Meixiang«, sagt Deng. Er beugt sich vor, stützt sich mit den Händen auf den Knien ab und lächelt Meirong gönnerhaft zu.

Lu ist verärgert, weiß aber auch, dass es die Sache nur verschlimmern würde, wenn er Deng jetzt hart angeht. »Wäre es vielleicht möglich, die Liste der Vorfallmeldungen seit Freitagabend zu überprüfen?«

»Wie man Ihnen sicher schon am Telefon mitgeteilt hat, nehmen wir uns der Sache so bald wie möglich an«, sagt Deng. »Im Moment haben wir anderes zu tun.« Er macht eine ausladende Handbewegung in Richtung der Eingangshalle. Sie ist leer, abgesehen von einem jungen Mann in zerlumpter Kleidung, mit einem ungepflegten Bart und wochenaltem Schmutz auf der Haut. Er führt eine lebhafte philosophische Diskussion mit einem Heißwasserspender.

»Wenn Sie mich ins System einloggen, kann ich die Arbeit auch selbst machen«, schlägt Lu vor.

»Machen Sie sich nicht lächerlich«, blafft Deng ihn an. »Was würden Sie sagen, wenn ich auf Ihre Wache käme und in Ihren Unterlagen stöbern würde?«

»Bruder Deng«, riskiert Lu einen vertraulicheren Ton. »Stellen Sie sich vor, es handelte sich um Ihre Schwester. Oder Ihre Tochter.« Lu deutet mit dem Kopf auf Meirong.

Meirong schaut mit ihren klimpernden Kätzchenaugen zu Deng auf.

Deng beißt sich entnervt auf die Unterlippe. »Ich habe nur ein paar Minuten Zeit.«

Meirong wartet geduldig, während Deng und Lu zu Dengs Schreibtisch gehen. Es dauert eine halbe Stunde, dann weiß Lu, was er wissen wollte: Tan Meixiang wurde in Harbin nicht als vermisst gemeldet; in den Kranken- und Leichenschauhäusern der Stadt ist keine Leiche eingeliefert worden, auf die die Beschreibung der Vermissten passt; und außer für die gesetzlich vorgeschriebene Registrierung ihrer Adresse in Harbin hatte sie keinen nennenswerten Kontakt mit dem lokalen Amt für Öffentliche Sicherheit.

Lu bedankt sich überschwänglich bei Deng und lädt ihn, sollte es ihn jemals in die Gemeinde Rabental verschlagen, zu einem Drink ein.

»Warum sollte ich dort hin?«, will Deng wissen.

»Gute Frage«, sagt Lu.

Tan Meixiangs Wohnung ist nicht weit von der Polizeiwache entfernt. Lu lässt den Streifenwagen dort stehen und geht mit Meirong zu Fuß. Wenig später kommen sie zu einem älteren fünfgeschossigen Gebäude, dessen Außenwand mit Klimaanlagen übersät ist und an dem eine klapprige, zickzackförmig verlaufende Feuertreppe klebt.

»Hat deine Schwester eine Mitbewohnerin?«, fragt Lu.

Meirong nickt. »Aber sie teilen sich nur die Wohnung. Sie sind nicht befreundet. Meixiang spricht so gut wie nie über sie.«

Lu klingelt am Türschild. Keine Reaktion. Er sieht auf die Uhr. Es ist bereits halb fünf. Er hofft, dass die Mitbewohnerin zu Hause ist, andernfalls müsste er einen Hausmeister oder den Vermieter ausfindig machen, um Zugang zu bekommen. Er drückt noch einmal die Klingel und hält den Finger darauf. Schließlich meldet sich eine müde weibliche Stimme in der Sprechanlage. »Ja?«

»Amt für Öffentliche Sicherheit«, sagt Lu. »Lassen Sie uns rein.«

Stille. Lu drückt ein drittes Mal. Das Schloss wird entsperrt, und er öffnet die Haustür. Lu sieht misstrauisch zu dem Aufzug in dem kleinen Hausflur. Lu leidet unter Klaustrophobie, und in seinen Augen ist jeder Aufzug in der Volksrepublik störanfällig. Lieber säße er mit einer Meute Rote-Garde-Zombies eingeschlossen in einem dunklen Keller, als in einem Aufzug stecken zu bleiben, andererseits will er Meirongs begrenzte körperliche Kräfte nicht über Gebühr strapazieren, indem er die Treppe benutzt. Er ruft den Aufzug, sie betreten die Kabine, und Lu drückt die Taste für den zweiten Stock. »Überlass mir das Reden«, sagt er.

An der Wohnungstür begrüßt sie eine junge Frau, die

eine Starbucks-Uniform trägt. Sie sieht besorgt aus, was nur normal ist.

»Ich bin Kommissar Lu«, stellt sich Lu vor. »Ich bin wegen Tan Meixiang hier.«

»Ist etwas passiert?«, fragt die Frau.

»Dürfen wir reinkommen?« Ohne eine Antwort abzuwarten, drückt Lu die Tür auf, und sie treten ein. Die Wohnung ist klein: Sitzecke, Essecke, Kochnische, Badezimmer, Schlafzimmer mit zwei schmalen Betten. Die Frau protestiert nicht, als Lu den Kopf in das Bade- und das Schlafzimmer steckt.

»Wie heißen Sie?«, fragt Lu.

»Lin Qun.«

»Sind Sie und Frau Tan die einzigen Bewohner?«

»Ja.«

»Wann haben Sie sie das letzte Mal gesehen?«

»Ich weiß nicht. Hm … irgendwann vergangene Woche. Donnerstag oder Freitag.« Lin sieht Meirong neugierig an. »Du bist ihre Schwester, nicht wahr?«

»Ja«, sagt Meirong. »Woher wissen Sie das?«

»Ihr seht euch ähnlich. Sie hat ein Foto von dir.« Lin zeigt auf den Kühlschrank.

Lu sieht eine mit einem Magnet befestigte verblasste Fotografie: Meirong und Meixiang, ungefähr zehn und vierzehn Jahre alt, und eine Frau, ihre Mutter, wie Lu vermutet. Die Mutter trägt einen Bademantel, sie wirkt schmal und abgespannt. Vielleicht, denkt Lu, ist es das letzte Foto der drei vor ihrem Tod.

»Geht es Meixiang gut?«, fragt Lin.

»Das wissen wir nicht«, antwortet Lu. »Sie wird vermisst. Sie sagten, Sie haben sie Donnerstag oder Freitag gesehen. Ist das normal, dass sie mehrere Tage hintereinander nicht nach Hause kommt? Ich frage mich nur, warum Sie sich keine Sorgen gemacht und jemanden alarmiert haben.«

»Ich … also …« Lin wird rot im Gesicht.

»Ja?«

»Ich habe ein langes Wochenende bei meinem Freund verbracht.« Lin hält sich die Hand vor den Mund.

»Ah«, sagt Lu. »Gut, dass ich nicht von der Sittenpolizei bin.« Er lächelt, um ihr zu zeigen, dass es nur ein Witz sein soll. Er stellt ihr noch mehr Fragen, doch sie kann keine weiteren Informationen beisteuern. »Macht es Ihnen etwas aus, wenn ich mich rasch umsehe?«

»Ich …«

»Setzen Sie sich aufs Sofa, es dauert nicht lange.«

Lu nimmt Meirong mit ins Schlafzimmer, um die Sachen ihrer Schwester durchzugehen, und Lu bemerkt, dass ihre Schlüssel, ihr Handy und ihr Portemonnaie nicht da sind. Dass sonst noch wichtige Dinge fehlen, kann Meirong nicht erkennen. Als sie die Wohnung verlassen, gibt Lu der Mitbewohnerin seine Visitenkarte und bittet sie, ihn anzurufen, falls sie etwas von Meixiang hört.

»Was jetzt?«, fragt Meirong im Aufzug auf der Fahrt nach unten.

»Jetzt versuchen wir es in dem Restaurant, in dem sie gearbeitet hat.«

SECHS

Das Lokal sieht nach Spitzengastronomie aus. Große Neonschriftzeichen zieren die Chrom-Glas-Fassade: *Shu Qi Da Qi* – »Hisst das Große Banner«.

Merkwürdiger Name für ein Restaurant, denkt Lu. Vielleicht ist der Besitzer ein Patriot.

Er parkt vor dem Eingang in zweiter Reihe. Die Hitze hat nachgelassen, und bei diesem Einsatz hält es Lu für angebracht, dass Meirong im Auto bleibt. Er kurbelt das Fenster ein Stück herunter, sagt ihr, sie solle auf ihn warten und sich ruhig verhalten, und ermahnt sie, nicht mit den Knöpfen und Schaltern am Armaturenbrett zu spielen. Er betritt das Foyer des Restaurants, wo eine attraktive junge Hostess ihn begrüßt, die beim Anblick seiner Uniform keine Miene verzieht. Er stellt sich vor und sagt, er ermittle im Fall der verschwundenen Tan Meixiang.

»Ich rufe den Geschäftsführer, mein Herr«, sagt sie und geht zu einem Telefon.

»Kennen Sie Frau Tan?«, fragt Lu.

»Ja … ich meine, nicht gut, aber sie hat hier sechs Monate oder so gearbeitet …« Sie legt den Hörer ans Ohr und wählt eine Nummer.

»Haben Sie eine Idee, was ihr zugestoßen sein könnte?«, fragt Lu. »Wo sie sich aufhalten könnte?« Die Hostess lächelt gekünstelt und schüttelt den Kopf. »Hat es kürzlich vielleicht einen ungewöhnlichen Zwischenfall mit Frau Tan in Ihrem Restaurant gegeben?«

»Nicht dass ich wüsste.« Sie hält einen Finger mit einem lackierten Nagel hoch und spricht in den Hörer. »Herr Fang? Ein Polizeibeamter möchte Sie sprechen. Er fragt nach Frau Tan Meixiang. Ja, Tan Meixiang. Genau. Danke, Herr Fang.« Sie legt auf. »Er wird gleich bei Ihnen sein.«

Li versucht, die Hostess weiter auszuhorchen, aber sie ist nicht besonders mitteilsam. Er wertet ihre Zurückhaltung nicht unbedingt als Beweis einer Verschwörung, doch die Frau ist auf der Hut. »Was für eine Küche servieren Sie hier eigentlich?«, fragt er.

»Wir sind bekannt für unsere exotischen Fleischsorten und Gerichte, die medizinische Wirkung haben.«

»Medizinische Wirkung?«

»Ja.«

»Meinen Sie mit medizinisch …«, setzt Lu an.

»Ausbalancierung des Qi. Verbesserung der Organfunktionen. Beseitigung von Hautproblemen. Erhöhung der Potenz.«

»Potenz?«

»Ja.«

Aha, denkt Lu. *Hisst das Große Banner*. Jetzt ergibt der Name des Restaurants schon etwas mehr Sinn. »Und welche Gerichte erhöhen die Potenz?«

»Verschiedene Tierpenisse und Hoden.« Trotz ihrer kultivierten Erscheinung bringt sie diese Wörter ohne den geringsten Anflug von Verlegenheit über die Lippen.

»Ah ja«, sagt Lu. »Dann werde ich mich mal ein bisschen umsehen, wenn Sie erlauben.«

»Herr Fang wird jeden Moment hier sein. Wenn Sie nichts dagegen haben, warten Sie bitte …«

»Ja, natürlich«, sagt Lu, geht an ihr vorbei und betritt den Speiseraum, bleibt dann aber, überwältigt von dem kostspieligen Dekor, wie angewurzelt stehen.

Mit hellroten und goldenen Akzenten hervorgehobene Holzvertäfelung; ein von Kristalllüstern erzeugtes warmes rosa Licht; Statuen barbusiger griechischer Nymphen, die Weinkrüge tragen; samtbezogene Sitzbänke und Tische mit blendend weißen Tischtüchern. Die Kellnerinnen tragen Seidenjacken und kurze Röcke und scheinen aufgrund ihres Aussehens eingestellt worden zu sein. Das Gleiche gilt für die Hilfskellner, die weiße Hemden und Fliegen und schwarze Hosen tragen.

Lu kennt sich mit Inneneinrichtung nicht aus, doch wenn er sich eine Bezeichnung für diese Art von Ästhetik ausdenken müsste, wäre es Puffplüsch.

Es ist noch früh, der Speisesaal nur zu einem Viertel besetzt. Die Kundschaft ist eher älter, männlich und, nach den goldenen Uhren sowie den Burberry-, Prada- und Vuitton-Herrenhandtäschchen zu urteilen, gut betucht.

Lu lauscht, während eine Kellnerin an einem Tisch mit *bai jiu* trinkenden Männern ihren Sermon herunterleiert.

»Das heutige Abendgedeck«, sagt die Kellnerin, »beginnt mit Schildkrötenfleisch gekocht in Ingwerbrühe und Eselcarpaccio mit einem pikanten Wasabi-Dip. Beide sind sehr gut für das Yang.«

Einer der Männer streckt die Hand aus und begrapscht die linke Pobacke der Kellnerin. »Ich spüre schon die Wirkung.«

Die anderen Männer grölen. Die Kellnerin lächelt und löst sich mit einer geschickten Bewegung von ihm. Ungerührt fährt sie fort: »Das nächste Gericht sind die Drei Goldenen Könige. Stier-, Yak- und Schwarzhundpenis. Gefolgt von Schafsfötus in dunkler Knoblauchsoße, Schlangenfleisch an Pilzen, Hähnchen mit Kräutern, frittierten Krabben, Tofu süßsauer, verschiedenem Gemüse und als Nachspeise drei Eissorten. Alles zusammen für zwölfhundert Yuan pro Person.«

»Wie sieht es mit Extrabeilagen aus?«, will der Grapscher wissen. »Ich meine, der besonderen Art.«

Lu rückt ein Stück näher und sucht Deckung hinter einer der griechischen Statuen.

»Wir haben einige Beilagen«, sagt die Kellnerin. »Ich bringe Ihnen die Liste.«

»Auch Tiger?«, fragt der Mann. Mit den Fingern demonstriert er, welches Körperteil des Tigers er meint.

Die Kellnerin hält sich die Speisekarte vor den Mund und senkt die Stimme. Was sie den Männern sagt, kann Lu nicht verstehen.

»Wusste ich es doch!«, beklagt sich einer. »Um an das gute Zeug zu kommen, braucht man Vitamin B.«

Gereizt winkt der erste Mann der Kellnerin zu. »Bringen Sie die Liste.«

Die Kellnerin fügt sich. Im hinteren Teil des Speisesaals sieht Lu einen Mann in einem Anzug westlichen Stils eine Treppe hinuntersteigen. Rasch kehrt er zurück ins Foyer. Ungezwungen lächelnd, kommt der Mann auf ihn zu.

»Ich bin Wilson Fang. Wie kann ich Ihnen helfen?« Fang ist mittelgroß, mittelschwer, nicht wirklich gut aussehend, aber auch nicht hässlich und trägt das ergrauende Haar kurz geschoren. Sein Anzug ist dunkel und dezent, aber von guter Qualität. Seine Schuhe sind aus Leder, vielleicht Krokodil.

»Sind Sie der Geschäftsführer?«, fragt Lu.

»Besitzer und Geschäftsführer.« Fang erscheint durch die Anwesenheit eines uniformierten Polizeibeamten in seinem Haus weder nervös noch eingeschüchtert.

»Ich ermittle in einem Vermisstenfall. Es geht um eine Ihrer Mitarbeiterinnen, ihr Name ist Tan Meixiang.«

»Kommen Sie doch in mein Büro.«

»Gern.«

Lu folgt Fang durch den Speisesaal, die Treppe hinauf, dann einen beidseitig mit geschlossenen Türen gesäumten Korridor entlang. Über den Türen sind Tafeln mit pompösen Bezeichnungen angebracht: Goldener Lotuspavillon, Weinpool und Fleischwald, Wolken- und Regengarten, Blütenduftgrotte und so weiter. Lu vermutet privat zu mietende Festräume dahinter und erkennt in einigen der Namen sexuelle literarische Anspielungen.

Fangs Büro befindet sich am Ende des Korridors. Er öffnet die Tür und bittet Lu herein. Die Einrichtung des

Raums hat etwas von einer Safarilodge: ein riesiger Schreibtisch aus Teakholz, Ledersessel, an der Wand dahinter eine Geweih- und Hörnersammlung; ein mit vermutlich unechtem Zebrafell bezogenes Polstersofa – aber wer weiß, vielleicht ist es doch echt; ein Sofatischchen mit Glasplatte und gelben Stoßzähnen als Beine und zwei leopardenfellbezogene Stühle. In der Mitte des Raums liegt ein Tigerfell, mit Glasaugen und gebleckten Zähnen.

Fang deutet zum Sofa und geht schnurstracks auf eine Anrichte hinter dem Schreibtisch zu, auf der ein Monitor mit geteiltem Bildschirm diverse Schwarz-Weiß-Ansichten des Restaurants zeigt. Fang schaltet den Monitor aus. »Kann ich Ihnen etwas zu trinken anbieten, Herr Polizeidirektor? Johnnie Walker Blue Label?«

»Kommissar. Lu. Nein danke.«

Fang lässt sich auf einen der Stühle nieder und zieht eine Packung Zigaretten aus der Hosentasche. Er bietet Lu eine an, Lu schüttelt den Kopf. Fang raucht 555, die Lieblingsmarke des Vorsitzenden Mao.

»Tan Meixiang, sagten Sie.« Fang zündet sich die Zigarette an. »Sie hat, ich würde sagen, etwas sechs Monate hier gearbeitet. Nettes Mädchen. Fleißig. Hat sie irgendwas verbrochen?«

»Sie wird vermisst. Ist Ihnen das nicht aufgefallen?«

»Sie wollte sich ein paar Tage freinehmen. Deswegen wusste ich nichts davon.«

»Wann hat sie um Urlaub gebeten?«

»Vergangene Woche.«

»An welchem Tag?«

»Hmm.« Fang bläst den Zigarettenrauch Richtung Decke. »Donnerstag oder Freitag.«

»Wissen Sie nicht genau, welcher Tag es war?«

»Ich habe hier siebenunddreißig Mitarbeiter. Da ist es schwierig, den Überblick über das Kommen und Gehen jedes Einzelnen zu behalten.«

»Verstehe«, sagt Lu. »Wie lange wollte sie sich freinehmen?«

»Eine Woche, wenn ich mich recht erinnere. Sie sagte, sie sei gerade seelisch belastet. Wollte einen klaren Kopf kriegen.«

»Hat sie angedeutet, welcher Art die seelische Belastung war?«

»Nein, tut mir leid. Ich habe sie nicht nach Details gefragt. Lange wird sie wohl noch nicht vermisst, oder?«

»Ihre Schwester hat seit Samstag nichts von ihr gehört.«

Fang klopft Asche in den Messingaschenbecher. »Ist das so ungewöhnlich?«

»Sie stehen beinahe täglich in Kontakt.«

»Hm.« Fang zieht genüsslich an der Zigarette. »Ich kann mich beim Personal umhören, ob jemand etwas weiß.«

»Ja, bitte. Fällt Ihnen sonst noch etwas ein, das uns weiterhelfen könnte? Wie wirkte sie in letzter Zeit auf Sie? War sie zerstreut? Wissen Sie etwas über ihr Privatleben, ihre Beziehungen?«

»Mir ist nicht bekannt, dass sie mit ihren Kolleginnen Streit hatte. Sie war beliebt bei den Gästen. Über ihr Privatleben weiß ich gar nichts. Sie ist einfach recht unvermittelt an mich herangetreten, und obwohl ich es nicht gern sehe, wenn meine Mitarbeiter unangekündigt Urlaub haben wollen, habe ich mir in ihrem Fall gesagt: Gut, sie ist noch keinen einzigen Tag krank gewesen, also sei nachsichtig. Glauben Sie, dass sie ein falsches Spiel treibt?«

»Ich möchte nicht spekulieren. Hat sie gesagt, wohin sie fahren will?«

»Von Wegfahren war überhaupt nicht die Rede.«

»Dalian hat sie nicht zufällig erwähnt?«

»Nein.«

Lu durchschaut Fang nicht ganz. Er scheint aufrichtig zu sein, aber er führt ein Restaurant, dessen Spezialität Eselpenisse sind.

Nach der Pandemie hat die Regierung ein neues und umfassendes Verbot gegen den Handel mit und den Verzehr von Wildtieren erlassen. Die meisten Gerichte auf der Speisekarte, die die Kellnerin aufzählte, sind legal, doch das Gerede über Extrabeilagen wirkte hochgradig verdächtig. Und private Festräume, die auf Duftblumen und Wolken und Regen verweisen – wer weiß, was hinter den verschlossenen Türen vor sich geht.

»Ihr Restaurant ist wohl sehr erfolgreich«, sagt Lu.

Fang winkt abwehrend mit der Zigarette. »Wir kommen zurecht.«

»Sie sind berühmt für Gerichte mit aphrodisierender Wirkung.«

»Wir bieten eine Vielzahl von Speisen an, die der Gesundheit förderlich sind. Gut nicht nur für die Libido, auch für die Ausgeglichenheit der Vitalfunktionen, für die Lebensdauer und die geistige Leistungsfähigkeit.«

»Und das alles nach dem Verzehr von Tigerschwänzen?«

»Wir servieren hier keine Tigerschwänze, Kommissar. Das wäre illegal. Und ich nehme an, Sie sind skeptisch gegenüber der traditionellen Medizin.«

»Ich bin Polizist und deshalb von Natur aus skeptisch. Aber ich versuche, unvoreingenommen zu sein.«

Fang drückt seine Zigarette aus. »Kann ich Ihnen sonst noch irgendwie behilflich sein?«

»Sie kennen nicht zufällig einen Mann aus Rabental mit dem Familiennamen Chen?«

»Ich kenne mindestens hundert Männer mit dem Familiennamen Chen, Kommissar. Das ist ein sehr verbreiteter Name. Aber an einen Chen aus Rabental kann ich mich nicht erinnern.«

»Gut. Darf ich mich noch ein bisschen umsehen?«

»Es wäre mir lieber, wenn Sie das nicht täten, Kommissar. Tut mir leid. Wir haben hier viel gehobene Kundschaft. Geschäftsleute. Beamte. Sie legen Wert auf ihre Privatsphäre.«

»Warum? Tun sie etwas Verbotenes?«

Fang lächelt dünn. »Darf ich Sie hinausbegleiten?«

Lu besteht nicht auf seinem Wunsch. Harbin liegt nicht in seinem Zuständigkeitsbereich. Fang geleitet ihn nach unten und durch das Restaurant. Im Foyer reicht er ihm die Hand. »Ich melde mich, wenn ich etwas höre.«

»Danke.« Lu wendet sich zur Tür, bleibt noch einmal stehen und sagt eher beiläufig: »Mir ist aufgefallen, dass Sie hier Kameras zur Überwachung des Restaurants haben. Heben Sie das Filmmaterial auf?«

»Nein, Kommissar. Ich benutze nur die Direktübertragung zur Überwachung, wenn ich in meinem Büro arbeite.

»Aha.« Lu nimmt an, dass in den privaten Festräumen eine Menge Alkohol und Aphrodisiaka für ausgelassene Stimmung sorgen. Wäre es klug, Videoaufzeichnungen dieser Gelage aufzubewahren? Oder wäre es bei der speziellen Klientel – Geschäftsleute und Beamte, »gehobene Kundschaft«, wie sich Fang ausgedrückt hat – klüger, sie *nicht* aufzubewahren?

Meirong sitzt schwitzend draußen im Streifenwagen. »Was haben Sie herausgefunden?«, fragt sie ungeduldig.

»Ihr Chef sagt, sie habe sich freigenommen.«

»Er lügt!«

»Das wissen wir nicht.«

»Vielleicht war er daran beteiligt, sie zu entführen und ihre Organe zu verkaufen.«

»In China laufen keine Diebe herum und verkaufen menschliche Organe, Meirong. Auf diesen Handel hat der Staat ein Monopol.« Lu nimmt sein Handy. »Ich muss mal schnell jemanden anrufen.« Er wählt die Nummer von Monk, dem Besitzer der Schwarzen Katze, einer der beliebtesten schwulen Bars in Harbin.

Monk geht sofort ran. »Kommissar Lu. Was für eine angenehme Überraschung.«

»Wie geht es Ihnen, Monk?«

»Man schlägt sich so durch.«

»Das freut mich. Hören Sie. Ich weiß, dass Sie in der

Restaurant- und Barszene in Harbin gut vernetzt sind. Kennen Sie ein Haus, das *Hisst das Große Banner* heißt?«

Monk schnaubt in den Hörer. »Ein Fleischmarkt, in mehrerer Hinsicht.«

»Wie das?«

»Es liegt nahe, dass ein auf aphrodisierende Speisen spezialisiertes Haus eine Brutstätte für schlechtes Benehmen ist.«

»Etwas genauere Informationen, bitte.«

»Wohlgemerkt, alles nur Gerüchte. Das Banner soll bei vielen Reichen und Mächtigen gerade sehr angesagt sein. Ich habe gehört, dass sie sich dort dem Genuss diverser absolut verbotener Speisen hingeben, im Geheimen natürlich.«

»Was zum Beispiel?«

»Tiger, Schuppentiere, Bären. Aber auch illegale Objekte der menschlichen Spezies. Männer, Frauen, Jungen, Mädchen, was das Herz begehrt.«

»Wirklich? Wie schaffen sie es, damit durchzukommen?«

»Womit? Den Prostituierten oder den Wildtieren?«

»Sowohl als auch.«

»Ich habe Ihnen doch gerade gesagt – viele reiche und mächtige Leute besuchen das Restaurant. Der Besitzer hat erstklassige *guanxi*.«

Guanxi. Beziehungen. Das Schmierfett, das in China beinahe alle Räder im Geschäftsleben und in der Politik am Laufen hält.

»Was wissen Sie über ihn? Über Fang?«

»Nichts. Er hält sich extrem bedeckt. Ich glaube, ich

würde ihn nicht einmal erkennen, wenn er im Bus neben mir säße.«

»Können Sie sich vielleicht umhören? Mal sehen, ob sich was gegen ihn findet.«

»Klar.«

»Danke, Monk. Ach so, noch etwas …« Lu sieht zu Meirong. »Ähm … wissen Sie, ob die Kellner und Kellnerinnen auch … zum Speiseplan gehören?«

»Es würde mich nicht überraschen. Aber ich habe nichts davon gehört, dass es in der Jobbeschreibung steht. Ich glaube allerdings, dass das Restaurant ein geeigneter Ort für eine junge Frau sein könnte, um einen älteren Herrn kennenzulernen, der eine Geliebte sucht.«

SIEBEN

Als sie wieder in Rabental ankommen, ist es Abendessenszeit. Lu schlägt Meirong vor, ihr etwas zu kaufen, doch sie schüttelt den Kopf. »Setzen Sie mich einfach am Bahnhof ab.«

»Ich bringe dich nach Hause.«

»Nicht nötig.«

»Ich möchte das aber.«

»Warum?«

»Ich würde gern sehen, wo du wohnst. Man weiß bei Ermittlungen nie, was sich noch als nützlich erweisen könnte.«

»Sich anzusehen, wo ich wohne, gehört bestimmt nicht dazu.«

»Ich möchte auch deinen Vater sprechen.«

»Das ist reine Zeitverschwendung.«

»Sag mir einfach, wie ich hinkomme.«

»Muss ich das tun?«

»Nein. Ich kann auch einen Kollegen bitten, mir deine Adresse herauszusuchen, aber davon bekäme ich nur schlechte Laune.«

Meirong schnaubt verärgert, sagt ihm jedoch schließlich, wo sie wohnt.

Es ist eins der heruntergekommeneren Stadtviertel. Ihr Wohnhaus hat fünf Geschosse, und alles ist aus grauem Beton: graue Betontreppen, graue Betonwände, graue Betonböden, graue Betondecken.

Lu parkt den Streifenwagen davor, was eine Schar Kinder anlockt, die auf dem Bürgersteig spielt. Die Kinder sind nicht scheu, sie laufen auf ihn zu und stellen Fragen.

»Wollen Sie jemanden verhaften?«

»Wo ist Ihre Pistole?«

»Wie viele Böse haben Sie schon getötet?«

Lu hat ernste Zweifel, dass er jemals einen väterlichen Instinkt entwickeln wird. »Haut ab!«, ruft er.

Auch eine Gruppe Erwachsener sitzt draußen auf Hockern und genießt das laue Abendlüftchen. Sie sind genauso neugierig wie die Kinder, aber zurückhaltender. Mit dem Kinn deuten sie zu Meirong und flüstern sich gegenseitig etwas ins Ohr.

Lu merkt, dass er Meirong in eine heikle Lage gebracht hat. Es ist nie gut, beim Nachhausekommen in Begleitung eines Polizeibeamten gesehen zu werden. »Geh du voran«, sagt Lu zu ihr.

Sie steigen mehrere Treppen hinauf. Die pockennarbigen verblassten Wände sind mit Stromkabeln bespannt. Meirong führt Lu einen Flur entlang, auf der einen Seite Wohnungen, auf der anderen eine Fensterreihe, die auf den Innenhof hinausgeht. Die Fenster scheinen seit dem Bau kein einziges Mal geputzt worden zu sein; sie sind so dreckig, dass sie das wenige Licht, das sie hindurchlassen, zu einem Tabakgelb verfärben. Besen, Kehrschaufeln und Mülleimer versperren den Weg. Von den Wasserrohren an der Decke hängt Wäsche.

Vor einer der Wohnungen bleibt Meirong stehen, schließt die Tür auf und ruft: *»Ah Ba!«* Sie bedeutet Lu zu warten und tritt dann ein. Nach einem Moment kehrt sie zurück und bittet ihn herein.

Die Wohnung ist hübscher, als das Äußere erahnen lässt, aber nicht sehr. Die gleichen Betonwände, ein wenig belebt durch einige Glücksbringer aus Papier und ein altes Neujahrsfestposter. Das Wohnzimmer ist vollgestellt, ein Sofa, mehrere nicht zueinander passende Stühle, ein niedriger Tisch, ein alter Fernseher und ein Wasserkocher.

Herr Tan erhebt sich steif vom Sofa, als Lu eintritt. Sein Gesicht ist gerötet, die Augen sind wässrig, und er stinkt nach dem billigen Fusel *bai jiu*. Lu stellt sich vor, und Tan bittet ihn, Platz zu nehmen. Er zeigt auf die Flasche Schnaps. »Möchten Sie etwas trinken? Bring ein Glas, Meirong!«

»Nein, vielen Dank.«

Tan schenkt sich nach, nimmt sein Glas, setzt sich auf das Sofa und stöhnt vor Schmerz. »Sie ist also nicht tot?«

»Soweit ich weiß, nicht«, antwortet Lu. »Warum? Haben Sie Grund zu der Annahme, dass sie tot sein könnte?«

»Ein Bier? Oder Tee? Meirong, koch uns Tee.«

»Nein, wirklich. Nicht nötig«, erwidert Lu. »Können Sie mir sagen, wann Sie zuletzt etwas von Ihrer Tochter gehört haben?«

»Das ist eine Weile her.« Tan trinkt einen Schluck. »Sie spricht mit Meirong, mit mir aber nicht.«

»Und warum ist das so?«

Tan zuckt mit den Schultern. »Ich weiß es nicht. Sie hat keinen Respekt. Noch nie gehabt.«

Respekt gegenüber den Eltern – Wertschätzung, Gehorsam und auch die Sorge für die Eltern – ist die Kardinaltugend einer konfuzianischen Gesellschaftsordnung. Beim Anblick von Tan auf dem Sofa, unrasiert, in einem schmutzigen T-Shirt und mit drei Vierteln einer Flasche Schnaps intus, kann er Meixiang ihre angebliche Aufsässigkeit kaum verübeln. »Sie verstehen sich also nicht gut mit ihr?«

»Nicht so richtig, nein.«

»Aber Sie schickt Ihnen Geld für die Miete und anderes«, sagt Lu.

Tan ist beleidigt. »Ich habe sie großgezogen, seit sie ein Baby war. Ich habe sie gekleidet. Ich habe ihr ein Dach über dem Kopf gegeben. Es ist das Mindeste, was sie tun kann. Ich hatte einen Unfall. Mein Rücken ist verletzt. Ich darf nichts Schweres mehr heben, nur bis zehn Kilo, sonst wäre ich längst dauerhaft gelähmt.«

»Bekommen Sie keine Entschädigung von der Berufsunfallversicherung?«

»Keinen einzigen Yuan! Und ich bin auch gar nicht versichert.«

»Hat Ihr Arbeitgeber nicht für Sie eingezahlt?«

»Ich habe etwas Geld bekommen, eine kleine pauschale Abfindung. Ein mieses Taschengeld, nicht mehr. Ich war Tagelöhner. Schwarzarbeit. Ich musste nehmen, was sie mir geboten haben. So viel zum großen chinesischen Traum. Ein Witz.«

»Dann ist es ja gut, dass Meixiang so pflichtbewusst ist, genug Geld nach Hause zu schicken«, sagt Lu.

»Sie tut es für ihre Schwester. Um mich schert sie sich einen Dreck.«

»Scheint auf Gegenseitigkeit zu beruhen.«

Tan gießt sich den nächsten Schluck ein. »Was wissen Sie denn schon? Sie hatten wahrscheinlich reiche Eltern, sind aus gutem Haus. Sie haben eine Universität besucht, und jetzt sind Sie beim Staat angestellt, haben eine angenehme Arbeit, tragen eine hübsche Uniform mit einer glänzenden Dienstmarke und dürfen den Leuten sagen, was sie zu tun und zu lassen haben.«

»Vielleicht. Trotzdem sitze ich hier in Ihrer Wohnung und versuche, eine junge Frau ausfindig zu machen, um die sich anscheinend nur ihre Schwester Sorgen macht.«

Tan plustert sich auf wie eine nasse Henne, sinkt aber gleich wieder in die abgewetzten Sofakissen. »Ich weiß, wie es auf Sie wirken muss. Ich sitze hier auf dem Sofa, betrunken schon vor dem Abendessen, während meine neunzehnjährige Tochter auf sich gestellt in der großen Stadt lebt, ihre Jugend vergeudet und sich krummlegt, um den Haushalt zu unterstützen. Aber es war nicht immer so. Ich hatte kein Glück im Leben. Auf mich warteten keine teuren Schulen oder Uniformen mit glänzenden Dienstmarken. Nur harte Arbeit, von Sonnenauf- bis Sonnenuntergang, seit ich achtzehn war. Ich habe für meine Familie gesorgt, so gut ich konnte. Dann starb meine Frau und hinterließ mir zwei kleine Mädchen. Ich verstehe nichts von Kindererziehung. Und dann breche ich mir obendrein auch noch die Wirbelsäule. Zwei Monate Krankenhaus. Jetzt kann ich weder aufrecht stehen noch mich richtig bücken. Schlafen kann ich wegen der Schmerzen am Stück nur eine halbe Stunde. Medikamente kann ich mir nicht leisten, außer diesem billigen Zeug.« Tan zeigt auf die Flasche. »Ja, die letzten Jahre waren wir auf Meixiang angewiesen. Und obwohl wir nicht immer einer Meinung sind – ohne Meixiang wüsste ich nicht, wie wir überleben sollen. Schon deswegen müssen Sie sie finden. Das ist die Wahrheit.«

Lu sieht zu der fast leeren Flasche auf dem Tisch. Dann zu Meirong mit ihren dünnen Armen und den hervorstehenden Wangenknochen. Der Schnaps, den Tan trinkt, ist eine Billigmarke, aber, fragt sich Lu, vor die Wahl gestellt, entweder einen Sack Reis zu kaufen oder einen Liter *bai jiu* – wofür würde er sich wohl entscheiden?

»Sie müssen eine Möglichkeit finden, Ihre Situation zu verbessern, Herr Tan«, sagt Lu. »Ein Mädchen braucht einen Vater.«

»Was schlagen Sie vor? Ich heile wundersamerweise meinen Rücken selbst? Gewinne im Lotto? Heirate reich?«

Lu steht auf. »Vielen Dank für Ihre Zeit.«

»Gerne doch«, sagt Tan sarkastisch.

Lu geht zu Meirong, die eine Packung Instantnudeln zubereitet. »Kommst du zurecht?«

Meirong rührt mit zwei Essstäbchen in ihren Nudeln. »Wenn Sie meine Schwester finden.«

Lu geht nach unten und sieht, dass irgendein Taugenichts aus der Nachbarschaft ein obszönes Bild in die Staubschicht auf der Kofferraumklappe gemalt hat.

Von wegen Respekt!

Die Kinder sind wie vom Erdboden verschwunden. Lu quetscht die plaudernden Erwachsenen auf ihren Stühlen aus. Sie behaupten, sie wüssten nicht, wer der Schuldige sei. Dann überschütten sie ihn mit Fragen. Er sagt, Meixiang werde vermisst, und sie schnalzen mit der Zunge und schütteln den Kopf, steuern aber keine nützlichen Informationen bei, außer dass Herr Tan ein fauler Trunkenbold sei, was Lu bereits bekannt ist.

Lu wischt das Bild mit dem Handballen von der Kofferraumklappe. Und während er losfährt, prophezeit er, dass der kleine Schurke, der das Bild gemalt hat, entweder die Laufbahn eines Kriminellen einschlagen oder Karriere als Staatsdiener machen wird.

So oder so, am Ende wird er im Gefängnis landen.

ACHT

Nachdem Lu gegangen ist, kehrt Fang in sein Büro zurück, schließt die Tür, gießt sich einen Schluck Johnnie Walker ein und zündet sich eine 555-Zigarette an. Er entsperrt eine Schublade in seinem Schreibtisch und holt ein Prepaidhandy daraus hervor. Er wählt eine Nummer, die er auswendig kennt.

Nachdem es sechsmal geklingelt hat, meldet sich eine Stimme: »Ja?«

»Wir haben möglicherweise ein Problem.«

»Was für ein Problem?«

»Eben war ein Bulle hier und hat nach Tan Meixiang gefragt.«

»Ich dachte, Sie hätten die Polizei von Harbin in der Tasche.«

»Er kommt nicht aus Harbin, sondern aus Rabental.«

»Rabental? Wo liegt das denn?«

»Ungefähr siebzig Kilometer von hier. Anscheinend die Heimatstadt des Mädchens.«

»*Ta ma de*. Dann ist er nicht zuständig für Harbin, oder? Also keine Panik.«

»Ein Bulle, der hier rumschnüffelt – und das gibt Ihnen

nicht zu denken? Er hat gezielt nach Informationen über das Mädchen gefragt, und er hat unterschwellig Vorwürfe erhoben, was einige Produkte auf der Speisekarte angeht. Was ist, wenn er sich an die staatliche Forst- und Graslandverwaltung wendet?«

Es folgt eine Pause. »Allerdings, dann hätten wir tatsächlich ein Problem. Kennen Sie Leute in der Forst- und Graslandverwaltung?«

»Nur ein paar einfache Beamte.«

»Dann rufen Sie die mal schleunigst an und fragen Sie sie, was man intern über Sie so munkelt. Und bei der Schmuggelware halten Sie sich vorerst ein bisschen zurück.«

»Und der Bulle?«

»Vielleicht ist er nur scharf auf Schmiergeld. Fragen Sie bei Ihren Kontaktpersonen in Harbin nach, was die über ihn wissen.«

»Gut, mache ich.« Fang legt auf. Er zieht die SIM-Karte aus dem Handy, zerbricht sie in zwei Teile und wirft sie in den Papierkorb. Dann schließt er das Handy wieder in der Schublade ein.

Er kann nur hoffen, dass Lu Fei so klug ist, sich fernzuhalten.

Nicht dass Fang zimperlich wäre – aber Leichen können jede Menge Ärger verursachen.

NEUN

Es ist Donnerstagmorgen, und Lu ist gerade dabei, in der Kantine der *paichusuo* seine Thermoskanne mit heißem Wasser zu füllen, als Polizeimeister Wang Guangrong hereinschlurft. Wang hat sich vom Nachtdienst abgemeldet, und er sieht aus, als hätte er zwei Wochen Folter durch Schlafentzug in einem geheimen Straflager hinter sich. Lu wünscht ihm einen guten Morgen, doch Wang ist nur zu einem mürrischen Nicken fähig. »Im Warteraum sitzt wieder dieses Mädchen.«

»Meirong?«

»Ich weiß nicht, wie sie heißt. Jedenfalls dieselbe wie gestern. Kommt sie jetzt jeden Tag hierher?«

»Lassen Sie sie einfach in Ruhe.«

»Ich lasse sie in Ruhe. Sie lässt mich nicht in Ruhe.«

»Wie? Stört sie Sie?«

»Sie guckt mich an, als hätte ich etwas verbrochen.«

»Vielleicht haben Sie ein schlechtes Gewissen. ›Wer aufrecht steht, braucht sich keine Sorgen um einen krummen Schatten zu machen.‹«

Wang murmelt eine respektlose Bemerkung, die Lu geflissentlich überhört.

Er geht in sein Büro und widmet sich dem Papierkram. Er geht nicht in den Warteraum, um Meirong zu begrüßen. Wenn sie dort den ganzen Tag sitzen will, dann sei es so. Er unternimmt alles, um ihre Schwester zu finden, und er braucht keine unterernährte Fünfzehnjährige in Plastiksandalen und zerfleddertem T-Shirt, um ihm ein schlechtes Gewissen zu machen.

Als Polizeiobermeister Bing auf die Wache kommt, bittet ihn Lu, zwei jüngere Kollegen anzuweisen, noch mal bei Harbins Kranken- und Leichenschauhäusern nachzufragen, ob in der Zwischenzeit anonyme Patientinnen oder Leichen eingeliefert wurden. Bing kommt seinem Wunsch nach, doch am Ende stehen sie mit leeren Händen da. Was eigentlich eine gute Nachricht ist, die Lu jedoch bei der Lösung des Rätsels um Tan Meixiangs Verbleib keinen Schritt weiterbringt.

Er geht zum nächsten logischen Ermittlungsansatz über und zieht Erkundigungen über den Ort ein, an dem sich Meixiangs Spur plötzlich verliert.

Dalian.

Lu war nur ein einziges Mal dort, zum Bierfestival. Er hat Dalian als eine lebenswerte Stadt in Erinnerung, an der Spitze einer Halbinsel gelegen, mit zahlreichen offenen Plätzen, Parks und Grünanlagen, die Architektur eine Stilmischung aus Russisch, Japanisch und Chinesisch, mit ausgezeichneten Fischrestaurants und einem vom Gelben Meer her wehenden kühlen Wind, der die schlimmste sommerliche Hitze fernhält.

Was die berühmten Strände betrifft, hatte Lu seinerzeit

keine Gelegenheit, sie aufzusuchen, aber er kennt Fotos. Blauer Himmel, kristallklares Wasser. Die Berge dicht bestanden mit smaragdgrünen Fichten. Reihen mit bunten Sonnenschirmen. Sanft brechende Schaumkronen.

Und jeder Quadratzentimeter Sand mit Massen von Touristen belegt, wie eine wimmelnde Kolonie wütender Feuerameisen.

Es unterscheidet sich nicht von anderen Stränden in der Volksrepublik. Kein Wunder bei einer Bevölkerung von 1,4 Milliarden.

Lu kommt die Idee, das Berufliche mit dem Angenehmen zu verbinden. Er würde sich für einen Kurzurlaub in Dalian ein verlängertes Wochenende freinehmen und vor Ort Tan Meixiangs Verschwinden untersuchen. Was sollte ihn davon abhalten? Und wenn er schon einmal da war, warum dann nicht auch mal Hummer essen? Ein paar neue Biermarken ausprobieren. Einen der goldenen Strände besuchen. Vielleicht könnte er Yanyan überreden mitzukommen.

Ob sie wohl einen Bikini besitzt?

Er ruft Yanyan an und unterbreitet ihr sein Angebot. »Ein Wochenende am Meer. Warmer Sand. Kühles Wasser. Gutes Essen.«

»Und der Rote Lotus?«

»Jeder braucht ab und zu mal eine Pause, Yanyan. Außerdem hast du in letzter Zeit gut verdient. Du kannst es dir leisten, den Laden für ein paar Tage zu schließen.«

»Ich weiß nicht …«, druckst Yanyan herum.

Lu spürt, wie sie eine Mauer um sich errichtet. »Wusstest du, dass es dort einen Wildzoo gibt? Mit Pandas.«

»Pandas?«

»Richtig.« *Pandas mag schließlich jeder.* »Und mit Löwen und Tigern.«

»Hm.«

»Zufällig findet dort gerade das alljährliche Bierfestival statt. Es könnte also auch als Geschäftsreise dienen. Du kannst ein paar Craft-Biere testen und vielleicht ein paar neue Marken in deine Getränkeauswahl übernehmen.«

»Ja, vielleicht.«

»Pass auf. Ich buche uns für morgen zwei Tickets. Wir fahren hin, gucken uns die Sehenswürdigkeiten an, tanken ein bisschen Sonne, gehen essen und trinken und sind rechtzeitig am Sonntagabend zur Öffnungszeit wieder da, wenn du willst.«

»Also …«

»Ich akzeptiere kein Nein. Das Leben ist kurz, der Winter war hart, und wir haben uns was Gutes verdient. Ich kümmere mich um alles. Du brauchst nur ein paar Kleider einzupacken. Ich muss jetzt los, aber ich hole dich morgen ab, so gegen zehn.«

»Ich überleg es mir …«

»Toll. Bis dann also. Ach so. Yanyan?«

»Ja?«

»Vergiss deinen Badeanzug nicht.«

Lu ruft in Dalian an und muss erfahren, dass anständige Hotels in der Hochsaison Mangelware sind. Es gelingt ihm schließlich, ein Zimmer im Haus einer Mittelklasse-Hotelkette zu reservieren. Eine Lage ohne Meerblick, dafür Frühstück und WLAN inklusive. Lu ist versucht, ein Zimmer mit Doppelbett zu reservieren, aber er will sein Glück nicht herausfordern und bestellt eines mit zwei Einzelbetten.

Nachdem die Reisevorbereitungen getroffen sind, verbringt Lu den Nachmittag mit den üblichen Verwaltungsaufgaben, beschließt dann aber, früher Feierabend zu machen und noch zum Friseur zu gehen. Auf dem Weg zum Ausgang schaut er kurz im Büro von Polizeidirektor Liang vorbei, um ihm mitzuteilen, dass er nach Dalian fährt.

»Wozu?«, fragt Liang.

»Es geht um die vermisste Person.«

»Können Sie das nicht telefonisch mit dem Amt für Öffentliche Sicherheit in Dalian klären?« Liang zieht eine Zigarette aus einer Packung auf seinem Schreibtisch, zündet sie an und bläst den Rauch zur Decke.

»Schon die neueste Verordnung des Gesundheitsministeriums gelesen?«, fragt Lu. »Rauchen am Arbeitsplatz ist nicht mehr gestattet.«

»Das ist mein Büro«, sagt Liang.

»Sie haben recht. Es ist ja eigentlich auch kein Arbeitsplatz.«

»Sehr witzig. Ist es wirklich nötig, nach Dalian zu fahren?«

»Von dort haben wir das letzte Ping-Signal erhalten.«

Liang sieht ihn mit zusammengekniffenen Augen verschmitzt an. »Ich glaube, mich zu erinnern, dass dort gerade das Bierfestival stattfindet.«

»Ach ja? Das war mir nicht bewusst.«

»Nein, natürlich nicht. Haben Sie hier nicht genug zu tun?«

»Doch. Aber das vermisste Mädchen ist aus Rabental, also sind wir verantwortlich. Und draußen im Warteraum sitzt ihre kleine Schwester von morgens bis abends und wartet auf Antworten. Ich habe den Eindruck, dass sie so lange dort sitzen bleiben wird, bis sie welche bekommt.«

»Das ist ihre Entscheidung.«

»Es wäre doch wirklich zu dumm, wenn die Lokalmedien Wind von der Sache bekämen. Wie sähe das aus? Mittelloses Mädchen aus Rabental, fünfzehn, alleinerziehender Vater, Schwester vermisst, vertreibt sich die Zeit auf der *paichusuo*, während die Polizei nichts unternimmt.«

»Haben Sie nicht schon alles unternommen?«

»Ja, außer den letzten bekannten Aufenthaltsort des Mädchens aufzusuchen. Aber Sie wissen ja, wie gerne die Medien mit solchen Geschichten auf die Tränendrüse drücken.«

»Blutsauger.« Liang raucht einen Moment schweigend und sagt dann: »Gute Reise.«

Lu kommt auf dem Weg nach draußen durch den Eingangsbereich. »Geh nach Hause, Meirong«, sagt er zu dem Mädchen. »Ich bin für ein paar Tage weg. Ich arbeite an dem Fall.«

»Weg? Wo?«

»Du musst nicht alles bis ins Kleinste wissen. Ich versichere dir, ich tue mein Bestes, und ich sage dir Bescheid, sobald ich etwas herausgefunden habe.«

»Sie fahren nach Dalian, nicht wahr? Kann ich mitkommen?«

»Auf gar keinen Fall. Ich hätte dich nicht mal nach Harbin mitnehmen sollen.«

»In dem Zoo in Dalian soll es Pandas geben, habe ich gehört. Ich habe noch nie einen Panda gesehen.«

»Versuch dein Glück im Internet. Ich rufe dich an, wenn es etwas Neues gibt.«

ZEHN

Lu und Yanyan treffen sich am Freitagmorgen und nehmen einen Regionalzug nach Harbin, und von dort geht es mit dem Hochgeschwindigkeitszug weiter nach Dalian. Die ganze Reise dauert sechs Stunden. Yanyan trägt Jeans, Tennisschuhe und ein weißes T-Shirt. Ihr Haar ist zu einem Pferdeschwanz zusammengebunden, und außer Ohrringen und dem zinnoberroten Armband, dem allgegenwärtigen Andenken an ihren verstorbenen Ehemann, hat sie keinen anderen Schmuck angelegt oder Make-up aufgetragen.

Sie ist das glanzvollste Wesen, das Lu je zu Gesicht bekommen hat.

Weswegen er besonders bedauert, dass er vorher noch etwas zu erledigen hat.

»Ich muss noch schnell zur Polizeiwache, dann melden wir uns im Hotel an«, sagt Lu.

»Warum?«, fragt Yanyan, plötzlich misstrauisch.

»Es ist nur eine Kleinigkeit.«

Er bietet ihr an, ihr Gepäck zu tragen, aber sie lehnt, leicht irritiert, ab. Lu spürt es: Ihr dämmert, dass er nicht ganz aufrichtig war, was den Grund für ihre gemeinsame Reise betrifft.

Es sind nur ein paar Schritte zur nächsten Dienststelle des Amtes für Öffentliche Sicherheit in Qingniwaqiao. Lu weist sich aus und erkundigt sich nach Meixiang. Man fordert ihn auf, in der Eingangshalle zu warten.

Yanyan setzt sich auf eine Bank und schlägt die Beine übereinander. »Mir war nicht klar, dass du beruflich hier zu tun hast.«

»Ich bin nicht beruflich hier. Ich verbringe meine Zeit mit dir.«

Yanyan sieht sich in der Eingangshalle um. »Mit mir, einem halben Dutzend Polizisten und einigen koreanischen Touristen, deren Gepäck gestohlen wurde.«

»Es dauert nur wenige Minuten.«

Natürlich dauert es nicht nur wenige Minuten, sondern über eine Stunde, bis Lu einen Aufsichtsbeamten ausfindig gemacht hat und sich bestätigen lässt, dass weder Meixiang in ein Kranken- oder Leichenschauhaus der Umgebung eingeliefert wurde noch eine Person, auf die die entsprechende Beschreibung passt, in einem der Polizeiberichte der letzten Tage auftaucht. Der Aufsichtsbeamte informiert ihn außerdem darüber, dass der Funkmast, der Meixiangs letztes Handysignal aufgezeichnet hat, den Bereich der Innenstadt um den Bahnhof herum erfasst.

»Mit anderen Worten, Meixiang hat ihr Handy wahrscheinlich sofort abgeschaltet, als sie aus dem Zug stieg«, sagt Lu.

Der Aufsichtsbeamte zuckt mit den Schultern. »Vielleicht hat auch ein Taschendieb es ihr geklaut und abgeschaltet, damit man es nicht mehr orten kann.«

»Wissen Sie, ob es auf dem Bahnhof ein Fundbüro gibt?«, fragt Lu. »Vielleicht hat jemand ihr Handy dort abgegeben.«

»Da müssten Sie am Bahnhof fragen.«

Es ist fast sechs Uhr abends. Lu und Yanyan haben Hunger, sind müde und leicht verstimmt. Sie melden sich im Hotel an – sie bemerkt, dass er nur ein Zimmer bestellt hat, und sagt, sie hoffe, dass er nicht schnarcht – und beschließen, in einem Restaurant in der Nähe zu essen. Während der Mahlzeit sorgt Lu für ein oberflächliches Tischgespräch, doch erst nach einigen Gläsern entspannt sich Yanyan und lacht über seine dummen Witze.

»Du hast ein betörendes Lächeln«, sagt Lu.

Yanyan hält sich die Hand vor den Mund. »Hör auf.«

»Warum?«

»Das ist mir peinlich.«

»Nein – warum bist du … Was ich sagen will … ist irgendetwas passiert, wovon ich nichts weiß?«

»Ich verstehe nicht, was du meinst.«

»Hier, trink noch etwas Wein.« Lu hat zum Essen einen französischen Wein bestellt. Er versteht nichts von ausländischen Weinen, er wollte kultiviert und romantisch erscheinen, was er jetzt bereut – der Wein schmeckt wie eine in Batteriesäure fermentierte reife Frucht.

»Nein danke«, protestiert Yanyan. »Ich bin schon ein bisschen beschwipst.«

»Na gut.« Lu gießt ihr trotzdem ein. »Ich dachte, wir würden uns gut verstehen.«

»Wir verstehen uns doch auch gut, Bruder Lu.«

»Ich meine, *sehr* gut.«

Verlegenes Schweigen ist die Folge. Lu bricht das Schweigen, indem er sein Glas hebt. *»Gan bei!«* Sie trinken. Lu verspürt ein Brennen in der Brust und verzieht das Gesicht.

»Was ist? Magst du ihn nicht?«, fragt Yanyan.

»Ich mag *dich*, Yanyan.«

Yanyan verschluckt sich und hustet in ihre Papierserviette.

»Bitte, sag es mir«, fleht Lu sie an. »Habe ich irgendetwas getan, was dich verärgert hat?«

»Nein.« Yanyan trinkt hastig Wasser.

»Was ist es dann? Ich will es doch nur verstehen.«

Yanyan sieht auf ihren Teller. Lu beugt sich vor und berührt ihren Unterarm. Seine Finger streifen dabei versehentlich die harte, etwas schrumpelige Oberfläche ihres zinnoberroten Armbands.

»Rede mit mir«, sagt Lu.

»Wenn ich gewusst hätte, dass das hier ein Verhör werden soll, wäre ich nicht mitgefahren.«

»Ich will wissen, was los ist. Warum du kein Interesse mehr daran hast … unsere Freundschaft einen Schritt weiterzubringen.«

Yanyan stößt einen tiefen Seufzer aus, entzieht ihren Arm jedoch nicht seiner Berührung. Als sie seinen Blick erwidert, spiegelt sich in ihren Augen der Widerschein der flackernden Kerze. »Ich mag dich, Bruder Lu. Wirklich sehr.«

»Das ist doch schon mal ein guter Anfang.«

»Aber wie du weißt, bin ich Witwe.«

»Ja. Und das seit einigen Jahren. Wird es nicht langsam Zeit, dass du … dich weiterentwickelst?«

»Weiterentwickelst?«, sagt Yanyan mit einem Anflug von Zorn.

»So habe ich es nicht gemeint.«

»Wie hast du es denn gemeint?«

»Du hast um deinen Mann getrauert, wie man es von einer Frau erwartet. Sein Andenken in Ehren gehalten. Aber es ist Jahre her. Er hätte sich gewünscht, dass du wieder glücklich wirst. Dass du … eine neue Liebe findest. Glaubst du nicht?«

»So einfach ist das nicht. Ich kann ihn immer noch spüren. Seine Anwesenheit.«

Lu hat das Gefühl, als würde ein eiskalter Finger seinen Rücken entlangstreichen. »Meinst du … als Geist?«

»Als Geist? Nein! Idiot!« Yanyan lacht, und die gereizte Stimmung verfliegt. Lu stimmt in das Lachen über seine eigene Dummheit ein und gießt beiläufig den letzten Schluck Wein aus der Flasche in Yanyans Glas.

Eine Stunde später haben beide geduscht und klettern in ihr jeweiliges Bett. Der Fernseher läuft, irgendeine Promi-Show. Hintergrundlärm.

Yanyan hat ein dunkles T-Shirt und eine Schlafanzughose an. Ob sie wohl einen BH unter ihrem T-Shirt trägt?, fragt sich Lu. Gerne würde er unter ihre Bettdecke kriechen und es herausfinden.

Yanyans Bemerkung über ihren verstorbenen Ehemann ist etwas unheimlich, aber nicht weiter überraschend. Der chinesische Glaube, dass eine flüchtige Komponente der Verstorbenen in dieser Welt verbleibt und tatsächlich Einfluss auf das Schicksal der Lebenden haben kann, reicht Tausende von Jahren zurück. Daher die aufwendigen Begräbnisrituale, die sorgfältige Auswahl der Grabstätte und die regelmäßigen Opfergaben in Form von Reis, Essen und Getränken.

Meister Kong, der große Weise, befand, dass die angemessene Trauerzeit für eine Witwe drei Jahre beträgt. Doch selbst er, ein wahrer Verfechter des Anstands, begriff, dass die Lebenden schließlich weitermachen wollen. *Wie lange*, fragt sich Lu daher, *will Yanyan noch mit einem gerahmten Hochzeitsfoto auf ihrem Nachttisch schlafen, ehe sie wieder jemand Neuen in ihr Bett lässt?*

Yanyan gähnt, streckt sich schläfrig, tritt die Decke von sich und dreht sich auf ihre Seite. Lu starrt auf ihre Hüftkurve. Die Kaskade ihrer dunklen Haare auf dem weißen Kissenbezug. Ihre wohlgeformte Wade, nackt, wo das Bündchen der Schlafanzughose hochgerutscht ist, und schimmernd im sanften Licht des Fernsehschirms.

Plötzlich überkommt ihn heftiges Verlangen. Er wälzt sich im Bett herum, steht schließlich auf und geht ins Badezimmer. Er spritzt sich kaltes Wasser ins Gesicht. Putzt sich die Zähne. Kämmt sich die Haare mit den Händen. Putzt sich noch mal die Zähne. Er verlässt mit klopfendem Herzen das Badezimmer und geht zu Yanyans Bett, bleibt an der Bettkante stehen.

»Yanyan«, flüstert er kehlig.

Ihre Augen sind dunkle Teiche, verborgen zwischen undurchdringlichen Schatten.

»Yanyan?«

Er streckt die Hand aus, um sie zu berühren. Zieht die Hand wieder zurück. Streckt sie erneut aus. Zieht sie wieder zurück.

Er bleibt eine Weile an der Bettkante stehen, hofft, dass Yanyan aufblickt. Die Arme ausbreitet. Ihn zu sich in ihre Umarmung zieht. Ihre Beine um seine Hüften schlingt. Mit den Lippen seinen Mund sucht.

Stattdessen fängt sie an zu schnarchen.

Lu schaltet den Fernseher aus und geht zurück in sein Bett. Eine geschlagene Stunde liegt er wach, ehe ihn mit dem »Lied eines Mädchens von reinem Herzen« des Dichters Meng Jiao als Dauerschleife im fiebrigen Kopf der Schlaf überfällt.

Wutong-Bäume werden zusammen alt,
Mandarinenten binden sich fürs Leben.
Eine treue Frau liebt ihren Mann bis in den Tod,
Solcherart ihr eigenes Leben aufzugeben!
Doch selbst ein Tsunami vermag eine Frau,
Deren Herz wie Wasser in einem tiefen Brunnen ist,
Nicht ins Wanken zu bringen.

ELF

Lu wacht auf, fest entschlossen, den Tag zu genießen.

Er und Yanyan frühstücken gemütlich und fahren dann mit der Stadtbahn zum Jinshi-Strand. Zuerst ist Lu enttäuscht, dass Yanyan keinen Bikini dabeihat. Als sie in einem dunkelblauen Einteiler aus der Umkleidekabine auftaucht, im Gegensatz zu den unterschiedlich blassen Halbnackten um sie herum, wirkt Yanyan geradezu keusch. Dennoch ist sie, bei aller Bescheidenheit, die lebendige Verkörperung der klassischen Schönheit Wang Zhaojun, die so hinreißend gewesen sein soll, dass Vögel bei ihrem Anblick zu fliegen vergaßen und auf die Erde stürzten.

»›Unvergleichlich sieht sie aus‹«, sagt Lu. »›Und doch lebt sie allein in einem abgelegenen Tal.‹«

»Wieder eines deiner Gedichte?«

»Von Du Fu. An den Rest kann ich mich ehrlicherweise nicht erinnern.«

»Wie schade.«

Sie verbringen einen angenehmen, wenn auch etwas chaotischen Nachmittag. Die Massen sind erdrückend, beinahe jeder Quadratmeter Sand ist besetzt, Chinesen, Koreaner, Japaner und Russen mit sonnenverbrannter Haut.

Das Wasser ist recht kühl, aber den Russen und Koreanern ist es gerade recht, und auf einmal auch Lu, als Yanyan den Wellen entsteigt und sich die Wirkung der Kälte durch den dünnen Stoff ihres Badeanzugs deutlich zeigt.

Als sie genug von dem Gewimmel, der Sonne und dem Sand haben, fahren sie mit der Stadtbahn zurück ins Hotel. Sie duschen, ziehen sich zum Essen um, und Lu schlägt vor, das Bierfest zu besuchen. Wie schon vorher ist das Gedränge ein Problem, doch es gelingt ihnen, sich satt zu essen und sich in bescheidenem Maß zu betrinken. Auf dem Rückweg ergreift Lu Yanyans Hand, und diesmal zieht sie sie nicht zurück. Ihr Weg führt sie durch die Grünanlage auf dem Zhongshan-Platz. Lu nimmt Yanyan schließlich in den Arm und küsst sie, innig, heiß und stürmisch. Sie erwidert seinen Kuss auf die gleiche Weise.

Knutschen in der Öffentlichkeit ist kein Tabu mehr wie noch vor wenigen Jahren. Dennoch ist der offene Austausch von Zärtlichkeiten in der Volksrepublik eine Seltenheit. Aus einer dunklen Ecke des Parks wird ihnen nachgepfiffen. Lu lacht, doch Yanyan ist peinlich berührt und löst sich von ihm. Sie setzen ihren Weg zum Hotel fort, im Aufzug küssen sie sich erneut. Als sie auf ihrem Zimmer ankommen, scheinen sich Yanyans Hemmungen in einer Wolke aus Alkohol und aufgestautem Begehren aufgelöst zu haben, und sie gehen aufeinander los wie wilde Tiere. Lu hat sein Hemd bereits ausgezogen und die Hände an Yanyans Brüsten, als das Undenkbare geschieht.

Es klopft an der Tür.

»Wer ist das?«, sagt Yanyan.

»Ist doch egal«, knurrt Lu.

Wieder klopft es. Beharrlich.

»Sieh doch mal nach«, sagt Yanyan.

»Es ist nur der abendliche Zimmerservice.«

»Für so einen Service ist das Hotel nicht vornehm genug.«

»*Gan!*« Lu steht auf, sucht sein Hemd, schlüpft hinein. »Wehe, du rührst dich von der Stelle.« Er geht zur Tür und späht durch den Spion. Er kann nichts erkennen. Verwirrt öffnet er die Tür.

Im Hotelflur steht Tan Meirong.

»Du!«, bellt Lu. »Was zum Teufel machst du hier?«

»Ich will wissen, ob Sie meine Schwester gefunden haben.«

»Soll das ein Scherz sein? Wie bist du überhaupt hierhergekommen?«

»Mit dem Bus. Haben Sie sie gefunden?«

»NEIN!«

Yanyan taucht hinter ihm auf. »Wer ist sie?«

Lu beißt die Zähne zusammen. »Das ist Meirong, die Schwester der vermissten Frau, nach der ich mich auf der Polizeiwache erkundigt habe.« Er wendet sich wieder dem Mädchen zu. »Woher wusstest du, dass ich hier bin?«

»Sie haben mich gefragt, ob meine Schwester jemanden in Dalian kennt«, sagt Meirong.

»Nein. Ich meine, woher wusstest du, in welchem Hotel ich abgestiegen bin? Die Zimmernummer?«

»Ich bin eben klug.«

»Dann such deine Schwester doch selbst«, sagt Lu.

»Wie alt bist du?«, fragt Yanyan.

»Fünfzehn.«

Yanyans schwesterlicher Instinkt setzt ein. »Bist du ganz allein hier?«

»Ja.«

»Ach, du armes Mädchen. Willst du nicht hereinkommen?«

»Das will sie nicht«, stellt Lu klar. »Fahr nach Hause, Meirong. Ich habe dir gesagt, dass ich dich anrufe, wenn ich etwas gefunden habe.«

»Es macht nicht den Eindruck, als würden Sie sich große Mühe geben«, sagt Meirong mit einem höhnischen Seitenblick zu Yanyan.

»Gute Nacht.« Lu will Meirong die Tür vor der Nase zuschlagen.

»Bruder Lu«, ermahnt ihn Yanyan. Sie fängt die Tür auf und öffnet sie. »Komm rein.«

»Bitte, Yanyan«, fleht Lu sie an.

»Sie ist doch noch ein Kind«, sagt Yanyan.

Meirong trägt eine Jogginghose und eines ihrer besseren T-Shirts, auf dem Rücken ihren Schulrucksack. Sie betritt das Hotelzimmer und schaut sich neugierig um. Lu sieht, dass sie ihre Plastiksandalen gegen Tennisschuhe getauscht hat. »Fühl dich wie zu Hause«, sagt er.

»Hast du schon gegessen?«, fragt Yanyan.

»Ich hatte mir Brötchen mitgenommen, aber die habe ich heute Morgen alle verputzt.«

»Du musst doch ganz ausgehungert sein. Komm, Bruder

Lu, wir gehen mit ihr nach unten ins Restaurant und bestellen ihr etwas zu essen.«

»Jetzt ermuntere sie nicht auch noch«, sagt Lu. »Sie dürfte eigentlich gar nicht hier sein.«

»Wo bleibt dein Mitgefühl?«, fragt Yanyan.

»Das habe ich vor zwei Minuten auf dem Bett liegen lassen«, antwortet Lu. »Wenn Meirong wieder nach Hause fährt, kannst du mir ja beim Suchen helfen.«

»Krass«, sagt Meirong.

Yanyan nimmt ihre Handtasche und schlüpft in ihre Schuhe. »Ich gehe nach unten und hole etwas zu essen«, wendet sie sich an Meirong. Auf dem Weg zur Tür wirft sie Lu einen missbilligenden Blick zu.

»Jetzt guck dir an, was du angerichtet hast«, sagt Lu.

»Sie sind hier, um nach meiner Schwester zu suchen, nicht um … na ja, Sie wissen schon.«

»Woher hast du gewusst, in welchem Hotel ich wohne und in welchem Zimmer?«

»Ich habe die Polizeiwache zu Hause angerufen und gesagt, ich sei vom Amt für Öffentliche Sicherheit in Dalian und müsste Ihnen Akten aushändigen.«

Lu ist extrem verärgert, aber auch beeindruckt. »Soll ich raten? Du hast mit Polizeimeister Huang gesprochen.«

»Seinen Namen habe ich nicht verstanden. Und, haben Sie was herausgefunden? Überhaupt irgendetwas? Oder waren Sie zu sehr mit Ihrer Freundin beschäftigt?«

»Bei der Polizei liegen keine Berichte vor, nicht über deine Schwester und auch nicht über jemanden, auf den ihre Beschreibung passt. Keine Abbuchungen für ein

Hotelzimmer oder ein Restaurantessen. Es ist, als wäre ihr Handy mit dem Zug hierhergefahren, aber sie selbst nicht.«

Meirong setzt sich auf Yanyans Bett. »Vielleicht haben die Leute, die sie entführt und an ein koreanisches Bordell verkauft haben, ihr das Handy gestohlen.«

»Du guckst zu viel Fernsehen. Was für ein Handy hatte sie?«

»Das gleiche wie ich. Ein Xiaomi.«

»Diese Handys werden zum Einkaufspreis abgestoßen. Die sind so billig, ein Diebstahl würde sich gar nicht lohnen.«

Yanyan kommt mit Klößen aus der Hotelküche zurück, und Meirong macht sich sofort darüber her. Lu überlegt, wie er das Mädchen loswerden und seinen romantischen Abend mit Yanyan wieder aufnehmen kann.

Sein Scheitern ist vorprogrammiert. Meirong hat keine Unterkunft, und Yanyan bietet ihr großzügig an, das Bett mit ihr zu teilen.

»Das ist nicht dein Ernst«, sagt Lu.

Yanyan legt einen Arm um Meirongs schmale Schultern, ihre Augen blitzen. »Deine Kaltherzigkeit, Bruder Lu, erschüttert mich.«

Lu schnappt sich den Kartenschlüssel und sein Portemonnaie. »Ich geh nach unten, was trinken.«

Er setzt sich an die Bar im Foyer und grummelt in sein Bier. Gerade will er das nächste bestellen, als sich ihm eine Frau nähert. Sie ist um die dreißig, toupiertes, gefärbtes Haar, viel Make-up, kurzer Rock.

»Hallo«, sagt sie. »So ganz allein mit deinem Bier?«

Er mustert sie kurz von oben bis unten, widmet sich dann wieder seinem Bier. »Ich bin Polizist. Zieh Leine.«

Wortlos entfernt sich die Frau.

Als Lu zwanzig Minuten später in ihr Hotelzimmer zurückkehrt, ist das Licht ausgeschaltet, und Yanyan und Meirong liegen in ihrem Bett. Einträchtig, wie zwei Erbsen in ihrer Hülse.

Lu zieht sich Shorts und ein T-Shirt an, spielt noch ein Handyspiel – mit viel Kampfsport und Tötung von Bösewichten –, bis er schließlich in einen unruhigen Schlaf fällt.

ZWÖLF

Der nächste Tag ist ein Sonntag, und Lu macht den Vorschlag, gleich nach dem Frühstück nach Rabental zurückzufahren.

»Ich dachte, wir besuchen den Zoo«, sagt Yanyan.

»Ich habe genug von Dalian.« Lu klingt gereizt, das weiß er, aber es kümmert ihn nicht im Geringsten.

»Ich habe gehört, dass es im Zoo Pandas gibt«, sagt Meirong hoffnungsvoll.

»Kannst du vergessen«, raunzt Lu.

»Bruder Lu.« Yanyan legt eine Hand auf seinen Arm. Er schaut in ihre großen braunen Augen und ist außerstande, sich ihrer Macht der Gedankenkontrolle zu widersetzen.

»Pass auf«, sagt Lu. »Ich gehe zum Bahnhof und frage im Fundbüro nach Meixiangs Handy. Ihr beide geht in den Zoo, und nachmittags treffen wir uns am Bahnhof und fahren gemeinsam nach Hause.«

Er fragt Meirong, ob sich das Handy ihrer Schwester durch besondere Merkmale von anderen unterscheidet. Meirong zuckt mit den Achseln. »Was sollte das sein? Ein Bart? Es ist ein Handy. Das gleiche Modell wie meins. Ach so, ja, sie hat eine TNT-Handyhülle.«

»TNT?«

»Die Musikgruppe.«

»Nie gehört.«

Meirong verdreht die Augen. »Wundert mich nicht.«

Vor dem Hotel setzt Lu die beiden in ein Taxi und versucht noch, Yanyan etwas Geld in die Hand zu drücken, doch sie lehnt ab. »Ich verdiene mein eigenes Geld«, sagt sie. Er sieht dem wegfahrenden Taxi hinterher und nimmt dann selbst eins zum Bahnhof.

Lu macht den Bahnhofsvorsteher ausfindig und fragt ihn, ob er den Schlüssel zum Fundbüro hat. »Selbstverständlich«, sagt der Vorsteher, als wäre Lu geistig minderbemittelt. »Was glauben Sie, wer das ganze Verlustgut hier einsortiert?«

Der Vorsteher schließt die Tür auf. Vor Lu erheben sich reihenweise hohe Regale, vollgestopft mit alten Mänteln, Tüchern, Hüten, Kopfhörern und Brillen. Dann entdeckt er einen sehr großen Eimer mit einer Unmenge Handys.

»So viele?«, sagt er entmutigt.

»Die Leute verlieren ständig ihre Handys«, erklärt der Bahnhofsvorsteher. »Oder irgendein Idiot klaut ein fremdes Handy, stellt fest, dass er es nicht entsperren kann, und wirft es einfach weg.«

Lu wühlt in dem Eimer, sucht die Xiaomi-Modelle heraus, mehr als ein Dutzend, aber keines entspricht Meirongs Beschreibung.

Wieder eine Sackgasse.

Er dankt dem Bahnhofsvorsteher und nimmt an einem Nudelstand in der Bahnhofshalle rasch einen Imbiss ein.

Beim Essen fällt ihm eine zerlumpte alte Frau auf, die in einem Mülleimer kramt. Sie zupft Essensreste aus dem Abfall, Wertstoffe und alle möglichen anderen Dinge. Lu legt seine Essstäbchen beiseite und geht freundlich lächelnd auf die Frau zu.

»Hallo, Tante. Wie geht es Ihnen?«

Misstrauisch sieht die alte Frau ihn an, sammelt ihre Trödelschätze ein und verstaut sie in einem Rollwägelchen.

»Keine Angst«, sagt Lu. »Sie haben nichts zu befürchten. Ich suche nur etwas. Ein Handy, das vergangenen Samstag weggeworfen wurde. Vielleicht haben Sie es in einem der Abfalleimer gefunden?«

Sie murmelt vor sich hin und macht sich, das Wägelchen vor sich herschiebend, davon.

Er folgt ihr rasch und erklärt: »Es gibt auch eine Belohnung.«

Die alte Frau bleibt stehen. »Belohnung?« Ihr Ausdruck wechselt von misstrauisch zu argwöhnisch. »Wie viel?«

»Äh … hundert Yuan?«

Die alte Frau geht schnaubend weiter.

»Hundertfünfzig«, sagt Lu. Er trabt hinter ihr her. »Zweihundert. Letztes Angebot.«

Die alte Frau bleibt stehen. »Zeigen Sie mir das Geld.«

»Im Ernst?«, seufzt Lu. Er zählt zweihundert ab. Die alte Frau hält eine schmutzige Hand auf. »Nein«, sagt Lu. »Ich weiß nicht einmal, ob Sie das Handy haben.«

»Ich habe viele Handys. Sehr viele.«

»Ich suche ein ganz bestimmtes.«

»Ich behalte das Geld so lange«, sagt die alte Frau. »Wenn

ich das gesuchte Handy nicht habe, behalte ich nur die Hälfte.«

»Die Hälfte?«

»Für meine Mühe.«

Lu hätte über so viel Unverschämtheit beinahe gelacht. »In Ordnung. Dann mal los.«

Er folgt ihr durch die Bahnhofshalle nach draußen, über eine belebte Kreuzung in eine schmale Gasse, wo die alte Frau und andere Obdachlose sich provisorische Quartiere geschaffen haben, meist ein Stück Wellblech oder eine Plastikfolie über einer alten Matratze oder einem fadenscheinigen Teppich. Einige Bewohner schauen zu Lu auf, und aus ihren Augen spricht Verzweiflung oder einfach nur vollkommene Hoffnungslosigkeit. Andere scheinen seine Anwesenheit überhaupt nicht wahrzunehmen.

Der Platz der alten Frau besteht aus einem einigermaßen sauberen, mit einer Plane überdachten Baumwollfuton. An der Öffnung der Schlafstatt sitzt ein alter Mann, der einen Zigarettenstummel raucht. Mit stoischer Gleichgültigkeit verfolgt er, wie die alte Frau und Lu auf ihn zukommen. Die alte Frau entnimmt ihrem Wägelchen ein Styroporbehältnis mit Essensresten und gibt es ihm. »Geh weg«, sagt sie.

»Wer ist das?«, fragt der alte Mann, mit dem Kopf auf Lu deutend.

»Mein Freund! Jetzt geh schon.«

Zähneknirschend nimmt der alte Mann das Essen und verschwindet. Die alte Frau lächelt Lu an, zeigt ihm ihre Zahnlücken. »Er mag mich, deshalb passt er auf meine Sachen auf, wenn ich weg bin.« Sie kriecht durch die

Öffnung der behelfsmäßigen Unterkunft und kramt in der hintersten Ecke. Lu hockt sich vor den Eingang und sieht, dass sie dort mehrere Taschen und Eimer aufbewahrt. Schließlich findet sie das Gesuchte und zerrt es nach draußen: eine Plastiktüte, die verschiedene Handys, Ladegeräte, Ladekabel und Ähnliches enthält. Sie schüttet den Inhalt vor Lu auf den Boden. »Suchen Sie selbst!«

Lu sucht. In dem Haufen findet er ein Xiaomi-Handy, das aussieht, als wäre ein Elefant draufgetreten oder ein Panzer darübergerollt. Es ist das gleiche Modell und hat die gleiche Farbe wie Meirongs. Er dreht es um, es hat keine Hülle. Er wühlt weiter in dem Haufen und ist wie elektrisiert, als er eins mit Hülle findet – grellorange, mit einem Foto von sechs schmalen Jünglingen mit verwuschelten Haaren. In der Ecke ist ein Logo, das aussieht wie zwei schwarze *T*, überlagert von einem *N*.

»Wissen Sie noch, wo und wann Sie das gefunden haben?«, fragt Lu. »Haben Sie gesehen, wem es gehört hat?«

»Vielleicht«, antwortet die alte Frau.

»Vielleicht ja oder vielleicht nein?«

»Vielleicht ja.« Die alte Frau hält die Hand auf.

»Schon wieder?«, sagt Lu.

»Schon wieder.«

Lu zählt noch einmal hundert ab, gibt ihr das Geld aber nicht. »Erst will ich hören, was Sie gesehen haben.«

»Ich erinnere mich nicht mehr an den Tag. Könnte Samstag gewesen sein. Oder Sonntag. Oder auch Donnerstag. Ich habe keinen Kalender.«

»Na gut. Und?«

»Es war ein Mann. Ich habe gesehen, wie er auf das Handy getreten ist und es weggeworfen hat.«

»Wie sah der Mann aus?«

»Meine Augen sind nicht mehr so gut.«

»Woher wollen Sie dann wissen, dass es ein Mann war?«

»Es reicht noch, um Mann und Frau voneinander zu unterscheiden«, blafft die alte Frau.

Lu bittet um eine detailliertere Beschreibung, aber die Frau zeigt sich nicht entgegenkommend. Auf jeden Fall kann er sich jetzt sicher sein, dass jemand anders als Meixiang das Handy nach Dalian gebracht hat. Und ihm fällt nur ein logischer Grund dafür ein.

Um eine falsche Fährte zu legen.

Zwei Stunden später kehren Yanyan und Meirong müde, glücklich und zufrieden aus dem Zoo zurück. Sie erzählen Lu von den Pandabären und den Tigern, doch dann fällt Meirong ein, warum sie alle in Dalian sind.

»Haben Sie das Handy gefunden?«

»Hm … nein.« Für Meirong muss es ein außergewöhnlich schöner Vormittag gewesen sein, den will Lu ihr nicht verderben. Außerdem: Warum sollte er ihr noch mehr Sorgen machen, als sie schon hat, solange er nicht genau weiß, was mit Meixiang passiert ist?

Sie besteigen den Zug nach Harbin. Lu kauft für alle ein warmes Fertiggericht – Reis, Fleisch in einer scharfen Soße und fettiges Gemüse. Als sie in Rabental ankommen, ist die Sonne bereits untergegangen. Lu schickt Meirong in einem Taxi nach Hause und bietet Yanyan an, sie auf der Fahrt zu seiner Wohnung unterwegs abzusetzen.

»Ist schon gut«, sagt Yanyan. »Ich schaue noch im Roten Lotus vorbei.«

»So spät?«

»Es könnten noch ein paar Gäste kommen.«

»Es liegt mehr oder weniger auf dem Weg.«

»Nein, nein. Ich habe dir schon genug Umstände gemacht.« Sie bestellt über ihr Handy einen Fahrdienst. Sie warten schweigend, dann wendet sie sich ihm zu. »Mir ist klar, dass unser Wochenende nicht so verlaufen ist, wie du dir das vorgestellt hast.«

»Die Untertreibung des Jahres.«

»Das arme Mädchen! Ich würde sie einfach nur gerne bekochen und mit ihr neue Kleidung für sie kaufen. Denk doch nur, wie traurig sie sein muss. Und dann die Angst um ihre Schwester …«

»Ich denke an nichts anderes – was keine Überraschung ist. Wohin ich auch gehe, ist sie schon da, um mich daran zu erinnern.«

Yanyan nimmt seine Hand und drückt sie. »Ich mag Männer mit einem guten Herz.«

»Na ja …«, sagt Lu.

Yanyan beugt sich zu ihm und küsst ihn. Ausgerechnet in diesem Moment kommt ihr bestelltes Auto. »Gute Nacht«, sagt sie, steigt in das wartende Fahrzeug, und weg ist sie.

DREIZEHN

Als Lu am Montagmorgen zur Arbeit erscheint, sitzt, wenig überraschend, Meirong im Warteraum.

Lu wünscht sich, dass ihm ein ganzer Stab Polizisten mit der gleichen Entschlossenheit zur Seite stünde.

Er betritt den Mannschaftsraum. Polizeiobermeister Bing und Polizeimeisterin Sun und ihre beiden Kollegen, der dicke Wang und der stumme Li, sitzen an ihren Schreibtischen. Polizeimeisterin Sun begrüßt ihn freudig: »Sie haben wohl ein bisschen Sonne abgekriegt, Kommissar.«

Das besagt nur eins: Es wissen bereits alle, dass er das Wochenende in Dalian verbracht hat. Der Ausflug war nicht geheim, doch es beunruhigt Lu, wie schnell sich Neuigkeiten auf der Polizeiwache herumsprechen. Und Polizeichef Liang ist dabei der Schlimmste von allen. Wenn die Wache ein Schiff wäre, es wäre längst auf den Meeresgrund gesunken.

Lu setzt sich an eine Ecke von Polizeiobermeister Bings Schreibtisch. »Beantragen Sie bitte bei der Polizei von Harbin Einsicht in sämtliches verfügbare Filmmaterial aus Überwachungskameras in der Umgebung eines Restaurants mit dem Namen *Shu Qi Da Qi*, und zwar für die Zeit von Freitag bis Samstag vergangener Woche. Es geht um die Ermittlungen in einem Vermisstenfall.«

Polizeiobermeister Bing saugt Luft durch die Zähne. »Dem werden sie niemals stattgeben. Wäre es nicht besser, Sie würden sie bitten, selbst nachzuforschen?«

»Das werden sie nicht tun. Das wissen Sie doch.«

»Ich reiche den Antrag ein, aber antworten werden sie frühestens in drei Wochen, und dann wird es lapidar heißen: Antrag abgelehnt.«

»Keine Sorge. Ich bringe meine Geheimwaffe in Stellung.«

»Was für eine Geheimwaffe?«

»Kriminaldirektor Song, Leiter des Kriminalamts beim Ministerium für Öffentliche Sicherheit.«

»Allerdings, das ist eine stattliche Bombe«, räumt Bing ein.

Lu nennt ihm weitere Details für den Antrag, geht dann in sein eigenes Büro und ruft Song an. Seit dem Fall mit dem verrückten Bestattungsunternehmer haben sie nicht mehr miteinander gesprochen, sind aber in gutem Einvernehmen auseinandergegangen.

»Kommissar!«, ruft Song. »Wie läuft das Geschäft?«

»Ruhig, Buddha sei Dank.«

»Als Vertreter des Staates, Kommissar, sollten Sie solche feudalistischen, abergläubischen Praktiken wie die Anrufung Buddhas unterlassen. Wie Marx schon sagte, der Kommunismus beginnt mit dem Atheismus.«

»Es ist nur eine Redensart, Herr Direktor.«

»Und ich wollte Sie nur aufziehen. Was kann ich für Sie tun?«

Lu schildert Song mit wenigen Worten den Fall der verschwundene Tan Meixiang und fragt ihn, ob es ihm möglich sei, sich für eine Genehmigung zu verwenden, das von Lu beantragte Filmmaterial aus den Überwachungskameras einzusehen.

»Warum dieser Umstand wegen einer einzelnen vermissten Person?«, will Song wissen. »Glauben Sie, dass es mit einem größeren Fall zusammenhängt? Einer Entführerbande oder etwas Ähnlichem? Ist wieder ein Serienmörder am Werk?«

»Nein. Es geht bisher nur um ein vermisstes Mädchen. Aber ihre kleine Schwester sitzt gerade wieder bei uns im Warteraum, und sie sitzt dort, seit ihre Schwester verschwunden ist.«

»Ich kann es nicht ausstehen, wenn die Angehörigen Schuldgefühle für etwas in einem wecken, was jemand anders getan hat.«

»Ja, aber davon abgesehen treibt mich das Rätsel um, was Frau Tan zugestoßen ist. Ich vermute nämlich, dass sie ermordet wurde und sich jemand große Mühe gibt, Spuren zu verwischen.«

Song wirkt beeindruckt. »Ich werde ein paar Anrufe machen.«

»Vielen Dank.«

»Keine Ursache. Aber bedenken Sie: Durch den Fall Zeng haben Sie einiges gut bei mir, allerdings nicht unbegrenzt. Wählen Sie also mit Bedacht, wann Sie das Guthaben anzapfen.«

»Verstanden, Herr Direktor.«

Was darauf folgt, ist traurig, aber leider nicht wirklich erstaunlich. Eine halbe Stunde nachdem er aufgelegt hat, wird Lu mit einem gebrüllten Befehl in Polizeichef Liangs Büro zitiert. Als Lu den Kopf durch die Tür steckt, sagt der Polizeichef: »Machen Sie die Tür zu.« Lu folgt dem Befehl. Liang ist rot angelaufen, und das ausnahmsweise nicht, weil er getrunken hat. Er beugt sich hinunter zu dem Telefonapparat auf seinem Schreibtisch. »Sprechen Sie, Polizeichef«, sagt Liang. »Kommissar Lu ist da.«

»Lu. Hier ist Polizeichef Bao«, knurrt es aus dem Telefonlautsprecher. *Ta ma de,* denkt Lu. »Ich habe gehört, dass Sie Ihre Nase in Angelegenheiten der Harbiner Polizei stecken.«

Lu sieht Liang wütend an. Es wäre nett gewesen, sein Chef hätte ihn vorgewarnt, bevor er in die Löwengrube gestoßen wurde. »Wir haben hier den Fall eines vermissten Mädchens, Herr Polizeichef …«

»Ist sie in der Gemeinde Rabental verschwunden, Kommissar?«

»Nein.«

»Wo dann?«

Offenbar weiß Bao längst Bescheid. »Sie wurde zuletzt in Harbin gesehen«, sagt Lu.

»Aha, Harbin. Gehört Harbin in Ihren Zuständigkeitsbereich, Kommissar?«

»Nein, aber …«

»Dann halten Sie sich verdammt noch mal von Harbin fern! Ist das klar?«

»Ja, Herr Polizeichef.«

»Gut. Problem gelöst.« Die Leitung verstummt.

Liang schaltet den Lautsprecher aus. »Gute Arbeit. Sie haben einen Haufen Scheiße aufgewirbelt.«

»Irgendwas ganz Übles läuft da ab, Chef.«

Liang hält eine Hand hoch. »Ich will nichts davon hören.«

»Das vermisste Mädchen ist ein Niemand. Was kümmert es dann die Polizei von Harbin, wenn ich ermittle? Was hat sie zu verbergen?«

»Verstehen Sie die Bedeutung der Worte: ›Ich will nichts davon hören‹?«

»Irgendjemand hat Bao was ins Ohr geflüstert. Jemand weiter oben. Ich habe nämlich Kriminaldirektor Song gebeten, in meinem Namen anzurufen, damit mein Antrag auf Einsicht in Videomaterial aus Überwachungskameras bewilligt wird.«

»Sie haben Song angerufen? Was haben Sie sich bloß dabei gedacht?«

»Ich dachte, ich ermittle in einem Vermisstenfall.«

»*Cao*, Lu Fei! Ist das Mädchen die ganze Mühe wirklich wert?«

»Wenn es Ihre Tochter wäre, würden Sie wahrscheinlich Ja sagen.«

Liang schüttelt wütend den Kopf und zerdrückt ungestüm seine Zigarette im Aschenbecher. Lu setzt sich ihm gegenüber. »Ich habe Sie nicht aufgefordert, sich hinzusetzen«, knurrt Liang.

»Hören Sie, Chef. Es geht hier um eine Verschwörung,

und ich glaube, im Zentrum steht dieses Restaurant in Harbin, das Tigerpenisse und solches Zeug im Angebot hat.«

»Lächerlich. Wäre das der Fall, würde das Lokal umgehend geschlossen und der Besitzer ins Gefängnis geworfen.«

»Staatsbeamte gehen dorthin. Reiche Leute gehen dorthin. Der Besitzer hat gute *guanxi*.«

»Falls das zutrifft, Lu Fei, sollten Sie lieber die Finger davon lassen. Wenn der Besitzer so viel *guanxi* hat, dass jemand meint, er könne eine persönliche Bitte von Kriminaldirektor Song vom Ministerium für Öffentliche Sicherheit ignorieren, dann können Sie genauso gut den Vorsitzenden Mao ausbuddeln und ihn wegen der Kulturrevolution vor Gericht stellen.«

Lu weiß, dass Liang kein Feigling ist. Er ist ein erfahrener Veteran, der die Risiken, sich mit den Reichen und Mächtigen anzulegen, gut kennt und der in dieser letzten Phase seiner beruflichen Laufbahn vor allem ein Ziel hat: bis zur Pensionierung zu überleben und seine Rente ungekürzt zu genießen.

»Chef …«

Liang massiert sich mit den Handballen das Gesicht. »Hören Sie, Junge. Ich bewundere Ihren Einsatz. Und vielleicht haben Sie ja recht. Vielleicht hat dieser Restaurantbesitzer tatsächlich Gefallen an der jungen Frau gefunden, hat sie vergewaltigt, und als sie ihm gedroht hat, zur Polizei zu gehen, hat er sie töten lassen und durch den Fleischwolf der Restaurantküche gedreht. Und jetzt wird er von einem hohen Beamten gedeckt, der den Laden häufig aufsucht, weil er keinen mehr hochkriegt. Eine traurige Geschichte, aber keineswegs selten. Wenn Sie weiter in der Sache herumstochern, werden Sie am Ende irgendwohin versetzt, wo es noch langweiliger ist als in Rabental, zum Beispiel in die Wüste Gobi. Das ist eine bittere Pille, ich weiß, aber warten Sie ein paar Wochen, legen Sie den Fall als ungelöst zu den Akten und gehen Sie weiter Ihrer Arbeit nach.«

»Wie ich Ihnen schon sagte, sitzt die Schwester des Mädchens bei uns in der Eingangshalle. Sie wird so lange herkommen, bis wir Tan Meixiang gefunden haben.«

»In einem so großen und bevölkerungsreichen Land wie der Volksrepublik gibt es täglich zehntausend ähnlich tragische Geschichten«, sagt Liang. »Wenn Sie sich in jeden Fall, der auf Ihrem Schreibtisch landet, derart hineinsteigern, wird es Sie von innen zerfressen.«

»So lautet also Ihr Rat? Die Sache fallen zu lassen?«

Liang drückt die nächste Zigarette aus. »Suchen Sie keinen Ärger, Junge. Der kommt schon ganz von allein.«

Lu geht in sein Büro, schließt die Tür, ruft Kriminaldirektor Song an und bringt ihn auf den neuesten Stand.

»Es wundert mich nicht, dass Sie Druck bekommen«, sagt Song. »Der Mann bei der Polizei Harbin, den ich angerufen habe, hat mir gesagt, das Restaurant sei bei der städtischen Elite sehr beliebt. Bei Leuten also, die etwas zu verlieren haben, wenn ermittelt wird.«

»Wen haben Sie angerufen?«

»Einen der stellvertretenden Direktoren. Guter Mann, aber … er ist eben ein Karrierist. Ihm geht es in erster Linie darum, sein Fortkommen nicht zu gefährden.«

»Mit wem hat er gesprochen, was meinen Sie?«

»Es ist eigentlich egal, Kommissar. Wer immer es war, er hat dafür gesorgt, dass es sich herumspricht, bis es bei dem Vorgesetzten Ihres Vorgesetzten gelandet ist. Mit anderen Worten, er muss ein ziemlich hohes Tier sein – und gefährlich für Sie.«

»Demnach ist also eine Verschwörung im Gang.«

»Eine Verschwörung, um das Restaurant zu schützen, ja, wahrscheinlich. Gibt es auch eine Verschwörung in Bezug auf eine junge Frau, die dort gearbeitet hat? Wer kann das schon sagen?«

»Ich«, sagt Lu. »Das ist meine Arbeit.«

»Halten Sie sich an den Rat Ihres Chefs, Kommissar. Lassen Sie die Sache fallen. Sie erreichen nichts, außer böses Blut zu erzeugen und sich mächtige Leute zum Feind zu machen.«

»Hohe Bäume erkennt man an ihren Schatten. Gute Menschen an ihren Feinden.«

»Wo haben Sie das denn aufgeschnappt?«

»Das sagt man so.«

»Wer ist man?«, fragt Song. »Die Amerikaner? Die Russen? Idioten, die in Pappkartons am Fluss leben?«

Lu seufzt vernehmlich ins Telefon.

»Sind wir hier fertig?«, fragt Song.

»Sieht so aus. Danke für Ihre Hilfe, Kriminaldirektor.«

»Ärgern Sie sich nicht, Kommissar. *Tang bi dang che.*«

Dieser Ausdruck bezieht sich auf eine Fangheuschrecke, die versucht, ein rasendes Fuhrwerk aufzuhalten, indem sie ihre winzigen Ärmchen ausbreitet. Mit anderen Worten: *Gegen die Stadtoberen kann man nichts ausrichten.*

VIERZEHN

Lu schmort in seinem Büro, dann meldet er sich für die Nutzung eines Streifenwagens an, schlüpft durch den Hintereingang der Polizeiwache und geht nach Hause, um sich umzuziehen. Trotz Baos barscher Anweisung fährt er nach Harbin. Er parkt mehrere Blocks vom *Shu Qi Da Qi* entfernt, sucht die Umgebung ab und merkt sich die an Ampeln und Strommasten angebrachten Überwachungskameras. Es gibt ein paar blinde Flecken, doch falls Tan Meixiang ihre Arbeit am Freitagabend aus eigener Kraft verlassen hat, muss eine der Kameras sie aufgenommen haben.

Vor Betreten des Restaurants setzt Lu die mitgebrachte Mütze des Heilongjiang-Lava-Spring-Fußballvereins auf. Er hofft, dass die Empfangsdame ihn ohne Uniform nicht wiedererkennt. Die Sorge ist umsonst. Heute hat eine andere, aber genauso attraktive Hostess Dienst.

»Haben Sie reserviert?«, fragt die Hostess.

»Nein. Ist das nötig?«

»Es empfiehlt sich.«

Lu wirft einen Blick über ihre Schulter in den Gastraum, der zu dieser Stunde zu kaum einem Drittel gefüllt ist. »Sieht gerade recht leer aus.«

»Die meisten Tische sind reserviert.«

Lu lächelt kleinlaut. »Ich verstehe. Entschuldigen Sie, dass ich nicht reserviert habe. Ich wäre Ihnen überaus dankbar, wenn Sie einen Tisch frei hätten. Ganz egal wo, ich bin nicht wählerisch.«

Die Hostess schaut demonstrativ auf ihr Klemmbord.

»Ich kann Ihnen jetzt einen Tisch anbieten, aber ich brauche ihn in einer Stunde.«

»Kein Problem.«

Sie führt Lu zu einem kleinen Tisch im hinteren Teil des Raums, zwischen der Küche und den Toiletten. Das kommt Lu entgegen. Ein Hilfskellner mit Fliege bringt Lu ein Glas Wasser und Tee. Eine Kellnerin kommt an seinen Tisch, und Lu bestellt die billigsten Gerichte auf der Karte. Frittiertes Schweinefleisch mit Kreuzkümmel und Sesam, Kutteln in Chilisoße und Mu-Err-Pilze mit Knoblauch.

»Ist das alles?«, fragt die Kellnerin sichtlich enttäuscht.

»Das ist ganz schön viel für einen Mann.«

»Das hängt von dem Mann ab.« Die Kellnerin wendet sich zum Gehen.

»Moment«, sagt Lu. Er senkt die Stimme. »Haben Sie zufällig auch … Spezialitäten?«

»Wir haben das Tagesmenü, Vorspeise, Hauptgerichte und Dessert.«

»Nein, nein, nicht das. Ich meine … echte Spezialitäten.«

»Ja, wir haben einige. Ich bringe Ihnen eine Liste.«

Sollte es wirklich so einfach sein?, fragt sich Lu. »Und ein Bier, bitte.«

Die Kellnerin kehrt mit dem Bier und einem ausgedruckten Blatt zurück. In Postcoronazeiten hat das Landwirtschaftsministerium ein amtliches Verzeichnis der Tiere erstellt, die zur Fleischerzeugung gehalten werden dürfen, und solcher, deren Züchtung zur Pelzgewinnung gestattet ist. Zur ersten Kategorie gehören die üblichen Nutztiere, Schweine, Kühe, Geflügel und dergleichen, zur zweiten gehören Füchse, Waschbären und Nerze. Lu entdeckt ein paar seltene Posten auf dem Blatt, Hirsch und Alpaka, aber nichts Verbotenes. Kein Tigerfleisch, keine Bärentatzen, keine Schuppentiere.

»Das ist alles?«, fragt Lu. »Haben Sie nichts … Exotischeres?«

»Tut mir leid.«

Bei seinem ersten Besuch hatte er in der Gruppe der grölenden Männer Stimmen gehört, die sich beklagten, man müsse über Beziehungen verfügen, um an »das gute Zeug« heranzukommen. Vielleicht bietet das Restaurant *Shu Qi Da Qi* wichtigen Kunden eine geheime Mitgliedschaft an, eine Art VIP-Klub. Angesichts der schweren Strafen für Verstöße gegen die neuen Bestimmungen werden Gäste wohl gründlich durchleuchtet, bevor man ihnen Gerichte mit geschmuggelten Waren vorsetzt.

Lu trinkt sein Bier und bestellt ein neues. Ihm fallen mehrere Überwachungskameras im Speiseraum auf. Er steht vom Tisch auf und geht zur Toilette. Er kann nichts Ungewöhnliches entdecken, nur die üblichen Kabinen und Waschbecken, aber keine Kameras. Er verlässt die Toilette und spaziert an der Küche vorbei, als gerade eine Kellnerin mit einem Tablett herauskommt und er einen Blick auf Köche mit Papierhauben und Schürzen erhaschen kann. Er sieht Woks und große Suppentöpfe, aus denen Dampf aufsteigt, Küchenhelfer mit Beilen, die mit stakkatoartigen Bewegungen Gemüse und Fleisch zerhacken.

Er nimmt wieder seinen Platz am Tisch ein, isst von seinem Teller und trinkt sein zweites Bier. Als er ausgetrunken hat, bestellt er ein drittes und versucht, mit der Kellnerin ein Gespräch anzufangen, doch sie hat zu tun und ist nicht interessiert an einer Unterhaltung. Sie eilt davon und kehrt fünf Minuten später mit einem Harbin-Lager zurück.

»Als ich das letzte Mal hier war, hat mich eine junge Frau bedient«, sagt Lu. »Ich sehe sie heute nicht. Sie heißt Tan Meixiang.«

Die Kellnerin zuckt mit den Achseln. »Sie kommt seit ungefähr einer Woche nicht mehr.«

»Hat sie Urlaub?«

»Ich weiß es nicht. Möchten Sie noch etwas?«

»Sie sind wohl nicht befreundet.«

»Wir arbeiten zusammen, mehr nicht. Wenn Sie sonst keinen Wunsch mehr haben …«

»Ich möchte Ihnen etwas zeigen.« Lu zückt seine Dienstmarke und hält sie ihr kurz hin, verdeckt aber seinen Namen mit dem Finger. »Amt für Öffentliche Sicherheit. Tan Meixiang wird vermisst. Wissen Sie etwas darüber?«

Plötzlich ist die Kellnerin auf der Hut. »Nein. Nichts.«

»Ist Ihnen etwas darüber bekannt, was ihr zugestoßen ist?«

»Haben Sie schon mit meinem Chef gesprochen, Herrn Fang? Ich kann ihn für Sie holen.«

»Ich habe mit ihm gesprochen, aber er war keine große Hilfe. Deswegen frage ich Sie. Wenn Sie etwas wissen, was vielleicht nützlich ist, sollten Sie es mir besser sagen.«

»Bitte machen Sie mir keinen Ärger.« Sie scheint den Tränen nahe.

»War Frau Tan krank?«

»Ich weiß es nicht.«

»Hatte sie Stress? Hat sie gesagt, sie brauche eine Pause?«

»Wir haben kaum miteinander gesprochen. Wir hatten nur ein paar Schichten gemeinsam.«

»Hat sie davon gesprochen, sich Urlaub zu nehmen?«

»Nein … nein. Ich habe sie kaum gekannt.«

»Haben Sie Grund zu der Annahme, dass Herr Fang oder jemand anders in diesem Restaurant ihr etwas antun wollte?«

»Nein. Ich muss noch andere Tische bedienen.« Sie weicht zurück, und Lu lässt sie gehen.

Er vermutet, dass ihm noch etwa zwei Minuten Zeit bleiben, bevor Fang von seiner Anwesenheit im Restaurant erfährt. Er zählt Geld ab und legt es auf den Tisch. Dann bahnt er sich einen Weg zwischen den Tischen hindurch und läuft die Treppe in den ersten Stock hinauf. Er quetscht sich an einem Hilfskellner vorbei, der ihm mit einem Tablett voller leerer Bierflaschen entgegenkommt.

Im ersten Stock schlendert er den Korridor entlang, als gehöre er zum Inventar. Aus einem der privaten Festräume dringen Gelächter und Unterhaltungen. Auf der Tafel über der Tür hängt ein Schild, *Kabinett der Frühlingsbrise*. Ebenfalls eine Metapher für Sex. Er drückt die Klinke. Die Tür ist nicht verschlossen. Er öffnet sie.

Im Zimmer steht ein runder Tisch mit zwölf Stühlen, auf dem makellos weißen Tischtuch türmen sich hübsch arrangiert Platten mit eingelegtem Gemüse, Quallengeschnetzeltem, kaltem Schinken, Bier und *bai jiu*. Die Wände sind rot und golden getäfelt, versehen mit chinesischen Schriftzeichen für Gesundheit, Langlebigkeit und Glück. Von der Decke hängt ein verschnörkelter Kronleuchter.

Ein halbes Dutzend Männer sitzt am Tisch. Sie sind dreißig, vierzig Jahre alt, haben die weißen Hemdsärmel bis zu den Ellbogen hochgekrempelt und nach den roten Gesichtern zu urteilen schon einiges getrunken. Lu vermutet in ihnen Bürokraten der mittleren Führungsebene, vielleicht auch Vertriebsleiter bei einem der lokalen Produktions- oder Agrarbetriebe. Hier werden Geschäfte gemacht, so wie in der Volksrepublik ganz allgemein Geschäfte gemacht werden, in alkoholseliger Geselligkeit.

Um die Herren herum sitzen wie hingegossen einige junge Frauen. Enge Röcke, geschminkte Lippen, Dauerwelle. Nach Lus Eindruck gehören sie jener Klasse von Frauen an, die seit einiger Zeit ebenso Teil der statusbesessenen Kultur der chinesischen Politik und Wirtschaft sind wie Designerbrillen, Gucci-Slipper oder Montblanc-Stifte: die *xiao san*, »kleine Nummer drei«, mit anderen Worten: Mätressen.

Sich eine Nebenfrau zu halten, ist in China eine althergebrachte Tradition. Angesichts der Betonung der Erbfolge in der männlichen Linie, war Polygamie in den oberen Klassen eine weit verbreitete und akzeptierte Praxis, bis die Kommunistische Partei 1949 Festlandchina unter ihre Kontrolle brachte.

Alte Gewohnheiten lassen sich nur schwer abschütteln. Heute hat jeder Beamte, der etwas auf sich hält, eine Freundin – oder auch zwei. Und erfolgreiche Geschäftsleute natürlich ebenfalls. Diese Frauen tragen unterschiedliche Bezeichnungen, unter anderem *xiao san, xiao taitai* – übersetzt: »kleine Frau« – oder *ernai*, ein Begriff, der wörtlich »eine zweite Brust, die Milch spendet« bedeutet. Die Arrangements reichen von gelegentlichen Rendezvous ohne materielle Vergütung bis hin zu langjährigen Beziehungen, bei denen den Frauen Unterkunft und ein monatliches Gehalt gestellt werden. In manchen chinesischen Städten gibt es ganze Viertel, sogenannte *ernaicun – ernai*-Dörfer –, wo ausgehaltene Frauen in der Nähe von wichtigen Dienstleistungseinrichtungen wie Schönheitssalons, Bekleidungsgeschäften und Restaurants untergebracht sind.

Eine *xiao san* ist nicht verboten, ebenso wenig wie geschäftliche Abmachungen bei Wein und Bier, insofern ist Lu nicht überrascht von der Szene, die sich ihm in dem privaten Festraum bietet.

Einer der Männer dreht sich zu ihm um. »Ja?«

»Entschuldigen Sie. Ich habe mich in der Tür geirrt.« Lu lächelt und zögert seinen Abgang einen Moment hinaus, um die Zimmerdecke nach Überwachungskameras abzusuchen. Falls es welche gibt, sind sie gut versteckt.

Der Mann ist verärgert. Er erhebt sich von seinem Stuhl. »Wer sind Sie? Was wollen Sie?«

»Entschuldigen Sie vielmals. Genießen Sie Ihr Essen.« Lu zieht sich mit einer Verbeugung zurück. Er versucht es beim Nachbarzimmer. Verschlossen. Einer der Räume weiter hinten im Korridor ist nicht abgeschlossen, und Lu steckt den Kopf durch die Tür, versichert sich, dass niemand da ist, und tritt ein. Er schließt die Tür hinter sich und schaltet das Licht an. Er sieht die gleiche rot-goldene Wandverkleidung wie nebenan, den gleichen runden Tisch und die gleichen Stühle. Er startet eine gründliche Suche und findet nach wenigen Minuten eine winzige Kameralinse, sorgfältig verborgen in der Stuckleiste an der Decke.

Fang zeichnet also auf, was in diesen privaten Festräumen vor sich geht, vermutlich ohne Wissen der Kunden. Dennoch bleibt die Frage: Lädt er Filmmaterial der Kameras herunter oder nicht? Und wenn ja: Gibt es Material, das Licht auf das Schicksal von Tan Meixiang werfen könnte?

Falls Fang Videoaufnahmen herunterlädt, verfügt er jetzt jedenfalls über einige wunderbare Screenshots von Kommissar Lu Fei, stellvertretender Polizeichef des Amtes für Öffentliche Sicherheit in Rabental, der seine Nase in Dinge steckt, die ihn nichts angehen.

Lu hört Stimmen im Korridor. Wütende, eindringliche Stimmen. Er schaltet das Licht aus und duckt sich neben die Tür. Die Stimmen gehen vorbei. Lu wartet noch einen Moment, dann öffnet er die Tür und späht hinaus. Die Luft ist rein.

Zeit zu gehen.

Lu tappt den Flur entlang zur Treppe. Als er den Treppenabsatz erreicht, hört er Fußgetrappel von unten heraufkommen. Lu kehrt auf der Stelle um und läuft bis zum anderen Ende des Korridors. Er sucht nach einem Ausgang, aber es gibt keinen. Nur Toiletten, noch mehr private Festräume – und Fangs Büro.

Die Tür steht einen Spalt offen. Lu erinnert sich, dass es im Büro ein Fenster gibt, das nach hinten hinausgeht. Vielleicht ist da ja auch eine Feuerleiter, über die er das Haus unbemerkt verlassen kann. Lu schleicht sich hinein und schließt die Tür hinter sich ab.

Er eilt zum Fenster, es ist verriegelt. Öffnen unmöglich.

Ta ma de!

Lu versucht, die aufsteigende Panik zu unterdrücken. Es war eine dumme Idee hierherzukommen. Man wird ihn in flagranti erwischen, aber das dicke Ende kommt erst danach.

Was jetzt? Lu schaut sich im Büro um, als wäre irgendwo in dem Safari-Interieur der Schlüssel zu seinem Dilemma versteckt. Sein Blick fällt auf den Schreibtisch, die mit Tiermotiven bedruckten Möbelstücke, die Geweihe an der Wand.

Seine Aufmerksamkeit wird zu dem Monitor auf der Anrichte hinter dem Schreibtisch gelenkt. Auf einem geteilten Bildschirm sieht man die verschiedenen Überwachungsvideos. Der große Gastraum. Die Küche. Privater Festraum Nummer eins. Privater Festraum Nummer zwei. Und so weiter. Lu sieht sich den Schirm genauer an. In der Ecke rechts oben tickt die Zeitanzeige, Stunden, Minuten, Sekunden.

An der Bürotür wird gerüttelt.

Lu sieht eine letzte Chance, noch mit einem Rest Anstand und ohne Jobverlust aus diesem Büro herauszukommen: Er muss belastendes Material finden, das schwer genug wiegt, um einen illegalen Zutritt zu rechtfertigen.

Er sieht unter dem Schreibtisch nach und entdeckt einen Desktop-PC. Zwischen dem Monitor auf der Anrichte und dem Desktop-PC verläuft ein Kabel. Lu drückt auf den Knopf für das Laufwerk. Die Lade öffnet sich – sie ist leer.

Auf dem Schreibtisch, zum Bürostuhl ausgerichtet, steht ein zweiter Schirm, der Bildschirmschoner zeigt diverse Fotos von Fang. Auf dem ersten steht Fang, blasiert grinsend, hinter dem Tisch in einem der privaten Festräume. Der Tisch ist mit Harbiner Prominenz besetzt. Fangs Hand ruht entspannt auf der Schulter des Vizebürgermeisters von Harbin. Zur Linken des Vizebürgermeisters sitzt der ehemalige zweite Sekretär der Kommunistischen Partei.

Wenn ihn sein Gedächtnis nicht täuscht, hat der Vizebürgermeister erst kürzlich eine Verwaltungsstrafe für seine ungenügende Reaktion auf den Coronaausbruch in der Stadt erhalten, und der Parteisekretär sitzt zurzeit wegen Korruption im Gefängnis.

Dennoch wird klar, dass Fang Freunde in hohen Positionen hat.

Lu hört, wie ein Schlüssel ins Schloss der Bürotür geschoben wird. Er hat jetzt nicht mehr viel Zeit. Er macht mit seinem Handy ein Foto des Bildschirmschoners.

Die Diashow rückt weiter zum nächsten Bild, Fang an einem exotischen Schauplatz. Rote Erde, grüne Pflanzen, immergrüne Laubbäume. Hinter Fang ein Stacheldrahtzaun, auf der anderen Seite des Zauns ein Tiger. Ein großer, wunderschöner Tiger mit orangefarbenem Fell und schwarzen Streifen. Lu fotografiert auch das.

Auf dem nächsten Bild sitzt Fang in einem holzvertäfelten Raum an einem Tisch. Am Kopfende des Tisches sitzt eine Frau. Sie trinkt aus einer Tasse, deswegen ist ihr Gesicht nicht zu erkennen, nur eine ringbesetzte Hand und eine sehr große Sonnenbrille, eingerahmt von einem Wust schwarzer Haare.

Lu will gerade ein Foto davon machen, als mit der Wucht einer Detonation die Bürotür aufspringt.

FÜNFZEHN

Zwei Hilfskellner stürmen herein. Vermutlich hat man sie wegen ihrer Größe ausgewählt, kerngesunde Exemplare. Hinter ihnen erscheint ein dritter Mann, groß, sehr dünn, nach dem Äußeren zu urteilen vermutlich Ende fünfzig. Er trägt einen weißen Kittel, eine über und über mit Mehl und Soßenflecken besprenkelte Hose und auf dem Kopf eine Kochmütze aus Papier. In der Hand hält er ein Hackbeil.

Der Letzte, der eintritt, ist Fang persönlich.

Lu nimmt lässig auf dem Stuhl hinter dem Schreibtisch Platz. »Guten Tag, Herr Fang. Wie schön, dass ich Sie hier treffe.«

»Wie können Sie es wagen!«, schreit Fang. Seine schmeichlerische Höflichkeit von vordem ist dahin.

»Ich kann Ihnen das erklären«, sagt Lu.

»Raus aus meinem Stuhl.«

»Selbstverständlich.« Lu steht auf. Einer der Hilfskellner hat einen Holzhammer, der zum Weichklopfen von Fleisch benutzt wird. Sein Fleisch, wie Lu vermutet. Der andere hält ein Messer in der Hand. Die beiden haben Angst, das ist deutlich zu spüren. Lu lässt sein Handy in die Tasche gleiten und nimmt die Hände hoch. »Ich hoffe, wir müssen nicht auf körperliche Gewalt zurückgreifen.«

»Ich habe die Polizei benachrichtigt«, sagt Fang. »Sie wird gleich hier sein.«

»Ich *bin* die Polizei.«

»Das gibt Ihnen nicht das Recht, in mein Büro einzubrechen und eine illegale Durchsuchung durchzuführen.«

»Ich habe die Toilette gesucht und mich dabei verlaufen.«

»Fei hua!«, faucht Fang. *Blödsinn.* »Ich dulde diese Belästigung nicht. Wie Sie wissen, habe ich Freunde in der Stadtverwaltung.«

»So scheint es«, bemerkt Lu trocken. »Jedenfalls bin ich nicht aus beruflichen Gründen hier. Mich hat Ihre Küche interessiert. Das Schweinefleisch war eine Spur zu salzig, ehrlich gesagt. Aber jetzt muss ich gehen. Entschuldigen Sie das Missverständnis.« Lu bewegt sich in Richtung Tür. Die beiden Hilfskellner machen keine Anstalten, ihn aufzuhalten. Der ältere Mann mit dem Hackbeil schon.

»Sie gehen nirgendwohin, bis die Polizei eintrifft«, sagt Fang. »Und dann werden wir ja sehen.«

»Ich sagte Ihnen doch schon, hier liegt ein Missverständnis vor«, verteidigt sich Lu. »Ich habe die Toilette gesucht und mich dabei verlaufen. Dieses Haus ist das reinste Labyrinth.«

»Shen jing bing«, murmelt Fang. *Vollidiot.*

»Kein Grund, ausfällig zu werden, Herr Fang.« Lu macht einen weiteren Schritt Richtung Tür. Der Koch versperrt ihm den Weg. Er hat Arme wie ein Windhund, dünn, aber muskelbepackt und übersät mit Tätowierungen.

Seit einigen Jahren experimentieren chinesische Hipster unter dem Einfluss westlicher Medien und heimischer Rapkultur mit Tattookunst. Für die meisten Chinesen jedoch ist Tinte auf der Haut eine unselige Schändung des Körpers. Traditionell eine Methode, um Kriminelle zu identifizieren, bleibt es im öffentlichen Bewusstsein das Kennzeichen eines Verbrechers.

Das Hackbeil des Kochs sieht benutzt und messerscharf aus. Im Gegensatz zu den Hilfskellnern, die ihre Waffen so verkrampft in der Hand halten, dass ihre Fingerknöchel weiß hervortreten, hält der Koch das Beil ganz entspannt. Und ihm fehlt ein Zeigefinger, wie Lu auffällt.

Die Amputation eines Fingers oder Zehs gilt unter den Yakuza als ein Akt der Buße; es ist eine japanische Tradition, keine chinesische. Vielleicht ist ihm auch einfach beim Zwiebelscheiden das Messer ausgerutscht. Wie auch immer, von den Hilfskellnern geht keine Gefahr aus, doch der Koch könnte Ärger machen. »Sie können mich nicht hier festhalten, Herr Fang.«

»Ich habe Sie bei einem Einbruch erwischt. Das ist illegal, selbst für einen Polizisten.«

»Wenn das stimmen würde – und es stimmt nicht, denn ich habe die Toilette gesucht –, kann ich nur sagen: Uns Polizisten verbindet das Band einer stillschweigenden Bruderschaft, was dazu führt, dass wir freundlich miteinander umgehen. Wenn Sie verstehen, was ich meine.«

»Ach ja?«, ätzt Fang. »Zufällig habe ich gestern, nachdem

Sie hier vor meiner Tür gestanden haben, Nachforschungen über Sie angestellt.«

»Weil Sie etwas zu verbergen haben?«

»Ganz und gar nicht. Ich wollte wissen, ob Sie zu den Polizisten gehören, die Leute bedrohen, um ein bisschen Schmiergeld zu erpressen.«

»Wen immer Sie gefragt haben, man wird Ihnen sicher gesagt haben, dass dies bei mir nicht der Fall ist.«

»Tatsächlich, aber das heißt nicht, dass sie sich lobend über Sie ausgelassen haben«, sagt Fang.

Lu fragt sich, mit wem Fang wohl gesprochen haben könnte. Und vor ihm erscheint ein mit Leberflecken übersätes Gesicht mit wulstigen Lippen. Xu, Chef der Mordkommission des Amtes für Öffentliche Sicherheit in Harbin. Lus Erzfeind. Der Mann, der ihn aus Harbin vertrieben und in das Kaff Rabental verbannt hat.

Sollte Xu zu den Polizisten gehören, die gleich hier auftauchen, wird sich Lu nicht auf die stillschweigende Bruderschaft berufen können. Im Gegenteil.

»Treten Sie zur Seite«, sagt Lu zu dem Koch. »Ich gehe. Jetzt.«

»Sie gehen nirgendwohin«, entgegnet Fang.

»Wie heißen Sie, Onkel?«, fragt Lu den Koch.

»Sein Name geht Sie nichts an«, blafft Fang.

»Soll ich raten?«, sagt Lu zu dem Koch. »Sie haben ein Vorstrafenregister. Hab ich recht?«

Der Koch antwortet nicht, aber sein flackernder Blick geht fragend zu Fang.

»Ich bin sicher, dass Sie Ihr Bestes versucht haben, um

sich aus allem herauszuhalten«, fährt Lu fort. »Und trotzdem … irgendwas findet sich immer. Vielleicht haben Sie im Gefängnis eine Sucht entwickelt. Sagen wir mal, Amphetamine. Und eine Durchsuchung Ihrer persönlichen Habe könnte verbotene Substanzen zutage fördern.«

»Nein«, erwidert der Koch langsam.

»Ich glaube, Sie haben nicht verstanden«, sagt Lu. »Eine Durchsuchung Ihrer persönlichen Habe wird verbotene Substanzen zutage fördern.«

»Hören Sie nicht auf ihn«, sagt Fang. »Er ist nicht zuständig für Harbin.«

Lu fährt fort. »Bestimmt haben Sie Ihre Schuld der Gesellschaft gegenüber abgegolten, aber ein weiterer dunkler Fleck in Ihrer Akte – die Auswirkungen könnten schwerwiegend sein, meinen Sie nicht?«

»Sie haben keine Freunde in Harbin«, sagt Fang.

»Da irren Sie sich«, sagt Lu. »Ich habe hier viele Freunde. Sogar einige hohe Tiere im Ministerium für Öffentliche Sicherheit. Wissen Sie nicht, dass ich so etwas wie ein Held bin, weil ich einen Serienmörder gefangen habe?« Lu sieht den Koch durchdringend an. »Gehen Sie mir aus dem Weg. Ihr Hackbeil wird mich nicht aufhalten. Und wenn Sie es versuchen, bringe ich Sie für den Rest Ihres Lebens zurück in ein dreckiges Loch.«

Der Koch erwidert starr seinen Blick, doch jetzt wird seine Hand, die das Hackbeil hält, unruhig.

»Packt ihn euch!«, herrscht Fang die Hilfskellner an. Die beiden blicken nervös und gehen dann widerstrebend auf ihn zu.

»Wagen Sie es nicht«, faucht Lu. Er sieht den Koch mit einem warnenden Blick an und bewegt sich dann vorsichtig an ihm vorbei zur Tür.

»Lao Ping!«, protestiert Fang.

Der Koch, Ping, rührt sich nicht vom Fleck. Lu schlüpft hinaus auf den Flur. Während er zur Treppe läuft, hört er, wie Fang auf den Koch und die beiden verunsicherten Hilfskellner losgeht.

Lu bahnt sich einen Weg durch den großen Gastraum und den Haupteingang nach draußen. Im selben Moment halten zwei Polizeiwagen mit Blaulicht am Straßenrand. Lu schwenkt nach rechts und geht zügig den Bürgersteig entlang. Er rechnet fest damit, dass sich gleich eine schwere Hand in seine Schulter krallt und ihn herumwirbelt, aber nichts dergleichen geschieht. Lu geht rasch an ein paar Häuserblocks vorbei und dann auf Schleichwegen zurück zu seinem Auto. Er schaltet den Motor ein, fährt die Klimaanlage hoch – er ist schweißgebadet – und rast zur Schnellstraße.

Ganz schön waghalsig. Obwohl entkommen, bevor er in Gewahrsam genommen werden konnte, ist die Geschichte für ihn damit noch nicht zu Ende. Fang wird Xu – oder wer immer sein Kontaktmann bei der Polizei von Harbin ist – das Ohr abkauen, und alles wird auf Polizeichef Bao zurückfallen. Und Polizeichef Bao wird ihm die Hölle heißmachen.

Am besten wäre es, einfach das Blaue vom Himmel herunterzulügen, überlegt Lu. Abgesehen von der Videoaufzeichnung, die ihn beim Herumschnüffeln in Fangs Restaurant zeigt, würde sein Wort gegen Fangs stehen. Und mit seiner Leugnung, Videomaterial heruntergeladen zu haben, hat sich Fang in eine schwierige Situation manövriert. Er kann schlecht Beweise gegen Lu vorlegen, ohne das Gegenteil zuzugeben. Angesichts der Trinkgelage, der Hurerei und dem Verzehr verbotener Ware in den privaten Festräumen wären Fangs Kunden, besonders die sehr mächtigen Kunden mit guten Verbindungen, wenig begeistert, wenn sie erführen, dass Fang Heimvideos produziert hat.

Lu hat sich noch nicht in den Verkehr auf der Schnellstraße eingefädelt, da klingelt sein Handy. Polizeichef Liang aus Rabental.

Das ging ja schnell.

Lu ignoriert das wiederholte Klingeln, bis er die Außenbezirke der Gemeinde Rabental erreicht hat, dann nimmt er den Anruf an.

»Warum gehen Sie nicht ans Telefon?«, brüllt Liang.

»Entschuldigen Sie, Chef. Ich habe nicht gesehen, dass Sie angerufen haben.«

»Weil Sie ausgerechnet in das Haus einbrechen mussten, von dem Sie sich fernhalten sollten?«

»Welches Haus meinen Sie, Chef?«

»Spielen Sie hier nicht den Unschuldigen, Lu Fei. Ich habe gesehen, dass Sie einen Streifenwagen genommen haben. Und der Restaurantbesitzer hat Sie beim Durchwühlen seines Schreibtisches in seinem Büro erwischt! Polizeichef Bao ist außer sich! Er wird Sie mit einem Suppenlöffel kastrieren!«

»Ich bestreite ganz entschieden, dass ich in dem Restaurant war, Chef!«

»Sie … Sie …«, stottert Liang.

»Hat Fang irgendwelche Beweise, dass ich dort war?«

»Er hat Ihr dummes Gesicht gesehen! *Ta ma de niao!*«

»Sie brauchen nicht gleich meine Mutter ins Spiel zu bringen, Chef.«

»Verdammt noch mal, Lu Fei! Das ist kein Witz! Bao schäumt vor Wut. Wollen Sie gefeuert werden? Wollen Sie, dass *ich* gefeuert werde?«

»Nein, nein. Ich versuche nur, dem Fall um die vermisste Person auf den Grund zu gehen.«

»Wenn Sie weitergraben, werden Sie sehen, wie tief hinunter es geht, und Sie werden mich mit in den Abgrund ziehen. Ich habe keine Ahnung, was für Verbindungen dieser Fang hat, aber sie haben genug Gewicht, um Bao unter Druck zu setzen. Und Bao würde seine eigene Mutter vor den Zug stoßen, wenn es politisch angebracht wäre. Verstehen Sie mich?«

»Ja.«

»Sie werden jetzt Polizeichef Bao anrufen und ihm in den Arsch kriechen.«

»Nein, Chef, das werde ich nicht tun.«

»Lu Fei …«

»Hören Sie, Chef. Richten Sie Bao aus, ich sei nie dort gewesen. Bao wird es nicht glauben, aber Fang kann es nicht beweisen, ohne sich selbst in eine Lüge zu verwickeln, die ihm gefährlich werden könnte. Deswegen wird er die Sache auf sich beruhen lassen.«

»Dann waren Sie also doch da.«

»Das habe ich nicht gesagt, Chef. Vielleicht war es jemand, der mir ähnlich sieht. Oder Fang hat die ganze Geschichte erfunden.«

Liang schnaubt. »Ich weiß, mein Junge, Sie versuchen nur, das Richtige zu tun. Aber machen Sie sich nicht zum Narren. Aller Wahrscheinlichkeit nach ist das Mädchen davongelaufen oder betrunken in den Songhua gefallen.«

»Und dass ich ihr Handy gefunden habe und eine Zeugin sagt, es habe sich im Besitz eines unbekannten Mannes befunden? Zählt das nicht?«

»Wer war die Zeugin?«

»Äh … eine Obdachlose.«

»Na dann viel Glück. Vielleicht wurde dem Mädchen in Harbin das Handy gestohlen, und der Dieb hat kalte Füße bekommen und es weggeworfen. Haben Sie diese Möglichkeit schon mal in Betracht gezogen? Es gibt absolut keinen Beweis, dass Fang das Mädchen getötet hat.«

»Aber er könnte es gewesen sein. Oder es war jemand in dem Restaurant, ein Beamter oder ein reicher Geschäftsmann, und Fang deckt ihn. Die Tatsache, dass er sich Sorgen macht, nur weil ich in seinem Lokal aufgetaucht bin, ist ein Zeichen für seine Schuld.«

»Es könnte sich auch viel unkomplizierter verhalten. Fang will nicht, dass Sie in seinem Restaurant herumschnüffeln, weil er dort reichen und mächtigen Leuten Gürteltierschnauzen serviert. Und die wiederum wollen nicht bei etwas so eindeutig Illegalem ertappt werden. Das Mädchen taucht in der Gleichung gar nicht auf.«

»Fangs Überreaktion sagt mir etwas anderes.«

»Verdammt, Junge, halten Sie sich zurück. Lassen Sie etwas Zeit verstreichen. Falls wirklich ein Verbrechen vorliegt, dann wird einer der Beteiligten irgendwann ein schlechtes Gewissen bekommen und auspacken. Oder er wird einen Fehler machen und sich selbst belasten. Solche Dreckskerle neigen dazu.«

»Und die Schwester des vermissten Mädchens, die jeden Tag bei uns im Warteraum sitzt?«

»Sie können nicht die ganze Welt retten.«

»Warum bin ich dann Polizist geworden?«

»Regelmäßiges Einkommen. Schicke Uniform.«

»Schönen Dank auch, Chef.«

Liang seufzt resigniert. »Mal sehen, ob ich Bao beschwichtigen kann. Und natürlich informiere ich ihn über Ihren Verdacht gegen Fang. Davon abgesehen können wir jetzt nur noch auf die nächste Hiobsbotschaft warten. Bis dahin haben Sie den strikten Befehl, Fang und sein Restaurant in Ruhe zu lassen. Und das meine ich ernst. Sie hören damit auf, oder ich schicke Sie in Zwangsurlaub.«

Ernüchtert und bedrückt legt Lu auf. Er kehrt zur *paichusuo* zurück und stellt den Streifenwagen dort ab. Dann steigt er auf sein Fahrrad und fährt zum Roten Lotus, um dort seinen Ärger hinunterzuspülen. Yanyan sieht, dass er niedergeschlagen ist, und versucht, ihn mit einem Gratissnack aufzumuntern. Nach zwei Bechern Shaoxing-Wein redet sie ihm ins Gewissen.

»Morgen ist auch noch ein Tag«, sagt sie. »Geh nach

Hause, trink viel Wasser und schlaf dich aus. Danach wird es dir besser gehen.«

Lu radelt zu seiner Wohnung, trinkt einen Liter Wasser und lässt sich auf sein Bett fallen. Kurz bevor er in den Schlaf sinkt, fallen ihm Liangs Worte wieder ein. »Wir können jetzt nur noch auf die nächste Hiobsbotschaft warten.«

Sie müssen nicht lange warten, wie sich herausstellt.

SECHZEHN

Nach Lu Feis Flucht staucht Wilson Fang die beiden Hilfskellner und Lao Ping zusammen, wobei seine bösartigen verbalen Ausfälle nur durch die Sorge, die Gäste in den privaten Festräumen könnten sein Geschrei und seine Beschimpfungen hören, etwas gemildert werden.

Als er fertig ist, wischt er sich den Speichel von den Lippen und sagt den beiden Hilfskellnern, sie hätten fünf Minuten Zeit, ihre Sachen zu packen.

»Sie … Sie kündigen uns?«, bringt einer von ihnen heraus.

»Ja, Klugscheißer!«, blafft Fang ihn an. »Haut ab!«

Niedergeschlagen stehlen sich die beiden Jungen aus dem Büro.

Fang wendet sich Lao Ping zu. »Ich bin sehr enttäuscht von Ihnen.«

Lao Ping zuckt mit den Schultern. »Er ist Polizist. Ich will nicht wieder ins Gefängnis.«

»Sein Revier ist irgendein Nest in der Pampa. Er hat hier überhaupt nichts zu sagen!«

»Warum machen Sie sich dann solche Sorgen?«

Fang winkt ihn verärgert weg. »Raus hier!«

Lao Ping geht und macht die Bürotür zu. Fang lässt sich in seinen Chefsessel fallen, zündet sich eine 555-Zigarette an, schließt eine Schreibtischschublade auf und nimmt das Prepaidhandy heraus.

Abends spielt er den dienstbeflissenen Gastgeber, begrüßt die Kunden, ein Lächeln hier, ein freundliches Schulterklopfen dort. Für einen Montag läuft das Geschäft gut. Einige Honoratioren des Amtes für Chinesische Angelegenheiten in Übersee haben einen der Festräume in Beschlag genommen und sich billige Nutten dazugeholt. Der Alkohol fließt in Strömen. Sie drängen Fang, eine Runde *bai jiu* mitzutrinken, dann noch eine. Der Vizedirektor, ein arroganter junger Mann, der seinen Posten den Beziehungen seiner Familie zu verdanken hat, nutzt die ausgelassene Stimmung aus und fasst mit der Hand unter den Rock eines der Mädchen. Sie schlägt ihm dafür ins Gesicht und alle brüllen vor Lachen – nur nicht das Mädchen und der Vizedirektor, der ihr mit der Hand an die Kehle geht und zudrückt.

Fang fährt sofort dazwischen und trennt die beiden. Er komplimentiert das Mädchen aus dem Zimmer und sorgt dafür, dass die nächste Runde eingeschenkt wird. Er zündet dem jungen Mann eine Zigarette an und prostet ihm mit *bai jiu* zu. Alle trinken, und schnell herrscht wieder gute Stimmung.

Das Mädchen steht schluchzend im Korridor, als Fang aus dem Zimmer tritt. Er drückt ihr etwas Bargeld in die Hand. »Wer mit den Wölfen heult, muss sich nicht wundern, wenn er gebissen wird.« Er schiebt sie Richtung Treppe. »Verschwinde. Ich will dich hier nicht mehr sehen.«

Da es schon spät ist und die letzten Gäste aufbrechen, zieht sich Fang in sein Büro zurück und gönnt sich noch einen Drink. Er gibt das Passwort in seinen Computer ein und sichtet kurz das Filmmaterial des heutigen Abends aus den Überwachungskameras im Restaurant. Abgesehen von dem Zwischenfall mit der Nutte und dem Vizedirektor des Amtes für Chinesische Angelegenheiten in Übersee – und natürlich Lus Einbruch – ist nichts dabei, was sich zu speichern lohnt. Er lädt die interessantesten Ausschnitte auf sein Handy herunter und löscht den Rest.

Sein abendliches Ritual.

Er zündet sich eine Zigarette an und wartet darauf, dass die Geschäftsführerin mit dem Zählen der Tageseinnahmen fertig ist und ihm das Geld bringt. Er gähnt und bläst Rauchringe zur Decke.

23.07 Uhr.

Er hört von unten einen lauten Knall und richtet sich in seinem Stuhl auf, plötzlich hellwach.

Fang hat in Afrika Gnus, Büffel und Warzenschweine gejagt, Affen und Elefanten in Südostasien. Er weiß, wie sich ein Schuss anhört.

Fang steckt sein Handy in die Tasche, läuft zur Bürotür und schaut auf den Flur hinaus. Er hört den Schrei einer Frau. Die einzigen Angestellten, die sich noch im Haus aufhalten, sind der Koch und die Bereichsleiterin, Frau Zhang. Der Schrei kam zweifellos von ihr.

Gan!

Fang überlegt, ob er sich in sein Büro einschließen soll. Die Tür ist massiv, aber das Schloss würde keiner Kugel standhalten.

Wieder Schreie. Sie kommen näher.

Er sieht Zhang auf dem Treppenabsatz am anderen Ende des Flurs stolpern. Sie schreit um Hilfe.

Auf den Treppenstufen hinter ihr taucht eine schwarz gekleidete Gestalt mit Mütze und Gesichtsmaske auf. Zhang rappelt sich wieder hoch und rennt auf Fang zu, das Gesicht angstverzerrt. Erneut ein lauter Knall. Zhangs Blut spritzt an die Decke und die Wände.

Ein paar Türen weiter ist eine Toilette, ein kleines Fenster geht dort nach draußen. Fang ist nicht einmal sicher, ob er sich hindurchzwängen kann, und bis zum Boden darunter sind es drei Meter.

Es ist seine einzige Chance.

Er rennt zur Toilette, zieht die Tür auf, schlüpft hindurch. Er stürzt in die Kabine, steigt auf den Toilettensitz, öffnet das winzige Fenster. Er quetscht die Schulter durch die schmale Öffnung. Sie ist zu eng. Er wird es nicht schaffen.

Er stellt sich vor, wie der Schütze durch die Tür hereinstürmt und ihm eine Kugel in den Hintern jagt.

Dieses Bild spornt ihn an, seinen Oberkörper durch das Fenster hindurchzuzwängen, bis er über die Fensterbank kippt. Sein Blick geht nach unten, wo ihn eine betonierte Gasse erwartet. Wenn er sich kopfüber aus dieser Höhe fallen lässt, wird er sich das Genick brechen.

Fang hält sich an der Kante der Fensterbank fest und

holt Hüfte und Beine mit Schwung nach. Eine Hand rutscht ihm dabei weg, und er baumelt, mit einem Arm wild rudernd, an der Fensterbank. Die Schulter knackt unter der Anstrengung.

Er hört, wie die Toilettentür geöffnet wird. Es geht um Leben und Tod.

Er lässt sich die letzten Meter fallen, trifft auf den Beton, rollt sich zur Seite. Er steht auf, sein Fußgelenk knickt um, und er stürzt. Er schaut nach oben und sieht in dem Rahmen des Toilettenfensters eine Gestalt.

Fang stemmt sich hoch und rennt, den Schmerz verdrängend, um sein Leben.

SIEBZEHN

Um sechs Uhr wird Lu vom Telefon aus dem Schlaf gerissen. Der Anrufer ist Polizeichef Liang, und Lu weiß, dass die Sache ernst ist, noch bevor er abhebt. Liang ist kein Frühaufsteher.

»Bitte sagen Sie mir jetzt nicht, dass Sie es waren«, fleht Liang.

»Was?« Lu kann kein Pauschaldementi abgeben, wenn er keine Ahnung hat, wovon Liang spricht. Vielleicht war er es ja tatsächlich, um was auch immer es sich handeln mag.

»Wo waren Sie gestern Abend gegen elf?«

»Im Bett.«

»Können Sie das beweisen?«

Lu, plötzlich erschrocken, setzt sich auf. Er wird nicht gerne verhört. »Was ist los, Chef?«

»Gestern Nacht hat in dem Restaurant jemand geschossen. In Fangs Restaurant.«

»Details, bitte.«

»Mindestens eine Angestellte tot, ein anderer verwundet, und der Schütze ist entkommen.«

»Was ist mit Fang?«

»Wird vermisst«, sagt Liang. »Sie waren also nicht daran beteiligt?«

»Natürlich nicht, Chef! Glauben Sie, dass er entführt wurde?«

»Ich weiß es nicht. Ist mir auch egal. Meine Sorge gilt Bao, nicht Fang. Er will sich mit uns treffen.«

»Fang?«

»Polizeichef Bao, verdammt!«

»Sie haben ihm doch sicher gesagt, dass ich es nicht war.«

»Natürlich habe ich ihm das gesagt. Nicht mal Sie sind so blöd, zurückzukehren und sich in eine Schießerei hineinziehen zu lassen.«

»Vielen Dank für Ihren Vertrauensvorschuss.«

»Nur so, weil wir gerade dabei sind: Verfügen Sie über ein Alibi? Vielleicht haben Sie die Nacht ja mit einer hübschen Bar-Besitzerin verbracht.«

»Leider nicht. Aber wie schon gesagt, Fang hat im ganzen Haus Überwachungskameras installiert. Die Schießerei wurde bestimmt aufgezeichnet. Und falls die Polizei von Harbin das Videomaterial findet, kann sie sich auch gleich die Bänder vom letzten Freitagabend ansehen, um herauszufinden, ob es bezüglich Tan Meixiang irgendwelche Anzeichen für ein Verbrechen gibt.«

»Ganz bestimmt werde ich den Kollegen ausrichten, wie sie ihre Arbeit zu machen haben.«

»Wenn eine Angestellte tot ist, haben wir es mit einem Mordfall zu tun. Das heißt, dass Flunderfresse Xu die Kontrolle über den Fall hat.«

»Ihr Ex-Chef ist nicht Ihr größtes Problem, mein Junge.

Es geht um Ihren blanken Arsch. Und was noch wichtiger ist, um meinen.«

»Xu ist ein dreckiger Hund. Und er ist inkompetent.«

»Hören Sie mir überhaupt zu?«

»Vielleicht können wir das Kriminalamt mit ins Boot holen. Oder wenigstens erreichen, dass die Verantwortung einem ehrlichen Beamten übertragen wird.«

»Jetzt hören Sie doch endlich mal zu! Polizeichef Bao! Zwölf Uhr mittags! In seinem Büro! *Das* sollte Ihnen zu denken geben.«

»Bao braucht nur mein Handy anzupingen«, sagt Lu. »Dann wird er feststellen, dass ich hier in meiner Wohnung war. Die ganze Nacht.«

»Stellen Sie sich nicht blöd, Junge. Jeder einigermaßen fähige Kriminelle weiß, dass ein Handy geortet werden kann, und trifft entsprechend Vorsorge.«

»Dann soll er sich eben das Videomaterial aus den Überwachungskameras ansehen. Es liefert die gewünschten Antworten. Solange es Xu nicht angeblich versehentlich löscht.«

»Zwölf Uhr mittags! In Baos Büro!«

Nach dem Telefonat mit Liang ist Lu zu aufgedreht, um weiterzuschlafen. Er kocht sich Tee und trinkt ihn aufrecht sitzend im Bett.

Wie soll man die Schüsse deuten? Versucht da jemand, offene Rechnungen zu begleichen? Fangen die Ratten an, sich gegenseitig aufzufressen?

Und was ist mit Fang? Ist er tot, oder versteckt er sich nur?

Lu trinkt den Tee aus, schlüpft in seine Uniform und fährt mit dem Fahrrad zur *paichusuo*. Wie immer sitzt Meirong bereits im Warteraum. Ihr Anblick macht ihn plötzlich rasend.

»Du kannst hier nicht jeden Tag sitzen«, schnauzt Lu sie an.

»Warum nicht?«

»Hier rumzuhocken wie eine Bettlerin bringt die Sache auch nicht schneller voran!«

»Sie haben ja sowieso noch nichts herausgefunden!«, sagt Meirong.

»Verdammt noch mal!«, schreit Lu. »Ich weiß nicht, wo deine Schwester ist. Vielleicht werden wir es nie erfahren, so ist es nun mal!«

Meirong bricht in Tränen aus.

»Wo kao«, murmelt Lu. Er setzt sich neben sie auf die Bank und legt ihr eine Hand auf die Schulter. Ihre Knochen fühlen sich so zart an wie die eines Vogels. Er muss sich zwingen, in ruhigem Ton mit ihr zu sprechen. »Ich kann dir nicht versprechen, dass es deiner Schwester gut geht. Ich müsste lügen. Ich weiß, es ist hart, aber du musst dich damit abfinden, dass sie vielleicht … weg ist.« Meirong schluchzt noch heftiger. »Ich kann dir nur eins versprechen: dass ich nicht aufhören werde, nach ihr zu suchen. Egal, wie lange es dauert. Wochen. Monate. Ewig.«

Lu geht zum Empfangsschalter und bittet den dicken Wang, ihm eine Packung Papiertaschentücher zu geben und Polizeiobermeisterin Sun Bescheid zu sagen. Er kehrt zur Bank zurück und legt die Packung neben Meirong. »Ich habe deine Telefonnummer, und sobald ich etwas Neues weiß, rufe ich dich an.«

Als Sun aus dem Mannschaftsraum in den Wartebereich kommt, ist sie von dem Anblick des traurigen Mädchens bekümmert. »Bitte bringen Sie sie nach Hause«, sagt Lu.

Sun legt ihr einen Arm um die Schultern. »Komm, kleine Schwester.«

Lu begleitet sie zur Tür und winkt ein Taxi heran. Er blickt ihnen hinterher, fühlt sich schuldig und erleichtert.

Er macht sich eine Thermoskanne Tee und geht in sein Büro. Für den Polizeibericht über die Schüsse in Fangs Restaurant loggt er sich in eine regionale Kriminalitätsdatenbank ein.

Nach Berichten über mehrere Schüsse im *Shu-Qi-Da-Qi-Restaurant*, Pingan Straße dreiunddreißig, traf die Polizei am dreiundzwanzigsten Juli gegen dreiundzwanzig Uhr einundzwanzig am Tatort ein. Auf dem Flur der ersten Etage wurde eine Mitarbeiterin erschossen aufgefunden. Ein zweiter Mitarbeiter, der ebenfalls getroffen wurde, hat überlebt, sein Zustand ist stabil. Bei der Verstorbenen handelt es sich um Frau Zhang Meitan, Bereichsleiterin Finanzen des Restaurants. Der Überlebende ist ein Koch, Herr Ping Xiong.

Herr Ping sagt aus, nach Geschäftsschluss, beim Aufräumen der Küche, sei gegen dreiundzwanzig Uhr ein männlicher Verdächtiger durch den Hintereingang hereingekommen. Er habe sich dem Verdächtigen entgegengestellt, worauf dieser ihm in die Brust geschossen habe. Er habe das Bewusstsein verloren und sei erst wieder erwacht, als Beamte am Tatort eintrafen.

Die Tür zum Büro des Restaurantbesitzers und Geschäftsführers Herrn Fang Da-an (auch bekannt als Wilson Fang) im ersten Stock stand offen. Ob etwas aus dem Büro entwendet wurde, ist nicht bekannt.

Bei beiden Opfern wurde ein einzelnes 5,8-Millimeter-Projektil sichergestellt. Patronenhülsen fanden sich am Tatort nicht.

Herr Ping sagt ferner aus, er wisse nicht, ob Herr Fang sich zum Zeitpunkt der Schüsse in seinem Büro aufgehalten habe. Herrn Fangs gegenwärtiger Aufenthaltsort ist unbekannt.

Dem Bericht angehängt sind einige körnige Screenshots des Verdächtigen aus den Überwachungskameras der nächsten Umgebung. Es macht Lu umso wütender, weil er in seinem Bemühen, Aufnahmen von dem Abend zu bekommen, an dem Tan Meixiang verschwand, aktiv behindert wurde. Die Screenshots geben allerdings nicht viel her. Der Verdächtige, anscheinend männlich, ist von durchschnittlicher Größe, trägt dunkle Kleidung, eine Mütze und eine Gesichtsmaske aus Wolle.

Lu trinkt seinen Tee in kleinen Schlucken und denkt über den Bericht nach. Ein einzelner Schütze, der 5,8-Millimeter-Munition verwendet. Dieses Kaliber findet einzig und allein bei in China hergestellten und für den Gebrauch in der Volksbefreiungsarmee bestimmten Schusswaffen Verwendung. Mit gestohlenen Armeewaffen wird auf dem

Schwarzmarkt allerdings ein schwunghafter Handel getrieben, und das Kaliber ist demnach nicht zwingend von größerer Bedeutung.

Was den überlebenden Mitarbeiter betrifft, Ping Xiong, so erinnert sich Lu deutlich daran, dass Fang den tätowierten Mann mit dem Hackbeil mit *Lao Ping* anredete. *Lao* bedeutet »alt«, ein Begriff, der Vertrautheit ausdrücken soll, nicht unbedingt Alter an Jahren. Ping ist zwar ein verbreiteter Nachname, aber die beiden müssen ein und dieselbe Person sein.

Wenn Lu Spieler wäre, würde er seine magere Pension darauf verwetten, dass Ping mehr weiß, als er durchblicken lässt. Aber den alten Koch im Krankenhaus zu befragen, will er lieber nicht riskieren. Das würde Bao nur noch weiter verärgern, und er hat schon genug Konflikte mit ihm.

Polizeichef Liang holt ihn kurz nach 11.00 Uhr in seinem Büro ab. Er trägt ein frisches Hemd, eine Hose mit Bügelfalte und einen grimmigen Gesichtsausdruck. »Auf geht's, Sie Vollidiot.«

Sie fahren zur Zentrale des Amtes für Öffentliche Sicherheit und werden gebeten, in einem Konferenzraum zu warten. Polizeichef Bao lässt sie eine geschlagene Stunde lang schmoren. Lus Handy klingelt zwischendurch zweimal, Anruf einer unbekannten Nummer. Er nimmt das Gespräch nicht an. Liang spielt mit einer nicht angezündeten Zigarette. Noch nie hat Lu ihn so nervös erlebt.

»Es wird schon gut gehen, Chef«, sagt Lu.

»Glauben Sie?«

Schließlich erscheint Bao. Er knallt die Tür zu, fängt sofort an zu brüllen und hört mehrere Minuten lang nicht auf. Lu ist befremdet über Baos heftige Ausfälle. Er begreift allmählich, dass er unterschätzt hat, in was für Schwierigkeiten er steckt.

»Aber, Chef …«, protestiert Lu.

»Klappe!«, schreit Bao. »Ich will Ihre Scheißlügen nicht hören. Und SIE!« Er stößt einen Finger in Liangs Richtung. »Können Sie Ihre Leute nicht unter Kontrolle halten?«

»Aber, Chef …«, protestiert Lu erneut.

»Nicht nur haben Sie ein herausragendes Mitglied der Geschäftswelt von Harbin belästigt«, fährt Bao fort, »Sie haben auch noch eine illegale Hausdurchsuchung bei ihm vorgenommen! Nachdem ich Ihnen unmissverständlich zu verstehen gegeben habe, sich aus Harbin fernzuhalten!«

Lu öffnet den Mund, schließt ihn jedoch gleich wieder, weil er erkennt, dass es sinnlos ist, sich zu verteidigen.

»Und noch etwas!« Bao unterstreicht jedes Wort mit einem Faustschlag auf den Tisch. »Aus zuverlässiger Quelle weiß ich, dass Sie ein zwölfjähriges Mädchen bei Ihren eigenmächtigen Ermittlungen mitgenommen haben.«

»Sie ist fünfzehn«, korrigiert Lu.

»Von der Missachtung des Protokolls mal abgesehen!« Baos Gesicht verfärbt sich gefährlich. »Was ist mit dem Haftungsrisiko? Was ist, wenn sie Sie der Vergewaltigung beschuldigt?«

Das kann Lu nicht auf sich sitzen lassen. »Niemals würde ich …!«

»Darum geht es nicht, Sie Idiot!« Baos Wutanfall hat seinen Höhepunkt erreicht. »Es kümmert mich nicht, dass Sie den verrückten Totengräber geschnappt haben. Von mir aus können Sie alle ungelösten Mordfälle in der Provinz Heilongjiang aufklären, es wäre mir scheißegal. Ich dulde keinen Ungehorsam in meinen Reihen. Verstanden? Sie sind hiermit bis auf Weiteres suspendiert.«

»Polizeichef Bao, wenn ich kurz etwas sagen dürfte …«, hebt Liang an.

»Gar nichts dürfen Sie!«, brüllt Bao. »Seien Sie froh, dass wenigstens Sie Ihren Job behalten! Jedenfalls vorerst. Und jetzt raus hier. Gehen Sie mir aus den Augen!«

Auf der Rückfahrt im Auto nach Rabental kocht Liang vor Wut.

»Hätte schlimmer kommen können«, sagt Lu schließlich.

»Schlimmer, Lu Fei? Wie das?«

»Sie sind immer noch Polizeichef. Und ich wurde nicht aus dem Dienst entlassen … genau genommen.«

»Nein«, erwidert Liang. »Zuerst kommt die Suspendierung. Dann die Entlassung. Und ich bekomme bestimmt eine Abmahnung. Danke, mein Junge. Allerbesten Dank dafür.«

Lu weiß, dass Liang recht hat. Er hat ein schlechtes Gewissen, weil er ihn in eine schwierige Lage gebracht hat. Von seinem eigenen Schicksal mal abgesehen. Er wollte schon immer Polizeibeamter sein. Er kann sich nicht erinnern, dass es jemals anders war. Was soll er machen, wenn er unehrenhaft entlassen wird? Den Rest seines Lebens Schuhe verkaufen? Schweine züchten? Bei einem privaten Sicherheitsdienst anheuern? »Es tut mir leid, Chef.«

»Ich habe es Ihnen gesagt«, schimpft Liang weiter. »Aber Sie hören ja nie auf mich. Es ist eine Schande. Sie sind ein guter Polizist. Ein großartiger Polizist. Doch Sie wollen sich einfach nicht an die Spielregeln halten. Deswegen werden Sie zwangsläufig immer verlieren.«

»Das sind harte Worte.«

»Und? Habe ich nicht recht?«

Lu sieht aus dem Fenster. Er kann sich nicht überwinden, es zuzugeben, aber ja, Liang hat recht.

Eine halbe Stunde später hält Liang vor Lus Haus. »Das war's dann. Ich sage Ihnen Bescheid, wenn der Termin für die Revision feststeht.«

»Was wird aus den Fällen, an denen ich gerade arbeite?«

»Polizeiobermeister Bing wird sich darum kümmern.«

»Ich bin also vollständig draußen?«

»Nichts anderes bedeutet Suspendierung, mein Junge. Schlagen Sie es zu Hause nach, wenn Sie mir nicht glauben.«

»Aber, Chef …«

»Kommen Sie mir nicht mit ›Aber, Chef‹. Das haben Sie sich ganz allein zuzuschreiben. Und jetzt raus aus meinem Auto.«

Lu steigt aus und knallt die Tür so heftig zu, dass die Karosserie wackelt. Er sieht sein Spiegelbild in der Seitenscheibe. Wer ist dieser Hochstapler in Polizeiuniform?

Das Fenster gleitet nach unten, und Liang lehnt sich heraus. »Hören Sie, mein Junge. Ich weiß ja, Sie haben nur versucht, das Richtige zu tun. Halten Sie sich bis zur Überprüfung aus allem raus. Vielleicht können wir Kriminaldirektor Song dazu bewegen, für Sie auszusagen. Es gibt noch Hoffnung, aber machen Sie in der Zwischenzeit keinen Unsinn. Verstanden?«

»Ja, Boss.«

»Man sieht sich.«

Liang kurbelt das Fenster wieder hoch und fährt los.

Lu geht nach oben und schließt die Tür zu seiner Wohnung auf. Er zieht die Uniform aus, legt sich in Unterwäsche aufs Bett und starrt an die Decke.

Sein Handy brummt. Keine Anruferkennung, aber die gleiche Nummer wie vor ein paar Stunden, als er auf Baos Standpauke wartete. »Lu Fei«, meldet er sich.

»Guten Tag, Kommissar.« Eine männliche Stimme, die er nicht zuordnen kann. »Hätten Sie einen Moment Zeit für ein privates Gespräch?«

»Wer ist da?«

»Nennen Sie mich Herr Jia.«

»Ich spiele nicht gern Spiele, Herr Jia. Bringen Sie Ihr Anliegen vor, oder ich lege auf.«

»Mein Anliegen ist Wilson Fang.«

Lu stutzt. »Habe ich Sie richtig verstanden?«

»Wilson Fang ist ein Krimineller. Aber wie Sie sicher schon festgestellt haben, hat er mächtige Freunde.«

»Was für Verbrechen genau hat er begangen?«

»Nicht am Telefon. Können wir uns treffen?«

»Wer sind Sie?«

»Zum jetzigen Zeitpunkt kann ich nur sagen, dass ich einen wichtigen Posten in einem bestimmten Regierungsministerium bekleide. Aus diesem Grund muss ich sehr vorsichtig sein. Am Telefon kann ich Ihnen nicht mehr sagen. Wollen Sie sich mit mir treffen oder nicht?«

»Warum wollen Sie sich ausgerechnet mit *mir* treffen?«

»Ich weiß von Ihrer Anfrage bezüglich Fang und seinem Restaurant. Und ich glaube, dass wir uns gegenseitig behilflich sein können. Entscheiden Sie. Ja oder Nein.«

Lu überlegt einen Moment. Ungeachtet Liangs weisem Ratschlag – was hat er schon zu verlieren? »Ja.«

»Harbin, Bezirk Nangang, zwanzig Uhr. Kurz vor der verabredeten Zeit schicke ich Ihnen eine Nachricht mit dem genauen Treffpunkt. Kommen Sie allein. Keine Waffen, keine Aufzeichnungsgeräte.«

»Warum sollte ich Ihnen trauen?«

»Das sollten Sie nicht. Sie sollten niemandem trauen.«

Die Leitung ist tot.

ACHTZEHN

Zur verabredeten Zeit sitzt Lu in einem Mietwagen in einer Seitenstraße im Bezirk Nangang und starrt auf sein Handy. Die Minuten ziehen langsam vorbei, Lu ist verärgert. Der geheimnisvolle Herr Jia hat kalte Füße bekommen. Um 20.25 Uhr lässt er den Motor an und macht sich bereit für die Heimfahrt.

Im selben Moment vibriert sein Handy. Eine Textnachricht: *Harbin Hotel Harmonie, Zimmer 302.*

Das Hotel ist ihm nicht bekannt. Er sucht den Standort auf der Karte, es ist nicht weit entfernt, und er fährt hin. Es ist ein unscheinbares Quartier, in dem üblicherweise die Sorte Geschäftsleute absteigt, die Barkellnerinnen nach einer Zechtour zum Sex für eine Nacht aufs Zimmer mitnehmen.

Lu betritt die Hotellobby. Am Empfang sitzt eine junge Frau in weißer Bluse und einer schmuddeligen Uniformjacke. Da Lu Zivilkleidung trägt, würdigt sie ihn kaum eines Blickes.

Lu steigt die Treppe in die dritte Etage hinauf, geht bis zum Ende des Flurs und überprüft, ob das Treppenhaus leer ist. Er kehrt zurück zu Zimmer 302 und lauscht an der

Tür. Er hört einen Fernseher, Musik und Gesprächsfetzen, aber all diese Geräusche kommen von Nachbarzimmern. Lu probiert die Türklinke. Abgeschlossen. Er klopft an und tritt zur Seite.

Er hört, wie ein Bolzenschloss entriegelt wird, das Rasseln einer Vorlegekette, dann öffnet sich die Tür, und ein junger Mann taucht auf. Er ist etwas kleiner als Lu, trägt Jeans und ein kurzärmliges Hemd. Seine Arme sind muskulös, der Hals ist kräftig, das Kinn kantig, die Nase platt. Sein Schädel sieht aus, als könnte er einige Schläge mit einem Eisenrohr aushalten, ohne ernsthafte Schäden davonzutragen.

Der junge Mann sieht nach links und rechts den Flur entlang und bedeutet Lu dann hereinzukommen.

Lu zögert. Er hatte einen rundlichen Bürohengst mittleren Alters erwartet. Der Mann vor ihm wirkt eher wie ein Schlägertyp. »Sie sind nicht Jia. Wo ist er?«

»Sie können drinnen mit ihm sprechen. Halten Sie sich nicht hier im Flur auf.«

Lu muss sich entscheiden: zu einem Fremden ins Hotelzimmer gehen oder umkehren und nach Hause fahren. Dann würde er niemals erfahren, was dieser Herr Jia möglicherweise Schmutziges über Fang weiß.

»Treten Sie zurück«, sagt Lu. Der Mann macht einen Schritt rückwärts, und Lu betritt das Zimmer. Er steckt den Kopf durch die Badezimmertür. Das Badezimmer ist leer, der Duschvorhang zur Seite gezogen. Lu schließt die Tür hinter sich und folgt dem Mann ins Zimmer. Er sieht ein Doppelbett, einen Nachttisch, eine Kommode mit einem

Fernsehschirm, einen Schreibtisch und einen Stuhl. Ein Fenster, die Vorhänge zugezogen. Einen Kleiderschrank mit geöffneter Schiebetür, darin leere Kleiderbügel und ein Hotelsafe.

Lu sucht den Boden nach Plastikbahnen ab. Aus Hollywoodfilmen weiß er, dass Mörder gerne Abdeckplanen ausbreiten, bevor sie ihre Opfer töten, um keinen Dreck zu hinterlassen. Er entdeckt jedoch keine Plastikplane, auf dem Boden liegt billige braune Auslegware mit Flecken unbestimmter Herkunft und unbestimmten Alters. »Also gut. Hier bin ich. Wo ist Jia?«

Der junge Mann zeigt zu einem Laptop auf dem Schreibtisch. Für einen Moment wird Lus Aufmerksamkeit jedoch von den Händen des Mannes abgelenkt. Genauer, von den Fingerknöcheln. Sie sind geschwollen und verfärbt und haben deutlich sichtbare Schwielen.

Lus ehemaliger Kampfsporttrainer hatte solche Hände. Zu seiner täglichen Routine gehörte es, mit der flachen Hand und der Handkante auf sandgefüllte Stoffbeutel einzuschlagen, die Hände in Becken voller Metallkugeln zu stoßen und gegen ein Kantholz zu boxen. Nach jedem Training massierte er sich die Knöchel und Finger mit einem speziellen Einreibemittel, das nach Kräutern und Alkohol roch.

Dieses als Eisenhand bezeichnete Training dient dazu, Schläge ausführen zu können, die stark genug sind, um Ziegelsteine und Hölzer zu zerlegen.

Lu erinnert sich besonders deutlich an die Hände des Trainers, die rau wie Sandpapier waren. Selbst wenn er nur schwach ausholte, fühlte es sich an, als wäre ein Vorschlaghammer auf einen niedergegangen.

Aus dem Computer ertönt eine Stimme. »Bitte verzeihen Sie mir, dass ich nicht persönlich gekommen bin, Kommissar.«

Lu tritt an den Schreibtisch. Auf dem Schirm lächelt ihm ein Mann entgegen. Er trägt Anzug und Krawatte und sitzt irgendwo in einem Büro an einem Schreibtisch. Über seiner rechten Schulter hängt das prächtige Hoheitszeichen einer Abteilung – gelb, blau, rot und grün. Lu kennt das Zeichen nicht. »Ist das Ihr Ernst?«, fragt er. »Eine Videokonferenz?«

»Ich muss mich entschuldigen«, sagt Jia. »Ich habe Termine in Peking, die ich nicht verschieben kann. Das hier ist keine ideale, aber eine brauchbare Lösung. Könnten Sie bitte etwas näher an die Kamera herantreten? Sie sind teilweise außerhalb des Bildschirmrahmens.«

Lu zögert. Argwöhnisch sieht er zu dem jungen Mann, der seinen Blick ausdruckslos erwidert. Widerstrebend rückt Lu etwas näher an die Kameralinse. »Bitte sagen Sie mir, warum ich hier bin, Herr Jia. Und fassen Sie sich kurz.«

»Selbstverständlich«, sagt Jia. Das Videobild friert ein, verpixelt, Jia wird mitten im Satz unterbrochen, bevor das Bild wiederhergestellt wird. »… mein vertrauenswürdiger Assistent. Sein Familienname ist Bang, und wir können in seiner Gegenwart unbesorgt offen diskutieren.« Lu vermutet, dass Jia den jungen Mann im Zimmer meint. »Möchten Sie sich nicht hinsetzen?«

»Ich möchte nicht. Kommen Sie zur Sache.«

»Die Sache ist die, Kommissar, dass Sie und ich das gleiche Interesse teilen. Wilson Fang.«

»Und worin besteht Ihr Interesse?«

»Ich bin ein hochrangiger Beamter der staatlichen Forst- und Graslandverwaltung. Mein Verantwortungsbereich betrifft unter anderem den Schutz von Wildtieren. Wilson Fang hat ein kleines Vermögen damit gemacht, dass er seinen Gästen Fleisch von gefährdeten Tieren serviert. Dafür muss er vor Gericht gestellt werden. Aber wie Sie ja bereits feststellen konnten, hat er viele Freunde. Manche meiner Kollegen, aber auch solche aus anderen Regierungsministerien gehören zu seinen Kunden. Es wäre nicht in ihrem Interesse, wenn er entlarvt würde. Sogar jetzt noch decken sie ihn, obwohl Blut an seinen Händen klebt. Folglich kann ich über die regulären Kanäle nichts erreichen. Können Sie mein Dilemma nachvollziehen?«

»Ja. Sie suchen jemanden, der die Drecksarbeit für Sie erledigt.«

»Es ist nun mal ein schmutziges Geschäft, Kommissar. Ich benötige Hilfe, um dort eine Säuberung vorzunehmen.«

Erneut friert das Bild ein, dann wird die Übertragung fortgesetzt.

»Die Verbindung ist schlecht«, sagt Lu.

»Die Leitung geht über einen Proxyserver, um neugierige Blicke zu vermeiden. Das verursacht Übertragungsprobleme. Ich finde, das ist ein geringer Preis für erhöhte Sicherheit.«

»Warum wenden Sie sich an mich?«

»Trotz mangelnder Unterstützung von offizieller Seite verfolge ich Fangs Treiben genau. Dabei habe ich natürlich auch von Ihren Ermittlungen in dem Fall des vermissten Mädchens erfahren. Ich war neugierig, deshalb habe ich mir Ihre Vorgeschichte angeschaut. Was ich da entdeckt habe, war überaus faszinierend. Absolvent der Volksuniversität für Öffentliche Sicherheit in Peking. Zehn Jahre Dienst an verschiedenen Stellen bei der Polizei von Harbin. Schließlich Beförderung zum Vizepolizeichef der Gemeinde Rabental.«

»Danke, aber mein Lebenslauf ist mir einigermaßen bekannt.«

»Es heißt, Ihre Versetzung nach Rabental hänge mit einer Meinungsverschiedenheit mit Ihrem damaligen Vorgesetzten zusammen, einem Mann namens Xu, der heute das Morddezernat in Harbin leitet. Die Details der Meinungsverschiedenheit sind zwar nicht Gegenstand von öffentlichem Interesse, aber Gerüchten zufolge sollen Sie Xu in einer kompromittierenden Situation ertappt haben, woraufhin er Sie in die Verbannung geschickt hat. Nach Ihrem vorbildlichen Werdegang und Ihrer Erfahrung zu urteilen, müssen Sie ein Mann mit Prinzipien sein.«

»Keine Lobhudelei, bitte, Herr Jia.«

»Ich beantworte nur Ihre Frage, warum ich mich an Sie wende, Kommissar.«

Lu vertraut keinem Fremden, von dem man nur das Gesicht auf einem Computerschirm sieht, aber er will hören, was dieser Jia zu sagen hat. »Was können Sie mir über Fangs Anteil an dem Verschwinden des Mädchens sagen? Denn das ist der Grund, warum ich mich für ihn interessiere.«

»Gegenwärtig gar nichts. Aber wenn wir zusammenarbeiten, könnten wir zwei Fliegen mit einer Klappe schlagen.«

»Und die Schüsse in dem Restaurant?«, fragt Lu.

»Ach ja, die«, sagt Jia. »Da kann ich tatsächlich etwas zur Aufklärung beitragen. Hauptmann Bang, wenn ich bitten darf.«

Bang holt eine Mappe und reicht sie Lu. Innen befindet sich das Foto eines Toten.

Der Mann trägt dunkle Kleidung. In seiner Stirn klafft ein sauberes rundes Einschussloch. Die Augenlider sind fast geschlossen, der Mund steht offen, als wäre der Mann mitten in einem Satz getroffen worden. Auf weiteren Fotos ist die Umgebung zu sehen: ein leeres Lagerhaus, ein Hut, eine Gesichtsmaske aus Baumwolle, eine Waffe auf dem Boden neben dem Toten. Die Waffe ist eine schwarze Automatik.

»Sein Name ist Guo Ming«, sagt Jia. »Er ist, das heißt, er war ein Auftragsmörder. Unter anderem. In Ihrer Datenbank zu Kriminalität und Strafverfolgung können Sie alles über ihn nachlesen, aber der Einfachheit halber habe ich sein Strafregister gleich beigefügt.«

Unter dem Foto liegen zwei bedruckte Seiten Papier, die detailliert Guos Straftaten auflisten, die erheblich sind. »Ist das der Mann, der versucht hat, Fang zu töten?«

»Ja«, antwortet Jia.

»Woher wissen Sie das?«

»Das Überwachungsvideo mit Zeitstempel zeigt Guo beim Betreten und Verlassen des Geländes. Die Gesichtserkennung hat seine Identität bestätigt. Alles da, schwarz auf weiß.«

Lu setzt sich auf die Bettkante und blättert in den Bildschirmaufnahmen diverser Überwachungskameras in der näheren Umgebung: ein Mann in dunkler Kleidung, mit Mütze und Gesichtsmaske auf einem Motorrad; derselbe Mann auf einer Straße; der Mann in dem Moment, als er nach oben blickt und sich die Gesichtsmaske zurechtrückt; schließlich das gleiche Foto, diesmal überlappt von einem geometrischen Raster, das sein Gesicht mit dem offiziellen Passfoto von Guo Ming vergleicht.

Lu zuckt mit den Schultern. »Ich weiß nicht, was ich davon halten soll. Selbst wenn es beweisen würde, dass Guo der Schütze ist, was nicht der Fall ist, sagt es nichts darüber aus, warum er versucht hat, Fang zu töten. Und warum er anschließend selbst getötet wurde.«

»Wie Ihnen sicher bekannt sein dürfte, Kommissar, sind der illegale Tierhandel und der Rauschgifthandel eng miteinander verflochten. Dieselben Schmuggelrouten, häufig dieselben Personen. Meine Vermutung ist, dass Fang beschlossen hatte, sich breiter aufzustellen und Heroin und Methamphetamin in sein Portfolio aufzunehmen. Dabei hat er sich den Zorn eines Rivalen zugezogen, der Guo engagiert hat, um ihn umzubringen. Danach wurde Guo selbst getötet, entweder weil er gescheitert war oder um Spuren zu verwischen.«

»Das scheint mir eine wilde Spekulation zu sein.«

»Eine Hypothese, die sich auf Beweise stützt.«

»Wer ist der Rivale?«

»Ich weiß es nicht. Und ehrlich gesagt ist es mir auch egal. Drogenschmuggel ist nicht meine erste Sorge. Ich habe die Absicht, Fang wegen Handels mit verbotenen tierischen Produkten zur Strecke zu bringen.«

»Warum sind Sie so sicher, dass er davongekommen ist?«, fragt Lu.

»Die Überwachungskamera zeigt ihn beim Verlassen des Bezirks, zu Fuß, nach den Schüssen.«

»Und dann?«

»Und dann nichts. Es ist, als hätte er sich in Luft aufgelöst. Keiner weiß, wo er steckt.«

»Hm«, brummt Lu. »Aber irgendetwas sagt mir, dass Sie es wissen.«

NEUNZEHN

»Sagen Sie, Kommissar. Was wissen Sie über Myanmar?«, fragt Jia.

Eigentlich nicht viel, denkt Lu. »Das Land liegt südlich von China und ist berühmt für sein Opium, seine Wildtiere und die politische Instabilität.«

»Eine zutreffende, wenn auch verkürzte Darstellung. Im Westen war es unter dem Namen Burma bekannt, obwohl es bereits 1980 in Myanmar umbenannt wurde. Einen Moment bitte.«

Jia verschwindet vom Bildschirm, und stattdessen erscheint eine Karte von Myanmar – ein Fleckchen Erde, eingezwängt zwischen China, Laos, Thailand und der Andamanensee, Bangladesch und Indien. Eine beneidenswerte, aber auch prekäre Lage.

»Haben Sie von den Gewaltausbrüchen kürzlich gehört?«, hört er Jias Stimme.

»Nur am Rande.«

»Peking verfolgt politische und ökonomische Interessen in Myanmar, inbegriffen der Verkauf von Waffen an die *Tatmadaw*, die Streitkräfte von Myanmar. Naturgemäß halten sich chinesische Medien also bei der Frage, was Details betrifft, bedeckt. Es reicht der Hinweis, dass die *Tatmadaw* einen Staatsstreich eingefädelt haben – nicht zum ersten Mal – und Hunderte Protestierender bei den anschließenden Unruhen getötet wurden. Das ist wie ein Brandbeschleuniger bei einer ohnehin explosiven Situation. Myanmar befindet sich seit seiner Unabhängigkeit 1948 in einem fast dauerhaften Bürgerkrieg. Hauptsächlich ethnische und religiöse Gruppen kämpfen gegen die *Tatmadaw*, um politische Autonomie zu erreichen. Nach Lage der Dinge ist das Land momentan ein Flickenteppich verschiedener Miniterritorien, die unter der Herrschaft dieser Gruppen stehen, und alle sind schwer bewaffnet. Eine dieser Regionen liegt an der Grenze zur Provinz Yunnan. Sie steht unter der Kontrolle einer burmesischen Miliz, die ethnisch gesehen chinesisch ist – die offizielle Sprache, Straßennamen, Fernsehen und so weiter, alles in Mandarin. Der Renminbi ist sogar die Währung.«

Ein Abschnitt der Landkarte auf dem Bildschirm wird rot hervorgehoben. Es ist ein beachtlicher Teil des Landes, der an Laos und Thailand grenzt und mit Südchina eine mehrere Hundert Kilometer lange gemeinsame Grenze hat.

»Fangs Hauptlieferant von Tierprodukten operiert von einer in dieser Region versteckten Basis aus«, fährt Jia fort. »Es ist eine Frau, ihr Name ist Daw Khaw. Sie züchtet nicht nur vom Aussterben bedrohte Tiere, sie produziert auch Heroin, Methamphetamin und seit Kurzem auch Fentanyl.«

Lu muss an die Fotografie auf Fangs Computer denken – von der Frau, die neben Fang sitzt und im richtigen

Moment die Tasse hebt, um ihr Gesicht zu verbergen. »Und nun glauben Sie, dass Fang Unterschlupf bei dieser Frau gefunden hat.«

»Ja. Wir wissen nicht viel über sie, nicht mal ihren richtigen Namen. Daw ist ein Ehrentitel, so wie die Bezeichnung Lady. Und Khaw ist eine burmesische Form des chinesischen Familiennamens Xu. Angeblich war ihr Vater Chinese und ihre Mutter eine Dai.«

Lu erinnert sich, dass die Dai eine hauptsächlich in der Provinz Yunnan angesiedelte ethnische Minderheit sind. Er hat schöne Frauen in bunt bestickten Sarongs und mit hohen, konisch geformten Bambushüten vor Augen. »Und was wissen Sie über sie?«

Jia erscheint wieder auf dem Bildschirm. »Daw Khaw ist um die fünfzig Jahre alt, intelligent, gut vernetzt. Gerüchten zufolge war sie früher entweder eine Prostituierte, die sich in eine einflussreiche Position hochgeschlafen hat, oder eine Guerillera, deren brutale Rücksichtslosigkeit ihr die Aufmerksamkeit der örtlichen politischen Führer eingebracht hat.«

»Also Nutte oder Mörderin, ja?«, sagt Lu. »Nichts dazwischen?«

»Ich gebe nur wieder, was man so hört, Kommissar.«

»Für mich sieht das eher nach einer Aufgabe für das Außenministerium aus. Warum setzen Sie nicht die chinesische Miliz ein, um Khaws illegalen Betrieb zu schließen und Fang auszuliefern?«

»Wenn es bloß so einfach wäre. Die Miliz ist eng verbunden mit Peking und erhält finanzielle und materielle Unterstützung im Gegenzug für … ein gewisses Maß an Loyalität. Im Moment bestreitet die Miliz rundheraus Khaws Existenz, und unsere Regierung ist aus Bequemlichkeit geneigt, ihr zu glauben.«

»Da sind Sie offenbar in einer verzwickten Situation, Herr Jia. Vielen Dank, dass Sie mir meine Zeit stehlen. Ich hätte meinen Abend gerne produktiver verbracht.«

»Zum Beispiel bei einem Gläschen im Roten Lotus?«

Lu ist baff. »Woher wissen Sie das?«

»Wie gesagt, ich habe mir Ihre Vorgeschichte angesehen.«

Lu steht auf. »Leben Sie wohl.«

»Nicht so hastig, Herr Kommissar. Wollen Sie nicht wissen, was mit der Kellnerin passiert ist?«

»Doch. Aber der einzige Mensch, der uns darüber Auskunft geben könnte, ist unerreichbar.«

»Kein Mensch ist unerreichbar, Kommissar. Ich habe einen Plan.«

»Davon bin ich überzeugt.«

»Wenn ich einen unstrittigen Beweis für Khaws Aufenthaltsort und Fangs Anwesenheit dort vorlegen kann, könnte ich unter Umständen erreichen, dass er ausgeliefert und Khaws Betrieb stillgelegt wird.«

»Wie wollen Sie das anstellen? Soll ich etwa hinfahren und heimlich ein paar Fotos von den beiden schießen, wie sie sich auf einem Tigerfell rekeln und Gras rauchen?«

»Sie können Gedanken lesen, Kommissar.«

»Das sollte ein Witz sein.«

»So habe ich es nicht verstanden.«

»Aber …«, stößt Lu hervor.

»Ich möchte Sie bitten, als Käufer von exotischem Buschfleisch aufzutreten, um sich in Khaws Betrieb einzuschleichen und uns bei der Beschaffung der genauen GPS-Daten behilflich zu sein. Das gäbe mir einen hinreichenden Grund, um Satellitenbilder anzufordern. Sollten diese Bilder Beweise für die Herstellung von Drogen liefern – und davon bin ich überzeugt –, dann wird auch die staatliche Drogenaufsichtsbehörde aufmerksam werden. Und sobald das geschieht, erfolgt die Abrechnung mit Khaw.«

»Und Fang?«

»Die Miliz, auf frischer Tat bei einer Lüge ertappt, wird alles Mögliche unternehmen, um sich Pekings Gunst zu bewahren, einschließlich Fangs Auslieferung. Und sobald er ausgeliefert ist, wird er uns alles über das vermisste Mädchen erzählen, das kann ich Ihnen versprechen.«

»Ihr Mann hier neben mir, Bang, macht auf mich den Eindruck, als könnte er das selbst erledigen. Schicken Sie doch ihn.«

»Ich sagte Ihnen schon … ich weiß nicht, wem ich trauen kann, nicht mal in meiner eigenen Organisation. Und ich muss deshalb davon ausgehen, dass Khaw auf die Profile der Beschäftigten in der staatlichen Forst- und Graslandverwaltung zugreifen kann. Ich brauche also jemanden von außen. Einen erfahrenen Ermittler. Jemanden, der intelligent ist, motiviert und wagemutig genug, um einem Tiger den Zahn zu ziehen.«

Lu muss zugeben, dass Jias Plan eine gewisse schizophrene Logik hat. »So etwas ist eigentlich nicht mein Ding.«

»Hauptmann Bang wird Ihnen die ganze Zeit Rückendeckung geben, sollten Sie Probleme bekommen.«

»Hauptmann der Reserve?«

»Sondereinsatzkommando«, wirft Bang ein.

»Welche Einheit?«, will Lu wissen.

»Geheim.«

»Natürlich.« Lu wendet sich wieder dem Computerschirm zu. »Angenommen, Ihr absurder Plan geht auf, und ich schaffe es, bis in Khaws Versteck vorzudringen. Ferner angenommen, Fang ist tatsächlich dort. Er kennt mein Gesicht, wie Sie wissen. Es würde also nicht lange dauern, bis ich kopfüber am nächsten Baum hänge und er mich ausnimmt wie ein Schwein.«

»Sie wären erstaunt, was eine neue Frisur, eine Brille und andere Kleidung erreichen können, Kommissar«, sagt Jia.

»Das meinen Sie doch nicht ernst.«

»Ich könnte Ihnen einige Forschungsberichte zukommen lassen, die meinen Standpunkt untermauern, Kommissar. Einfache Tarnung ist ungeheuer effektiv.«

Lu schüttelt den Kopf. Dieser Jia weiß auf alles eine Antwort. »Leider hat Ihr Plan einen Haken. Ich wurde soeben suspendiert.«

»Wirklich?« Jia findet das anscheinend witzig. Eine Frechheit, findet Lu. »Wegen Ihrer Ermittlungen?«

»Richtig.«

»Dann können Sie sicher sein, dass Sie an der richtigen Stelle gebohrt haben.«

»Vielleicht«, sagt Lu. »Aber ich bin nicht mehr beim Amt für Öffentliche Sicherheit.«

»Umso besser. Jetzt können Sie Ihrem Auftrag nachgehen, ohne sich einen Grund ausdenken zu müssen, um Ihre Abwesenheit zu rechtfertigen.«

»Sie sind ein Idiot, wissen Sie das?«

»Darf ich Ihnen einen Bonus anbieten? Wenn es Ihnen gelingt, Fang vor Gericht zu bringen, könnte ich dafür sorgen, dass Sie wieder an Ihre alte Dienststelle zurückkehren.«

»Wie wollen Sie das anstellen?«

»Sehen Sie es so: Sobald Fang anfängt zu reden, wird derjenige, der hinter Ihrem Rücken interveniert hat, entweder wegen Verabredung zu einer Straftat angeklagt werden oder, wenn das Amt noch einen Funken Anstand hat, in der Versenkung verschwinden. Jedenfalls ist erst mal die Luft raus.«

»Vielleicht. Vielleicht auch nicht.«

»Und ich kann mich an gewisser Stelle für Sie verwenden. Wer weiß? Am Ende werden Sie vielleicht noch befördert.«

»Ich lege keinen Wert auf eine Beförderung.«

»Legen Sie Wert auf Ihren alten Arbeitsplatz?«

»Ja, aber ich bin kein Geheimagent«, sagt Lu. »Ich bin nur ein einfacher Polizist.«

»Stellen Sie Ihr Licht nicht unter den Scheffel«, erwidert Jia. »Führen Sie Fang und Khaw ihrer gerechten Strafe zu und lösen Sie das Rätsel des vermissten Mädchens.«

»Ich überlege es mir.«

»Überlegen Sie nicht zu lange. Was, wenn das Mädchen noch lebt? Je eher wir Fang einsperren und ihn in die Mangel nehmen, desto besser.«

»Wie gesagt, ich überlege es mir.«

»Nun gut«, sagt Jia. »Wir bleiben in Kontakt.« Die Videoübertragung bricht abrupt ab.

Lu sieht zu Bang. »War's das?«

Bang nickt.

Lu steht auf und geht vorsichtig zur Tür, mit einem Auge auf Bang. Er öffnet die Tür und späht hinaus auf den Flur. Die Luft ist rein. Raschen Schrittes geht er zur Treppe, muss sich beherrschen, nicht zu rennen, steigt die Stufen hinunter ins Foyer und verlässt das Hotel. Über Umwege gelangt er zurück zu seinem Auto und wird doch das Gefühl nicht los, dass ihn auf dem ganzen Weg feindliche Blicke verfolgen.

ZWANZIG

Als Erstes ruft Lu am nächsten Morgen Polizeiobermeister Bing an und bittet ihn, den Polizeibericht über den Mord an Guo Ming herauszusuchen.

Polizeiobermeister Bing flüstert ins Telefon: »Aber Sie sind doch vom Dienst suspendiert.«

»Tun Sie mir nur diesen einen Gefallen.«

»Sie bringen uns beide in Schwierigkeiten.«

»Unsinn. Was soll daran verkehrt sein, wenn ein Polizeiobermeister des Amtes für Öffentliche Sicherheit einen Polizeibericht liest?«

»Kommissar …«

»Bruder Bing. Bitte.«

Bing seufzt. »Ich kann nur hoffen, dass Sie wissen, was Sie tun.«

»Tu ich doch immer.«

»Kein Kommentar.« Bing legt auf. Zehn Minuten später ruft er zurück. »Was wollen Sie wissen?«

»Nur die wichtigsten Punkte.«

»Guo Ming, 35, Vorstrafenregister so lang wie der Songhua. Vom Wachschutz in einem verlassenen Lagerhaus entdeckt, Bezirk Xiangfang, Dienstag, frühe Morgenstunden. Tod durch einen einzelnen Schuss in die Stirn, Kaliber steht noch aus. Handfeuerwaffe Typ 92 am Tatort gefunden, mehrere Patronen verschossen. Trägt Guos Fingerabdrücke. Keine Augenzeugen, keine Überwachungsvideos aus der Umgebung. Autopsiebericht steht noch aus.«

»Die Handfeuerwaffe schießt mit 5,8-Millimeter-Munition, richtig?«

»Ja.«

»Keine Verdächtigen?«

»Nein, aber offenbar war Guo an vielen kriminellen Unternehmen beteiligt, Drogen, Prostitution, Diebstahl. Der Mann musste sich früher oder später eine Kugel einhandeln.«

»Danke, Bruder Bing. Bitte sagen Sie mir Bescheid, wenn der kriminaltechnische und der Autopsiebericht vorliegen.«

Lu legt auf. In seinem Computer sucht er nach Informationen über die staatliche Forst- und Graslandverwaltung. Ein Mann mit dem Namen Bang ist dort nicht aufgeführt, aber Lu stößt auf ein Foto und die Biografie eines gewissen Jia Zhanshu. Nach der Webseite zu urteilen ist Jia Vizedirektor der Abteilung Naturschutz mit Sitz in Peking. Lu erkennt auf dem Foto den Mann, mit dem er online gesprochen hat.

Die Wohnungsklingel schreckt ihn auf. Er erwartet niemanden. Er schaltet die Gegensprechanlage ein. »Ja?«

»Eine Zustellung.«

»Ich habe nichts bestellt.«

»Ich habe hier einen Umschlag mit Ihrem Namen.«

In solchen Momenten wünscht sich Lu, das Amt für Öffentliche Sicherheit würde seine Polizeibeamten mit einer Dienstwaffe ausstatten. Er geht nach unten, auf Ärger gefasst, sieht aber nur einen Motorradkurier mit einem Päckchen in der Hand. Lu quittiert den Empfang mit seiner Unterschrift, und der Kurier rast davon. Der Absender ist Lu nicht bekannt, eine Pekinger Adresse.

Lu geht wieder nach oben und wirft den Umschlag aufs Bett. Vermutlich von Jia, denkt Lu, und wenn er ihn öffnet, muss er sich auf Jias verrückten Plan einlassen. Besonders wenn der Inhalt als sensibel oder gar geheim eingestuft ist.

Was tun?

Es ist erst Mittag, aber er braucht etwas zu trinken. Erkenntnis durch Rausch.

Lu sucht das nächste Restaurant auf und bestellt eine Schüssel Sesamnudeln und zwei Bier. Er versucht, seine Gedanken zu klären und seine Sorgen und Gefühle, getragen wie von einem sanften Wasserstrom, vorbeiziehen zu lassen.

Das Bild der im Warteraum der Polizeiwache sitzenden, weinenden Tan Meirong drängt sich dazwischen. Und noch ein Bild, diesmal von ihm selbst, wie er Schuhe verkauft, solche Schuhe, auf die Polizeichef Liang so stolz ist. »Ja, mein Herr, das Ziegenleder ist außerordentlich elegant.«

Noch gestern schien sein weiterer beruflicher Weg steil bergauf zu einem zufriedenstellenden, wenn auch vorhersehbaren Ziel zu führen. Lu war dazu berufen, Polizeichef von Rabental zu werden, wenn Liang dereinst seinen

Dienst quittierte, oder in einer anderen Polizeiwache das Kommando zu übernehmen. Heiraten. Kinder. Mit sechzig in Rente. Ein friedvoller und behaglicher Ruhestand.

Jetzt befindet er sich im freien Fall.

Lu isst die Nudeln und trinkt das Bier. Er geht zurück in seine Wohnung, reißt das Siegel vom Umschlag und schüttelt den Inhalt aufs Bett: eine ausgedruckte Reiseroute für einen Flug nach Kunming, ein Ausweis auf den Namen Long Ming mit einem Foto von Lu und ein dickes Geldbündel.

Lu wartet auf den Anruf. Eine Viertelstunde später klingelt das Telefon. »Haben Sie den Umschlag bekommen?«, fragt Jia.

»Ja«, antwortet Lu.

»Der Ausweis ist gültig. Sie können damit ungehindert reisen.«

»Wer ist Long Ming?«

»Sie sind Long Ming, Kommissar.«

»Wie das?«

»Mir stehen bestimmte Mittel zur Verfügung. Bitte beachten Sie: Ihr Flug geht morgen Mittag. Sie haben also nicht mehr viel Zeit. Ich schlage vor, Sie nehmen etwas von dem Geld und kaufen sich neue Kleidung, eine falsche Brille und legen sich eine andere Frisur zu. Bei Ihrer Ankunft in Kunming sind Sie nicht mehr Lu Fei, stellvertretender Polizeichef einer unbedeutenden Kleinstadt. Sie sind Long Ming, Vermittler seltener und exotischer Wildtierprodukte im Auftrag eines Kasinobesitzers in Macao.«

»Macao?«

»Wir haben dort einen Informanten, der Sie mit einer passenden Hintergrundgeschichte ausstatten kann.«

Das ist keine Einbildung. Das ist die Wirklichkeit. Lu wird schwindlig. Er setzt sich aufs Bett.

»Sind Sie noch da, Kommissar?«

»Ja.«

»Haben Sie Fragen?«

»Wenn Fang ausgeliefert wird, möchte ich, dass er gesteht, was er Tan Meixiang angetan hat.«

»Darauf gebe ich Ihnen mein Wort.«

»Und ich möchte danach zurück an meine alte Dienststelle.«

»Sie werden wieder dort arbeiten.«

»Gut.«

»Dann haben wir also eine Vereinbarung?«

Lu holt tief Luft. »Ja.«

»Sehr gut. Hauptmann Bang wird Sie morgen am Flughafen Kunming abholen. Er wird Sie über die nächsten Schritte informieren. Gute Reise … Herr Long.«

EINUNDZWANZIG

Lu braucht Hilfe. Er ruft Yanyan an und fragt, ob sie sich treffen können. »Ich bin in der Bar«, sagt sie. »Komm einfach vorbei.«

Lu fährt mit dem Fahrrad zum Roten Lotus. Yanyan füllt gerade das Kühlregal hinter der Theke mit Bierflaschen auf. Sie trägt eine kurze Hose und ein ärmelloses T-Shirt und ist ein bisschen ins Schwitzen gekommen, was Lu sehr sexy findet.

Sie winkt ihm zu, dabei blitzt ihr Zinnober-Armreif auf. Wie sehr er dieses schlichte Band aus Kunstharz und einem Seidenfaden verabscheut.

»Was gibt es so Dringendes?«

»Ich soll verdeckte Ermittlungen durchführen.«

»Wie aufregend.«

»Und gefährlich.« Vielleicht, denkt Lu, wird Yanyan ja so besorgt um ihn sein, dass sie ihn gebührend verabschiedet.

»Was für Ermittlungen?«

»Das darf ich nicht sagen.«

»Sehr geheimnisvoll.«

»Sagte ich schon, dass es gefährlich ist?«

»Ja.«

»Ach ja, richtig.« Lu setzt sich an einen der Tische. »Ich muss mein Äußeres verändern. Hast du eine Idee?«

»Hm. Tee?«

Lu schaut auf die Uhr. »Zu früh für ein Bier?«

Yanyan lacht und holt ihm ein Bier. Sie setzt sich zu ihm an den Tisch und schenkt ihm ein. »Dein Äußeres verändern? Wie denn? Sollst du jemand Bestimmten darstellen? Einen Drogenhändler? Einen korrupten Beamten?«

»Ich bin ein Mann, der seinem reichen und moralisch verkommenen Auftraggeber Schmuggelware vermittelt.«

»Ein Gangster also, aber keiner, der Banken überfällt oder andere Menschen mit einem Hackmesser zerlegt.«

»So ungefähr. Außerdem könnte ich auf einen Verdächtigen stoßen, der mich vom Sehen kennt. Ich muss mein Äußeres also radikal verändern.«

Yanyan betrachtet Lu ausgiebig. »Die Narbe an deiner Augenbraue ist mir noch nie aufgefallen. Hast du sie dir bei einem Kampf zugezogen?«

In Wahrheit hat sich Lu die Narbe selbst zuzuschreiben, nachdem er als Junge vom Fahrrad gefallen war. Der Arzt, der sie genäht hat, war ungeschickt, daher die gezackte weiße Linie, die Lus linke Augenbraue durchtrennt. »Ja«, sagt Lu. »Ein großer Kampf. Eine Riesenkeilerei. An dem Tag habe ich es allen gezeigt.«

»Wir brauchen mehr davon. Ich meine Narben. Die Frisur können wir ändern, das ist nicht schwer. Und du brauchst neue Klamotten.«

»Kann ich nicht einfach das tragen, was ich jetzt anhabe?«

»Wenn du keine Uniform trägst, kleidest du dich wie ein Polizist, der keine Uniform trägt.«

»Das tut weh.«

»Die Haare kann ich dir schneiden«, bietet Yanyan ihm an, »aber von Gangstermode verstehe ich rein gar nichts.«

Lu trinkt sein Bier aus. »Macht nichts. Ich kenne jemanden, der mir da helfen kann.«

Lu ruft Monk an und erklärt ihm die Situation. Monk ist begeistert von der Idee. »Wie weit wollen Sie denn gehen?«

»Ich will, dass meine eigene Mutter mich nicht wiedererkennt.«

»Na gut. Wie Sie wollen.«

»Ich bin in zwei Stunden bei Ihnen.«

Yanyan schließt für heute die Bar Zum Roten Lotus, ein seltenes Zugeständnis, und nach einem kleinen Umweg über eine Drogerie, um Zubehör zu kaufen, fahren sie zu ihr nach Hause. Yanyan schneidet Lus Haare mit einem Rasierapparat, die Nackenhaare und die Seiten bis zum Haaransatz, lässt nur oben einen schmalen Pony stehen, den sie anschließend blond färbt. Lu ist entsetzt, als er sich nach der Prozedur im Spiegel betrachtet. »Ich verspüre plötzlich den unwiderstehlichen Drang, mir ins Gesicht zu schlagen.«

Lu ruft einen Fahrdienst an, der sie nach Harbin bringt, und er bezahlt mit Jias Geld. Er war vorher noch nie in Monks Wohnung, aber sie entspricht genau dem, was er sich vorgestellt hat. Die Möblierung ist schrill und minimalistisch, die Wände sind vollgehängt mit Schwarz-Weiß-Fotos schöner – und dezent nackter – chinesischer Männer. Yanyan steht staunend davor.

Monk grinst, als er Lus neue Frisur sieht. »Stimmt es, was man so sagt, Kommissar?«

»Was sagt man denn?«

»Blonde haben mehr Spaß im Leben.«

»Wer sagt das?«

»Ich weiß nicht. Amerikaner. Europäer.«

»Soll das heißen, dass achtundneunzig Prozent der Weltbevölkerung unglücklich sind?«

Monk verdreht die Augen. »Egal.« Er lächelt Yanyan an. »Und wer ist dieses wundersame Geschöpf?«

»Ah«, sagt Lu. »Das ist Luo Yanyan. Yanyan, darf ich vorstellen, Monk.«

Monk kocht Tee, und sie nehmen auf seiner originellen Leder-Chrom-Sesselgarnitur Platz. »Sie sollen also einen Gangster spielen, der mit Schmuggelware handelt.«

Lu schlürft seinen Tee. »Der Schmuggelware vermittelt, ja.«

»Was für Schmuggelware?«

»Das darf ich nicht sagen.«

»Zwischen einem Mann, der Drogen vertickt, und einem, der gestohlene antike Kunst verkauft, liegen Welten.«

»Stimmt. Also gut, die Geschichte ist die: Ich kaufe exotisches Buschfleisch von gefährdeten Tierarten für meinen Chef, einen Kasinobesitzer in Macao.«

»Ist ja ekelhaft«, sagt Monk. »Aber das gibt uns einen

Anhaltspunkt. Ich würde sagen, Sie sind ein bisschen grob und rabiat, aber kein gewalttätiger Schlägertyp.«

»Genau das habe ich auch gedacht«, sagt Yanyan.

»Steht das vielleicht in Verbindung mit dem Restaurant, nach dem Sie mich neulich gefragt haben?«, will Monk wissen.

»Vergessen Sie das lieber gleich wieder«, sagt Lu.

Monk lächelt und notiert sich etwas auf einem Zettel. »Die Frisur ist schon mal ein guter Anfang, aber wenn Sie Ihre äußere Erscheinung grundlegend verändern wollen, brauchen wir mehr. Viel mehr.«

»Was zum Beispiel?«, fragt Lu.

»Hauchen wir doch zuerst Ihrem Charakter ein bisschen Leben ein. Haben Sie einen Namen?«

»Ist das wichtig?«

»Vielleicht.«

»Der Familienname ist Long.« *Drache* – ein häufiger Name in der Volksrepublik.

Monk nickt. »Ausgezeichnet. Dann können wir Bildnisse von Drachen in Ihre Figur integrieren. Woher kommt Herr Long?«

Lu zuckt mit den Schultern. »Darüber habe ich mir noch keine Gedanken gemacht.«

»Sprechen Sie irgendeinen Regionaldialekt?«

»Ein paar Brocken Kantonesisch, und ich verstehe den Shanghai-Dialekt, aber beim Sprechen hapert es.«

»Halten wir es also einfach. Herr Long ist aus Shanghai. Die Stadt ist sehr groß. Es wird also niemand, dem Sie begegnen, zwangsläufig davon ausgehen, dass sich Ihre Wege schon einmal gekreuzt haben. Aber wie ist Herr Long überhaupt in dieses Milieu geraten? Haben Sie mit Kleinkriminalität angefangen und sich hochgearbeitet?«

»Sind diese Überlegungen wirklich alle nötig?«

»Was machen Sie, wenn jemand anfängt, Fragen zu stellen?«

»Dann bin ich eben der starke, schweigende Typ Mann.«

»Monk hat recht«, sagt Yanyan. »Um so etwas durchzuziehen, musst du deine Rolle perfekt ausfüllen. Selbst wenn dir niemand eine Frage nach deinem Werdegang stellt, solltest du dir eine persönliche Biografie zurechtlegen. Es wird dir helfen, in deiner Figur zu bleiben. Verdeckte Ermittlungen sind wie Schauspielen, nur geht es dabei nicht um gute Kritiken – es geht um Leben und Tod.«

»Ihr beide habt wohl viel Erfahrung mit verdeckten Ermittlungen, was?«, sagt Lu.

»Ja«, antwortet Monk. »Ich bin ein schwuler Mann in einem Land, in dem Schwulsein bis vor zwanzig Jahren noch als psychische Erkrankung eingestuft wurde.«

»Und ich bin eine Frau, die eine Bar besitzt«, sagt Yanyan. »Ich lege jeden Abend mein Tarnkostüm an.« Sie lächelt süßlich und schenkt Lu übertrieben freundlich Tee ein. »Aber ja, Bruder Lu, Sie sind wirklich unglaublich originell und interessant. Erzählen Sie mir mehr über Ihre Hühnerfarm.«

»Verstanden«, sagt Lu. »Konstruieren wir eine Biografie, die sich so dicht wie möglich an meinem wirklichen Leben orientiert. Mein Vater stammt aus Shanghai, wurde aber während der Kulturrevolution nach Heilongjiang geschickt, um Weizen anzubauen. Dort hat er meine Mutter kennengelernt, ich kam zur Welt, und wir zogen zurück nach Shanghai. Dann – ich weiß nicht recht weiter – sind meine Eltern gestorben, ich war Waisenkind und bin in schlechte Gesellschaft geraten. Von da an ging es nur noch bergab.«

»Wenig überzeugend«, sagt Monk.

»Ich will keinen Liebesroman schreiben. Wenn euch was Besseres einfällt …«

»Dafür brauchen wir unbedingt etwas zu trinken«, sagt Yanyan.

»Einverstanden.« Monk verlässt die Küche und kehrt mit einer Flasche Wein aus dem Westen und drei Gläsern zurück. »Sancerre«, sagt er zur Erklärung. Lu hat keine Ahnung, wovon er spricht. Monk gießt Wein in zwei Gläser, über das dritte hält Lu die Hand.

»Für mich nicht. Ich trinke lieber Bier, falls Sie eins haben.«

»Bedienen Sie sich«, sagt Monk. Er und Yanyan stoßen an.

Lu schlendert in die Küche und findet im Kühlschrank erstaunlicherweise nur ein paar Flaschen Snow-Bier. Weil es billig ist und in ganz China ohne Weiteres erhältlich, ist es die weltweit meistverkaufte Marke, schmeckt aber wie Ammoniak mit einem Schuss Achselschweiß. Lu hätte erwartet, dass Monk ausländische Marken in seinem Kühlschrank hat, das mexikanische Lagerbier *Ku-luo-na* zum Beispiel oder das amerikanische Gesöff *Bai Wei*, das fast so übel ist wie das Snow-Bier. Aber in der Not trinkt der

Mensch alles. Er greift sich zwei Flaschen und geht zurück an seinen Platz.

Monk und Yanyan beschließen, dass Herr Long ein verwöhnter Jugendlicher war und sich unter dem Einfluss von Spielfilmen über die Hongkonger Triaden und die amerikanische Mafia noch als Schüler in Kleinkriminalität und Glücksspiel mit geringem Einsatz übte. Von da ging es nahtlos über zu verbotenen Kartenspielen. »Von deinem ersten Geld hast du dir eine goldene Uhr und ein schickes Motorrad gekauft, und du hast dir ein Tattoo machen lassen«, sagt Yanyan.

»Ich habe gar keine Tätowierung«, gibt Lu zu bedenken.

»Das lassen Sie mal unsere Sorge sein«, erwidert Monk geheimnisvoll.

»Später bist du nach Macao gereist und hast dich so in die Stadt verliebt, dass du geblieben bist«, sagt Yanyan.

»Das ist doch illegal?«

»Sie haben eine Einheimische dafür bezahlt, dass sie Sie heiratet«, erklärt Monk.

»Und dann hast du Arbeit in einem Kasino gefunden«, fährt Yanyan fort. »Der Besitzer ist auf dich aufmerksam geworden. Dein Stil hat ihm gefallen, und er hat dir angeboten, sein Assistent zu werden.«

»Jetzt übernehmen Sie verschiedene Aufgaben in seinem Namen«, sagt Monk. »Gäste unterhalten. Auf seine Geliebten aufpassen. Alles beschaffen, was gerade gewünscht wird. Drogen, Prostituierte, Autos, Luxusgüter. Exotische Delikatessen.«

»Aber du bist nicht der Schlägertyp«, sagt Yanyan. »Eher der dandyhafte Schnösel.«

Lu trinkt einen Schluck aus seiner Bierflasche und verzieht das Gesicht. »Wirklich?«

Monk nickt. »Harte Typen haben einen Ruf zu wahren. Vielleicht wird man Sie auf die Probe stellen. Das wollen Sie auf keinen Fall. Herr Long kämpft mit dem Verstand, nicht mit den Fäusten. Das wird Sie hoffentlich aus allen Schwierigkeiten heraushalten.«

Lu ist gekränkt, dass Yanyan sich eine so jämmerliche Gestalt für ihn ausdenkt, aber es hat seine Logik.

»Kommen wir zu deinem Arbeitgeber«, sagt Yanyan. »Er hat seit Kurzem ein kleines Problem …« Sie kichert verschämt und hält sich die Hand vor den Mund.

»Sein bestes Stück funktioniert nicht mehr richtig«, fährt Monk fort. »Daher der dringende Wunsch, dass Sie, sein Lakai, ihm irgendein medizinisches Wundermittel besorgen.«

»Ich bin nicht sein Lakai«, protestiert Lu. »Ich bin sein geschätzter Assistent.«

»Gut so. Das ist die richtige Einstellung«, sagt Monk.

Lu bemerkt, dass Yanyan ihn mustert. »Was ist?«

»Du brauchst einen Ohrring.«

»Einen Ohrring? Auf keinen Fall.«

Monk stimmt ihr zu. »Herr Long hätte bestimmt irgendeinen Klunker.«

»Sieh es als Chance, eine andere Seite deines Charakters zu erkunden«, sagt Yanyan. »Mach dir einen Spaß daraus. Lass die Sau raus.« Sie ist beschwipst.

»Das Piercing kann ich machen«, sagt Monk.

»Kommt nicht in Frage«, entgegnet Lu.

»Es tut nicht weh«, sagt Monk. »Jedenfalls nicht sehr.«

»Ich halte auch deine Hand, wenn du willst«, bietet Yanyan ihm an.

»Ich bin kein kleines Kind!«, blafft Lu und bereut umgehend seine übereilten Worte. Es wäre schön, wenn Yanyan seine Hand hält.

Monk bringt Wasser zum Kochen, legt eine Nadel in den Kocher und holt sie mit Essstäbchen wieder heraus. Er reinigt die Nadel mit Alkohol und wischt über Lus Ohrläppchen. »Alles klar?«

»Nun machen Sie schon!«

Lu spürt den Stich, kurz und scharf, dann nur noch einen dumpfen Schmerz. Ein paar Tropfen rinnen den Hals hinunter. Monk brummt.

»Was ist?«, will Lu wissen.

»Normalerweise tritt nicht so viel Blut aus. Würden Sie mir bitte das Geschirrtuch neben der Spüle reichen, Yanyan?«

»Kein Wunder«, sagt Yanyan. »Er hat zwei Flaschen Snow-Bier intus. Das Zeug ist das reinste Formaldehyd.«

»Damit bringen wir die Blutung zum Stoppen«, sagt Monk und drückt das in kaltes Wasser getauchte Tuch auf das Ohrläppchen.

»Was für einen Ohrring würde Herr Long wohl tragen?«, überlegt Yanyan.

»Ich habe genau den richtigen da«, sagt Monk. Er geht in sein Schlafzimmer und kommt mit einem wunderschönen, in Gold gefassten blaugrünen Jadestein zurück. »Dieser Ohrring hat mich fast dreitausend Yuan gekostet. Bitte verlieren Sie ihn nicht.«

»Dreitausend?«, staunt Lu. »Wenn mir das Geld ausgeht, kann ich damit die Busfahrkarte nach Hause bezahlen.«

Monk befestigt den Stecker in Lus Ohrläppchen. »Reinigen Sie Ihr Ohrläppchen zweimal täglich mit Alkohol.« Er tritt einen Schritt zurück und lächelt anerkennend. »Und jetzt gehen wir einkaufen.«

Monk fährt mit ihnen in ein Viertel, in dem es viele Secondhandläden für modische Kleidung gibt. Mit einigen Geschäftsinhabern ist er befreundet, und er deckt Lu mit einem Haufen gebrauchter Hemden, Hosen und Accessoires verschiedener berühmter chinesischer und ausländischer Marken ein – SEVEN, Shanshan, Fendi, Burberry, Zara. Lu gibt auf dieser Einkaufstour einen beträchtlichen Teil von Jias Bargeld aus.

Als Nächstes schlägt Monk vor, ein Tattoostudio aufzusuchen.

»Nein«, sagt Lu. »Da ist für mich eine Grenze erreicht.«

»Keine Sorge«, erwidert Monk. »Ich habe an alles gedacht.«

Monk führt sie durch eine Gasse zu einem Ladengeschäft im Kellergeschoss. Eine junge Frau, etwa Mitte zwanzig, öffnet ihnen. Sie hat das, was Beauty-Blogger ein *dao sanjiaoxing lian* nennen, eine dreieckige Gesichtsform. Jede der vorherrschenden Gesichtsformen, ob rechteckig, rund, rautenförmig oder anders, entspricht angeblich einem bestimmten Personentyp. Eine Frau mit einer dreieckigen Gesichtsform kann charmant, manchmal aber auch grausam sein.

Lu findet sie eher charmant, was vielleicht an ihrem warmherzigen Lächeln liegt, den großen lebhaften Augen, möglicherweise auch an dem Trägertop und den abgeschnittenen Jeans.

Sie umarmt Monk liebevoll und winkt die drei herein. Sie hört auf den englischen Namen »Lily«. Monk verrät ihr nicht den Grund, warum Lu ihre Dienste braucht, und sie stellt keine Fragen.

Für eine Tattookünstlerin trägt Lily nicht viele Tätowierungen an ihrem Körper: einen Blumenkranz um ein Fußgelenk, eine Katze, die einen Schmetterling jagt, auf einem Oberschenkel und quer über den Schultern einen rotgoldgrünen Drachen.

Monk erläutert ihr, was er sich vorgestellt hat. »Es soll zu einer Person passen, die in schnelle Autos und Geld verliebt ist. Ein Angeber.«

Lily überlegt. »Wie wäre es mit einer barbusigen Samurai-Kriegerin, die ein Katana hält.«

»Ist das eine Ihrer Spezialitäten?«, fragt Yanyan.

»Nichts Dauerhaftes«, betont Lu. »Ich möchte kein dauerhaftes Tattoo.«

Lily geht nicht auf Yanyans Frage ein. »Keine Bange«, sagt sie zu Lu. »Ich werde eine Spezialtinte benutzen, die sich nicht leicht abwaschen lässt, aber mit der Zeit verblasst.«

»Wie lange hält sie?«, fragt Lu.

»Je nach Abnutzung ein bis zwei Wochen.«

»Das müsste reichen.«

»Kann ich loslegen?«

»Keine Nadeln, richtig?« Unwillkürlich fasst sich Lu ans Ohrläppchen, das noch immer pocht.

»Es tut kein bisschen weh«, sagt Lily. »Ziehen Sie Ihr Hemd aus.«

Lu gehorcht. Lily bittet ihn, es sich auf dem Behandlungsstuhl bequem zu machen, und legt sich ihre Tinten und Pinsel zurecht. Yanyan verschränkt die Arme vor der Brust und presst die Lippen zusammen.

Lily spannt sich eine Maske vors Gesicht und streift sich Latexhandschuhe über. »Sie sehen ziemlich fit aus für Ihr Alter.«

»So alt bin ich gar nicht.«

»Woher haben Sie das?« Lily fährt mit dem Zeigefinger über eine Brandnarbe.

»Ich habe Tee verschüttet.«

Lily nimmt einen Pinsel zur Hand. »Machen Sie den Mund auf und sagen Sie: *Ah.*«

»Was?«

»War nur Spaß.«

»Wie lange dauert es?«, fragt Yanyan.

»Mindestens anderthalb Stunden«, antwortet Lily. »Vielleicht wollen Sie ja nicht so lange warten.«

»Na ja, Sie kritzeln auf meinem Fahrer.«

»Tätowieren ist nicht kritzeln. Und ich mag es nicht, wenn man mir bei der Arbeit über die Schulter schaut.«

Monk schreitet ein. »Kommen Sie, Yanyan. Wir essen einen Happen.«

Yanyan zögert, doch Monk zieht sie zum Ausgang. Als sie weg sind, ist Lu die Sache peinlich. »Tut mir leid, das eben.«

Lily schmunzelt hinter ihrer Maske. »Das bin ich gewohnt.«

Alles in allem braucht Lily über zwei Stunden für ihr Werk. Sie malt einen wütenden Drachen, schwarz, grün und golden, der sich um Lus rechten Bizeps windet und auf dem rechten Brustmuskel sein zähnebleckendes Haupt reckt. Außerdem setzt sie auf die Armrückseite eine Zeile mit Schriftzeichen, die kunstvoll mit den Schuppen des Drachen verschmelzen. Die Zeichen – *yi, zun, xin* – bedeuten Aufrichtigkeit, Respekt und Vertrauen. Schlagworte, die bei den chinesischen Triaden hoch im Kurs stehen.

»Hübsch«, sagt Lu.

»Ja.« Lily bittet Lu, sich vor einen geneigten Spiegel zu stellen, damit er die Samurai betrachten kann, die sie auf seinen Rücken gemalt hat. Die Kriegerin schwingt ein Katana-Schwert, und ihr sorgfältig gezeichneter Kimono ist vorne offen und präsentiert keck eine einzelne Brust.

»Sie haben Talent!«, sagt Lu.

»Ihrer Freundin wird es vielleicht nicht gefallen.«

»Sie ist nicht meine Freundin.«

Lu zahlt Lily ein stattliches Honorar und zieht sich sein Hemd wieder an. Sie begleitet ihn ins Vorzimmer, wo Monk auf ihn wartet.

»Was ist mit Yanyan?«, fragt Lu.

»Es ist schon spät, und sie musste zurück«, sagt Monk. »Sie hat einen Fahrdienst angerufen.«

»Oje«, sagt Lily. »Das verspricht Ärger.«

»Tut mir leid«, sagt Monk.

»Macht nichts«, erwidert Lu. »Das hier war eine gute Idee. Danke, dass Sie es eingefädelt haben.«

Lily umarmt Monk zum Abschied und sagt zu Lu: »Die nächsten vierundzwanzig Stunden nicht duschen.«

»Verstanden.«

»Und falls Sie sich doch noch für dauerhafte Tinte entscheiden, dann wissen Sie ja, wo Sie mich finden.«

Draußen mustert Monk den Kommissar von oben bis unten und nickt zufrieden. »Wenn Sie sich eins Ihrer neuen Hemden anziehen, dann lassen Sie die oberen Knöpfe offen, damit der Drache hervorlugt. Mit dem Tattoo, der Frisur, der Kleidung und dem Ohrring sehen Sie wie ein vollkommen anderer Mensch aus. Noch ein Tipp: Verzichten Sie vorerst aufs Rasieren.«

»Bei mir dauert es immer lange, bis ein Bart wächst.«

»Sie brauchen keinen dichten Bart – ein Dreitagebart reicht.«

Lu reibt sich das Kinn. *»Jin liang.« Ich versuche mein Bestes.*

ZWEIUNDZWANZIG

Am Donnerstagmorgen steht Lu früh auf und entscheidet sich für sportliche Freizeitkleidung – Jogginghose, Trikot des Fußballvereins Guangzhou Evergrande, Kapuzenpulli und gefälschte, heiß begehrte Air-Jordan-Sneakers. Er sieht aus wie das alternde Mitglied einer Möchtegern-Boy-Band.

Die übrige Kleidung und die Accessoires stopft er in eine Reisetasche und steckt den neuen Ausweis, das Flugticket nach Kunming und das restliche Bargeld von Herrn Jia ein. Seinen echten Ausweis und sein Handy lässt er auf der Küchentheke liegen.

Auf Wiedersehen, Lu Fei. Guten Tag, Long Ming.

Lu fährt mit einem Taxi zum Bahnhof, kauft sich zum Frühstück Tee und gedämpfte Teigtaschen mit Schweinefleischfüllung und nimmt den nächsten Zug nach Harbin. Während der Reise versucht er, sich in seine neue Identität einzuleben. Wie würde Long Ming diese Teigtaschen essen? Sehr wahrscheinlich mit offenem Mund und dabei genüsslich schmatzend. Als eine hübsche Frau ihren reservierten Platz neben ihm einnimmt, schielt er demonstrativ auf ihre Beine. Ihr fällt sein Blick auf, doch sie, zu eingeschüchtert, um ihn zur Rede zu stellen, presst weiter die Knie zusammen.

Als Lu am Flughafen die Sicherheitsschleuse passiert, wird er nervös. Fast rechnet er damit, dass die Alarmglocken schrillen und die Warnblinkanlage losgeht. Doch er schafft es mühelos, ohne Zwischenfall. Sein Ticket ist für die Businessclass ausgestellt, eine nette Geste. Die Flugbegleiterinnen sind jung und attraktiv. Long Mings Charakter entsprechend flirtet Lu ausgiebig mit ihnen.

»Ich habe eben Ihren Namen nicht verstanden«, spricht er eine der Begleiterinnen an, als sie ihm sein zweites gekühltes Bier bringt. Sie trägt ihr langes Haar zu einem Knoten zusammengebunden und einen roten Seidenschal um den Hals.

»Ich bin Xiaowen.«

»Hallo, Xiaowen. Ich bin Long Ming. Darf ich Sie zum Essen einladen, wenn wir in Kunming gelandet sind?«

»Es tut mir leid, Herr Long, aber Verabredungen mit unseren Gästen sind uns nicht gestattet.«

»Tatsächlich? Wie wollen Sie dann einen reichen Ehemann finden?«

»Entschuldigen Sie, Herr Long, aber ich glaube, Sie haben mich missverstanden. Wir arbeiten hier, das ist unser Beruf, nicht eine Möglichkeit, um Männer kennenzulernen.«

»Na gut, meine Hübsche. Ich nehme alles zurück. Falls Sie es sich anders überlegen, Sie wissen ja, wo Sie mich finden. Wo soll ich auch sonst hin? Haha!«

Die Maschine landet mit einer Stunde Verspätung, und

nachdem er es durch die Gepäckausgabe und in die Ankunftshalle geschafft hat, ist es bereits später Nachmittag. Er entdeckt Hauptmann Bang zwischen mehreren Fahrern, die Schilder mit den Namen ihrer Gäste hochhalten. Auf Bangs Schild steht *Herr Long*. Lu geht auf ihn zu und zeigt auf das Schild. »Das bin ich.«

Bang sieht zweimal hin, dann erkennt er Lu. Bang lässt Lus stark veränderte Erscheinung unkommentiert und deutet mit einer abrupten Kopfbewegung zum Ausgang. »Gehen wir.«

Sie nehmen sich ein Taxi und schweigen während der Fahrt. Nach relativ kurzer Zeit erreichen sie ihr Ziel – das Kunming Crowne Plaza.

»Es ist für Sie ein Zimmer reserviert«, sagt Bang. »Ein Stück die Straße hinunter gibt es ein Restaurant, es heißt *Dong Feng*. Wir treffen uns dort in einer Stunde.« Lu nimmt seine Reisetasche, steigt aus und schlägt die Tür zu. Das Taxi braust davon.

Lu betritt die Hotellobby, meldet sich am Empfang an und fährt mit dem Aufzug auf sein Zimmer. Die Ausstattung ist mehr als zufriedenstellend. Doppelbett mit Laken so weiß und weich wie Sahne. Riesiger TV-Flachbildschirm. Doppelsofa mit Couchtisch. Außerdem ein Schreibtisch. Badezimmer mit Liegebadewanne. Dicke, flauschige Badehandtücher. Shampoo, Seife und andere Pflegeprodukte.

Lu stellt die Klimaanlage an und lässt sich aufs Bett fallen. Er ist erschöpft, obwohl er kaum etwas gemacht hat außer Zug fahren, fliegen und Taxi fahren.

Nach einer halben Stunde quält sich Lu aus dem Bett, spritzt sich im Badezimmer Wasser ins Gesicht, putzt sich die Zähne und zieht sich das Hemd aus, um nach seinen Tätowierungen zu sehen. Sie erscheinen ihm jetzt sogar noch leuchtender.

Lu geht nach unten und erkundigt sich bei der Empfangsdame nach dem Restaurant Dong Feng. Obwohl es noch ein bisschen früh ist, geht er zu Fuß dorthin und hält sich draußen auf, um sich einen Überblick zu verschaffen. Fünf Minuten vor der verabredeten Zeit betritt er das Lokal und sieht Bang an einem Tisch im hinteren Teil sitzen. Lu setzt sich ihm gegenüber. Bang schiebt ihm die Speisekarte hin.

Lu schlägt sie auf und sieht darin einen braunen Umschlag.

»Habe ich schon wieder unseren Hochzeitstag vergessen?«, scherzt Lu.

Bang schlürft seinen Tee. »In dem Umschlag befindet sich eine Liste mit Händlern hier in Kunming. Die klappern Sie morgen ab und fragen, was sie im Angebot haben.«

Lu legt den Umschlag auf seinen Schoß. Eine Kellnerin kommt an ihren Tisch. Lu bestellt das einzig ihm bekannte Gericht, für das Kunming berühmt ist, *Über die Brücke*. Es ist eine herzhafte Brühe aus Hühnchen- und Schweineknochen, die mit frischem Gemüse und hauchdünnen Putenscheiben, Hühnchenhaut, Reisnudeln und Tofu serviert wird.

Dazu bestellt er, natürlich, ein Bier.

Bang bestellt nichts.

»Wollen Sie nicht auch etwas essen?«, fragt Lu.

»Ich habe schon gegessen.«

Das kommt Lu entgegen. Ein Tischgespräch mit Bang wäre alles andere als geistreich.

»Um zehn Uhr wird Sie ein Auto abholen.« Bang übergibt ihm eine Visitenkarte. *Kunming Delight Car*.

»Ich habe kein Bargeld mehr.«

»Im Umschlag ist noch Geld. Aber verplempern Sie es nicht. Es sind staatliche Mittel.«

»Ja, Mutter. Wo werden Sie sich aufhalten, wenn ich die Händler abklappere?«

»Auf Beobachtungsposten.«

»Gruseliger Gedanke.«

»Wir gehen davon aus, dass Ihre Erkundigungen eine gewisse Aufmerksamkeit auf sich ziehen werden, und irgendwann wird ein hochrangiger Akteur Kontakt mit Ihnen aufnehmen. Wenn es so weit ist, müssen Sie unbedingt darauf bestehen, dass man Sie zum Ursprungsort des Produktes bringt, damit Sie persönlich Qualität und Provenienz überprüfen können.«

»Provenienz ist ein ziemlich großes Wort für einen Infanteristen.«

»Ich bin kein Infanterist.«

»Richtig. Ich habe sogar gehört, Sie seien Hauptmann beim Sondereinsatzkommando. Wie sind Sie in den Dienst von Herrn Jia gekommen?«

»Ich werde keine persönlichen Fragen beantworten, lassen Sie das also bitte. In dem Umschlag steckt außerdem ein Dossier über einen Mann namens Alex Ho. Er investiert in Kasinos in Macao. Und er ist ein Betrüger. Hauptsächlich Wirtschaftskriminalität, aber gelegentlich mischt er auch bei Drogen, Sexhandel und Ähnlichem mit. Wir haben Unmengen Beweise gegen ihn. Statt ins Gefängnis zu gehen, hat er sich bereit erklärt, als Kronzeuge mit uns zusammenzuarbeiten. Und sich als Ihr Arbeitgeber auszugeben.«

»Warum nimmt Alex nicht selbst Kontakt zu Khaws Leuten auf?«, fragt Lu. »Wäre das nicht einfacher? Warum Zeit verschwenden und so lange warten, bis sie auf mich zukommen?«

»Alex hat keine persönlichen Kontakte zum illegalen Tierhandel. Er kennt keinen von Khaws Leuten.«

»Was taugt er dann als Tarnung? Wenn er sie nicht kennt und sie ihn nicht kennen, warum sollten sie sich dann mit mir abgeben?«

»Sie kennen seinen Namen. Sie haben einige gemeinsame Geschäftspartner. Es wird ihnen plausibel erscheinen, dass er Buschfleisch kaufen möchte. Abgesehen davon liegt es ganz an Ihnen, sie davon zu überzeugen, dass Sie das Risiko wert sind.«

»Na toll«, sagt Lu. »Großartig.« Die Kellnerin kommt mit Lus Bier. Ein Myanmar-Lager. Er gießt sich ein und probiert. Nicht schlecht.

Bang holt ein Handy aus seiner Tasche und legt es neben das Bier. »Das Passwort ist null, eins, eins, null, eins, neun, vier, neun.«

Lu braucht einen Moment, um zu begreifen. 01.10.1949.

Das Gründungsdatum der Volksrepublik. »Sehr patriotisch, Genosse.«

Bang trinkt seinen Tee aus. »Noch Fragen?«

»Ist Ihre Nummer gespeichert, für den Fall, dass ich Sie erreichen muss?«

»Sie erreichen mich nicht. Ich erreiche Sie.«

»Tut mir leid, aber diese Beziehung ist nichts für mich.«

Bang wischt seine Tasse mit einer Serviette ab und steht dann auf. »Viel Glück.« Er verlässt das Restaurant.

Lu entsperrt das Handy. Es ist sauber – keine Kontakte, keine eingehenden oder ausgehenden Anrufe oder Textnachrichten. Kurz überlegt er, ob er versuchsweise einfach eine Nummer in einem fernen Land, Uganda oder Jamaika, wählen soll, um Jias Telefonrechnung in die Höhe zu treiben. Aber er kennt niemanden in diesen Ländern. Er steckt das Handy ein und wartet auf sein Essen.

DREIUNDZWANZIG

Punkt zehn Uhr am nächsten Morgen wartet Lu, wie von ihm verlangt, vor dem Crowne Plaza. Er trägt Jeans, Quastenslipper, einen Gucci-Hoodie und ein gefälschtes Louis-Vuitton-Herrenhandtäschchen. Sein Wagen fährt vor, ein schwarzer Geely Boyue SUV mit einem Schild im Fenster: *Long*. Lu steigt hinten ein und stellt sich dem Fahrer vor. Er zieht die Händlerliste von Bang zurate und bittet den Fahrer, ihn zur nächstgelegenen Adresse zu chauffieren.

Es ist die Apotheke Ewiger Frühling. Im Gegensatz zu den Apotheken im Westen mit ihren Regalen voller fabrikmäßig hergestellter Pillen, Erkältungssaft, Verhütungsmittel, Tüten mit Lutschbonbons und Ähnlichem bestehen die Wände der Apotheke Ewiger Frühling aus wabenförmigen Fächern, in denen Apothekengläser stehen, gefüllt mit Wurzeln, Puder, getrockneten Beeren, Kräutern, Insekten und eingelegten Teilen von Tieren. Lu wartet, bis eine alte Dame, die in einem Eimer mit getrockneten Quallen wühlt, den Laden verlässt, bevor er sich der Verkaufstheke nähert. Der Eigentümer ist ein Mann in den Sechzigern, mit Mondgesicht und einem Armband mit Gebetsperlen am Handgelenk, das einen starken Sandelholzgeruch verströmt.

»Hübscher Laden«, sagt Lu. »Darf ich Ihren Namen erfahren?«

»Mein Familienname ist Tong.«

»Wie geht es Ihnen, Herr Tong?« Sie plaudern ein wenig, dann beugt sich Lu vor und stützt sich mit dem Ellbogen auf der Theke ab. »Wissen Sie, Herr Tong, ich bin auf der Suche nach etwas Besonderem.«

»Alles, was ich habe, ist hier ausgestellt.« Herr Tong deutet auf die Wabenfächer.

»Was ich suche, ist sicher in keinem Ihrer Gläser.«

»Ich habe auch Jade. In sehr guter Qualität.«

»Danke«, sagt Lu. »Aber Jade interessiert mich nicht. Jade habe ich im Überfluss.«

Herr Tong zuckt mit den Schultern. »Tut mir leid. Ich habe nur das, was Sie hier sehen.«

Tong ist einer von den Vorsichtigen. Vernünftig, angesichts der drakonischen Strafen für den Verkauf bestimmter Tierteile. Lu öffnet seine Herrenhandtasche und zeigt Tong ein Bündel Banknoten. »Der Preis spielt keine Rolle. Absolut keine Rolle.«

Tong hüstelt in eine Hand. »Nashorn? Ich verkaufe keine Hörner von Nashörnern. Aber ich kenne da jemanden flüchtig, der …«

»Kein Nashorn. Es geht um einen meiner Kunden. Er hat wohlhabende, einflussreiche Freunde, die er gerne mit seltenen, exotischen Delikatessen bewirtet.«

»Tut mir leid«, sagt Herr Tong. »Ich kann Ihnen leider nicht helfen.«

»Mir ist gerade klar geworden: Sie kennen mich ja gar

nicht. Ein Mann von der Straße, der Ihren Laden betritt. Aber ich kann Ihnen versichern, es ist mir ernst. Wenn Sie mir sagen können, an wen ich mich wenden soll … Ich würde Ihnen einen Finderlohn bezahlen.«

Herr Tong schüttelt den Kopf. »Tut mir leid.«

Lu sucht noch ein halbes Dutzend weiterer Läden auf. Die meisten Inhaber sind so misstrauisch wie Tong, erst der letzte Kontakt ist etwas vielversprechender. Er redet mit einem Herrn Yang, der Lu ins Hinterzimmer bittet und ein hübsches Mädchen in einem knappen Rock herbeiruft, um Tee zu kochen. Yang zündet sich eine Zigarette der Marke Roter Fluss an und hält Lu die Packung hin.

»Nein danke«, sagt Lu. Das Mädchen gießt Tee ein, setzt sich auf das Sofa neben Lu und drückt ihr Knie gegen seins.

»Also, was wollen Sie?«, fragt Yang. »Ich habe Rhinozeroshorn, Elfenbein, Jade von bester Qualität.«

Lu trinkt einen Schluck Tee. Er schmeckt nach Kakao und schwarzem Pfeffer. »Ich interessiere mich besonders für Essbares.«

Das Mädchen legt eine Hand auf Lus Schenkel. »Essen Sie gerne Tofu?«

Das Mädchen flirtet. Angestrengt. In diesem Zusammenhang bedeutet *chi dofu* – Tofu essen –, eine Frau auszunutzen oder sexuell zu belästigen.

»Gefällt sie Ihnen?«, fragt Yang. »Sie kann Sie später noch unterhalten.«

Yangs Angebot widert Lu an, doch er hütet sich davor,

es durchblicken zu lassen. »Haben Sie das, was ich suche, oder haben Sie es nicht?«

»Wohin soll es geliefert werden? Irgendwo in China? Hongkong? Taiwan?«

»Macao.«

Yang zieht genüsslich an seiner Zigarette. »Kein Problem. Es kommt nur noch eine geringe Liefergebühr hinzu.«

»Was die Lieferung betrifft, habe ich keine Bedenken. Mir geht es vor allem um die Qualität des Produktes.«

Das Mädchen legt Lu eine Hand in den Nacken. Ihre Finger sind warm, die Berührung ist wohltuend. »Ich mag Ihr Haar.«

»Was genau suchen Sie?«, fragt Yang.

»Alles einigermaßen Exotische und Schmackhafte.«

»Ich wüsste da vielleicht jemanden für Sie«, deutet Yang an.

»Stellen Sie mich vor.«

»Ich würde lieber als Vermittler auftreten. Sie sagen mir, was Sie wünschen, und ich beschaffe es Ihnen.«

»Mein Auftraggeber mag *yewei*«, erklärt Lu. Es besagt, dass man Produkte von Wildtieren mehr schätzt als die von Zuchttieren. Der Verzehr von Wildfleisch ist Statuskonsum, da es teuer und schwierig zu bekommen ist. Außerdem gilt es als medizinisch wirkungsvoller und der männlichen Potenz förderlich.

»Herr Yang sagt, ich sei *yewei*«, raunt das Mädchen Lu ins Ohr.

»Mach mal halblang«, erwidert Lu. »Du schmeckst bestimmt besser als eine Bambusratte.«

Das Mädchen lacht und schlägt Lu spielerisch auf die Schulter.

Lu wendet sich wieder Yang zu. »Würden Sie für mich ein Treffen mit Ihrem Informanten arrangieren?«

Yang winkt mit der Zigarette ab. »Er wird sich nicht mit Ihnen persönlich treffen. Dafür haben Sie doch sicher Verständnis.«

»Und sicher haben Sie Verständnis dafür, dass ich lieber persönlich mit ihm sprechen möchte.«

»Keine Sorge, Herr Long. Ich kümmere mich um alles.« Yang klopft sich auf die Brust. »Ich bin Ihre Nummer eins.«

Das Mädchen streift mit den Lippen Lus Ohrläppchen. »Nein, ich bin deine Nummer eins.«

»Es tut mir leid, aber ich muss darauf bestehen, Ihre Quelle persönlich kennenzulernen«, sagt Lu. »Nicht dass ich Ihnen nicht vertraue. Aber mein Auftraggeber ist sehr strikt, was die Herkunft seines *yewei* betrifft. Rufen Sie mich an, wenn Sie da etwas machen können. Ich wohne im Crowne Plaza.«

»Später noch ein paar Drinks?«

»Vielleicht das nächste Mal, wenn ich in der Stadt bin«, sagt Lu und steht auf. »Ich hoffe, von Ihnen zu hören, Herr Yang.«

Völlig erschöpft nach diesem Tag voller Ausflüchte lässt sich Lu von seinem Fahrer zurück ins Hotel bringen. Auf seinem Zimmer angekommen duscht er zunächst ausgiebig – seine erste Dusche nach der temporären Tätowierung –, zieht dann einen Adidas-Jogginganzug an und eilt hinunter zur Hotelbar in der Lobby, um ein Bier zu trinken.

Von Bang den ganzen Tag keine Spur. Sollte er Lu tatsächlich, wie angekündigt, beobachten, dann sind seine Überwachungstechniken hervorragend.

Lu trinkt sein Bier aus und will eigentlich nur noch nach oben, etwas fernsehen und dann ins Bett gehen, doch er weiß auch, dass Long Ming den Abend nicht vor dem Fernsehgerät in seinem Hotelzimmer verbringen würde, um sich eine Varietéshow anzusehen. Lu erkundigt sich bei dem Hotelportier nach Speiselokalen und Klubs in der Nähe. Der Portier nennt ihm mehrere Möglichkeiten.

Lu kehrt auf sein Zimmer zurück und zieht sich etwas Passenderes für einen Abend in der Stadt an – einen beigen italienischen Anzug aus Stretchleinen, dazu ein blaues Hemd. Sein Handgelenk schmückt eine gefälschte Piaget-Uhr mit einem Drachen-Ziffernblatt, passend zu seinem falschen Nachnamen.

Lu fährt mit einem Taxi zu einem berühmten Restaurant, dem Zunfthaus der Transporteure. Die zweihundert Jahre alte, von Papierlaternen beleuchtete Residenz der Innung ist mit antikem Mobiliar eingerichtet. Eine Frau in einem wallenden Seidengewand spielt am Eingang klassische Musik auf einer Zither. Lu wird einer der weniger begehrten Tische zugewiesen, aber das Restaurant ist so voll, dass er froh sein kann, überhaupt einen Platz zu bekommen. Er bestellt die Spezialität des Hauses – Yunnan-Tofu, leicht sauer und scharf. Er probiert das lokale Bier aus, Schwarzes Yak, Gewinner eines internationalen Wettbewerbs. Es schmeckt nach Schokolade. Lu mag es nicht, trinkt es aber trotzdem aus und geht dann zu Lager über.

Der pikante Tofu macht zwei weitere Biere nötig. Als Lu das Lokal verlässt, wäre er beinahe über die erhöhte Schwelle der Eingangstür gestolpert.

Lu sieht auf die Uhr. 21.00 Uhr. Er würde immer noch am liebsten zurück ins Hotel gehen und Schlaf nachholen, aber erneut fragt er sich, was Long Ming machen würde. Und er kommt zu dem Schluss, dass Long Ming es ordentlich krachen lassen würde.

Lu nimmt sich ein Taxi zu einem der Klubs, die der Hotelportier empfohlen hat. Er steht eine halbe Stunde in der Warteschlange und muss dann einen unverschämt hohen Eintrittspreis bezahlen. Drinnen setzt er sich an die Bar und bestellt ein völlig überteuertes Bier.

Mittelpunkt des Klubs ist eine Bühne, auf der ein DJ an Reglern dreht, Knöpfe drückt und wie ein Idiot herumhopst. Zahlreiche schöne junge Hipster zucken krampfhaft zu dröhnenden Beats und einer pulsierenden Lichtshow. Lu hat gegenüber den Klubgästen einen Altersvorsprung von mindestens fünfzehn Jahren, und der unaufhörliche Lärm und das grelle Licht zerren an seinen Nerven.

Die Mädchen tragen Spaghettiträgertops und Miniröcke und haben Lidschatten aufgetragen. Die Jungen tragen Baggy Jeans und Designer-T-Shirts, die wie Lumpen an ihnen hängen und so viel kosten wie der monatliche Durchschnittslohn eines Fabrikarbeiters. Lu sieht, wie die Jungen die Mädchen anbaggern, wie die Mädchen die Jungen anbaggern und wie sich alle verzweifelt bemühen, so zu tun, als würden sie sich köstlich amüsieren. Sie tun ihm leid. Jung und cool zu sein ist harte Arbeit.

Lu flirtet mit einigen der Mädchen, wie Long Ming es vermutlich auch tun würde, erfährt aber rundweg Ablehnung, was ihn einigermaßen erleichtert. Er versucht erst gar nicht zu tanzen. Es gibt Ebenen, auf die er sich nicht herablässt, nicht mal für einen höheren Zweck.

Lu bleibt für zwei Getränke und verlässt dann den Klub. Draußen in der kühlen Luft und der relativen Stille seufzt er erleichtert auf.

Er wartet auf ein Taxi, als ein schwarzer SUV mit getönten Scheiben am Straßenrand hält. Die hintere Tür öffnet sich. Lu spürt einen Stoß im Rücken. Es fühlt sich verdächtig nach einem Pistolenlauf an.

»Einsteigen«, brummt ihm eine Stimme ins Ohr.

Lu überlegt, welche Möglichkeiten er hat. Kämpfen? Oder fliehen? Sich umdrehen und mit dem Ellbogen die Pistole wegstoßen, ohne eine Kugel abzubekommen? Dann vielleicht noch den Schützen entwaffnen oder wenigstens wegrennen? Die Chancen für all das schätzt er auf fifty-fifty.

Andererseits hat er darauf nur gewartet: Kontakt.

»Ich bin unbewaffnet«, sagt Lu.

»Los«, sagt die Stimme.

Lu steigt in den SUV.

Auf der Rückbank sitzt ein Mann. Jung, gut aussehend. »Herr Long«, sagt er. »Willkommen in Kunming.«

VIERUNDZWANZIG

Der junge Mann stellt sich als Herr Cho vor. Er spricht Mandarin mit einem leichten Akzent. Cho ist außergewöhnlich hübsch, die Haut makellos rein, das Haar wuschelig. Und wenn Lu sich nicht irrt, hat Cho Lidschatten und etwas Lippenstift aufgetragen.

Lu hat von dem Trend unter jungen chinesischen Männern, Kosmetika zu benutzen, gehört. Während im Westen ein Mann, der Make-up trägt, als feminin gilt, ist es unter jungen Leuten in der Volksrepublik, die auf Statussymbole und Äußerlichkeiten Wert legen, keine Frage der sexuellen Identität, sondern eher der Wunsch, das Beste aus sich zu machen. Etwas Grundierung und Gesichtsröte sind weitaus preisgünstiger als eine Schönheitsoperation.

Chos Partner, der Mann mit der Pistole, lässt sich neben Lu nieder und schließt die Tür. Er ist groß und trägt einen Pferdeschwanz. Der Fahrer des SUV gibt Gas, und sie brausen los.

»Wohin fahren wir?«, fragt Lu.

»An einen Ort, wo wir uns unterhalten können«, sagt Cho.

»Starbucks?«

»Dahin nicht gerade.«

»Woher kennen Sie meinen Namen?«

»Es hat sich in der Stadt herumgesprochen. Da ist einer, bei dem das Geld locker sitzt. Auf der Suche nach was Exotischem. Das weckt eine gewisse Neugier.«

»Wenn Sie etwas über mich erfahren wollen, brauchen Sie nur zu fragen. Nicht nötig, mir mit einer Pistole zu drohen.«

Cho lächelt. »Es soll Ihnen nur zeigen, dass wir es ernst meinen.«

»Ich meine es auch ernst. Deswegen bin ich hier. Um Geschäfte zu machen.«

Lu ist nicht vertraut mit dem Straßennetz von Kunming, aber er erkennt den Dong-Feng-Platz, als sie vorbeifahren – ein riesiges Areal, auf dem sich morgens zahllose Menschen zum Tai-Chi versammeln, zum Tanzen und Badmintonspiel, auch Theateraufführungen finden hier statt. Kurz darauf überqueren sie den Fluss Panlong. In der Ferne erkennt Lu das Crowne Plaza Hotel, und für einen Moment denkt er, dass es ihr Ziel ist. Perfekt. Ein gepflegter Drink an der Hotelbar.

Aber nein. Der Fahrer hält nicht an.

Lu fragt sich, ob Bang den SUV verfolgt, in einem Taxi oder auf einem Motorrad. Er widersteht dem Drang, aus dem Heckfenster zu sehen. »Wohin fahren wir denn nun?«

Cho klopft eine Zigarette aus einer Packung und bietet sie Lu an. Lu winkt ab. Cho steckt sie sich zwischen die Lippen und zündet sie mit einem goldenen Zippo an. »Immer mit der Ruhe, Herr Long. Sie haben allen Leuten erzählt, wie reich Ihr Boss ist. Ich bin nicht so blöd, den Ast abzusägen, auf dem ich sitze.«

Fünf Minuten später hält der SUV an. Alle außer dem Fahrer steigen aus.

»Kommen Sie, bitte«, sagt Cho und biegt in eine schmale Gasse. Ganove Pferdeschwanz bedeutet Lu, ihm zu folgen. Lu tut wie ihm geheißen. Die Läden zu beiden Seiten der Gasse sind geschlossen, aber Lu sieht Schilder für Restaurants, Kleiderboutiquen, eine Bar, einen Minimarkt. Von vorne tönen seltsame Geräusche herauf, Pfiffe, Gurren, Krähen.

»Was ist das?«, fragt er.

»Vögel«, ruft Cho ihm über die Schulter zu. »Am Ende der Gasse befindet sich der Vogelmarkt. Nachts ist er natürlich geschlossen. Was Sie da hören, sind wahrscheinlich Nachteulen.« Er lacht, aber Lu versteht den Witz nicht. *Nachteulen?*

Vor einem der Läden bleiben sie stehen. Cho schließt ein Rolltor aus Metall auf und schiebt es hoch, öffnet dann eine Tür und verschwindet. Lu ist nicht gerade begeistert von der Vorstellung, diesen dunklen, geschlossenen Raum zu betreten. Pferdeschwanz gibt ihm einen aufmunternden Schubs. Lu widersetzt sich nicht. Das war ja sein Plan. Provozieren. Die Leute aufscheuchen. Er geht hinein.

Das Licht ist ausgeschaltet, doch der lange schmale Raum ist in ein trübes grünes Schimmern getaucht, das wellenförmig an der Decke wogt. Es ist kühl, und es herrscht ein stechender Geruch, ähnlich den Bonitoflocken, die man auf japanisches Essen streut. Nachdem sich Lus Augen an das schwache Licht gewöhnt haben, sieht er, dass die Wände mit Aquarien gesäumt sind, in denen dunkle Schatten hin und her flitzen.

Fische.

»Kommen Sie«, sagt Cho.

Lu folgt Cho tiefer in den Raum. Hinter ihm fällt krachend das Rolltor herunter.

Das war's also. Lu ist auf sich allein gestellt. Ohne Schneidbrenner kommt Bang nicht durch das Rolltor.

»Mögen Sie Fisch?«, fragt Cho.

»Ja. Besonders gedünsteten Wolfsbarsch mit Ingwer, Knoblauch und Schalotten.«

»Ich habe eine hübsche Auswahl. Skalare. Sieben verschiedene Sorten Kampffische. Garnelen. Zehn verschiedene Goldfische. Koi. Glücksfisch, gut für Feng-Shui.«

»Ein Guppy nach dem anderen. Und davon kann man leben?«

Cho öffnet eine weitere Tür. »Hier halte ich meine wahren Schätze.« Er schaltet ein Licht ein.

Auch dieser Raum ist voller Aquarien, einige ziemlich groß, und alle enthalten diverse grellbunte Fische, Aale und andere Wassertiere. Der Raum ist erfüllt vom Dröhnen der Wasserpumpen und dem Motor der Belüftungsanlage.

Cho winkt Lu zu einem der Behälter und zeigt auf einen dicken, grau-gelb-weiß gefärbten Fisch. »Kennen Sie Kugelfische? Der giftigste Fisch der Welt und das zweitgiftigste Wirbeltier nach dem Goldenen Pfeilgiftfrosch. Die inneren Organe, die Muskeln und die Haut enthalten ein Nervengift, das hundertmal stärker ist als Zyanid. Nimmt ein Mensch das Gift ein, lähmt es das Zwerchfell und führt innerhalb einer Stunde zum Tod durch Ersticken.«

»Also besser nicht an dem Fisch lecken.«

»In Japan ist er eine Delikatesse«, sagt Cho. »Nur Köche, die eine jahrelange Spezialausbildung absolviert haben, dürfen ihn laut Gesetz zubereiten. Schauen Sie.« Cho zeigt auf den Boden eines anderen Behälters.

Lu sieht nur Sand. »Was soll ich hier erkennen?«

»Einen gräulichen Klumpen.«

»Ah, ja.« Das gallertartige Wesen hat sich seiner Umgebung vollkommen angepasst. »Ich hätte es für einen moosbesetzten Stein oder eine Koralle gehalten, wenn Sie mich nicht darauf aufmerksam gemacht hätten.«

»Nachvollziehbar«, erwidert Cho. »Es ist ein Steinfisch. Der giftigste Fisch der Welt.«

»Sagten Sie nicht gerade, der Kugelfisch sei der giftigste Fisch der Welt?«

»Kugelfische sind giftig. Das heißt, wenn Sie ihn verspeisen, sterben Sie. Der Steinfisch ist bösartig. Er hat dreizehn Stacheln auf dem Rücken. Einmal draufgetreten, und Sie … na ja, Pech gehabt. Ein scheußlicher Abgang. Schock, Lähmung, Nekrose.«

»Nekrose?«

»Gewebetod. Das Fleisch an Ihren Knochen verfault.«

»Eklig.«

»Selbst wenn Sie den Stich überleben, können Sie bleibende Nervenschäden davontragen.«

»Sie haben nicht zufällig Körbchen mit süßen flauschigen Katzenbabys hier, oder?«

»Wollen Sie denn gar nicht meine elektrischen Fische sehen?«, sagt Cho. »Ich habe Zitteraale, Rochen und Zitterwelse. Kommen Sie.«

»Ich möchte zum Geschäftlichen kommen, Herr Cho.«

»Wie Sie wünschen.« Cho zieht ein paar Hocker heran, lässt sich auf einem nieder und bedeutet Lu, sich auf den anderen zu setzen. Er schlägt die Beine übereinander, nimmt seine Zigarettenschachtel aus der Tasche und steckt sich eine Zigarette zwischen seine geschminkten Lippen. Pferdeschwanz lehnt sich im hinteren Teil des Raums an eine Wand. Lu sieht zu ihm hinüber. »Ich glaube, wir sind uns noch nicht richtig vorgestellt worden.«

»Oh«, sagt Cho. »Das ist mein Geschäftspartner, Bullethead.«

»Ihren Eltern sind wohl die normalen Namen wie ›Siegreicher Drachen‹ oder ›Kleiner Friede‹ ausgegangen«, sagt Lu.

Bullethead schmunzelt. Er hat Goldkronen auf den Vorderzähnen.

»Warum verstecken Sie sich da hinten?«, sagt Lu. »Nehmen Sie sich auch einen Hocker.«

»Tun Sie einfach so, als sei er nicht da«, sagt Cho.

»Er ist aber da«, entgegnet Lu. »Und direkt hinter mir.«

Cho zündet sich seine Zigarette an. »Ich bitte Sie wirklich nur sehr ungern darum, Herr Long. Aber würde es Ihnen etwas ausmachen, Ihre Kleidung abzulegen?«

Lu lacht. Dann merkt er, dass es Cho ernst ist. »Hören Sie. Ich weiß, es ist Freitagabend und so, aber ich stehe nicht auf so was.«

»Wir müssen überprüfen, ob Sie verwanzt sind«, sagt Cho.

»Darf ich das auch bei Ihnen machen?«

»Entweder legen Sie Ihre Kleidung ab, oder unser Treffen ist beendet. Sie haben die Wahl.«

Lu sieht keinen Ausweg. Er steht auf und legt seine Jacke ab. »Sagen Sie wenigstens den Fischen, sie sollen Ihre Augen schließen.« Er hängt die Jacke über die Stuhllehne, knöpft sein Hemd auf und zieht es ebenfalls aus.

Cho hebt eine gezupfte Augenbraue. »Hübsche Tattoos.«

Lu streift sich die Schuhe ab. Bullethead hält eine Hand hin. Lu wirft sie ihm zu, einen nach dem anderen. Bullethead fährt mit einem Finger die Innenseite ab. »Waschen Sie sich die Hände danach«, rät ihm Lu. »Ich habe eine ansteckende Pilzkrankheit.« Er lässt die Hose fallen und fügt sie dem Haufen auf dem Hocker hinzu. Dann legt er die gefälschte Piaget-Uhr ab. Er breitet die Arme aus und dreht sich auf der Stelle im Kreis. »Zufrieden?«

»Noch nicht ganz«, sagt Cho.

»Das meinen Sie nicht ernst.«

»Glauben Sie mir, Herr Long … ich tue es nicht zu meinem persönlichen Vergnügen.«

»Ta ma de!« Lu lässt die Unterhose auf die Fußknöchel fallen und steht wütend und verlegen da, die Hände an den Hüften.

»Danke«, sagt Cho.

Lu zieht die Unterhose hoch. Bullethead nimmt sich die Kleidungstücke vom Hocker und tastet die Nähte und Taschen ab. Er legt Lus Kartenschlüssel, Uhr, Handy, Bargeld und Ausweis vor Cho auf den Boden. Lu zieht sich hastig wieder an.

»Ich möchte mich dafür entschuldigen«, sagt Cho. »Bitte, machen Sie es sich bequem.«

Lu setzt sich auf seinen Hocker, Bullethead nimmt wieder seinen Platz an der Wand ein.

Cho hält Lus Ausweis gegen das Deckenlicht, wirft ihn dann wieder auf den Boden. »Sie haben den ganzen Tag Klinken geputzt und sich zum Affen gemacht.«

»Ich bin neu in der Stadt.«

»Auch neu im Geschäft, Herr Long? Haben Sie noch keine eigenen Zulieferer?«

»Tatsächlich bin ich …« Lu hört Bulletheads Schuhe über den Betonboden scharren. Er reißt den Kopf herum. Bullethead bleckt seine Goldzähne. Lu wendet sich wieder Cho zu. »Tatsächlich bin ich neu im Geschäft. Mein Auftraggeber ebenso. Alex Ho. Vielleicht haben Sie seinen Namen schon mal gehört.«

Cho reagiert nicht.

Lu fährt fort. »Alex möchte einige Freunde und Geschäftspartner zum Essen einladen. Sie wissen ja, wie das bei solchen Leuten ist – sie wollen mithalten können. Außerdem hat seine Gesundheit in letzter Zeit nachgelassen.« Lu hält einen Zeigefinger hoch und krümmt ihn dann. »Deswegen sucht er Mittel, damit wieder mehr Saft durch die Röhre fließt. Diese Information ist natürlich vertraulich.«

Cho schnippt Asche von der Zigarette. Lu hört die Schuhe wieder über den Betonboden scharren, und ehe er sich's versieht, hat Bullethead ihm eine Drahtschlinge um den Hals gelegt und drückt ihm ein Knie in den Rücken. Lu fingert an dem Draht herum, doch er schneidet tief in seinen Hals.

»Für wen arbeiten Sie wirklich?«, fragt Cho.

Lu will etwas sagen, aber es entweicht ihm nur ein feuchter Würgelaut.

»Lass ihm etwas mehr Luft«, sagt Cho, und Bullethead lockert die Schlinge ein wenig.

»Sie Schwein …«, setzt Lu an. Cho nickt, und Bullethead zieht stramm, zerrt Lu beinahe vom Hocker. Schwarze Pünktchen tanzen vor Lus Augen. Kurz bevor er ohnmächtig wird, gibt Bullethead ein wenig nach. Das Blut schießt zurück in Lus Gehirn, aber er bleibt unbeweglich, hilflos auf seinem Hocker.

Cho hebt Lus Handy vom Boden auf und wirft es lässig in eins der Fischbecken. Er geht zu einer Reihe von auf Metallregalen montierten Aquarien an der Wand. »Was wissen Sie über Quallen, Herr Long?«

Lu würgt.

»Sie brauchen nicht zu antworten«, sagt Cho. »Es war eine rhetorische Frage. Quallen sind jedenfalls höchst merkwürdige Kreaturen. Sie bestehen zu fünfundneunzig Prozent aus Wasser. Haben praktisch kein Gehirn. Essen und Scheißen erfolgen über ein und dieselbe Körperöffnung. Eine sexuell reife Qualle hat angeblich das Medusenstadium erreicht. Sind Sie vertraut mit dem Begriff Medusa?« Cho öffnet den Deckel eines Aquariums. »Wohl nur, wenn Sie etwas von griechischer Mythologie verstehen.« Mit einem großen Suppenbehälter aus Plastik schöpft er Wasser. »Medusa war die Tochter von Phorkys und seiner Schwester Keto, das Ergebnis einer Inzucht. Da handelt man sich natürlich nur Ärger ein. Sie war eine betörende Schönheit – und todbringend. Statt Haare bedeckte ein Knäuel giftiger Schlangen ihr Haupt. Ein Blick in ihre Augen reichte, um einen Mann in Stein zu verwandeln.« Cho stöbert mit einem Fangnetz im Aquarium. »Die Gründe für diese Klassifizierung – Medusa – liegen auf der Hand. Ein wunderschönes Geschöpf, halb Göttin, halb Dämonin. Statt langer, wallender Locken auf dem Kopf giftige Schlangen. Oder, wie bei den Quallen, Tentakel. Tentakel mit Giftstacheln. Na, komm.« Cho fängt mit seinem Netz ein winziges Wesen und wirft es in den Plastikbehälter. Er hält ihn hoch. »Sehen Sie dieses kleine Ding da?«

Lu kann nur ein schwebendes weißliches Klümpchen von der Größe einer Fingerkuppe ausmachen.

»Sind Sie jemals von einer Qualle gestochen worden, Herr Long?«, fragt Cho. »Wenn ja, dann war es wahrscheinlich die gemeine Ohrenqualle, die sehr verbreitet ist. Ihr Stich ist relativ harmlos, aber dennoch schmerzhaft. Er hinterlässt hässliche Striemen. Die hier dagegen ist ein ganz anderes Kaliber.« Cho schüttelt den Plastikbehälter. »Das ist eine Irukandji-Qualle. Sie kommt aus jenem unglücklichen Land, in dem anscheinend jedes Lebewesen und jede Pflanze einzig und allein zu dem Zweck heranwächst, Menschen zu töten.«

Lu würgt einen Rateversuch hervor: »Schweden?«

Cho lächelt. »Australien.« Er schüttelt den Suppenbehälter erneut. »Die geringe Größe der Irukandji-Qualle sollte Sie nicht täuschen. Dieser kleine Kerl ist einer der effizientesten Killer auf unserem Planeten. Im Wasser beinahe unsichtbar. Seine Stiche hinterlassen keine Spuren. Und seine Opfer leiden unter einer ganzen Reihe von Symptomen, allgemein als das Irukandji-Syndrom bekannt. Anfangs nur eine leichte Reizung. Zehn bis dreißig Minuten später akute Krämpfe in Armen und Beinen. Danach unerträgliche Schmerzen im unteren Rückenbereich. Gefolgt von Erbrechen und Atemnot. Es ist so, als wimmelten unter der Haut Abermillionen winziger Insekten. Rasende Kopfschmerzen. Erhöhte Herzfrequenz und Blutdruck. Ein Vernichtungsgefühl. Schließlich Tod durch Hirnblutung oder Herzinfarkt.«

Bullethead rammt Lu das Knie noch härter in den Rücken, krümmt schmerzhaft seine Wirbelsäule. Cho ergreift Lus linkes Handgelenk und klemmt es zwischen Ellbogen und Hüfte. Lu spürt lauwarmes Wasser an den Fingerspitzen. Er versucht angestrengt, die Hand wegzuziehen.

»Hören Sie auf, um sich zu schlagen, Herr Long«, sagt Cho. »Sie könnten unseren kleinen Freund reizen.«

Lu erstarrt.

»Für wen arbeiten Sie wirklich?«, fragt Cho.

»Alex Ho«, krächzt Lu. Er spürt ein Kribbeln in seinem Zeigefinger.

»Und für wen arbeitet Alex?«, fragt Cho.

»Für sich! *Ta ma de*, lassen Sie mich los!«

»Warum sind Sie hier in Kunming?«

»Um zu kaufen! Nehmen Sie meine Hand aus dem Wasser, Sie Schwein!«

»Warum hier?«

»Jeder weiß, dass Myanmar die Quelle ist, und Kunming ist das Tor zu Myanmar.«

»Was hat dieser Alex Ho mit den Produkten vor?«

»Er will seine Freunde beeindrucken. Und dass sein Schwanz wieder steht!« Lu beißt die Zähne zusammen. »*Gan ni niang*, nehmen Sie meine Hand aus dem Wasser!«

»Sie sind ein Polizeiinformant!«

»Das bin ich nicht! Ich schwöre!«

»Wie lautet Ihre Adresse in Macao?«

»Zhongshan Straße dreihundertdreißig, Wohnung Nummer dreiundzwanzig.« Lu denkt sie sich spontan aus, aber jede Stadt mit chinesischen Straßennamen hat mindestens eine Zhongshan Straße.

Cho feuert in rascher Folge Fragen ab – über Lus Eltern, wo er zur Schule gegangen ist, wie lange er schon für Alex Ho arbeitet. Er würzt sein verbales Feuerwerk mit Anschuldigungen, Lu arbeite für das Amt für Öffentliche Sicherheit, den Sicherheitsdienst von Macao, für Interpol und zählt noch diverse Kurzformen auf, von denen Lu noch nie gehört hat – USAID, ICCWC, CITES, UNODC.

Lu verneint alles.

Mit einem Ruck nimmt Cho den Plastikbehälter weg. »Ich muss telefonieren«, sagt er und verlässt den Raum.

Bullethead löst die Schlinge. Lu klappt röchelnd auf dem Hocker zusammen. Seine Kehle brennt. Er sieht Bullethead wütend an. Dieser schiebt seine Jackenzipfel beiseite und zeigt ihm den Knauf seiner Pistole am Hosenbund.

Minuten vergehen. Lu lässt den Kopf kreisen und massiert den tiefen Schnitt am Hals. Schließlich öffnet sich die Tür, und Cho kehrt zurück. »Alles klar.« Er reicht Lu eine Flasche Wasser. Lu trinkt, und jeder Schluck geht runter wie eine heiße Bleikugel. »Ich hoffe, Sie sind nicht allzu wütend auf uns.«

»Sie sind Dreckskerle.«

»In unserem Geschäft wimmelt es von Dreckskerlen«, sagt Cho. »Man kann nicht vorsichtig genug sein. Aber freuen Sie sich, Sie haben soeben die ersten Freunde in Kunming gewonnen.«

Cho bittet Bullethead aus einem Kühlschrank draußen ein paar Flaschen Bier zu holen. Während sie trinken, versichert ihm Cho, dass er alles, was sich Alex Ho wünscht, beschaffen kann. Tiger, Zibetkatzen, Schuppentiere, jede Schlange und jeden Vogel, Bambusratten, Wolfsjunge, Alligatoren, Otter, Strauße – die Liste ist unendlich.

»Es ist so«, sagt Lu, »Alex möchte, dass ich die Quelle persönlich in Augenschein nehme.«

»Warum?«

»Er legt großen Wert auf *yewei*. Er möchte, dass ich die Qualität prüfe und sicherstelle, dass ihm nicht minderwertige Kost aus einem Fleischwolf angedreht wird.«

»Ich kann Sie nicht nach Myanmar mitnehmen.«

»Warum nicht?«

»Falls es Ihnen entgangen sein sollte, Herr Long, es ist Ausland für uns.«

»Ich bin davon überzeugt, dass Sie Mittel und Wege kennen, Landesgrenzen auch ohne Visum zu überqueren.«

»Die Lieferanten dort vertrauen darauf, dass ich Kunden in China betreue. Der Handel geht nicht über den direkten Weg.«

»Aber Sie bürgen für mich. Wir sind doch jetzt Freunde, oder?«

Cho lächelt. »Händigen Sie mir doch einfach eine Einkaufsliste aus, und ich übernehme alles. Sie bleiben so lange hier in Kunming und genießen die Vorzüge, die unsere Stadt zu bieten hat.«

»Alex hat mich beauftragt, die Quelle zu überprüfen. Punkt. Wenn Sie mich nicht nach Myanmar mitnehmen können, suche ich mir jemanden, der es kann.«

»Herr Long …« Cho schüttelt den Kopf. »Sie wollen gar nicht dahin. Es ist kein Ort, an dem Leute von außen willkommen sind. Es ist extrem gefährlich. Besonders jetzt.«

»Sie sind doch auch von außen.«

»Nein«, sagt Cho. »Ich bin Burmese.«

»Trotzdem, Alex war eindeutig in diesem Punkt. Ich möchte ihn nicht enttäuschen.«

»Es wäre sehr kompliziert, Vorkehrungen zu treffen.«

»*Gei wo mianzi*, Herr Cho.« Wörtlich: *Geben Sie mir Gesicht.* Mit anderen Worten: Erweisen Sie mir Respekt. Eine solche Bitte abzuschlagen wäre eine schwere Beleidigung.

Cho seufzt übertrieben theatralisch. Die magischen Worte sind gefallen. Er steckt in der Zwickmühle.

Lu trinkt sein Bier aus. »Entweder fahre ich persönlich nach Myanmar, oder unser Geschäft kommt nicht zustande.« Er steht auf. »Ich bin müde. Bringen Sie mich zu meinem Hotel zurück.«

Cho und Bullethead begleiten Lu zum Anfang der Gasse, wo der SUV auf sie wartet. Cho öffnet die hintere Tür. »Ich werde sehen, was ich tun kann.«

»Sie wissen, wo Sie mich erreichen.«

Wortlos bringt ihn der Fahrer zum Crowne Plaza. Auf wackligen Beinen durchquert Lu die Hotellobby. Mit dem Aufzug fährt er in seine Etage.

Es ist fast drei Uhr früh. Noch nie hat er sich so erschöpft gefühlt. Er betritt sein Zimmer und schließt die Tür hinter sich ab. Dann geht er ins Badezimmer, pinkelt ausgiebig und spritzt sich kaltes Wasser ins Gesicht. Er zieht sein Hemd aus und wirft es auf den Boden.

Er torkelt aus dem Badezimmer und hat nur ein Ziel – sein Bett.

Zwei Männer sitzen in der Dunkelheit und warten auf ihn.

FÜNFUNDZWANZIG

Einer der Männer schaltet eine Schreibtischlampe ein. Der Mann hat ein kantiges Gesicht mit einer hohen, glänzenden Stirnglatze, die an den verstorbenen Vorsitzenden Mao erinnert. Kräftige Unterarme, breite Schultern, weite Brust, stattlicher Bauch. Er trägt ein weinrotes Polohemd und eine schwarze Hose und sieht aus wie ein einigermaßen erfolgreicher Geschäftsmann auf Golfurlaub.

Der andere Mann ist Bang.

»Wo war Ihre versprochene Rückendeckung?«, schreit Lu.

»Ich habe gesehen, dass Sie Kontakt aufgenommen haben«, erwidert Bang ruhig. »Das war der Plan.«

»Wissen Sie, was die mir angetan haben?«

»Kommissar«, sagt der Mann mit der Stirnglatze. »Bitte beherrschen Sie sich.«

»Wer sind Sie überhaupt?«, fragt Lu.

»Ich bin Jia.«

Lu ist verwirrt, aber er weiß, dass dieser Mann hier nicht identisch ist mit der Person auf dem Bildschirm während der Videokonferenz in Harbin.

»Ich muss gestehen, dass ich nicht ganz aufrichtig zu Ihnen war, Kommissar«, sagt Jia.

»Ach, tatsächlich?«

»Ich arbeite nicht für die staatliche Forst- und Graslandverwaltung.«

»Für wen dann?«

»Für das Ministerium für Staatssicherheit.«

»Aha«, entfährt es Lu. *Ta ma de.*

Das Ministerium für Staatssicherheit ist die am meisten gefürchtete Behörde in der Volksrepublik. Ihre erklärte Aufgabe besteht darin, »durch wirksame Maßnahmen gegen feindliche Agenten, Spione und konterrevolutionäre Aktivitäten, welche darauf abzielen, das chinesische sozialistische System zu sabotieren, zu destabilisieren oder zu stürzen, die Sicherheit des Landes zu gewährleisten«. Praktisch kommt es der CIA, dem FBI und der NSA in den Vereinigten Staaten gleich, vereint in einer einzigen supergeheimen, allmächtigen und anonymen Behörde.

Jetzt erklärt sich so einiges: die falsche Identität, das Bündel Bargeld, der Zugang zu Geheiminformationen über Khaw und Wilson Fang.

»Aber ich habe am Bildschirm doch mit Ihnen gesprochen, Jia Zhanshu.«

»Sie haben mit mir durch ein Deepfake-Video gesprochen.«

Das war vielleicht der Grund für die störanfällige Übertragung. Lu schüttelt ungläubig den Kopf. Erschreckend, zu welchen Täuschungsmanövern die Technik heute in der Lage ist.

»Wie lautet Ihr wirklicher Name?«, fragt er.

»Nennen Sie mich vorerst weiterhin Jia.«

Lu geht zu dem Minikühlschrank. »Ich brauche ein Bier. Noch jemand?«

»Ja«, sagt Jia zu Lus Überraschung.

Lu nimmt eine Dose heraus und wirft sie Jia zu. Er hofft, ihn am Kopf zu treffen, doch Jia fängt die Dose mit einer Hand auf. Lu ist beeindruckt. Er bietet auch Bang eine Dose an, aber der schüttelt nur kurz den Kopf. Lu nimmt sich eine Dose, reißt die Lasche auf, schluckt und rülpst.

»Besser?«, fragt Jia.

»Die haben meine Hand in ein Becken mit giftigen Quallen gesteckt!«

»Kreativ sind sie, das muss man ihnen lassen.«

»Finden Sie das etwa witzig?«, schreit Lu. »Ich kann darüber nicht lachen!«

»Kommissar«, sagt Jia. »Wir wussten, dass sie skeptisch sind. Wir wussten, dass man Sie verhören wird. Es war ein gefährlicher, aber entscheidender Test. Und Sie haben ihn bestanden! Glückwunsch!«

»Eine Killerqualle!«

»Bitte setzen Sie sich und lassen Sie uns wie zivilisierte Menschen miteinander reden.«

»Ich fahre nicht nach Myanmar.« Lu setzt sich auf die Bettkante. »Suchen Sie sich einen anderen Trottel.«

Jia stemmt seine kräftigen Ellbogen auf den Schreibtisch. »Sie stehen kurz davor, etwas zu erreichen, was bisher noch keinem Agenten der Strafverfolgungsbehörden in der ganzen Volksrepublik jemals gelungen ist: in den engsten Führungskreis eines weltweit operierenden Netzwerks für illegalen Wildtierhandel einzudringen. Denken Sie an das Gute, was Ihre Bemühungen auslösen werden!«

»Falls ich überlebe.«

Jia schnippt einen eingebildeten Fussel von seiner Hose und schlägt die Beine übereinander. Er hat die Todsünde begangen, weiße Strümpfe mit einer dunklen Hose zu kombinieren, doch nicht das erregt Lus Aufmerksamkeit, sondern Jias Schuhe. Slipper. Aus Leder. Eine ausländische Luxusmarke. Kosten mindestens tausendfünfhundert Yuan. Ein saftiger Preis für das Gehalt eines Beamten. Entweder stammt Jia aus einer reichen Familie, oder er hat noch eine andere Einnahmequelle.

»Es wird Ihnen nichts zustoßen«, sagt Jia. »Solange Sie sich an Ihre Legende halten. Und sollte doch etwas schiefgehen, ist Hauptmann Bang zur Stelle, um Sie rauszuhauen.«

»Nach den Erfahrungen von heute Abend«, sagt Lu, »habe ich meine Zweifel, ob Hauptmann Bang in der Lage ist, überhaupt irgendwen aus irgendwas rauszuhauen.«

»Bei Ihrem ersten Kontakt konnten wir nicht eingreifen«, sagt Jia. »Andernfalls hätten wir die ganze Operation abblasen müssen, bevor sie richtig begonnen hat.«

Lu knurrt in sein Bier.

»Jetzt beginnt die zweite Phase«, fährt Jia fort. »Sie werden die Grenze auf die Weise überqueren, die Ihre neuen Freunde für Sie vorgesehen haben. Hauptmann Bang wird Ihnen auf Ihrem Weg zu Khaws Produktionsbetrieb folgen.« Jia nickt Bang zu. »Hauptmann?«

Bang holt einen verschließbaren Plastikbeutel aus seiner Tasche und wirft ihn aufs Bett. Lu betrachtet ihn skeptisch und nimmt ihn dann an sich. In dem Beutel befindet sich ein rautenförmiges Gerät. »Was ist das?«

»Ein Peilsender kürzerer Reichweite«, erklärt Bang.

»Was ist, wenn Cho mich noch mal durchsucht? Soll ich den Sender in den Saum meiner Unterhose einnähen?«

»Sie werden ihn runterschlucken.«

»Das ist nicht Ihr Ernst.«

»Es ist völlig harmlos«, sagt Jia. »Der Sender hat Ihr Verdauungssystem in wenigen Tagen durchlaufen. Aber mit dem Runterschlucken sollten Sie bis zum letzten Moment warten, damit Sie ihn nicht die Toilette hinunterspülen, bevor Sie Ihr Ziel erreicht haben.«

Herunterkriegen würde er den Peilsender wohl ohne große Probleme, doch was war, wenn er am anderen Ende wieder austrat? »Kriegt man davon Darmkrebs?«

»Die Technik ist absolut sicher.« Jia nimmt einen Schluck aus seiner Bierdose und wischt sich den Mund mit dem Handrücken ab. »Wenn Sie Hauptmann Bang bis zu Khaws Standort geführt haben, wird er die genauen Koordinaten an mein Satellitenhandy übermitteln. Das ist unser erstes Ziel. Das zweite ist, Beweisfotos von Khaws Betrieb zu bekommen. Von den Tierkäfigen, Drogenlaboren und von Khaw persönlich. Und natürlich sollten Sie bestätigen, dass auch Fang sich dort aufhält. Ich vermute, dass er kaum in Erscheinung treten wird. Es könnte nötig sein, nach ihm zu suchen.«

»Und wenn er sich nicht dort aufhält? Oder er ist da, und ich kann ihn nicht finden?«

»Dann könnte es schwierig werden mit der Auslieferung, wenn nicht unmöglich.«

»Könnte man ihn nicht einfach digital in ein Foto von Khaw einfügen, wie er gerade ein Schuppentier tritt?«

»Das könnte man«, erwidert Jia. »Aber das würde meine Vorgesetzten nicht täuschen. Ich brauche hieb- und stichfeste Beweise, um die Anklage zu untermauern.«

»Nur zur Information«, sagt Lu, »das Handy, das Bang mir gegeben hat, ist leider abgetaucht.«

»Kein Problem. Wir haben damit gerechnet, dass Ihnen alle persönlichen Gegenstände vor Ihrem Grenzübertritt abgenommen werden.«

»Wie soll ich Ihnen dann ein Beweisfoto beschaffen? Wie haben Sie sich das vorgestellt?«

Bang holt die nächste verschließbare Plastiktüte hervor. »Das ist eine netzunabhängige Minikamera. Sie bietet Speicherplatz für etwa fünfhundert Fotos.« Er rattert diese Information wie ein gelangweilter Elektronikverkäufer herunter. »Sie passt genau in ein Knopfloch.« Er schüttelt sie aus dem Beutel und steckt sie sich ans Hemd. »Normalerweise sind diese Geräte mit einer Fernbedienung verbunden. Aber weil wir davon ausgehen, dass man Sie durchsuchen wird, dürfen wir nicht riskieren, Sie noch mit zusätzlicher Hardware auszustatten. Deswegen haben wir es so konfiguriert, dass es über einen Sprachbefehl funktioniert.«

»Sprachbefehl«, sagt Lu. »Was für einen Sprachbefehl?«

»Wir haben uns einen ausgedacht, der nicht komisch oder verdächtig klingt«, sagt Jia. »Und den Sie beliebig oft wiederholen können, wenn es sich als notwendig erweist, ein Foto zu machen.«

»Jetzt bin ich aber gespannt.«

»Der Befehl lautet *ta ma de*«, sagt Jia.

»Ta ma de?«

»Ja. Also etwa so: *Ta ma de*, ist das heiß heute. *Ta ma de*, das frische Bier schmeckt ausgezeichnet. *Ta ma de*, das ist aber eine außergewöhnlich hübsche Kette, die Sie da um den Hals tragen, Daw Khaw. *Ta ma de*, sehen Sie sich diesen prächtigen Tiger an.«

»Verstehe«, sagt Lu. »Die Sprachsteuerung – geschenkt. Doch die Kamera wird man finden, wenn sie mich durchsuchen. Es sei denn, die soll ich auch schlucken.«

»Nein, das nicht.« Jia lächelt, eine Spur reumütig. »Aber es gibt eine Stelle an Ihrem Körper, die sie wahrscheinlich nicht allzu genau kontrollieren werden.«

Lu braucht einen Moment, um zu begreifen. »Kommt überhaupt nicht in Frage.«

»Kommissar …«

»Nein.«

»Jede geringfügige und vorübergehende körperliche Beeinträchtigung Ihrerseits dient einem übergeordneten Wohl.«

»Sie haben gut reden.«

»Gerechtigkeit für das Mädchen.«

»Das Mädchen ist Ihnen doch völlig egal.«

»Ja«, gesteht Jia. »Ich will Fang. Und ich werde ihn kriegen. Und Sie werden mir dabei helfen.«

»Ich schlucke keinen Peilsender, ich stecke mir keine

Kamera in den Arsch, und ich fahre nicht nach Myanmar.«

»Sie werden alles tun, was ich Ihnen sage«, erwidert Jia.

»Sie können mich mal«, brummt Lu. »Was geht Fang Sie überhaupt an, wenn Sie nicht für die Forst- und Graslandverwaltung arbeiten?«

»Im Großen und Ganzen stimmt die Geschichte, die ich Ihnen erzählt habe. Fang pflegt kompromittierende Beziehungen zu diversen Beamten, einschließlich Mitarbeitern der Forstverwaltung und des Ministeriums für Staatssicherheit. Ich kann niemandem im Apparat vertrauen, außer Hauptmann Bang. Ich möchte Fang unbedingt fassen, ihn ausquetschen und den Sumpf trockenlegen.«

»Wie nobel. Vielleicht wollen Sie sich ja auch nur gegen einige Rivalen in Ihrer Abteilung in Stellung bringen.«

»Sie schätzen mich falsch ein. Ich bin ein engagierter Beamter.« Jia trinkt einen letzten Schluck aus der Dose und zerdrückt sie dann mit der Faust. »Den schwierigen Teil haben Sie überstanden. Jetzt brauchen Sie nur noch Richtung Süden zu reisen, ein paar Drinks hier, exotisches Essen da, und wenn Sie mögen, vergnügen sie sich mit den einheimischen Mädchen. Danach kommen Sie wieder nach Hause.«

»Das ist die reinste Schönfärberei.«

»Als Belohnung für Ihre Dienste werde ich dafür sorgen, dass Sie wieder als stellvertretender Polizeichef eingesetzt werden. Und falls Sie es irgendwann satthaben, Ihr Leben in Rabental zu vergeuden, können Sie sich Ihre nächste Versetzung aussuchen. Nanjing, Shanghai. Sogar Peking wäre nicht ausgeschlossen.«

»So ehrgeizig bin ich nicht.«

»Und wenn Sie sich entschließen sollten, zu heiraten und Kinder zu haben? Ich könnte es so einrichten, dass Ihre Kinder eine der besseren Schulen besuchen. Unterschätzen Sie die Vergünstigungen nicht, die meine Protektion Ihnen einbringen würde.«

»Jetzt klingen Sie wirklich wie ein Ministerialbeamter.«

Jia schlägt einen anderen Ton an. »Sobald Fang in meinen Händen ist, wird er uns sagen, wo sich das Mädchen befindet. Das verspreche ich Ihnen.«

»Tan Meixiang«, sagt Lu. »Das Mädchen heißt Tan Meixiang.«

»Vielleicht könnte ich sogar eine Entschädigung für die Familie Tan herausschlagen. Ihr einen Teil von Fangs konfisziertem Vermögen zukommen lassen.«

»Machen Sie keine Versprechungen, die Sie nicht halten können.«

»Wir diskutieren nicht, Kommissar. Die Operation läuft bereits, und Sie werden sie durchziehen.«

»Und wenn nicht?«, fragt Lu.

Jia steht auf. »Entschuldigen Sie meine harten Worte, aber die Maschinerie ist nicht mehr zu stoppen. *Po fu chen zhou.*« Wörtlich: *Zerschlage deine Kochtöpfe und versenke deine Boote.* »Sie erweisen Ihrem Land einen großen Dienst. Ich wünsche Ihnen eine gute Reise nach Myanmar.«

Bang klemmt die Kamera von seinem Hemd ab, steckt sie in den Plastikbeutel und wirft ihn aufs Bett. Er und Jia verlassen den Raum ohne ein weiteres Wort. Lu schließt hinter ihnen ab.

Erst später, als er sich auf dem Bett hin und her wälzt, fällt ihm auf, dass Jia seine leere Bierdose mitgenommen hat, um nur ja keinen Beweis für seine Anwesenheit in diesem Raum zu hinterlassen.

SECHSUNDZWANZIG

Das Telefon schreckt Lu im Morgengrauen aus dem Schlaf.

Es ist Cho. »Hier ist unser Vorschlag: Als Geste des guten Willens überweisen Sie dreihunderttausend Yuan auf ein Treuhandkonto. Das Geld wird mit allen Einkäufen, die Sie tätigen werden, verrechnet.«

Dreihunderttausend sind ein ordentliches Sümmchen, entsprechen etwa vierzigtausend Dollar. »Das ist viel Geld«, sagt Lu.

»Wenn Sie es nicht ernst meinen, vergessen Sie es.«

»Heißt das, dass meinem Wunsch stattgegeben wurde?«

»Überweisen Sie das Geld und buchen Sie einen Platz in der Maschine um elf Uhr fünfundvierzig nach Jinghong.«

»Ich bin mir nicht sicher, ob ich die Summe so schnell auftreiben kann.«

»Dann kommen wir nicht ins Geschäft. Haben Sie einen Stift? Ich nenne Ihnen die Kontonummer.«

Lu notiert sich die Information und legt auf. Was jetzt? Das von Bang zur Verfügung gestellte Handy liegt auf dem Grund von Chos Fischbecken. Wie soll er jetzt auf die Schnelle dreihunderttausend Yuan beschaffen?

Die rote Lampe am Hoteltelefon blinkt. Er wählt die

Leitung an. Unten sei ein Päckchen für ihn abgegeben worden, sagt man ihm.

Lu duscht, zieht sich um und läuft hinunter zum Hotelportier, der ihm einen wattierten Umschlag übergibt. Er ahnt, was sich darin befindet. Er bittet den Portier, ihm zu helfen, einen Flug nach Jinghong zu buchen, kehrt dann auf sein Zimmer zurück und öffnet den Umschlag. Ein neues Handy, wie erwartet.

Lu drückt nacheinander null, eins, eins, null, eins, neun, vier, neun. Das Handy wird entsperrt. Eine Nummer ist voreingestellt: Alex. Lu wählt sie und hört einen Piepton. »Wir müssen reden«, sagt Lu und legt auf.

Er packt gerade seine Sachen, als das Handy klingelt. »Ja?«

»Was ist?«, fragt Bang.

Lu berichtet von dem Flug und dem Geld.

»Verstanden«, sagt Bang.

»Dann geht es also klar mit dem Geld?«, fragt Lu. Statt einer Antwort vernimmt Lu nur den Wählton.

Lu nimmt in der Hotellobby noch in aller Ruhe ein Frühstück ein, checkt danach aus und fährt mit einem Taxi zum Flughafen. Er passiert problemlos die Sicherheitsschleuse und sieht in der Abflughalle Cho und Bullethead sitzen. Er nickt ihnen zu, sucht sich aber einen Sitzplatz so weit wie möglich von ihnen entfernt.

Nach einer kurzen Wartezeit gehen die Passagiere an Bord. Lu sitzt hinten, Cho und Bullethead weiter vorn. Der Flug dauert eine gute Stunde und verläuft beängstigend rumpelig. Nach der Landung treffen sie sich an der Gepäckausgabe wieder. Draußen wartet ein Auto, und alle steigen ein; bis zur Stadt ist es nicht weit.

»Wie sieht Ihr Plan aus?«, möchte Lu wissen.

»Immer mit der Ruhe, Herr Long«, sagt Cho. »Sie sind hier im Süden. Hier geht das Leben einen gemächlicheren Gang.«

Bullethead steckt sich eine Hongtashan an, eine lokale, für ihren hohen Nikotin- und Zuckeranteil bekannte Zigarettenmarke. Cho bietet dem Fahrer eine Marlboro Red an und zündet sich selbst ebenfalls eine an. Schnell ist die Fahrerkabine von Rauch erfüllt, und Lu sieht sich genötigt, das Fenster herunterzukurbeln. Ein feuchter, warmer Wind zerzaust ihm das Haar.

Lu weiß nicht viel über Jinghong, außer dass es die Hauptstadt des autonomen Bezirks Xishuangbanna der Dai in der Provinz Yunnan ist. Aus dem langweiligen Staatsbürgerkundeunterricht in der Oberschule hat er außerdem noch in Erinnerung, dass es fünf autonome Regionen in China gibt. Die chinesische Verfassung garantiert diesen Regionen das Recht, sich selbst zu regieren, im Einklang mit der Kultur ihrer einheimischen Minderheiten. In Wirklichkeit jedoch müssen sich die lokalen Amtsträger der Kommunistischen Partei Chinas unterordnen.

Sie erreichen das Stadtzentrum. Hier herrscht eine vollkommen andere Atmosphäre als in den Metropolen im Norden Chinas. Die Häuser sind niedriger, viele weisen die charakteristischen geschwungenen Dächer auf, die man eher mit thailändischen Tempeln verbindet. Die Straßen sind breiter und mit Palmen und Zierpflanzen gesäumt. Es verkehren Autos, Lastwagen, die allgegenwärtigen Motorroller und Motorräder, aber auch ein Gefährt, das Lu lange nicht mehr gesehen hat, Tuk-Tuks. Die Chinesen nennen diese dreirädrigen, oft notdürftig zusammengestückelten Vehikel *du che* – Hup-Autos –, aus naheliegenden Gründen, wenn man einmal sieht, wie sich die Fahrer, berauscht vom Betelkauen oder irgendeinem billigen Amphetamin, durch den Verkehr wuseln, als wären Schwärme wütender Hornissen hinter ihnen her.

Das Auto biegt in eine Seitenstraße und hält vor einem zweigeschossigen Gebäude, an dem ein Schild hängt: *Herberge zum Goldenen Wasserbüffel.* Alle steigen aus und holen ihr Gepäck aus dem Kofferraum.

Am Eingang werden sie von einer molligen Frau Ende fünfzig begrüßt, offenbar die Eigentümerin. Sie stellt sich als Tante Yang vor.

»Hungrig?«, möchte sie wissen. »Durstig? Geil?«

Lu ist irritiert. Hat er das letzte Wort richtig verstanden? Als er eintritt, steht er in einem schummrigen Raum, Bar und Restaurant in einem, inklusive Karaoke-Anlage und Discokugel. Ein paar Mädchen lungern herum, in Shorts und Trägerhemdchen, und verscheuchen mit Papierfächern Fliegen.

»Wir essen etwas später zu Mittag«, sagt Cho zu Tante Yang. »Aber zuerst bringen wir unsere Sachen auf die Zimmer.«

Tante Yang herrscht einen schmächtigen Jungen an,

vielleicht ihr Sohn, das Gepäck zu übernehmen. Lu behält seins in der Hand, doch Cho und Bullethead lassen sich von dem Kind gerne ihre Taschen hochtragen. Die Zimmer liegen alle auf der Rückseite des Hauses, mit Blick auf den Fluss, der bei den Chinesen Lancang heißt, bei den Menschen aus dem Westen dagegen Mekong.

»Bad am Ende des Gangs«, ruft Tante Yang Lu zu und weist dorthin. Sie schließt eine Tür auf und winkt Lu hinein. »Das ist Ihr Zimmer.«

»In zehn Minuten unten«, sagt Cho.

Lu betritt das Zimmer und schließt die Tür. Es ist spartanisch mit billigen Möbeln eingerichtet. Einzelbett, Nachttisch, Kleiderschrank, Klimaanlage im Fenster, ein einzelner Stuhl. Die Wände sind in unterschiedlichen, hellen Grüntönen gestrichen. Das einzige Schmuckelement an der Wand ist ein Werbekalender mit Dai-Mädchen in traditioneller Kleidung.

Lu stellt die Reisetasche auf dem Stuhl ab und schaut aus dem Fenster. Er sieht einen Streifen Sumpf- und Marschland, der in die Weiten des Flusses übergeht. Das Wasser ist grünlich-braun. Einige Boote treiben mit der Strömung dahin.

Er schaltet die Klimaanlage ein und prüft die Matratze. Sie fühlt sich an wie eine dünne Baumwollmatte auf einer Betonplatte. Die Laken sind steif und kratzig. Kein Vergleich mit dem Crowne Plaza.

Lu fragt sich, wie viele verzweifelte einsame Männer in diesem Bett wohl schon Sex mit einem der Mädchen von unten hatten. Auf diesen Laken.

Er zieht das Handy aus der Hosentasche und gibt Bang seinen Standort durch. Danach löscht er die SMS.

Die Herberge zum Goldenen Wasserbüffel ist eine Billigunterkunft, trotzdem sucht Lu das Zimmer nach versteckten Kameras und Mikrofonen ab. Er findet nichts, nur eine Ansammlung mumifizierter Kakerlaken unterm Schrank.

Lu kann nicht wissen, ob es zwischen Cho und Tante Yang eine Vereinbarung gibt, aber er hält es für angebracht, auf Nummer sicher zu gehen. Er muss damit rechnen, dass eines der Mädchen seine Sachen durchsuchen wird, während er unten zu Mittag isst. Er holt eine Packung Kaugummi aus der Tasche und stopft sich mehrere Streifen in den Mund. Als ein fetter Batzen entstanden ist, nimmt er ihn aus dem Mund und teilt ihn in zwei Hälften. Mit dem einen Stück klebt er die Minikamera unter den Bettrahmen, mit dem anderen den GPS-Peilsender auf den Boden des Kleiderschranks. Den Reißverschlussanhänger an seiner Reisetasche legt er in eine bestimmte Richtung. Dann geht er über den Flur zum Bad. Hier findet er eine Toilette und ein rostfleckiges Waschbecken. Er wäscht sich die Hände, spritzt sich Wasser ins Gesicht und geht nach unten.

Cho und Bullethead sitzen neben der Karaoke-Bühne, trinken heimisches Bier und rauchen. Lu gesellt sich dazu. Eines der Mädchen kommt zu ihnen, lehnt sich gegen den Stuhl und legt eine kühle Hand auf seine Schulter. »Möchten Sie etwas trinken?«

»Ich nehme das Gleiche.« Lu deutet mit dem Kopf auf ihre Gläser.

»Gut. Ich heiße Jing.«

»Danke, Jing. Ich heiße Ming.«

»Ming und Jing«, sagt das Mädchen. »Das klingt nach Schicksal. Vielleicht haben wir später noch ein bisschen Zeit füreinander.« Sie tätschelt ihm den Nacken. »Ich kann Ihnen beim Entspannen helfen.«

Jing bringt das Bier. Auch das Essen wird serviert. Hühnchen mit Bambussprossen, Schalotten, Ingwer und Chili. Nudeln mit Rindfleisch. Gegrillter Fisch mit Chilipaste. Frittierte Heuschrecken. Das Essen ist erstaunlich gut für eine Bar mit angeschlossenem Bordellbetrieb.

»Wie sieht Ihr Plan aus?«, fragt Lu zum zweiten Mal, als sie das nächste Bier bestellen.

»Wir übernachten hier«, sagt Cho. »Morgen früh überqueren wir die Grenze.«

»Wie weit ist die Grenze von hier entfernt?«

»Nicht weit. Ungefähr hundertzwanzig Kilometer.«

»Warum fahren wir nicht heute Nachmittag?«, fragt Lu.

Bullethead grinst, zwischen seinen Goldzähnen klemmt Chitin von den Heuschrecken. »Wozu die Eile, Bruder? Warum nicht einfach mal entspannen?«

»Mein Auftraggeber bezahlt mich fürs Arbeiten. Nicht fürs Entspannen.«

Cho wischt sich den Mund mit einer Serviette ab. »Wie gesagt, Herr Long. Sie sind hier praktisch schon in Südostasien. Hier ist es wärmer. Hier geht es gemächlicher zu. Die Menschen haben noch Freude an den kleinen Dingen. Gutes Essen. Kaltes Bier. Ein nettes Mädchen.« Er rückt mit dem Stuhl nach hinten und steht auf. »Bis heute Abend«, sagt er, eilt zur Treppe und sammelt auf dem Weg dorthin eines der Mädchen ein.

Bullethead kippt das restliche Bier hinunter und isst seinen Reis auf. Er zerrt eines der anderen Mädchen zu sich und lässt Lu am Tisch allein.

Jing kommt zu ihm und setzt sich auf einen der leeren Stühle. »Genug gegessen?«

»Ja.«

»Noch was Süßes?«

»Danke. Ich bin satt.«

Sie lacht. »So habe ich es nicht gemeint.«

»Später vielleicht. Ich muss mich erst mal hinlegen. Nach dem reichlichen Essen und zwei Bier.«

Jing legt eine Hand auf sein Knie. »Ich helfe Ihnen beim Einschlafen.«

»Später.«

Sie schmollt übertrieben. »Ich gefalle Ihnen nicht.«

»Sie gefallen mir sehr.«

»Später kommen andere Männer. Dann haben Sie Ihre Chance verspielt.«

»Das muss ich riskieren.«

Jings Schmollmund verzieht sich noch mehr.

Lu fragt sich, ob Cho ihn damit auf die Probe stellen will. Jing ist süß, wenn auch nicht sein Typ – abgesehen davon ist sie eine Prostituierte. Und Long Ming? Was würde er in so einer Situation tun?

»Wissen Sie was?«, sagt Lu, zieht ein Bündel Geldscheine aus der Tasche, zählt ein paar Scheine ab und schiebt sie ihr über den Tisch zu. »Das ist ein Vorschuss. Ich weiß nicht, was die beiden anderen für heute Abend geplant haben, aber wenn ich Zeit habe, können Sie und ich uns ja vergnügen. Vorausgesetzt, ich bin nicht allzu betrunken.«

Jing nimmt das Geld und streichelt Lus Nacken. »Keine Sorge. Ich kann Tote aufwecken.«

Lu geht auf sein Zimmer und überprüft den Peilsender und die Kamera. Sie sind beide noch da, aber der Reißverschlussanhänger liegt andersherum. Wer hat seine Sachen durchsucht. Tante Yang? Der schmächtige Junge? Eines der Mädchen?

Er ist hundemüde und dennoch aufgeregt. Er legt sich hin und versucht, ein Nickerchen zu machen, aber im Kopf hört es einfach nicht auf zu rumoren.

Schließlich steht er auf und findet neben der Toilette eine Tür, hinter der sich eine gekachelte Kabine mit einer aus der Wand ragenden Wasserdüse befindet. Er wäscht sich und fühlt sich wie neugeboren. Er zieht ein schwarzes T-Shirt und eine weiße Leinenhose an und geht nach unten. An der Karaoke-Anlage singen zwei Mädchen traurige Countrylieder. Jing ist eine von ihnen. Lu ist erstaunt, was für eine schöne Stimme sie hat. In einer anderen Zeit, an einem anderen Ort hätte sie vielleicht als Sängerin in einer Coverband Karriere gemacht. Stattdessen verkauft sie jeden Tag ihren Körper für eine Handvoll Yuan.

Schicksal.

SIEBENUNDZWANZIG

Lu tritt nach draußen in die schwülwarme, diesige Luft. Er schlendert den Bürgersteig entlang, vorbei an Bars, Restaurants, billigen Absteigen, Souvenirläden, Bekleidungsgeschäften, einer Fahrradwerkstatt. Im Vorbeigehen vernimmt er ein buntes Sprachengemisch. Er begegnet weißen Touristen, die eine fremde Sprache sprechen, kein Englisch, wie Lu erkennt. Deutsch vielleicht? Er hört Mandarin mit diversen Akzenten und noch andere asiatische Dialekte, die er nicht zuordnen kann, die sich aber wie Thai anhören. Die Muttersprache der Dai, wie Lu vermutet.

Er wendet sich Richtung Fluss, und nachdem er sich durch einige Gassen geschlängelt und eine Baustelle umgangen hat, landet er schließlich auf einem Pfad mit Blick auf ein Schlickwatt und dahinter den Lancang. Einige alte Männer stehen in dem seichten Wasser und angeln. Am anderen Ufer schippert ein rostiger Fischdampfer vorbei.

Lu schaut sich lange und ausgiebig um. Cho oder Bullethead sind nirgendwo zu sehen. Auch kein Zeichen von Hauptmann Bang.

Er nimmt das von Jia zur Verfügung gestellte Handy und ändert die Einstellung zur Blockierung der Anruferkennung. Er wählt eine Nummer aus dem Gedächtnis. Es klingelt und klingelt, schließlich die zaghafte Stimme eines Mädchens.

»Hallo?«

»Meirong, ich bin's. Kommissar Lu.«

Er hört, wie sie nach Luft schnappt. »Haben Sie … sind Sie …?«

»Nein. Noch nicht. Ich wollte mich nur bei dir melden.« Schweigen. »Bist du noch da?« Lu stellt sie sich in der ärmlichen Wohnung vor, allein mit ihrem Kummer, ihr Vater vom Fusel betäubt. »Meirong?«

»Wo sind Sie?«

»Ich … verfolge gerade eine Spur.«

»Was für eine Spur?«

»Das kann ich nicht sagen.«

»Warum nicht?«

»Die Ermittlungen dauern an. Ich wollte dir nur Bescheid sagen, dass …«

»Sie sagen mir ständig, dass Sie nach ihr suchen, aber Sie wollen mir nicht sagen, ob Sie überhaupt daran glauben, dass sie noch lebt. Können Sie mir das nicht wenigstens sagen? Lebt sie, oder ist sie tot? Lebt sie, oder ist sie tot?«

Meirongs Stimme überschlägt sich. Der Anruf bei ihr war keine gute Idee. Vielleicht ist es gefühllos, Meirong in dem Glauben zu lassen, ihre Schwester könnte eines Tages zur Tür hereinkommen. »Ganz ehrlich, ich weiß es nicht.«

»Sie wissen gar nichts.«

Plötzlich wird Lu wütend. »Ich setze mein Leben aufs Spiel, um deine Schwester zu finden.«

»Was meinen Sie damit, Sie setzen Ihr Leben aufs Spiel?«

Lu seufzt. »Vergiss es.«

»Was soll das denn jetzt?«

»Egal, Meirong. Ich wollte mich nur bei dir melden. Ich kann dich jetzt wahrscheinlich eine Zeit lang nicht mehr anrufen.«

»Wann kommen Sie wieder?«

»Ich weiß es nicht. Vielleicht in einer Woche.« Falls ich überhaupt je wiederkomme, denkt Lu. Aus dem Augenwinkel sieht Lu eine Bewegung, einen Mann, der in aggressiver Haltung auf ihn zustürmt. Lu verspannt sich.

Ta ma de. Es ist Bang.

»Ich muss Schluss machen«, sagt Lu.

»Moment!«

»Mach's gut, Meirong.«

»Moment!«

»Was ist denn noch?«

»Ich …« Es schnürt ihr die Kehle zu. »Kommen Sie bald wieder.«

»Ich werde es versuchen.« Lu legt auf, und im selben Moment geht Bang auf ihn los.

»Mit wem sprechen Sie da?« Bang trägt eine Mütze, Sonnenbrille, Jeans, feste Schuhe und ein langärmliges Hemd über einem T-Shirt.

Lu zögert, aber eigentlich ist es egal, ob Bang weiß, mit wem er telefoniert hat. »Mit Tan Meixiangs Schwester.«

»Warum?«

»Um ihr zu sagen, dass ich nicht vergessen habe, warum ich das alles mache.«

»Was haben Sie ihr gesagt?«

»Nichts«, antwortet Lu. »Nur dass ich noch an dem Fall dran bin.«

»Das war sehr unvorsichtig von Ihnen. Geben Sie mir das Telefon.«

Lu gibt es ihm.

Bang überprüft die Anrufliste. »Machen Sie ab jetzt keine Anrufe mehr.«

»Sonst? Schlagen Sie mich und schicken mich ohne Abendessen ins Bett?«

»Ja. Das könnte sein.« Bang lässt das Handy in die Tasche gleiten. »Wann brechen Sie nach Myanmar auf?«

»Morgen. Nehmen Sie mir zur Strafe das Handy ab?«

»Sie brauchen es ab jetzt sowieso nicht mehr. Und wehe, Sie rufen noch mal jemanden unerlaubterweise an. Zum Beispiel ihre Freundin in der Bar Zum Roten Lotus.«

»Das klingt wie eine Drohung, Bang.«

»Ja? Hat man Ihnen gesagt, wo Sie die Grenze überqueren?«

»Ich könnte einen Kaffee vertragen. Möchten Sie auch einen?«

»Kaffee?«

»Diese dunkle, bittere Flüssigkeit.«

»Ich weiß, was Kaffee ist.«

»Dann trinken wir doch einen.« Lu will schon gehen, doch Bang hält ihn am Arm fest. Lu schaut hinab auf Bangs Hand, dann hebt er den Blick und sieht sein Spiegelbild in Bangs Sonnenbrille. »Lassen Sie los.«

Bang lächelt. Soweit sich Lu erinnert, ist es das erste

Mal, dass Bang überhaupt eine Regung zeigt. »Sonst?«, sagt Bang. Seine Finger krallen sich in Lus Ellbogen, suchen einen Druckpunkt.

Lu befreit sich aus der Umklammerung, tritt ein Stück zurück und nimmt eine Verteidigungshaltung ein. »Treiben Sie es nicht zu weit, Bang. Ich könnte Ihnen ins Gesicht schlagen.«

Eine Gruppe älterer Männer mit selbst gebauten Angeln geht vorbei. Bang wirft einen Blick in ihre Richtung. »So unterhaltsam das sein könnte, ein Faustkampf würde nur die falschen Leute anziehen.«

»Dann kommen Sie mir nicht mit Ihrem Scheiß.«

»Laufen Sie nicht weg, wenn ich Ihnen eine Frage stelle.«

»Ich hätte da auch ein paar Fragen«, sagt Lu. »Was halten Sie davon, wenn wir uns bei einer Tasse Kaffee wie zwei zivilisierte Menschen miteinander unterhalten?«

»Ich finde, wir sollten nicht öfter als nötig zusammen gesehen werden.«

»Haben Sie sich denn nicht vergewissert, dass ich nicht beschattet werde, bevor Sie sich an mich herangeschlichen haben?«

Bang zuckt mit den Schultern.

»Entweder kommen Sie jetzt mit oder nicht«, sagt Lu. »Es liegt an Ihnen.« Er dreht sich um und geht.

Lu weiß, dass er unvernünftig ist, aber er ist das Gefühl der Machtlosigkeit leid. Er will wenigstens ein gewisses Maß an Kontrolle zurückgewinnen, und sei es noch so unbedeutend.

Außerdem wird er, wenn alles nach Plan läuft, in Kürze

in Myanmar anlanden, mit Bang als seinem einzigen Rettungsanker. Da wäre es ratsam zu wissen, mit wem man es bei ihm zu tun hat.

Lu geht zurück zu dem Café, an dem er auf dem Weg zum Fluss vorbeigekommen ist. Er tritt ein und sucht sich einen Platz im hinteren Teil. Eine Minute später kommt Bang angeschlurft. Er lässt sich Lu gegenüber nieder, mit dem Rücken zur Tür.

Lu überfliegt die Speisekarte. »Sie sehen mir wie der *maqiduo*-Typ aus.«

»Was ist *maqiduo*?«

»Espresso mit aufgeschäumter Milch.«

»Was ist Espresso?«

»Egal.« Lu winkt der Kellnerin und bestellt zwei Eiskaffee mit Milch.

Bang dreht sich um und sieht zum Eingang. »Tauschen Sie die Plätze mit mir.«

»Nein. Nehmen Sie die Sonnenbrille ab. Sie sehen aus wie ein Gangster.«

Bang steckt die Sonnenbrille in seine Hemdtasche. »Wo sind die Kamera und der Peilsender jetzt?«

»An einem sicheren Ort.«

»Wo?«

»Vorschlag«, sagt Lu. »Sie stellen eine Frage, dann stelle ich eine Frage. Abwechselnd. Wie ist es dazu gekommen, dass Sie für Jia arbeiten, oder wie immer er heißt?«

»Das ist geheim«, antwortet Bang. »Wir sind nicht hier, um uns besser kennenzulernen. Ich bitte Sie um einen Lagebericht.«

»Haben Sie sich aus Liebe zu exotischen Tieren freiwillig für diesen Einsatz gemeldet, oder sind Sie eine gewissenlose Killermaschine, die nur Befehle ausführt?«

»Das ist geheim.«

»Sie müssen mir schon etwas entgegenkommen.«

»Warum?«

»Da Sie meine einzige Absicherung sein werden, möchte ich etwas mehr wissen als nur den Namen, den Dienstgrad und die Dienstnummer.«

»Sie sollten sich darauf einstellen, dass man Sie im Verlauf dieser Operation ausquetschen wird, vielleicht sogar foltern«, sagt Bang. »Je weniger Sie also wissen, desto besser.«

»Das beruhigt mich enorm.«

Der Kaffee kommt. Bang trinkt einen Schluck und verzieht angewidert das Gesicht. »Tee ist mir lieber.«

»Sicher kennen Sie längst alles, was das Ministerium für Staatssicherheit in meiner Akte zusammengetragen hat«, sagt Lu. »Sie wissen so viel über mich wie meine Mutter. Erwidern Sie mir den Gefallen.«

»Meine Geschichte ist für diese Operation unerheblich.«

»Da bin ich anderer Meinung.«

Bang späht wieder zum Eingang. »Tauschen Sie den Platz mit mir.«

»Beim Sondereinsatzkommando haben Sie Monate mit demselben Team von Männern trainiert, oder?«, sagt Lu. »Sie kannten sich in- und auswendig. Hatten bedingungsloses Vertrauen. Sie standen sich näher als Brüder. Sie hätten für jeden Ihr Leben hergegeben. Ist das nicht das Kriegerethos?«

»Wir sind hier nicht beim Sondereinsatzkommando. Und Sie sind kein Krieger.«

»Ich seile mich nicht von einem Hubschrauber in feindliche Stellungen ab, aber ich nehme an einem gefährlichen Einsatz teil. Wie oft sind Sie ganz auf sich allein gestellt in gegnerisches Territorium eingedrungen?«

»Das ist geheim.«

»Und ich gebe gerne zu, dass ich Angst habe«, sagt Lu. »Das hier gehörte nicht zu meiner Ausbildung.«

»Mein Risiko ist ungleich größer«, erwidert Bang. »Sie haben immerhin eine Legende. Ich bin ganz allein in Feindesland und muss meinen Arsch hinhalten. Also reißen Sie sich zusammen.«

»Wissen Sie was? Sie sind ein echter Scheißkerl.«

Bang trinkt noch einen Schluck von seinem Kaffee, dann schiebt er das Glas von sich weg. »Das bringt die Arbeit so mit sich.«

»Verraten Sie mir, wie Sie zum Militär gekommen sind.«

»Nein.«

»Stellen Sie sich nicht so an, Bang«, sagt Lu. »Die Berge sind hoch, und der Kaiser ist weit weg. Jia riskiert sein Leben nicht. Wir schon. Wir müssen nicht gleich Freunde oder Brüder sein, aber zumindest Verbündete.«

Bang sieht noch einmal zum Eingang, dann wieder zu Lu. »Ich bin nach der Oberschule zum Militär gegangen. Entweder Militär oder Arbeit in der Fabrik. Das waren die Alternativen. Ich habe mir gedacht, so hast du wenigstens was auf dem Teller und ein Dach über dem Kopf, wenn schon sonst nichts.«

»Und gleich zum Sondereinsatzkommando?«, fragt Lu weiter.

»Erst zur Infanterie. Nachdem ich meine Unteroffiziersprüfung bestanden hatte, hat mein Vorgesetzter mir vorgeschlagen, mich zu bewerben. Das habe ich gemacht, und ich habe die Ausbildung überstanden. Die meisten anderen nicht.«

»Welcher Bereich?«

»Geheim.«

»Bitte.«

»Schwert des Ostens.«

»Oh. Beeindruckend.« Lu weiß nicht viel über die Sondereinsatzkommandos der Volksbefreiungsarmee, aber Schwert des Ostens gilt als die Elite der Eliten, eine kleine Truppe hochqualifizierter Einzelkämpfer, die für jede Art von Kampfhandlung ausgebildet ist, ob an Land, zu Wasser oder in der Luft. »Schon mal jemanden getötet?«

»Geheim. Aber, ja.« Bang lächelt.

»Sie haben es zum Hauptmann gebracht, und was dann?«

»Nach ein paar Jahren ist das Ministerium für Staatssicherheit an mich herangetreten. Es erschien mir wie der nächste logische Schritt in meiner Laufbahn.«

»Und Jia?«

»Vor achtzehn Monaten wurde ich seiner Abteilung zugewiesen.«

»Kennen Sie ihn gut?«

»Wir gehen nicht zusammen Kaffee trinken, wenn Sie das meinen.«

»Vertrauen Sie ihm?«

Bang zuckt mit den Achseln. »Er ist jetzt mein vorgesetzter Offizier.«

»Sie befolgen nur Befehle und stellen keine Fragen, ja?«

»Jetzt bin ich an der Reihe«, sagt Bang. »Der Peilsender und die Kamera.«

»Gut versteckt in meinem Zimmer. Jemand hat meine Reisetasche durchsucht, aber wenn sie die Geräte gefunden hätten, würde ich längst im Lancang treiben.«

»Wo überqueren Sie die Grenze?«

»Ich weiß es nicht, aber Cho meinte, der Übergang sei hundertzwanzig Kilometer von hier entfernt.«

Bang stellt noch mehr Fragen, nach Cho und Bullethead was sie über die Reise gesagt haben, was sie auf der anderen Seite erwartet. Dann beugt er sich vor. »Machen Sie sich darauf gefasst, dass man Sie vor Tagesanbruch abholt. Die wollen Sie überrumpeln. Halten Sie Kamera und Peilsender bereit, aber nicht an einem Ort, wo man sie leicht finden kann. Gibt es in Ihrem Zimmer eine Toilette?«

»Nur ein gemeinsames Bad im Flur.«

»Suchen Sie ein Versteck unter dem Waschbecken. Ein sicheres. Bitten Sie vor der Abfahrt darum, noch mal auf die Toilette gehen zu dürfen und … tun Sie das, was getan werden muss.« Bang legt ein kleines rechteckiges Päckchen auf den Tisch. Lu ist empört, es ist eine Packung Kondome. »Extra feucht«, sagt Bang.

Lu knallt die Hand auf die Packung und zieht sie vom Tisch. »Ich tue so, als hätte ich das nicht gehört.«

»Von jetzt an werden wir uns nicht mehr sehen«, sagt Bang. »Es sei denn, etwas läuft absolut schief.«

Er besteht darauf, als Erster zu gehen. Lu gibt ihm fünf Minuten und bezahlt dann die Rechnung. Auf dem Weg zurück zum Goldenen Wasserbüffel hält er Ausschau nach Bang. Aber sein Wort gilt, er ist nirgendwo zu sehen.

ACHTUNDZWANZIG

Lu zögert die Rückkehr zum Goldenen Wasserbüffel so lange wie möglich hinaus. Er hofft, dass Cho und die anderen zu betrunken sind, um ihn zu bemerken, und dass Jing einen bereitwilligen Freier gefunden hat. Er isst in einem winzigen Schlupfloch von Restaurant zu Abend, schlendert dann bis zur Erschöpfung durch die Straßen und kehrt schließlich mit wunden Füßen und schweißnassen Achselhöhlen zurück ins Hotel.

Er hat Pech. Cho und Bullethead halten Hof an einem der Tische, zusammen mit mehreren Mädchen, Jing ist auch darunter. Cho winkt ihn zu sich. Jing steht auf und bietet ihm ihren Platz an. Er setzt sich auf ihren Stuhl, und sie lässt sich auf seinem Schoß nieder. »Ich dachte schon, Sie sind in den Fluss gefallen.«

»Ein Glas!«, ruft Cho. Der Tisch ist übersät mit Speiseresten, vollen Aschenbechern und leeren Bierflaschen. Neben einem Eimer mit Eiswürfeln steht eine halb volle Suntory-Whiskyflache. Cho stochert mit einem Zahnstocher im Mund herum. »Wie finden Sie Jinghong?«

Lu versucht, Jing sanft vom Schoß zu heben, aber sie rührt sich nicht. »Erinnert mich an Bangkok.« Lu war noch nie in Bangkok, aber er stellt sich vor, dass Long Ming die Stadt häufiger besucht. »Ich bin ein bisschen verschwitzt«, sagt er zu Jing. »Steig mal runter, damit ich nach oben laufen und mich kurz duschen kann.«

»Bleiben Sie und trinken Sie mit uns«, sagt Cho. Tante Yang eilt mit einem Glas herbei. Cho füllt es mit Eis und Whisky und stellt es vor Lu hin. *»Gan bei!«*

»Ein Bier wäre mir lieber«, sagt Lu.

Bullethead grinst höhnisch. »Wir trinken Whisky.«

Lu schätzt, dass sein Magen vielleicht ein Glas verträgt, mehr nicht. Er nippt an dem Whisky, er schmeckt wie Galle.

Cho und Bullethead sind bereits so gut wie volltrunken. Sie rauchen Kette, reißen schmutzige Witze vor den Mädchen und zwingen alle Anwesenden zum Mitsaufen. Der soziale Druck, bei einem gemeinsamen Essen Alkohol zu konsumieren, ist in China ein weit verbreitetes Phänomen, eine Möglichkeit, rasch eine frivole Atmosphäre zu erzeugen. Cho geht dabei besonders bösartig vor. Lu wird genötigt, zwei Gläser Whisky in rascher Folge zu trinken, und beschließt danach, dass es reicht. Als Cho das nächste Mal nachschenkt, bedeckt Lu sein Glas mit der Hand. Whisky tropft von seinem Handgelenk auf den Tisch.

»*Cao ni ma.* Sehen Sie, was Sie angerichtet haben!«, sagt Cho. »Das Zeug kostet fast tausend Yuan die Flasche.«

»Für mich bitte nichts mehr«, sagt Lu.

»Seien Sie nicht unhöflich«, entgegnet Cho. »Wir wollen doch nur, dass Sie auf Ihre Kosten kommen.«

»Ich komme voll auf meine Kosten«, sagt Lu. »Aber ich will hinterher nicht auf der Toilette einschlafen.«

»Bruder Long«, sagt Cho. *»Gei wo mianzi.« Erfüllen Sie mir die Bitte.*

Die magischen Worte sind gefallen. »Na gut«, gibt Lu nach. »Ein letztes Glas.« Er schüttelt die Whiskytropfen von der Hand.

Cho gießt Lus Glas randvoll, danach schenkt er Bullethead ein. Bullethead übernimmt die Flasche und schenkt Cho ein. Lu trinkt und würgt.

Bullethead will sich eine Zigarette anzünden, doch er hat sein Geschick im Glas ertränkt. Eines der Mädchen hat schließlich Erbarmen mit ihm, nimmt die Zigarette, zündet sie an und steckt sie ihm wieder zwischen die Lippen. Cho packt sich das Mädchen neben ihm und versucht grob, sie zu küssen. Sie kichert und stößt ihn scherzhaft von sich. Lu nutzt die Gelegenheit und schüttet einen Schwall Whisky aus seinem Glas auf den Boden. Jing, die von seinem Schoß auf einen Stuhl gewechselt ist, beobachtet ihn dabei. Im ersten Moment fürchtet er, sie werde ihn verraten. Doch stattdessen lächelt sie ihm verschwörerisch zu.

Irgendwie schafft es Lu, sein Glas auszutrinken. Cho bestellt die nächste Flasche. Lu schüttelt den Kopf und steht auf, aber er kann sich schon kaum mehr auf den Beinen halten. »Ich mache Schluss für heute.«

»Aber es ist doch noch früh«, widerspricht Cho.

»Ich bin müde.«

»Setzen Sie sich, Bruder Long«, sagt Cho. »Sie Spielverderber.«

»Ich bin fix und fertig.«

Bullethead fasst unter sein Hemd und zieht eine Pistole. Er knallt sie auf den Tisch, dass die Gläser scheppern. Die Mädchen hören umgehend auf zu schwatzen und beäugen argwöhnisch die Waffe, laufen aber nicht panisch schreiend davon. Sie sehen wohl nicht zum ersten Mal im Goldenen Wasserbüffel eine gezückte Waffe, denkt Lu.

»Stecken Sie die Waffe ein, Sie Idiot«, sagt Lu.

»Sie beleidigen uns, indem Sie unsere Gastfreundschaft nicht annehmen«, lallt Bullethead.

»Das ist nicht meine Absicht. Ich bin nur müde, das ist alles. Ich will duschen und danach ins Bett.«

»Klar doch«, erwidert Cho. »Aber erst, wenn wir die Gläser ausgetrunken haben.« Wie durch Zauberei erscheint Tante Yang mit einer noch ungeöffneten Flasche Suntory.

Lu wägt ab. Cho benimmt sich wie ein Arschloch, aber die Frage ist, wie er sich verhalten wird, falls Lu einfach geht. Wahrscheinlich wird er nichts unternehmen. Es wäre schlechter Stil, einen möglicherweise einträglichen Kunden zu töten. Aber Bulletheads Augen sind glasig und böse. In seiner betrunkenen Streitlust könnte er eine Dummheit begehen. Was sie beide, er und Lu, später bedauern würden. »Sie spielen ein gefährliches Spiel«, sagt er.

Cho öffnet den Flaschenverschluss. »Das ist kein Spiel. Ich versuche nur, ein guter Gastgeber zu sein.« Cho hält ihm die Flasche hin. Lu reagiert mit einem kalten Blick. Bullethead schiebt einen Finger in den Abzugsbügel seiner Pistole.

Lu macht keine Anstalten, sein Glas in die Hand zu nehmen.

Bullethead schwenkt die Pistole ein paar Zentimeter zur Seite, sodass der Lauf auf Lu zeigt.

Die Mädchen bleiben steif an ihrem Platz, wie grellbunte römische Statuen in Shorts und Trägerhemdchen. Tante Yang verschmilzt geradezu mit dem Tapetenmuster.

Cho winkt beharrlich mit der Flasche. Bullethead bleckt seine schmutzigen Goldzähne.

Jing löst die Pattsituation, indem sie Lus Glas nimmt und es mit beiden Händen hält. Cho gießt es randvoll. Er stellt die Flasche ab und lächelt. *»Gan bei.«* Dieser traditionelle Trinkspruch bedeutet wörtlich »deinen Becher trocknen«, und es kann als Herausforderung verstanden werden, das Glas Alkohol in einem Zug zu leeren.

»Sui yi«, sagt Jing und gibt Cho damit die höfliche Antwort, wenn man es vorzieht, nur einen kleinen Schluck zu trinken. Trotzdem trinkt sie selbst das Glas halb leer, was Cho in Rage versetzt.

»Ich bin nicht hier, um mit einer Hure zu trinken!«, brüllt er. »Gib das Glas Bruder Long!«

Lu nimmt das Glas und trinkt widerwillig. Ihm dreht sich der Magen um.

Cho und Bullethead lachen brüllend. Cho sagt etwas zu Bullethead auf Burmesisch, und dieser lässt die Pistole unterm Tisch verschwinden.

Die Party geht weiter. Lu sinkt auf seinen Stuhl und fragt sich, wie er den Rest im Glas runterkriegen soll, ohne auf seine Leinenhose zu kotzen.

Jing spricht leise in einem lokalen Dialekt mit dem Mädchen neben Cho. Das Mädchen packt Cho an den Ohren und steckt ihm die Zunge fahrig in den Mund. Bullethead schlägt vor Entzücken mit der Hand auf den Tisch. Jing nimmt Lus Glas, trinkt einen guten Schluck und stellt es dann schnell wieder ab. Sie fährt mit einem Finger über ihre Unterlippe und grinst Lu schief an.

Der Abend nimmt seinen Lauf. Mit Jings tatkräftiger Unterstützung gelingt es Lu, den Whisky auszutrinken. Zu dem Zeitpunkt ist Bullethead bereits ins Koma gefallen. Zusammengesackt auf seinem Stuhl, die Augen halb geschlossen, zwischen den Lippen baumelt vernachlässigt eine nicht angezündete Zigarette.

Lu wittert seine Chance zur Flucht. Er stemmt sich aus seinem Stuhl. »Danke für Ihre Gastfreundschaft, Bruder Cho.« Ihm ist bewusst, dass er lallt. »Aber jetzt muss ich wirklich ins Bett.«

Cho rülpst und fasst sich an die Brust. Für einen Moment sieht es so aus, als würde er sich übergeben. Aber er erholt sich rasch und grinst Jing und Lu anzüglich an. »Ihr beide seid ein süßes Paar. Küssen Sie sie doch, Bruder Long.« Er fordert die anderen Mädchen am Tisch auf, in seinen Schlachtruf einzustimmen. »Küssen! Küssen! Küssen!«

Was soll's?, denkt Lu. Er wendet sich Jing zu. Ihre Lippen treffen aufeinander. Der Whisky auf ihrer Zunge schmeckt besser als im Glas. Der Kuss dauert länger als beabsichtigt. Schließlich löst sich Lu von ihr. Er versucht ein letztes Mal, gute Nacht zu sagen, aber es kommt nur Kauderwelsch aus seinem Mund.

Jing hakt ihn unter. »Komm.«

Sie hilft ihm die Treppe hoch, den Flur entlang, auf sein Zimmer. Sie schließt die Tür, schlingt die Arme um seinen Hals und küsst ihn erneut. Trotz seiner Trunkenheit, oder vielleicht gerade deswegen, ist er spürbar erregt. Dann denkt er an Yanyan und daran, dass Jing eine Prostituierte ist. Umgehend drängt sich ihm ein Bild von Jing in inniger nackter Umarmung mit Cho und Bullethead auf. Er zieht sich zurück.

»Was ist los?«, fragt Jing.

»Dusche. Wasser. Aspirin.«

»Ich bringe dir ein Glas.« Sie küsst ihn flüchtig auf den Mund und verlässt das Zimmer.

Lu schließt die Tür und geht auf alle viere. Er fasst unter den Schrank, sucht die raue Unterseite ab und zerstreut dabei tote Kakerlaken. Er ertastet den Peilsender und steckt ihn in die Tasche. Dann sucht er die Kamera und kann sie nicht finden; im ersten Moment denkt er, dass man ihm auf die Schliche gekommen ist. *Tian. Die schneiden mir die Eier ab und werfen mich in den Fluss.* Aber nein, da ist sie. Erleichtert steckt er auch die Kamera ein und setzt sich leicht wankend auf die Bettkante.

Jing kommt mit einer Flasche abgekochtem Wasser und einem Glas zurück. Sie gießt ihm ein, Lu trinkt und hält ihr das Glas zum Nachschenken hin. Sie füllt nach und drückt ihm zwei Tabletten in die Hand. Lu schluckt die Aspirin und trinkt noch mehr Wasser. »Dusche«, brummt er.

Jing begleitet ihn über den Flur. »Erst pissen.« Lu schließt sich im Bad ein. Fieberhaft sucht er nach einem

Versteck für die Geräte. Er hebt den Spülkastendeckel ab. Das Wasser ist grün und trüb und riecht, als wäre es direkt vom Lancang heraufgepumpt worden. Lu lässt die Geräte in ihren wasserdichten Plastikbeuteln hineinfallen, drückt sie nach unten auf den Boden des Kastens und wirft noch das Kondom, das Bang ihm gegeben hat, hinterher. Er legt den Deckel wieder auf den Kasten und pinkelt. Dann verlässt er das Bad und sieht Jing vor der Tür auf ihn warten.

Sie zieht ihn unter die Dusche, dreht den Wasserhahn auf und stellt die Temperatur ein. Dann krempelt sie sein T-Shirt hoch. »Lass mich mal«, sagt er und schiebt ihre Hände weg. Mit einigen Schwierigkeiten zieht er sich das Hemd aus. Danach widmet er sich der Hose und wäre beinahe vornübergefallen. Er stützt sich an der Wand ab und sieht, dass Jing bereits splitternackt ist. »Was machst du da?«, fragt er.

»Duschen.«

Lu ist zu müde, um zu widersprechen, und zu betrunken, als dass es ihm etwas ausmachen würde. Er zieht sich ebenfalls nackt aus und hält den Kopf unter die Dusche. Ein wunderbares Gefühl.

Jing stellt sich hinter ihn und knetet seine Schultern, fährt mit dem Finger seine Wirbelsäule entlang und massiert sein Kreuz. Ihre kräftigen Hände wringen Angst und Anspannung aus seinem Körper wie Wasser aus einem nassen Handtuch.

»Dein Tattoo gefällt mir«, sagt Jing. Sie schmiegt sich an ihn, und er spürt, wie ihre Brüste seinen Rücken berühren. Sie umfasst ihn von hinten und streichelt seine Brust. Ihre

Fingerspitzen umkreisen seine Brustwarzen, wandern dann abwärts in die V-förmige Falte des Unterbauchs.

Lu dreht kräftig am Wasserhahn. Das Wasser wird sofort eiskalt. Jing kreischt und zuckt zurück. Sie sagt etwas, aber Lu, den Kopf unter dem Wasserstrahl, versteht kein Wort. Dreißig Sekunden lang hält er die Kälte aus, dann dreht er das Wasser ab und schnappt sich ein Handtuch von einem Wandhaken. Jing hat sich bibbernd in eine Ecke verzogen, die Arme um die Brust geschlungen, Gänsehaut am ganzen Körper. Über ihrer rechten Brust wölbt sich ein Tattoo in Gestalt eines goldenen Karpfens – ein buddhistisches Symbol, das für Freiheit und Glück steht.

»Warum hast du das gemacht?«, fragt Jing.

Lu reicht ihr ein Handtuch. »Ich musste einen klaren Kopf kriegen.«

Jing trocknet sich ab, ungeniert in ihrer Nacktheit.

»Wie alt bist du?«, fragt Lu.

»Wie alt soll ich für dich sein?«

»Im Ernst.«

»Neunzehn.« Sie wickelt sich in ein Handtuch und runzelt die Stirn. »Ich dachte, du würdest das genießen.«

»Ich muss schlafen.« Lu macht die Tür auf und geht zu seinem Zimmer. Er fühlt sich ein bisschen schuldig, wegen seiner Schroffheit, aber er ist hundemüde und noch benebelt von dem Whisky. Er hat jetzt nur noch einen Wunsch: die Augen zu schließen und in seinem Bett in Rabental aufzuwachen.

Lu zieht Shorts an, schaltet das Licht aus und steigt ins Bett. In seinem Kopf dreht sich alles. Kein gutes Zeichen.

Die Tür öffnet sich und wird wieder geschlossen. Lu spürt, wie sich ein Gewicht auf die Matratze legt.

»Tut mir leid, Jing. Ich bin zu müde.«

Sie schlüpft unter die Bettdecke. Er spürt ihre noch nassen Haare an seiner Schulter. »Kann ich hier bei dir schlafen?«, fragt sie. »Nur schlafen?«

Lu brummt. Er klammert sich verzweifelt an eine vom Alkohol angetriebene Achterbahn. Morgen wird ein harter Tag. Jings warmer Atem streift sanft seinen Nacken.

Er schläft ein.

NEUNUNDZWANZIG

Wie von Bang vorhergesagt, kommen sie vor Tagesanbruch, um Lu abzuholen.

Lu und Jing schlafen noch, ihre Gliedmaßen ineinander verschlungen. Krachend fliegt die Tür auf, das Licht wird angeschaltet, Lu setzt sich auf und blinzelt.

Am Fußende des Bettes steht Bullethead. Er trägt Jeansshorts, Flip-Flops und ein Trägerhemd. Im Bund der Shorts steckt seine Pistole. Cho steht lässig im Türrahmen. Selbst zu dieser frühen Stunde sind seine Frisur und sein Make-up makellos.

»Guten Morgen, Bruder Long«, sagt Cho. »Gut geschlafen?«

»Wie spät ist es?«, fragt Lu.

»Zeit, sich auf den Weg zu machen.«

Lu sieht zum Fenster. »Es ist noch dunkel draußen.«

»Der frühe Vogel fängt den Wurm. Raus aus den Federn. Bewegen Sie sich.«

Lu hat einen Geschmack im Mund, als hätte er Schlick aus dem Lancang gegessen. Ihm dröhnt der Kopf. Cho und Bullethead überwachen das Geschehen. »Ein bisschen Privatsphäre, wenn ich bitten darf«, sagt Lu.

»Unter Brüdern braucht es keine Privatsphäre«, erwidert Cho.

Lu stöhnt und steigt aus dem Bett. Jing bleibt zusammengekauert unter der Decke liegen. Lu zieht den Reißverschluss seiner Reisetasche auf und holt frische Kleidung heraus. Bullethead tritt an ihn heran, wobei seine Flip-Flops ein klatschendes Geräusch auf dem Fußboden verursachen, und hält die Hand auf. Widerwillig übergibt Lu ihm die Kleidungsstücke. Sorgfältig überprüft Bullethead alle Nähte und Taschen, wirft sie ihm dann wieder hin. Lu dreht sich zur Wand und schlüpft aus den Shorts.

Er hört Jing aufkreischen. Er schaut sich um und sieht, dass Bullethead die Decke vom Bett gerissen hat, um Jing in ihrer Nacktheit bloßzustellen.

»Lassen Sie das!«, ruft Lu.

»Was ist schon dabei?«, sagt Bullethead. »Sie ist doch nur eine Nutte. Jeder in Jinghong kennt ihre Muschi.«

»Ihre Mutter ist auch nur eine Nutte, warum verurteilen Sie sie dann?«

»Zügeln Sie Ihr dreckiges Mundwerk!«, schnauzt Bullethead ihn an und baut sich vor ihm auf.

»Es reicht«, ermahnt Cho sie beide. »Wir haben noch einen langen Tag vor uns.«

Bullethead wirft die Decke wieder aufs Bett, und Jing zieht sie sich bis zum Hals.

Lu kleidet sich fertig an. »Ich muss noch ins Bad.« Bullethead folgt ihm auf den Gang hinaus bis zur Badezimmertür. »Wollen Sie zugucken, wie ich mein Geschäft verrichte?«

»Beeilen Sie sich!«, sagt Bullethead unwirsch. Er lehnt sich an die Wand und klopft eine Zigarette aus seiner Packung.

Lu geht hinein, macht die Tür hinter sich zu und schließt ab. Leise hebt er den Deckel des Spülkastens, fasst ins Becken und fischt die Plastikbeutel mit dem Peilsender und der Kamera heraus. Er nimmt den Peilsender aus dem Beutel und legt ihn sich auf die Hand. Er wirft den Kopf zurück und lässt ihn in seinen Mund fallen. Er versucht, ihn herunterzuschlucken, aber er bleibt ihm im Hals stecken. Er taumelt zum Waschbecken, schöpft Wasser aus dem Hahn in den Mund und zwingt den Sender herunter.

Großartig – jetzt hat er sich wahrscheinlich die Ruhr eingefangen.

Lu holt das Kondom aus dem Spülkasten, wischt es ab, reißt die Packung mit den Zähnen auf und wirft sie ins Klo. Er schiebt die Kamera in das Kondom und verknotet es.

Bullethead klopft an die Tür.

»*Qu ni ma*. Ich bin noch nicht fertig!«, ruft Lu.

Er setzt sich auf das Toilettenbecken und führt sich behutsam die Kamera ein. Er zieht die Hose hoch und macht versuchsweise ein paar Schritte in dem engen Badezimmer. Es ist nicht schmerzhaft, aber doch um einiges unangenehmer als ein Stein im Schuh.

Lu betätigt die Toilettenspülung, legt den Deckel wieder auf den Spülkasten, entsperrt die Tür und tritt hinaus.

Bullethead bläst ihm Zigarettenrauch ins Gesicht. »Gut geschissen?«

»Wenn ich Sie doch auch so leicht loswerden könnte«, sagt Lu.

Als Lu ins Zimmer zurückkehrt, ist Jing weg, und seine Reisetasche scheint durchsucht worden zu sein – wieder einmal. Egal, es gibt nichts Verfängliches zu entdecken. Lu eilt nach unten, mit Bullethead als seinem treuen Schatten. Trotz der frühen Stunde ist Tante Yang bereits auf den Beinen und trinkt Tee an einem Tisch mit Cho. Durch die offene Tür weht eine morgendliche Brise.

Jing kommt mit einer Plastiktüte aus der Küche. Sie überreicht sie Lu. »Proviant für die Reise.«

»Danke.« Lu sieht zu Cho. »Ich möchte Jing gerne unter vier Augen sprechen.« Cho zuckt mit den Achseln, Lu nimmt Jings Ellbogen und führt sie in eine Ecke der Bar. Bullethead folgt ihnen. »Hauen Sie ab«, herrscht Lu ihn an.

»Gib den Turteltäubchen einen Moment für sich«, sagt Cho.

Bullethead macht eine unanständige Geste und geht zu Cho und Tante Yang an den Tisch.

Lu übergibt Jing ein Bündel Bargeld, fast alles, was er bei sich hat. »Nimm das«, flüstert er. »Geh weg von hier. Das Geld reicht für ein paar Monate. Such dir eine andere Beschäftigung.«

»Was denn?«

»Ich weiß nicht.« Lu schließt ihre Hand über dem Geld. »Kauf dir einen Imbisswagen.«

»Ich kann nicht kochen.«

»Sollte ich jemals wieder hier vorbeikommen, möchte ich dich nicht mehr im Goldenen Wasserbüffel antreffen. Oder an einem vergleichbaren Ort.«

Jing lächelt ihn traurig an. »Das ist nicht so einfach, wie du denkst.«

Es bleibt keine Zeit für längere Diskussionen. Lu umarmt Jing, nimmt seine Reisetasche und geht zu dem Tisch. »Ich bin so weit.«

»Filz ihn«, sagt Cho zu Bullethead.

»Im Ernst?«, beschwert sich Lu. »Sie haben mir schon beim Anziehen zugesehen, und Bullethead hat mir eben praktisch den Arsch abgeputzt.«

»Tu es«, befiehlt Cho.

Bullethead tastet oberflächlich Lus Kleidung ab und fasst ihm obendrein noch in den Schritt. »Er ist sauber.«

»Wo ist Ihr Handy?«, will Cho wissen.

»Was für ein Handy?«, fragt Lu mit Unschuldsmiene.

Cho lächelt. »Beantworten Sie meine Frage, Bruder Long. Andernfalls muss ich erneut eine Leibesvisitation vornehmen.«

»Es war ein billiges Wegwerfhandy. Ich habe es in den Fluss geworfen. Ich habe mir gedacht, dass Sie es mir sowieso abnehmen.«

Draußen wartet ein Kleintransporter. Cho setzt sich nach vorn, Lu und Bullethead nehmen hinten Platz. Der Fahrer legt den Gang ein und rast aggressiv durch die Straßen von Jinghong, drückt aufs Gas, um Ampeln noch zu erwischen, und tritt, wenn es doch mal nötig ist, wie ein Stockcar-Rennfahrer auf die Bremse. Sie sind noch keine fünf Kreuzungen weit, da kurbelt Bullethead das Fenster herunter, steckt den Kopf raus und kotzt. Cho lacht und zündet sich eine Zigarette an.

Sobald sie die Nationalstraße zweihundertvierzehn erreicht haben, wird die Fahrt ruhiger, und Cho und Bullethead schlafen ein.

Lu schaut in den Plastikbeutel, den Jing ihm gegeben hat. Er enthält einen Styroporbecher mit Tee, Reisbrei mit eingelegtem Gemüse und Schweinefleisch und geröstetes Brot. Lu trinkt den Tee und versucht, sich bequem hinzusetzen.

Es gelingt ihm nicht.

Zwei endlose Stunden später rollt der Wagen ins Dorf Daluo. Die Sonne ist gerade erst über dem Horizont aufgegangen, und schon spucken riesige Reisebusse Massen chinesischer Touristen aus, neunundneunzig Prozent davon Männer.

Das Dorf ist ein feuchtes, an einem Flussufer gelegenes, verschlafenes Nest, berühmt für seine buddhistischen Tempel und einen uralten Banyan-Wald. Seit dem 17. Jahrhundert dient es als Handelsposten zwischen China und Südostasien.

Die Touristen sind allerdings nicht aus historischem Interesse oder wegen der Sehenswürdigkeiten hier, wie Lu weiß. Sie sind nur auf der Durchreise und auf dem Weg zu weniger bekannten Attraktionen. Eine Mahlzeit mit Buschfleisch, mit Tigerknochenwein heruntergespült. Billige Jade und Elfenbein und, falls ihr Geldbeutel es erlaubt, medizinische Produkte aus Rhinozeroshorn. Ein paar Runden im Spielkasino, gefolgt von einem schnellen, schmutzigen Stelldichein mit einer jungen Prostituierten.

All dies und noch viel mehr ist nur eine zwanzigminütige Motorradfahrt über einen holprigen Dschungelpass entfernt. Das Ziel sind die wildwestähnlichen Grenzstädte von Myanmar.

Cho weist den Fahrer an, den Wagen am Busbahnhof zu parken, damit sie sich die Beine vertreten können. Lu stellt sich in die Schlange vor der Toilette an, dann kauft er eine Flasche Wasser. Er geht zurück zum Auto, Cho und Bullethead rauchen und beobachten mit unverhohlener Verachtung die Touristen.

»Da gehen sie, *gao, fu, shuai*«, sagt Cho. *Groß, reich und schön*. »Und zurück kommen sie *ai, qiong, chou*.« *Klein, arm und hässlich*.

»Sind das nicht Ihre Kunden?«, fragt Lu. »Die Leute, die Ihre tierischen Produkte und Freizeitdrogen kaufen?«

Cho zuckt mit den Achseln und wirft seine Zigarette auf den Boden. »Auf geht's.«

Sie passieren mehrere mit chinesischen und burmesischen Soldaten besetzte Grenzposten. Der Fahrer des Wagens präsentiert einige Genehmigungen und teilt reichlich Yuan aus. Niemand zuckt mit der Wimper, niemand gibt den Befehl, das Auto zu durchsuchen.

Kurz darauf erreichen sie eine ziemlich große Stadt, eingebettet in einen Talkessel, zwischen üppig bewachsenen grünen Hügeln. Die Häuser sind in grellen Farben gestrichen, Gelb, Pink und Blau. Auf einem Hügel thront eine Buddhastatue in einem goldenen Gewand und zeigt mit dem Finger – wohlwollend oder vorwurfsvoll? – ins Tal.

Während sich der Fahrer seinen Weg durch die Straßen bahnt, sieht Lu mehrere protzige Restaurants, heruntergekommene Hotels, schrille Nachtklubs, Marktstände, Ladenfronten, Bars und – offenbar – Spielhallen.

»Ist Glücksspiel hier erlaubt?«, fragt Lu.

»Manchmal ja, manchmal nein«, sagt Cho. »Wenn zu viele chinesische Touristen all ihr Geld verlieren, sperren die Behörden so lange den Strom und den Handyempfang, bis die Kasinos dichtmachen. Aber die Betreiber ziehen einfach weiter, tiefer in den Dschungel, und eröffnen noch größere und besser ausgestattete Läden.«

Lu sieht viele freizügig gekleidete Mädchen ohne Begleitung in den Straßen. Manche sehen aus wie Teenager. Sogar kleine Gemeinden wie Rabental haben ihre Animierlokale und Massagesalons, daher ist Lu vertraut mit dem chinesischen Rotlichtmilieu.

Armen Frauen vom Land stehen in der Volksrepublik im Wesentlichen nur zwei Wege zu sozialem Aufstieg offen: Entweder verbessern sie ihre Situation durch Heirat, oder sie ziehen für besser bezahlte Arbeit in eine Stadt. Gegenwärtig existiert dafür ein regelrechtes Gewerbe; professionelle, mobile Ehemakler vermitteln Frauen vom Land an Junggesellen in anderen, begehrteren ländlichen Regionen. Häufig jedoch lügen die Ehemakler und betrügen ihre Kundinnen. Einer jungen Frau etwa wird erzählt, ihr Mann, nur auf einem Foto zu sehen, sei ein freundlicher und gut aussehender Mann, der eine erfolgreiche Farm besitzt. Bei ihrer Ankunft muss sie dann feststellen, dass er ein grausamer Trinker oder behindert ist und seine Farm nur eine Ansammlung verkrüppelter Bäume inmitten von Buschland.

Die bessere Alternative ist, sich einen Mann mit einem gut bezahlten Job in der Stadt zu suchen. Allerdings stellt das *hukou*, das in China für jeden Haushalt obligatorische Registrierungssystem, ein entscheidendes Hindernis für diese Art von Partnervermittlung dar. Landbewohner dürfen ohne staatliche Genehmigung nicht in städtische Gebiete umziehen. Trotzdem lockt die Aussicht auf eine attraktivere Beschäftigung viele Menschen in die Städte, doch selbst wenn sie eine Arbeit finden, sind sie vom Zugang zur städtischen Gesundheitsversorgung, zu Bildung und Wohnbeihilfen ausgeschlossen. Und da Kinder den *hukou*-Status ihrer Mütter erben, will kein Junggeselle aus der Stadt, der etwas auf sich hält, ein armes Mädchen aus der tiefsten Provinz heiraten – es sei denn, sie sind unsterblich ineinander verliebt, dann können sie glücklich sein bis ans Ende ihrer Tage. Ausgenommen die Frau und ihre Kinder, die aufgrund ihres *hukou*-Status als illegale Einwanderer im eigenen Land gelten.

Aber auch die angeblich attraktivere Arbeit in der Stadt stellt sich nicht selten als Albtraum heraus. Ohne Ausbildung oder besondere Fähigkeiten landen die Frauen vom Land meist in einem Ausbeuterbetrieb oder einer Fabrik. Dort schuften sie zwölf Stunden am Tag, ohne Arbeitsplatzsicherheit oder Aufstiegschancen, werden schlecht bezahlt, unterliegen unerreichbaren Normen, schlafen dicht an dicht mit ihren Kolleginnen in schäbigen Wohnheimen, werden beschimpft und sexuell belästigt.

Kein Wunder, dass viele junge Frauen das Prostitutionsgewerbe daher als eine Alternative betrachten. Wenn man jung und hübsch ist, findet man Arbeit in einem Nachtklub oder einer Bar. Die Älteren und nicht ganz so Hübschen gehen auf den Straßenstrich. Die Nachteile liegen auf der Hand: Zuhälter, die sie ausnutzen, gewalttätige Freier, Geschlechtskrankheiten und die seelischen Schäden, die mit dieser Art von Arbeit einhergehen. Für Mädchen wie Jing gibt es aber auch Vorteile, die es ihnen schwer oder gar unmöglich machen, Nein zu sagen: ein gewisses Maß an persönlicher Freiheit, kürzere Arbeitszeiten, keine so anstrengende körperliche Tätigkeit; in manchen Fällen ist Sexarbeit sogar die einzige Möglichkeit, genug Geld zu verdienen, um sich selbst und die Eltern, Geschwister und andere Abhängige im heimatlichen Dorf zu unterstützen.

So oder so, Lu fällt kein Urteil, und wenn er sich die Mädchen anschaut, die in ihren billigen Plateauschuhen rauchend durch die Straßen schwärmen, stumme Verzweiflung oder, noch schlimmer, dumpfe Gleichgültigkeit im Gesicht, dann fühlt er mit ihnen angesichts der schrecklichen Entscheidungen, die zu treffen sie gezwungen sind.

Bullethead bemerkt Lus Blicke. »Wollen Sie ein Mädchen? Haben Sie im Goldenen Wasserbüffel noch nicht genug gekriegt?«

Lu ignoriert ihn. Außer den jungen Mädchen sieht er viele Soldaten in grünen Kampfanzügen. Sie fuchteln mit Kalaschnikows, besetzen Sicherheitsposten oder fahren in Ford-4x4-Trucks herum, die mit Überrollbügeln aus Chrom ausgestattet sind.

»Sind die Männer von der örtlichen Miliz?«, fragt Lu.

»Ja«, antwortet Cho.

»Sie scheinen gut ausgerüstet zu sein«, sagt Lu.

»Handfeuerwaffen, Panzerwagen, Boden-Luft-Raketen, Haubitzen, Kampfhubschrauber – die haben alles, was man sich wünschen kann.«

»Woher?«

»Peking. Vielleicht Russland. Und was sie woanders nicht beschaffen können, produzieren sie selbst. Diese AK-47 stammen aus heimischer Herstellung.«

»Dann muss das Drogengeschäft ja gut laufen.«

»Drogen?«, sagt Cho. »Das verstehen Sie falsch, Bruder Long. Drogenanbau wurde 2005 verboten. Die Menschen hier leben von der Gummigewinnung und vom Teeanbau.«

»Das soll ein Witz sein, ja?«

Cho lächelt. »Möchten Sie gerne einige der Sehenswürdigkeiten besuchen, wenn wir schon mal in der Stadt sind? Eine buddhistische Pagode? Ein Transvestitenkabarett? Oder das Drogenbeseitigungsmuseum? Eintritt frei.«

»Schon gut, danke.«

Sie passieren einen Militärposten und kehren zu Mittag in einem Restaurant außerhalb der Stadt ein. Cho kennt den Betreiber, und sie werden in ein Privatzimmer geführt und mit Bier und Whisky versorgt. Niemand rührt den Whisky an.

Das Essen ist ausgezeichnet. Eingelegte Teeblätter mit Kohl, Tomaten, Nüssen und Bohnen, gewürzt mit Knoblauch und Chilischoten, Schweinecurry, frittierte Kürbisstücke, dazu diverse Nudelsorten.

Lu isst nur wenig. Seit dem Gelage gestern Abend rumort es in seinem Magen, und die Kamera in seinem Körper bleibt eine leichte, aber stetige Irritation.

Nach der Mittagspause setzen sie die Fahrt fort. Nach gut zehn Kilometern verlassen sie die Hauptstraße und biegen in einen befestigten Weg, der in den Wald führt. Cho sagt etwas zu dem Fahrer, und sie halten an. Cho beugt sich über die Lehne seines Sitzes und hält Lu eine schwarze Kapuze hin.

»Wozu?«

»Für Sie.«

»Warum?«

»Ich halte Sie eigentlich nicht für dumm, aber Sie stellen eine Menge dummer Fragen.«

»Schauen Sie sich um, Bruder Cho. Glauben Sie allen Ernstes, dass ich mir jeden Baum und jeden Strauch genau merke, damit ich den Weg hierher zurückfinde, selbst wenn ich das wollte?«

»Ziehen Sie die Kapuze über.«

Lu gibt nach. Der Wagen fährt weiter.

DREISSIG

Nach einer weiteren Stunde – vielleicht auch etwas mehr, mit einer Kapuze über dem Kopf lässt sich Zeit schwer einschätzen – halten sie schließlich an. Lu wird aus dem Kleintransporter gehievt und über sandigen Boden geschleppt. Es herrscht eine mörderische Hitze, und es stinkt nach verrottender Vegetation.

Ihm wird grob die Kapuze heruntergerissen. Lu blinzelt in das grelle Sonnenlicht.

Vor sich sieht er eine kurze Brücke, für jeden größeren Lkw oder Kleinbus zu schmal zum Überqueren. Am anderen Ende der Brücke steht ein Betonturm mit einem Stahltor und einer bogenförmig zu beiden Seiten abgehenden Mauer. Unter einem Tarnnetz auf dem Dach des Turms bemerkt Lu eine Gruppe Soldaten, die Besatzung eines Maschinengewehrpostens. Es ist eine leistungsstarke Schnellfeuerwaffe, effizient wie eine Gatling-Automatik. Sie wird in US-Kampfhubschraubern eingesetzt. So eine Waffe zerlegt alles außer Panzer oder gepanzerte Fahrzeuge in Sekunden zu Schrott.

Lu hört einen Motor anspringen. Er dreht sich um und sieht, wie ihr Kleintransporter wendet und wegfährt. Er bleibt allein mit Cho und Bullethead zurück, das Gepäck ordentlich auf dem sandigen Boden abgestellt.

»Gehen wir raus aus der Sonne«, sagt Cho und schickt sich an, die Brücke zu überqueren.

»Was ist mit dem Gepäck?«, fragt Lu.

»Das holt jemand ab«, ruft Cho ihm über die Schulter zu.

Die Brücke führt über ein schmales Gewässer, das zu beiden Seiten entlang der bogenförmigen Mauern verläuft – ein Wassergraben, wie bei einer mittelalterlichen Burg. Lu bleibt stehen und schaut in das Brackwasser.

»Wonach suchen Sie?«, fragt Bullethead.

»Krokodile.«

»Idiot.«

Als sie das andere Ende der Brücke erreichen, öffnet sich das Tor. Lu wirft einen letzten Blick zurück. Die Schotterstraße erstreckt sich etwa dreißig Meter weit, bevor sie in den Wald abbiegt. Er fragt sich, wie groß der Radius seines verschluckten Peilsenders ist. Und wie Bang es unentdeckt bis hierher schaffen will.

Bullethead stößt ihn unfreundlich an. »Los, vorwärts!«

An dem Tor werden sie von einem Offizier begrüßt. Er trägt grünen Tarnfleck und am Gürtel eine Automatikpistole in einem Holster. Er und Cho wechseln ein paar Worte auf Burmesisch, dann führt der Offizier sie auf ein eingezäuntes Gelände, das wie ein militärischer Stützpunkt angelegt ist, mit Wohnquartieren, einer Wellblechhütte, wo ölverschmierte Mechaniker an diversen Fahrzeugen schrauben, einer Tanksäule, Lagerhallen und noch einigen anderen Gebäuden, deren Zweck nicht eindeutig erkennbar ist.

Vielleicht ist es die Hitze, vielleicht die Abgeschiedenheit, jedenfalls ist die Atmosphäre hier im Vergleich zu anderen militärischen Einrichtungen, die Lu bisher besucht hat, deutlich entspannter. Das Gelände ist ungepflegt. Die Soldaten sitzen rauchend und mit nacktem Oberkörper untätig im Schatten und schwenken ab und zu ihre Schusswaffen. Nicht den Vorschriften entsprechende Frisuren, Tattoos, Barttrachten, Goldkettchen und teure Armbanduhren werden zur Schau gestellt.

Doch die Gesichtszüge der Soldaten sind hart. Vielleicht genügen sie nicht den Anforderungen auf einem Exerzierplatz, aber sie wirken wie gnadenlose Killer.

Am anderen Ende des Geländes befindet sich noch ein Tor. Der Offizier schließt es auf und führt sie hindurch.

Sie kommen in einen schmalen, von Säulen umstandenen Innenhof, dessen Mauern von Weinranken und blühenden Pflanzen überwuchert sind und der zu einer prachtvollen Doppeltür aus Holz und Ziegeln führt, rot und golden gestrichen und versehen mit Gipsreliefs von Wildtieren und burmesischen Tänzerinnen.

Eine junge Frau erwartet sie an dem Tor. Sie trägt eine dunkle ärmellose Bluse und einen knielangen *longyi*. Ihr Haar ist jungenhaft kurz, und obwohl selbst klein und schmächtig, sind ihre Waden und Arme muskelbepackt. Sie legt eine Hand auf den Bauch und verbeugt sich.

Lu und die anderen folgen der Frau durch die Tür in einen mit Miniaturbäumen und Blumenbeeten bepflanzten Garten, dekoriert mit offenbar nur wegen ihrer ungewöhnlichen Formen und Farben ausgesuchten Felsbrocken und großen Steinen. Zwitschernde Vögel und flatternde Schmetterlinge vervollständigen die bukolische Szene.

Weiter hinten steht ein Bungalow. Die Frau öffnet ihnen die Eingangstür und verbeugt sich erneut. »Warten Sie bitte«, sagt sie mit einem Akzent auf Mandarin.

Lu ist angenehm überrascht, dass der Bungalow mit einem modernen Sofa und Sesseln eingerichtet ist und, noch besser, eine Klimaanlage hat. Im hinteren Teil befindet sich eine Kochnische mit einer kleinen Bar, Spüle und Kühlschrank.

»Darf ich?«, fragt Lu und deutet zur Bar.

»Bedienen Sie sich«, sagt Cho.

Lu wäscht sich Hände und Gesicht mit kaltem Wasser aus der Spüle und fühlt sich danach erfrischt. Er schaut in den Kühlschrank, der mit Bier und alkoholfreien Getränken bestückt ist. Er nimmt sich eine Flasche Wasser. Bullethead nimmt sich ein Bier. Cho hat sich von dem gestrigen Trinkgelage so weit erholt, dass er sich einen Whisky mit Eis einschenkt.

Sie setzen sich. Lu ist unsicher, was ihn erwartet. Ein geschäftliches Treffen, verbunden mit viel Geschacher? Eine Führung über das Gelände zur Einstimmung? Um dann mit einer Lötlampe verhört zu werden?

Er fragt sich, ob Wilson Fang hier irgendwo steckt und, wenn ja, ob er sich frei bewegen kann oder zur eigenen Sicherheit gefangen gehalten wird. Letzteres hoffentlich nicht. Lu ist nicht scharf auf die Aussicht, Fang wie einen scheuen Vogel oder ein nachtaktives Beutetier zu jagen.

Kurz darauf öffnet sich die Tür, und drei Frauen treten ein. Zwei tragen traditionelle burmesische Blusen und einen *longyi*, die dritte einen Hosenanzug von Chanel und eine Jackie-O-Sonnenbrille.

Die Chanel-Frau macht den Eindruck, als sei sie in ihrer Jugend eine Schönheit gewesen, die nun in Würde, wenn auch wider Willen, in die mittlere Lebensphase eintritt. »Sie müssen Herr Long sein«, sagt sie auf Mandarin mit einem leichten Akzent.

Lu erhebt sich. »Und Sie können nur Daw Khaw sein.«

»Sagen Sie doch *A Sao* zu mir.« Es ist die Bezeichnung für »Frau des älteren Bruders« – aber für Mitglieder krimineller Banden auch die ehrerbietige Anrede der Gattin oder Freundin eines Vorgesetzten. Khaw lässt sich auf einem der Sessel nieder und schlägt die Beine übereinander. Mit einigem Abscheu bemerkt Lu, dass Khaw modische High Heels aus dem Westen trägt, mit roten Sohlen, die in China unter dem Namen *Hong Di Xie* bekannt sind. »Mach mir einen Drink, Ko Cho.«

»Natürlich.« Cho springt auf und geht zur Bar in der Küchenzeile. »Ko«, vermutet Lu, dürfte die höfliche burmesische Bezeichnung für »Bruder« oder Ähnliches sein.

»Nehmen Sie doch Platz, Herr Long.« Khaw stützt den Ellbogen auf der Armlehne des Sessels ab, das Kinn auf der geballten Faust. Sie trägt einen Jade-Armreif am Handgelenk und Diamantringe und kostbare Edelsteine an den plumpen Fingern. Das Haar ist kunstvoll gewellt und mit Silbernadeln befestigt. »Ich hoffe, Ihre lange Reise war nicht allzu strapaziös.«

»Ganz und gar nicht. Ich hatte sehr angenehme Gesellschaft.«

Khaws Lippen verziehen sich minimal zu einem nur angedeuteten Lächeln. Sie nimmt das Glas entgegen, das Cho ihr reicht, und nippt anmutig daran. »Wie Ko Cho Ihnen bereits erklärt hat, empfange ich hier für gewöhnlich keine Kunden. Dies ist mein Zuhause. Es ist nicht für Außenstehende gedacht.«

»Ich bin Ihnen sehr verbunden, dass Sie in meinem Fall eine Ausnahme machen. Haben Sie die Vorauszahlung von dreihunderttausend Yuan erhalten?«

»Offensichtlich, sonst wären Sie nicht hier.« Khaw zieht ein Silberetui aus der Hosentasche und entnimmt ihr einen handgerollten Zigarillo. Umgehend zückt Cho sein Zippo. Khaw pafft ein paar Züge, wedelt dann den Rauch aus ihrem Gesicht. »Sie arbeiten also für Alex Ho.«

»Ja.«

»Ich habe ihn mal kennengelernt.«

»Ach.« Lu spürt ein Rinnsal aus kaltem Schweiß seine Brust hinunterlaufen. »Seltsam. Das hat er gar nicht erwähnt.«

»Es ist schon einige Jahre her, und es war auch nur oberflächlich. Ein gemeinsamer Freund hat uns miteinander bekannt gemacht. Ich glaube nicht, dass er wusste, wer ich bin, und wahrscheinlich hat er es längst vergessen.«

»Wie könnte man Sie je vergessen, *A Sao*?«

»Sie sind sehr charmant, Herr Long.«

»Bitte, nennen Sie mich Ming.«

»Also gut. Übrigens tut es mir leid, dass Alex medizinische Probleme hat.«

»Er ist nicht mehr der Jüngste«, sagt Lu. »Trinkt und raucht zu viel. Treibt keinen Sport. Das war zu erwarten.«

Khaw schwenkt die Eiswürfel in ihrem Glas und blickt starr in Lus Richtung. Ihre Augen sind hinter der riesigen Sonnenbrille verborgen, wodurch ihr Gesichtsausdruck nicht zu erkennen ist. »Heute essen wir gemeinsam zu Abend. Morgen, nachdem Sie Gelegenheit hatten, sich von der Qualität unserer Ware zu überzeugen, sprechen wir über die Konditionen. Tags darauf werden Sie nach Jinghong zurückkehren.«

»Perfekt. Vielen Dank.«

Khaw trinkt einen letzten Schluck aus ihrem Glas und reicht es Cho mit lässiger Gleichgültigkeit. Cho nimmt es widerspruchslos entgegen. Lu sieht, wer in dieser Beziehung die Chanel-Hosen anhat. »Genießen Sie Ihren Aufenthalt hier«, sagt Khaw. »Aber das Anwesen gehört mir, nicht Ihnen. Laufen Sie also nicht überall herum oder nehmen sich Freiheiten heraus. Habe ich mich klar genug ausgedrückt?«

»Kristallklar.«

Khaw steht auf. »Dann wünsche ich Ihnen noch einen erholsamen Nachmittag. Wir sehen uns heute Abend.«

Sie verlässt den Raum in einem Nebel aus Zigarilloqualm. Lu fällt auf, dass Bullethead sich während ihrer Anwesenheit vornehm zurückgehalten hat. Wie ein typischer Schultyrann: die Hilflosen drangsalieren, den Älteren die Stiefel lecken.

Nach einer kurzen Wartezeit klopft es an der Tür, und ein junger Burmese in einer schwarzen chinesischen Jacke und einem knöchellangen *longyi* tritt ein. Er wendet sich auf Burmesisch an Cho.

»Kommen Sie«, sagt Cho.

»Wohin?«

»Zu unserem Gästequartier.«

Der junge Mann führt sie nach draußen und weiter durch ein Tor in der Gartenmauer. Lu fällt auf, dass Khaws »Zuhause« ein weitläufiges Gelände ist, bestehend aus Dutzenden Gebäuden, die durch Innenhöfe, befestigte Gehwege und Schotterplätze voneinander getrennt sind, mit Wachposten und verstreuten Geschützstellungen, dazwischen hohe immergrüne Laubbäume und große Bahnen aus Tarnnetzen, der gesamte Komplex umschlossen von unregelmäßigen, gemauerten Abschnitten und mit Stacheldraht besetzten Metallzäunen.

Nach etlichen Umwegen gelangen sie zu einem großen rechteckigen Betonbau, der auf dicken, zwei Meter hohen Pfählen ruht. Der Bereich darunter ist leer. Eine Treppe führt hinauf zu einer schmalen Veranda, die sich über die gesamte Breite des Baus erstreckt.

Lu ist bekannt, dass in Südostasien einige traditionelle Häuser in ländlichen Regionen auf Stelzen errichtet werden, zur Schadensvermeidung bei regelmäßig wiederkehrenden Überschwemmungen und zur sicheren Unterbringung von Nutztieren, doch beides scheint hier nicht gegeben. Warum also die Pfähle?

Bullethead kommt zu einer unangenehmen Erkenntnis. »Bleibt er hier bei uns?«

»Sieht so aus«, sagt Cho.

»Warum?«

»Wir haben ihn hierhergebracht, also sind wir verantwortlich für ihn, vermute ich.« Cho sieht Lu an. »Sie haben nicht vor, uns Ärger zu machen, oder?«

»Nein, aber ich bestehe auf der oberen Koje«, entgegnet Lu.

»Idiot«, brummt Bullethead.

Sie steigen die Treppe hinauf. Drei in gleichmäßigen Abständen angeordnete Türen führen in das Gebäude – zu drei getrennten Zimmern, wie in einem Hotel, vermutet Lu. Seine Theorie wird noch bekräftigt von dem Gepäck, das vor den Türen abgestellt wurde: Chos falscher Vuitton ganz außen, Bullethead ebenfalls gefälschter Gucci-Koffer in der Nähe der Stufen und Lus Reisetasche in der Mitte. Bullethead nimmt sein Gepäck und schließt seine Tür auf. »Ich hoffe sehr, dass Sie Ärger machen … damit ich Sie töten kann.« Er verschwindet in seinem Zimmer.

»Warum hasst mich Ihr Freund eigentlich so?«, fragt Lu Cho.

»Er hasst jeden. Das gehört zu seinem Beruf.« Cho nimmt seine Tasche und geht zum anderen Ende der Veranda. »Bis später.« Auch er verschwindet in seinem Zimmer und lässt Lu allein.

Lu hebt seine Reisetasche auf und öffnet die Tür zu seiner vorübergehenden Unterkunft.

Er tritt in ein großes, niedriges Wohnzimmer mit einem Sofa und zwei Armsesseln, einem Sofatisch aus Teakholz und einem Hi-Fi-Schrank mit Fernseher und DVD-Player. Ein chinesischer Paravent mit Perlmuttintarsien, Vasen mit frischen Blumen und traditionelle burmesische Kunst verleihen dem Ganzen eine heimelige Note.

Lu geht die Filmauswahl durch – hauptsächlich burmesische Song- und Tanztitel, aber es gibt auch eine Reihe Actionfilme aus dem Westen, gedreht in den Achtzigern, und ein paar vereinzelte japanische Pornos.

In einer Ecke des Raums ist eine Küchenzeile mit Regalen und Spülbecken, Kühlschrank, einer Frühstückstheke und einem kleinen runden Esstisch mit zwei Stühlen. Eine Tür an der hinteren Wand führt ins Schlafzimmer. Lu staunt über das schwere Himmelbett, ebenfalls aus Teakholz. Er streicht mit der Hand über die Bettwäsche. Ein einzelnes Fenster mit Blick nach draußen. Keine großartige Aussicht. Ein Bau auf Stelzen, eine exakte Kopie seines Gästehauses, dazwischen ein schmaler Streifen sandiger Boden. Das Fenster ist feststehend. Es hat keinen Riegel und kein Scharnier. Und es ist das einzige Fenster in der ganzen Wohnung.

Lu fällt es wie Schuppen von den Augen: eine Tür. Ein Fenster. Zwei Meter über dem Boden. Zu hoch, um hinunterzuspringen oder hochzuklettern.

Das Gästehaus ist auf Sicherheit ausgelegt. Es ist eine Gefängniszelle, komfortabel, luxuriös geradezu, aber eine Zelle.

Er geht ins Badezimmer, das mit einer Badewanne, einem Doppelwaschbecken und einer Toilette im westlichen Stil ausgestattet ist – insgesamt beinahe so groß wie seine Wohnung in Rabental.

Zwanzig Minuten sucht er das Zimmer nach versteckten Kameras und Mikrofonen ab, findet jedoch nichts. Er berührt den Spiegel mit einem Zeigefinger, um zu testen, ob es sich um einen Einwegspiegel handelt.

Lu setzt sich auf die Toilette. Mit einem erleichterten Grunzen drückt er sich die in das Kondom verpackte Kamera aus dem Darm. Er wringt das Kondom aus, reißt es auf und lässt die Kamera auf den Waschtisch gleiten. Er spült das Kondom die Toilette hinunter und wäscht sich die Hände. Dann nimmt er die Kamera mit ins Schlafzimmer und sucht ein Hemd für die abendliche Festveranstaltung aus. Behutsam, so wie Bang es ihm gezeigt hat, steckt er die Kamera in eins der Knopflöcher. Er kann nur hoffen, dass das verdammte Gerät auch funktioniert.

Lu geht zurück ins Badezimmer und duscht ausgiebig. Dann fällt er aufs Bett und schläft.

EINUNDDREISSIG

Lu wacht auf, orientierungslos. Er hat geträumt: Er liegt neben Yanyan, streicht mit dem Finger über eine ihrer raupenartigen Augenbrauen, berauscht sich an ihrem Lachen. Dann beginnt zu seinem Entsetzen ihr Lachen zu verblassen und wird von einer primitiven, disharmonischen Musik verdrängt. Trillernde Flöten und hämmernde Trommeln. Mit der lauter und eindringlicher werdenden Musik verblasst auch das Bild von Yanyan.

Als er die Augen öffnet, ist Yanyan verschwunden. Nur die Musik ist geblieben.

Lu sieht auf die Uhr. Fast vier. Er hat knapp zwei Stunden geschlafen. Er tritt ans Fenster. Ein Schatten, den das Gästehaus nebenan wirft, kriecht langsam über den Sandboden. Lu fällt ein Gedicht von Li Shangyin ein:

Die untergehende Sonne scheint strahlend …
Doch die Dämmerung naht.

Am Waschbecken im Badezimmer spritzt er sich kaltes Wasser ins Gesicht, zieht sich an und lässt die oberen Knöpfe an seinem Hemd offen, damit man sein Drachentattoo sieht. Die Kamera ist unter seinem Brustbein angebracht. Er nimmt eine Flasche Wasser aus dem Kühlschrank und tritt auf die Veranda. Eine kühle Brise hat der Hitze des Tages etwas den Biss genommen. Er hört von unten Stimmen, beugt sich über die Veranda und sieht zwei Soldaten in Tarnuniform, mit Gewehren bewaffnet, die es sich im Schatten unter dem Bau bequem gemacht haben.

»Dachten Sie, Sie könnten hier so einfach entkommen?«, lässt sich Chos Stimme vernehmen. Lu dreht sich um. Cho steht rauchend in seiner Tür. Sein Oberkörper ist nackt und seine Haut milchig weiß, abgesehen von diversen Tätowierungen, manche kunstvoll und professionell ausgeführt, andere dagegen wirken, als hätte ein schielender Matrose sie mit einem Kugelschreiber aufgemalt.

»Warum sollte ich fliehen?«, fragt Lu mit Unschuldsmiene. »Ich bin doch gerade erst gekommen.«

»Warten Sie ab«, antwortet Cho. »Mal sehen, ob Sie beim Abendessen auch noch der Ansicht sind.« Er schnippt die Zigarette über das Geländer und verschwindet hinter seiner Tür.

Um sieben Uhr holt ein alter Mann sie ab. Er trägt die gleiche Uniform wie der jüngere Mann, der sie zum Gästehaus geführt hat – schwarze chinesische Jacke und knöchellanger *longyi*.

Während sie über das Gelände gehen, versucht Lu, sich die entscheidenden Punkte einzuprägen. Nach dem Stand der Abendsonne zu urteilen muss der Haupteingang, wo sie die Brücke über den Graben überquert haben, im Osten liegen. Ihr Gästehaus ist im Südwesten, und jetzt bewegen sie sich in nordöstliche Richtung.

Nach kurzer Zeit gelangen sie an einen rechteckigen Platz, der auf drei Seiten von traditionellen Holzhäusern mit blattgoldverzierten Pagodendächern eingenommen wird. Ihr Führer deutet auf ein Gebäude auf der linken Seite, verbeugt sich und macht sich aus dem Staub. Zwei Diener – mittlerweile teilt Lu die Männer auf dem Gelände in zwei Gruppen ein, Diener und Soldaten – flankieren den Eingang. Sie öffnen die Flügeltür, und Cho tritt hindurch, als gehörte ihm der Ort. Lu folgt ihm leicht zögerlich.

Es ist ein Festsaal mit hoher Decke und gebohnertem Teakholzboden. Die Tafelbilder an den Wänden zeigen Darstellungen aus dem Leben Buddhas, beginnend auf der linken Seite: Der verwöhnte junge Prinz verlässt zum ersten Mal den geschützten Bereich seines Kindheitspalastes, nur um Alter, Leid und Tod zu erleben. Nach einer Zeit des Umherwanderns in der Wildnis meditiert er unter einem *pipal*, einem Pappel-Feigenbaum, wobei verführerische Dämonen verzweifelt versuchen, ihn abzulenken. Schließlich die Erleuchtung, und er hält seine erste Predigt über den edlen achtfachen Pfad. Und so weiter, alle vier Wände, bis zum letzten Tafelbild auf der rechten Seite, das seinen Tod im Alter von achtzig Jahren zeigt, in einem Salbaum-Hain.

In die Mitte des Raums ist einen Meter über dem Boden eine Plattform mit einer gepolsterten Oberfläche platziert, wie Lu mit Erstaunen feststellt. Sie erinnert ihn an eine *lei tai*, einen erhöhten Boxring, in dem traditionellerweise Kung-Fu-Kämpfe ausgetragen werden.

Er hofft inständig, dass Daw Khaw ihre Gäste nicht um ihr Essen kämpfen lässt.

Kleine, niedrige Einzeltische sind um den Ring herum aufgestellt. Man führt Lu, Cho und Bullethead an ihre Plätze und weist ihnen die bereitliegenden Bodenkissen zu. Ein Diener nimmt ihre Bestellungen entgegen. Bier für Lu und Bullethead Whisky mit Eis für Cho.

Verborgen in einer Ecke geht eine Gruppe Musikanten ihrem Gewerbe auf burmesischen Instrumenten nach: Trommeln, Flöten, Gongs und eine Harfe mit einem bootsförmigen Korpus. Lu muss schmunzeln, als er die Melodie erkennt, *Hotel California* von den Eagles. Das Schmunzeln vergeht ihm, als er sich an einen Fetzen Text erinnert, es geht um ein Festessen, ein Tier, eine versuchte Erdolchung – hoffentlich kein Vorbote auf Bevorstehendes.

Einige Gäste sitzen bereits an ihren Tischchen, trinken, rauchen Zigaretten und Cheroot-Zigarren und plaudern miteinander. Die meisten sind Männer, aber es sind auch ein, zwei Frauen unter ihnen. Alle sind asiatischer Herkunft außer zwei weißen Ausländern. Lu vernimmt diverse Sprachen, Burmesisch, Mandarin, Kantonesisch und Englisch.

»Kennen Sie die anderen Leute alle?«, fragt er Cho.

Cho zündet sich eine Marlboro an und zieht einmal tief daran. »Die meisten. Der Mann mit der Sonnenbrille und der Militäruniform da drüben ist Oberst Ta, der hochrangigste Militärbeamte für diesen Bezirk. Der Mann in dem Hawaiihemd, der eine Cohiba raucht, leitet Khaws Kasino. Der Dünne mit dem Kinnbärtchen und der Kappe ist Khaws Tierarzt. Was die Ausländer angeht: Jacob, der gut aussehende Blonde, schmuggelt Rhinozeroshorn aus Afrika und benutzt dafür burmesische und thailändische Nutten. Der große hässliche Mann ist Andrei. Er ist ein Crystal-Meth-Dealer aus Bulgarien, Rumänien oder Serbien, ich weiß nicht genau.«

»Ich dachte, das hier ist Khaws Zuhause«, sagt Lu. »Ihr Allerheiligstes. Zutritt für Fremde verboten.«

»Diese Leute sind keine Fremden. Sie sind Kollegen, Angestellte oder geschätzte Kunden. Sie sind der einzige Fremde hier.«

Die Vorspeisen werden serviert: eingelegte Garnelen, Samosas mit Kartoffel-Erbsen-Zwiebel-Füllung, Reisklöße mit Fleisch und in Bananenblätter gewickelt und Grillspieße.

»Wo ist denn eigentlich unsere geschätzte Gastgeberin?«, fragt Lu.

Cho trinkt einen Schluck Whisky. »Sie inszeniert ihre Auftritte gerne. Da drüben ist ihr Platz.« Er deutet mit einem Kopfnicken zu einem Tisch, der auf einem Podest steht.

Lu zeigt auf die Ringmatte. »Und das da?«

»Die Abendunterhaltung.«

Auffallend abwesend ist Wilson Fang. Lu weiß nicht recht, ob er darüber erleichtert oder enttäuscht sein soll. Obwohl Jia ihn in der Hinsicht beruhigt hatte, befürchtet Lu immer noch, Fang könnte ihn wiedererkennen. Aber wenn er schon einen fotografischen Beweis für Fangs Anwesenheit liefern muss, wäre ein Festmahl mit einem stattlichen Aufgebot an Verbrechern aus Khaws kriminellem Netzwerk die beste Gelegenheit.

Lu beschließt, wenigstens die Identität von einigen der anderen Akteure zu erfahren. »Wird es eine Vorstellungsrunde geben?«

Cho ist sofort auf der Hut. »Wozu?«

»Um sich zu vernetzen.«

»Sie sind nur hier, um Buschfleisch zu kaufen, Bruder Long. Bleiben Sie dabei.«

»Alles klar.« Lu wendet seine Brust Oberst Ta zu und sagt: *»Ta ma de.«*

»Wie bitte?«, sagt Cho.

»Nichts.« Lu wendet sich den beiden Ausländern zu und kippt sein Glas um. *»Ta ma de.«*

Nach den Vorspeisen rauscht, in Begleitung von zwei ihrer Leibwächterinnen, Khaw herein, angetan mit einem knöchellangen smaragdgrünem *longyi* und einer eng anliegenden golddurchwirkten Seidenbluse. Ihr Haar ist hochgesteckt und mit Diamantnadeln und jadeblumenverzierten Spangen fixiert. Ohne die große auffällige Sonnenbrille kann Lu jetzt ihr Gesicht in Gänze sehen. Ihr Alter ist schwer zu schätzen, vermutlich um die fünfzig. Und sie ist immer noch ein Hingucker.

Khaw schenkt ihren Gästen ein königinnenhaftes Lächeln, an einige Auserwählte richtet sie persönliche Worte. Die Gespräche werden wieder aufgenommen, Getränke hinuntergestürzt, Zigaretten geraucht, leckere Happen verzehrt.

Das Hauptmenü besteht aus dem unvermeidlichen Teeblättersalat, Reisklößen mit Fisch und Kurkuma, verschiedenen Currys, Fischbrühe mit Nudeln, zahlreichen tropischen Früchten. Ebenfalls auf der Speisekarte: Krokodilcarpaccio, in Kokossuppe und Ingwer gekochte Fledermaus, geröstete Bambusratte mit Gemüsefüllung und ein Feuertopf mit Schuppentier-, Schlangen- und Raupenfleisch in einem siedenden Fond aus Hühnerbrühe, Sojasoße, Ingwer, Shaoxing-Wein und Frühlingszwiebeln.

Die Fledermaus reicht Lu weiter, aber er probiert kleine Portionen der anderen Gerichte. Es gelingen ihm mehrere Aufnahmen von Khaw, und er versucht auch, so viele von den anderen Gästen wie möglich zu fotografieren.

Nach dem letzten Gang kommt eine der Leibwächterinnen an Lus Tisch. Sie hat das Gesicht einer Berufsboxerin, Narbengewebe um die Augen, eine schiefe Nase. »Daw Khaw möchte Sie an Ihren Tisch bitten.«

»Ich fühle mich geehrt.«

Lu folgt der Leibwächterin an Khaws Tisch. Khaw deutet auf ein Kissen rechts von ihr. Lu setzt sich. Ein Diener bringt einen Krug und mehrere Becher.

»Haben Sie schon mal *htan ye* probiert, Bruder Ming?«, fragt Khaw. »Ein Getränk hier aus der Gegend. Aus dem süßen Saft der Palme.«

Lu nimmt einen Becher entgegen. Die dünne milchige Flüssigkeit riecht nach Hefe. Er nippt daran. Sie schmeckt süß, aber auch eine Spur säuerlich. »Interessant.«

»Bauern trinken es gerne nachmittags im Schatten, nach einem langen, heißen Arbeitstag auf den Feldern.« Sie entnimmt ihrem Silberetui eine Cheroot-Zigarre. »Rauchen Sie?«

»Nicht regelmäßig.«

»Sie müssen eine von diesen probieren. Jeder Mensch in Myanmar, selbst Großmütter, genießen täglich ihre Cheroot. Sie sind mit einer Mischung aus Tabak- und *thanat*-Blättern gestopft. *Thanat* ist bekannt für seine medizinischen Eigenschaften.«

Lu nimmt den Stumpen. Er ist daumendick, so lang wie seine Hand, in ein gelbes Blatt gewickelt und mit einem handgemachten Filter aus aufgerollter Maishülse versehen. Ein Diener hält ihm ein Feuerzeug hin. Lu zieht an dem Stumpen und bringt reichlich Qualm in Gang. Es schmeckt mild süßlich.

Khaw zündet sich ihre Cheroot an. »Ist Ihre Unterkunft passabel?«

»Ausgezeichnet, danke.«

»Haben Sie den Feuertopf schon probiert?«

»Ja.«

»Schuppentierfleisch ist sehr gut für die Nieren, aber viel wertvoller sind die Schuppen, sie lindern wirkungsvoll Hautkrankheiten, Angstzustände, Hysterie, und sie regen die Milchproduktion an.«

»Das merke ich mir, wenn ich das nächste Mal stillen muss.«

»Die beste Zubereitungsart ist, sie trocken zu rösten, in Knabenurin einzulegen und mit Butter zu kochen.«

»Nicht vergessen: niemals Pangolinschuppen essen.«

Khaw lacht. »Ich mag Ihren Humor, Bruder Ming. Hier gibt es neununddreißig verschiedene Giftschlangen, aber einen erschreckenden Mangel an Witz.«

»Vielleicht haben ja alle Angst vor Ihnen.«

»Meinen Sie? Gut. Mehr *htan ye*?« Khaw zeigt auf den Krug, und umgehend ist ein Diener zur Stelle.

»Wenn Sie erlauben, gehe ich zu Bier über.«

»Natürlich.« Khaw gibt ein knappes Zeichen, und der Diener eilt los.

»Wie viel Personal haben Sie hier denn, *A Sao*?«

»Etwa hundert.«

»Einhundert?«

»Ich biete auf die eine oder andere Art jedem in diesem Bezirk einen Lebensunterhalt.«

»Und die Männer in Uniform?«, fragt Lu. »Gehören die auch zu Ihnen?«

»Offiziell stehen sie unter dem Kommando von Oberst Ta.« Khaw zeigt auf den Mann mit Pilotenbrille und Kampfanzug. »Aber der Oberst sitzt an meinem Tisch, so wie die anderen auch. Ich zahle für die Ausbildung seiner fünf Kinder im Ausland. Und ich finanziere die teuren Einkaufstouren seiner Frau und seiner Geliebten.«

»Verstehe.«

Nachdem die Teller abgeräumt sind, gibt Khaw der Musikgruppe ein Zeichen. Sie stimmt ein lebhaftes Lied an – Trommeln, Klappern, Becken, Harfe, burmesische Oboe und Bambusflöte; eine misstönende Melodie, die sich krümmt und windet wie Schlangen in einem Nest.

»Schauen Sie sich gerne Kämpfe an, Bruder Ming?«, fragt Khaw.

»Solange ich nicht daran teilnehmen muss.« Ein Diener bringt Lus Bier, eiskalt, auf einem Silbertablett.

»Sie holen sich nicht gern blutige Fingerknöchel?«

»Ich bin Geschäftsmann, kein Kämpfer.«

Eine Seitentür öffnet sich, und zwei Frauen betreten den Saal, beide im Gefolge ein Team Männer mit Hockern, Eimern und Handtüchern. Die Frauen tragen Boxershorts aus Seide und enge Oberteile, die den Bauch freilassen. Ihre Hände sind mit Verbandsmull umwickelt. Sofort schlägt die Atmosphäre im Raum um. Jetzt, da die Fressgier der Gäste befriedigt ist, schwenken sie um zu einem neuen Laster – Blutrünstigkeit.

Die Frauen verbeugen sich respektvoll vor Khaw, begeben sich dann zu zwei diagonal gegenüberliegenden Ecken der erhöhten Ringmatte und beginnen mit den Vorbereitungen.

»Kennen Sie sich mit Thaiboxen aus?«, fragt Khaw. »Der sogenannten Kunst der acht Gliedmaßen, weil die Kämpfer mit Fäusten, Füßen, Knien und Ellbogen zuschlagen dürfen? Aber das hier ist *Lethwei*. Die Kunst der *neun* Gliedmaßen.«

»Wo verstecken sie die neunte?«

»Die neunte ist der Kopfstoß.«

»Aha. Eine fiese Technik.« Lu hat sie selbst bereits mehr als einmal eingesetzt.

Die erste Kämpferin betritt den Ring, steckt die linke Hand in die rechte Achselhöhle und schlägt sich auf den linken Ellbogen.

»Sie führt den *Lekkha Moun* aus«, erklärt Khaw. »Sowohl eine Geste des Respekts vor dem Gegner als auch eine Herausforderung. Sie soll die schlagenden Flügel eines Raubvogels darstellen, bevor er sich auf sein Angriffsziel herabstürzt.« Die Kämpferin fängt mit Schattenboxen an, schlägt in die Luft, zieht die Knie an und dreht sich dann auf einem Bein. »Das ist das *Lethwei Yay*«, sagt Khaw. »Ähnlich dem *Wai-Kru*-Tanz der Thaiboxer.«

Lu trinkt einen großen Schluck Bier und beschließt, dass dies sein letztes ist. Die Kombination aus Zigarren, Alkohol und Stress hat seinen Puls in die Höhe gejagt.

Khaw deutet auf eine der Kämpferinnen. »Ihr Spitzname ist Unbarmherzige Tigerin, und sie ist seit siebzig Kämpfen in Folge unbesiegt.«

Lu erkennt in ihr die Frau, die sie zu dem Bungalow geführt hat. »So viele?«

»Vor acht Jahren habe ich sie beim Ziegelschleppen auf einer Baustelle entdeckt. Damals war sie elf Jahre alt. Eine Waise. Untererernährt, untergewichtig. Missbraucht und schmutzig. Aber ich habe den Stahl in ihr erkannt. Ich habe ihr ein Zuhause und Essen gegeben und ihr das Training ermöglicht.«

»Mir ist aufgefallen, dass Ihre Personenschützer ausschließlich Frauen sind. Steckt hinter allen die gleiche Geschichte?«

»Ich lese die Reste auf. In der Gosse. Auf den Zuckerrohrfeldern. In den Bordellen und in den Fabriken. Ich bringe sie hierher und gebe ihnen einen Zweck. Ich forme sie zu Waffen.« Jetzt erklimmt die zweite Kämpferin den Ring und führt ihr *Lekkha Moun* aus. »Die da ist Goldene Giftnatter. Sie ist noch eine Anfängerin. Hat erst neunzehn Kämpfe absolviert. Aber sie hat schon zwei Gegnerinnen im Ring getötet. Deswegen lasse ich sie gegen die erfahrenere Unbarmherzige Tigerin antreten.«

»Sie hat zwei Gegnerinnen getötet? Gibt es denn keine Regeln beim *Lethwei*?«

»Doch, natürlich. Aber ein gezielter Treffer mit dem Ellbogen oder Knie – da kann so etwas schon mal passieren.«

»Und wo haben Sie die Giftnatter aufgelesen?«

»In einem hiesigen Gefängnis. Eine Gruppe Männer hat versucht, sie zu vergewaltigen. Schwerer Fehler. Ich glaube, sie war schon ziemlich verrückt, bevor das passiert ist.«

»Und trotzdem haben Sie sie eingestellt?«, fragt Lu.

»Sie ist eine geborene Kämpferin. Man wirft einem wilden Tier auch nicht vor, dass es tötet, um zu fressen. Man zeigt ihm nur, wer sein Herr ist.«

»Unbarmherzige Tigerin ist also hier, um Goldene Giftnatter zu zähmen, richtig?«

»Entweder schlägt Unbarmherzige Tigerin Goldene Giftnatter, um sie zu unterwerfen, oder Goldene Giftnatter tötet sie. Wie immer es ausgeht – es verspricht ein ausgezeichneter Kampf zu werden.«

ZWEIUNDDREISSIG

Lu bemerkt, dass einige Gäste, sogar die beiden Ausländer, Wetten abschließen.

Ein Schiedsrichter betritt den Ring und ruft die Kämpferinnen zu sich. Er gibt Anweisungen, sie stoßen die Fäuste aneinander, dann kehren sie in ihre Ecken zurück. Ein Gong ertönt, der Kampf beginnt.

Die Kämpferinnen tänzeln, täuschen an, ohne Schutzhandschuhe, und Lu begreift, dass sie ihre Schläge mit Bedacht setzen, um sich nicht die Hände zu brechen.

Urplötzlich macht Goldene Giftnatter einen Satz und landet einen rechten Abwärtshaken. Unbarmherzige Tigerin duckt sich, tritt zur Seite und schmettert ihren ersten Haken ins Gesicht von Goldene Giftnatter. Lu stöhnt auf.

»Alles gut, Bruder Ming?«, fragt Khaw.

»Ich sehe mir nicht gerne an, wie Frauen sich gegenseitig verprügeln.«

»Sind nur Männer würdige Kämpfer?«

Lu wittert eine Falle. »So habe ich es nicht gemeint.«

»Frauen auf einer Bühne sehen Sie wohl lieber in hochhackigen Schuhen tanzen und sich ausziehen.«

Goldene Giftnatter setzt ein paar Jabs, dann einen

Roundhouse-Kick. Das fleischige Klatschen ihres Fußes auf dem Schädel von Unbarmherzige Tigerin bringt ihre Anhänger zum Johlen.

»Ist es wirklich besser, zur Unterhaltung eines Publikums zu kämpfen, das darauf brennt, dass man getötet oder bewusstlos geschlagen wird, als sich für Geld auszuziehen?«, sagt Lu. »Letzteres richtet auf jeden Fall weniger Schaden an.«

»Das sehe ich anders, Bruder Ming. Eine Stripteasetänzerin ist das Objekt männlicher Begierde. Ein Spielzeug, auf das der Mann seine wollüstigen Gedanken projiziert. Unsere Kämpferinnen dagegen werden respektiert. Und gefürchtet. Sehen Sie sich Unbarmherzige Tigerin an. Sehen Sie sich Goldene Giftnatter an. Welcher Mann würde es wagen, eine von beiden im Gedränge eines Marktplatzes zu begrapschen? Im Bus sein Glied an ihr zu reiben? Nun?« Khaw formt ihre schmuckbesetzte Hand zur Faust. »Stark zu sein statt ohnmächtig. Dafür lohnt es sich jeden Tag zu sterben.«

Goldene Giftnatter hält Unbarmherzige Tigerin im Klammergriff und stößt ihr ein Knie in die Bauchgegend. Tigerin traktiert Giftnatter mit Geraden und Aufwärtshaken. Giftnatter fällt ächzend zu Boden, kommt aber schnell wieder hoch.

Lu hält es für angebracht, das Gespräch in eine andere Richtung zu lenken. Etwas Schmeichelei könnte Khaws ätzende Bemerkungen vielleicht lindern. »Apropos Macht: Ich muss sagen, was Sie hier aufgebaut haben, beeindruckt mich sehr. Wie haben Sie das geschafft? In diesem mörderischen Geschäft hat eine Frau sicher einen schweren Stand.«

»Mit anderen Worten: Mit wem musste ich ins Bett gehen?«

»Nein.«

»Das steckt doch hinter Ihrer Frage, oder?«

»Ganz und gar nicht.«

»Doch. Sie können gar nicht anders. Sie sind schließlich Chinese.«

»Und das heißt?«

Khaw zuckt mit den Schultern. »Chinesische Männer haben Frauen schon immer als minderwertig betrachtet.«

Die Zuschauermenge reagiert anerkennend, während die Kämpferinnen sich festklammern, sich eine neue Ausgangsposition verschaffen und sich gegenseitig Kopfstöße versetzen. Unbarmherzige Tigerin rinnt Blut übers Gesicht, eine Augenbraue ist geplatzt.

»Sie sind ungerecht«, sagt Lu.

»Tatsächlich? Kennen Sie noch ein anderes Land, das seine jungen Mädchen wegen eines verfehlten Schönheitsideals über tausend Jahre verstümmelt hat?«

»Wovon reden Sie?«

»Füßebinden.«

»Oh, das.«

Heute kennt jedes Schulkind in China diesen alten Brauch als ein besonders abstoßendes Relikt des schlimmen Zeitalters der kaiserlichen Dynastien. Ab dem Alter von vier Jahren wurden Mädchen der Oberschicht der täglichen Tortur des systematischen Abbindens der Fußknochen und des Knochenbrechens unterworfen, bis die Füße zu winzigen, verunstalteten Stumpen von der Größe eines kleinen Vogels deformiert waren. Gedichte und Sexratgeber der Zeit priesen die erotische Wirkung dieser sogenannten Lotusfüße, und der daraus resultierende verkrüppelte Gang sollte angeblich zur Stärkung der Vaginalmuskeln führen und das Lustempfinden des Mannes erhöhen. Außerdem hatte es die erwünschte Nebenwirkung, die Bewegungsfreiheit der Frauen zu erschweren und sie auf Haus und Hof der Familie zu beschränken.

Lu will gerade antworten, als Goldene Giftnatter und Unbarmherzige Tigerin heftige Kicks austauschen. Schweiß und Blut spritzen nur so. Khaw klatscht begeistert. Giftnatter rammt verbotenerweise ihr Knie in den Unterleib ihrer Gegnerin. Tigerin sinkt nieder. Der Schiedsrichter spricht eine Warnung aus. Die Menge buht lüstern.

Lu wartet ab, bis sich der Lärm gelegt hat, dann sagt er: »Füßebinden wurde schon vor langer Zeit verboten.«

»Wenn das Jahr 1912 in Ihren Augen lange her ist«, wendet Khaw ein. »Angesichts der jahrtausendealten Geschichte Ihres Landes ist es nur der Wimpernschlag einer Mücke.«

»Jede Nation hat ihren Schandfleck in der Vergangenheit.«

»Wissen Sie, wann sich der letzte dokumentierte Fall zugetragen hat, Bruder Ming?«

Der Kampf wird wieder aufgenommen. Die Frauen teilen mehrere Lowkicks aus, dann zielt Goldene Giftnatter wieder höher. Unbarmherzige Tigerin duckt sich unter das geschwungene Bein, rückt näher und entfesselt einen bösen linken Haken. Goldene Giftnatter fällt der Länge nach auf die Matte.

»Nein«, antwortet Lu. »Aber Sie werden es mir sicher gleich sagen.«

»1957.«

»Das muss in der tiefsten Provinz gewesen sein, irgendwo auf dem Land. Eine Gesellschaft lässt sich nicht über Nacht umbauen.«

»Ist das heutige China so viel anders?«

»Ja, natürlich. Unsere Gesellschaft hat sich großartig entwickelt.«

»Wie viele Frauen sind im Ständigen Ausschuss des Politbüros? Wie viele Frauen stehen einer Provinzregierung vor?«

»Ist die Situation hier anders? Irgendwo auf der Welt? Abgesehen von einigen wenigen kleinen Vorposten?«

Khaw zuckt erneut mit den Schultern. »Vielleicht nicht. Deswegen habe ich mein eigenes privates Königreich der verlorenen Mädchen gegründet.«

»Verstehe.« Lu deutet zu den Kämpferinnen. »Ein feministisches Paradies.«

»Ich erwarte nicht, dass Sie das verstehen, Bruder Ming.«

Goldene Giftnatter steht wieder auf und deutet an, dass sie bereit ist zu kämpfen, doch als die beiden Frauen die Angriffspositionen einnehmen, ertönt ein Gong, die erste Runde ist zu Ende. Die Kämpferinnen kehren zurück auf ihre Hocker, und ihre Trainer wischen ihnen mit einem Schwamm das Blut vom Gesicht.

»Ich habe gehört, Sie seien zur Hälfte Chinesin, *A Sao*? Stimmt das?«

»Mein Vater war ein kleiner Drogenschmuggler und heruntergekommener Spieler aus Yunnan. Er wurde in einer Gasse in Rangun ermordet, als ich drei Jahre alt war. Ich habe ihn kaum gekannt.«

»Ah.«

Der Kampf geht weiter. Unbarmherzige Tigerin und Goldene Giftnatter fahren fort, sich weichzuklopfen wie Rindfleischscheiben. Lu und Khaw schauen schweigend zu. Am Ende der zweiten Runde haben beide Kämpferinnen aufgeplatzte Lippen und Nasenbrüche erlitten, ihre Gesichter sind geschwollen.

»Wie viele Runden hat ein Kampf?«, fragt Lu. Sein Magen verträgt nicht mehr viele.

»Fünf. Wenn die beiden am Ende noch aufrecht stehen, wird der Kampf für unentschieden erklärt. Um im *Lethwei* zu gewinnen, müssen Sie Ihren Gegner k. o. schlagen.«

Die dritte Runde beginnt. Unbarmherzige Tigerin trommelt mit Kicks und harten Geraden auf Goldene Giftnatter ein, ritzt ihr die Stirn mit dem Ellbogen auf und stößt ihr ein Knie an die Gurgel. Goldene Giftnatter stürzt japsend zu Boden.

Oberst Ta springt vom Stuhl auf und winkt mit einer Handvoll Dollar. Bullethead der sein Geld auf Goldene Giftnatter gesetzt haben muss, ist wütend. Einer der weiblichen Gäste, eine pummelige Matrone in einem dunklen Hosenanzug aus Seide, kreischt: *»Hei loi, say bat poh!«* Lus Grundkenntnisse des Kantonesischen reichen für eine Übersetzung. »Steh auf, du verdammte Schlampe!«

Der Schiedsrichter scheucht Unbarmherzige Tigerin in eine neutrale Ecke. Er baut sich vor Goldene Giftnatter auf, während diese versucht, sich aufzurappeln.

»Sie hat zwei Minuten Zeit«, erklärt Khaw. »Wenn sie nicht weitermachen kann, ist der Kampf zu Ende.«

Goldene Giftnatter nutzt die gesamte ihr zugestandene Zeit. Dann steht sie auf, wischt sich das Blut aus den Augenhöhlen und nickt dem Schiedsrichter zu.

»Sehen Sie«, sagt Khaw mit Bewunderung in der Stimme. »So ein Herz ist unbelehrbar.«

Der Schiedsrichter gibt das Zeichen, den Kampf wieder aufzunehmen. Schnell wendet sich das Blatt. Unbarmherzige Tigerin, vielleicht ermüdet und entsetzt, dass Goldene Giftnatter die besten Schläge ihrer Gegnerin weggesteckt hat, erlahmt allmählich. Goldene Giftnatter wittert ihre Chance. Ihre Kombinationen sind nicht perfekt, aber voller Wucht. Sie peitscht ihre Schienbeine in die Beine ihrer Gegnerin und holt weit Richtung Kopf aus. Dann täuscht sie tief an und setzt einen Frontkick unmittelbar unter das Kinn. Tigerin wird von der Matte geschleudert. Mit einem lauten Knacks schlägt sie mit dem Hinterkopf an der Kante von Oberst Tas Tisch auf.

»Tian!«, murmelt Lu.

Die Verlierer, die auf Unbarmherzige Tigerin gewettet hatten, zahlen drauf, die Gewinner brüsten sich. Unbarmherzige Tigerin wird auf einer Bahre hinausgetragen. Lu vermag nicht zu sagen, ob sie noch lebt. Goldene Giftnatter tritt vor, um Khaw Respekt zu zollen. Lu sieht ein Stück Knochen aus einer fünf Zentimeter langen klaffenden

Wunde an der Augenbraue ragen. Khaw schenkt Goldene Giftnatter eine ihrer diamantbesetzten Haarnadeln. Goldene Giftnatter, gestützt von ihrem Trainer, humpelt aus dem Saal.

Khaw erhebt sich und glättet die Falten ihres *longyi.* »Ich hoffe, das Essen war zufriedenstellend und Sie haben sich gut unterhalten. Morgen, nachdem Sie Gelegenheit hatten, meine Einrichtung zu besichtigen, sprechen wir uns wieder.«

Lu steht ebenfalls auf und verbeugt sich. »Es war ein Abend, den ich so schnell nicht vergessen werde.«

Khaw dreht eine Abschiedsrunde und verlässt den Raum, ihre Leibwächterinnen im Schlepptau. Lu kehrt an seinen Tisch zurück.

Cho begrüßt ihn mit einem hämischen Grinsen. »Haben Sie sich nett unterhalten?«

»Ganz wunderbar«, sagt Lu. »Wir haben darüber gesprochen, was für Schweine chinesische Männer doch sind.«

»Alle Männer sind Schweine«, sagt Cho. »Wenn man ihnen Gelegenheit dazu gibt. Damit verdienen Drogenhändler und Zuhälter ihr Geld.«

Lu gähnt. »Ich bin erledigt. Ich möchte zurück ins Gästehaus.«

Cho schnippt Asche von seiner Zigarette in ein leeres Whiskyglas. »Der Abend ist noch jung.«

»Ich nicht.«

»Man wird Ihnen nicht gestatten, ohne Begleitung herumzustreunen.« Cho wendet sich an Bullethead. »Hol jemanden, der Bruder Long eskortiert.«

»Soll er den Weg doch alleine finden«, murrt Bullethead.

»Wir sind für sein Verhalten verantwortlich, solange er sich hier aufhält«, sagt Cho. »Jetzt geh schon.«

Bullethead macht ein mürrisches Gesicht, aber er steht auf und tut, was man ihm aufgetragen hat.

Wenig später kommt ein Diener mit zwei Soldaten herein. »Benehmen Sie sich«, warnt Cho. »Gehen Sie zurück auf Ihr Zimmer und schlafen Sie sich aus. Versuchen Sie nicht, das Gelände zu erkunden. Lassen Sie nicht zu, dass ich mein Gesicht verliere.«

»Das würde mir nicht im Traum einfallen«, sagt Lu. »Schon gar nicht bei so einem Gesicht.«

Die Soldaten bringen Lu zu seinem Gästehaus und beziehen am Fuß der Treppe Posten. Lu geht hinein und versteckt die Kamera unter dem Sofa. Er duscht ausgiebig und legt sich nackt ins Bett.

Er schläft sofort ein und träumt von Goldene Giftnatter, die seine Füße in ein winziges, mit Scherben gefüttertes Paar Schuhe zwängt.

DREIUNDDREISSIG

Am nächsten Morgen bringt ihm ein Diener das Frühstück: *mohinga*, Myanmars Nationalgericht, Nudelsuppe mit Fisch, serviert mit Gemüsebratlingen, dazu frisches Obst, Toast mit Marmelade und eine Kanne heißen schwarzen Kaffee.

Während des Essens hört Lu lautes Gebrüll – Soldaten beim Exerzieren. Nachdem er mehrere Tassen Kaffee intus hat, eilt er auf die Toilette. Als er sich einigermaßen sicher sein kann, dass er den Peilsender ausgeschieden hat, spült er ihn hinunter, in der Hoffnung, dass er seinen Dienst erfüllt hat. Er duscht, zieht sich an und klemmt die Kamera wieder in ein Knopfloch. Dann wartet er darauf, abgeholt zu werden.

Nach einiger Zeit erscheint schließlich ein dünner Mann mit einem Kinnbart und Kappe in Begleitung zweier Soldaten. Der Mann, an den sich Lu von dem gestrigen Festessen erinnert, stellt sich als Dr. Du vor. »Ich bin Daw Khaws Tiermediziner«, sagt er. »Es wäre mir ein Vergnügen, Sie durch unsere Einrichtung zu führen.«

Lu betrachtet Dr. Dus Bart und die Kappe auf seinem Kopf. »Sind Sie ein Hui?«, fragt Lu.

Die Hui-Chinesen sind Muslime, die verstreut in ganz China leben, hauptsächlich jedoch im Nordwesten des Landes. Lu weiß nicht viel über die Hui, außer dass die meisten chinesisch aussehen und Mandarin sprechen, aber einen *taqiyah* tragen. Sie sind nicht mit Chinas anderer muslimischen Minderheit zu verwechseln, den Uiguren, die eine Turksprache sprechen und staatlicherseits als ein terroristisches Risiko betrachtet werden.

»Meine Vorfahren kommen aus China. Sie gehörten zum Sultanat in der Provinz Yunnan.«

»Ein Sultanat in Yunnan? Das ist mir neu.«

Du winkt ab. »Das ist sehr lange her. Neunzehntes Jahrhundert. In Yunnan gab es einen muslimischen Aufstand. Das Militär der Qing-Dynastie wurde aus der Provinz verbannt und das islamisches Königreich von Yunnan errichtet. Es hat etwa zehn Jahre relativ friedlich existiert, doch dann kehrte die Qing-Dynastie mit französischer Artillerie zurück, und … na ja, Sie können sich vorstellen, was passiert ist. Musketen, Speere und Rattanschilde sind Sprenggranaten nicht gewachsen. Deswegen sind meine Vorfahren in den Süden des Landes geflohen. Und da sind wir immer noch, hundertfünfzig Jahre später.«

Sie bahnen sich ihren Weg auf die westliche Seite des Geländes. Lu hält die Augen offen nach Gebäuden, in denen VIPs wie Wilson Fang untergebracht sein könnten. Er stellt Du weitere Fragen nach seinem Werdegang.

»Ich bin nicht weit von hier geboren«, sagt Du. »Mein Vater war, wie die meisten Einheimischen, im Gewerbe tätig.«

»Gewerbe?«

»Mohnanbau.«

»Ah.«

»Ich wollte etwas anderes aus meinem Leben machen. Ich war ein sehr fleißiger Schüler, und allen Widrigkeiten zum Trotz habe ich es als armer Junge aus einem kleinen Dorf auf die einzige tiermedizinische Universität des Landes geschafft.«

»Das ist eine beachtliche Leistung.«

»Danke.« Du lächelt, sichtlich stolz. Dann verdüstert sich seine Miene. »Trotzdem bin ich wieder hier gelandet. Behandle Tiger mit Darmparasiten und lungenkranke Schuppentiere.«

Sie erreichen ein Tor mit einem befestigten Wachturm, das von Soldaten geöffnet wird. Sie überqueren eine schmale Brücke und gehen einen Schotterpfad entlang, der in den Wald führt.

»Vielleicht ist Ihnen ja bekannt, dass die Aufzucht von gefährdeten Tierarten in Privatzoos heute staatlicherseits erlaubt ist«, sagt Du. »Was ich Ihnen hier zeigen werde, ist also vollkommen legal. Vor einem Jahr war das noch nicht so.« Du zündet sich eine Cheroot an, bietet auch Lu eine an, aber der lehnt ab. »Ihre Meinung könnte sich schnell ändern«, sagt Du. »Der Rauch vertreibt die Mücken.«

Versteckt zwischen den Bäumen, Farnen und blühenden Pflanzen entdeckt Lu spanische Reiter und Metallzäune. »Die neuen Regeln machen es wohl leichter, die Wildtiere gewissermaßen zu ›waschen‹.«

»Richtig. Die Regierung hat eigentlich keine Möglichkeit festzustellen, was unter den neuen Regeln als gezüchtet gilt und was gewildert ist. Aber so wie ich das verstanden habe, geht es Ihrem Auftraggeber in erster Linie darum, dass das Wildfleisch genug *yewei* hat.«

»Ja.« Lu verscheucht einen Schwarm Insekten. Vielleicht hat Du ja doch recht, was den Rauch des Stumpen betrifft.

»Wie Sie sehen, leben die Tiere, die wir hier in Gefangenschaft züchten, innerhalb der Gehege doch in einer relativ natürlichen Umgebung«, erklärt Du. »Obwohl die Tiere von Geburt an von Menschen aufgezogen werden, bewahrt sich das Fleisch seinen kräftigen Geschmack. Seine medizinische Wirkung ist genauso stark wie bei dem von echten Wildtieren. Da, sehen Sie mal, ein Tiger.«

Du streckt den Zeigefinger aus. Lu blinzelt und tatsächlich, hinter einem hohen Maschendrahtzaun, zwischen den fleckigen Schatten des dichten Unterholzes, rekelt sich ein Tiger in der tropischen Hitze. Es ist nicht das schönste Exemplar, das Lu je gesehen hat. Das Tier ist dünn und offenbar sogar räudig, und sein Gehege, obwohl recht weitläufig, ist übersät mit vertrocknetem Kot. Es bietet keinerlei Beschäftigungsmöglichkeiten: Es gibt kein Klettergerüst, keine Höhle oder andere Abwechslungen, nur einen flachen Trog mit trübem Wasser.

»Und er kann wirklich nicht entkommen?«, fragt Lu.

»Man soll ja niemals nie sagen.« Du lacht und pfeift dann kurz. Sofort erscheint hinter einer verborgenen Schutzwand ein Burmese in Tarnkleidung, bewaffnet mit einer Ruger-Repetierbüchse Kaliber .375. »Darf ich vorstellen? Kaung«, sagt Du. Kaung verbeugt sich und lacht breit. »Es sind noch andere Männer an verschiedenen Stellen postiert, für den Fall, dass das Unerwartete doch einmal eintritt. Vielen Dank, Kaung.« Kaung salutiert und taucht wieder unter.

Lu fragt sich, wie viele Wachen wohl im Wald versteckt sind. Mit jeder Minute schwindet sein Vertrauen in die Erfolgsaussichten von Hauptmann Bangs Aktion.

Sie setzen ihren Weg den Schotterpfad entlang fort. Du macht ihn noch auf andere Gehege aufmerksam, Leoparden, Vögel und Reptilien. Die Tiere sehen nicht aus, als litten sie Not, doch die Einfriedungen sind beengt und schmutzig, und natürlich weiß Lu, dass die Tiere, obwohl noch in der Blüte ihres Lebens, allesamt geschlachtet und ihr Fleisch und diverse Nebenprodukte, von denen man sich eine medizinische Wirkung verspricht, dann verkauft werden. Nachdem Lu zum dritten Mal ein *Ta ma de* geflüstert hat, fragt ihn Du, ob alles in Ordnung sei.

»Jaja«, antwortet Lu. »Ich bin eben ein Junge aus der Stadt. Ich freue mich, dass ich diese exotischen Tiere mit eigenen Augen sehen kann. Das ist alles. Ich hätte aber auch Elefanten erwartet.«

»Elefanten gibt es bei uns auch«, sagt Du. »Aber sie brauchen sehr viel Auslauf, und sie zerstören viel Gelände, deswegen halten wir sie auf Abstand. Bären übrigens auch.«

»Bären?«

»Aber ja. Unsere Brüder im Norden sind verrückt nach Bärentatzen und dem Gallensaft der Bären. Möchten Sie unsere Zapfanlage sehen?«

Sie machen einen fünfzehnminütigen Umweg einen Hang hinauf zu einem großen, mit Wellblech bedeckten

Gebäude, das von bewaffneten Soldaten bewacht wird. In dem Gebäude befinden sich etwa zwölf vor Schmutz starrende Stahlkäfige, in denen Bären gefangen gehalten werden. Es stinkt bestialisch.

»Bärengallensaft enthält Ursodeoxycholsäure«, erläutert Du. »Eignet sich ausgezeichnet für die Behandlung von Leber- und Gallenblasenkrankheiten.«

»Leiden die Tiere?«, fragt Lu.

»Ah«, weicht Du aus. »Wir betäuben die Tiere, bevor wir die Galle ablassen. Nicht so wie in anderen Farmen, wo die Drainage einfach immer im Körper verbleibt.«

Die Käfige sind so klein, dass sich die Bären kaum bewegen können. Sie wirken apathisch und sind mager. Bei vielen fehlen die Zähne ganz oder sind gebrochen. »Ziehen Sie ihnen absichtlich die Zähne aus, damit sie nicht beißen?«

»Nein. Das kommt, weil sie versuchen, sich in die Freiheit durchzukauen.«

Einer der Bären schlägt mit dem Kopf gegen die Gitterstäbe seines Käfigs. Du besitzt zumindest den Anstand, peinlich berührt dreinzublicken. »Sollen wir weitergehen?«

Beim Verlassen des Gebäudes sieht Lu eine Straße, die noch höher den Hügel hinaufführt. »Was ist da oben?«

Du zögert. »Da werden *yaba* und Eis hergestellt.« Mit *Eis* meint Du hochwertiges Crystal Meth. *Yaba* – »verrückte Droge«, eine Mischung aus Billig-Meth und Koffein –, ist in Südostasien der Treibstoff auf Baustellen, bei Tagelöhnern, Taxifahrern und im Nachtleben.

Aus Interpolberichten weiß Lu, dass trotz der sporadischen Versuche der burmesischen Behörden, rigoros durchzugreifen, die Meth-Produktion auch weiterhin die lokale Wirtschaft am Laufen hält. Außer Meth und *yaba* werden Heroin, Ketamin und seit Neuestem auch Fentanyl in Hightech-Laboren im Dschungel hergestellt und anschließend von chinesischen Triaden, japanischen Yakuza und australischen Bikergangs in Asien, dem südlichen Pazifikraum, Kanada und den Vereinigten Staaten vertrieben.

»Können wir uns das kurz anschauen?«, fragt Lu.

»Das gehört nicht in meinen Verantwortungsbereich«, antwortet Du. »Und man hat mir gesagt, dass Sie nur wegen der Tiere hier sind.«

Lu beschließt, sein Glück lieber nicht herauszufordern. »Ganz recht. Ich habe nur so aus Neugier gefragt.«

Die Tour über das Gelände endet mit einem Besuch der Anlage, wo die Tiere getötet, gehäutet und entbeint werden, das Fleisch tiefgefroren oder geräuchert wird und die Knochen, Geschlechtsorgane, Zähne, Stoßzähne, Hörner und alle anderen Nebenprodukte, sortiert nach medizinisch wertvoll oder Schmuckelement, weiterverarbeitet werden. Es ist ein lang gestreckter Bau aus Wellblech, mit dem Schlachthaus an einem und der Fleischverpackung am anderen Ende. Lu beschleicht unwillkürlich das Gefühl, als würde er die achtzehn Ebenen der Unterwelt durchschreiten. Die Feuergrube. Die Kammer des Zungenausreißens. Der Raum der Ausweidung.

Der Geruch nach Blut, Ausscheidungen, Innereien und Chemikalien ist überwältigend, doch die Arbeiter, die schweißnass, halb nackt, in kurzen Hosen und dreckstarrenden Schürzen ein entsetzliches Bild götzenanbetender Steinzeitwilder heraufbeschwören, scheint das nicht zu stören. Lu kann sogar ein paar Männer mit Ketten aus Tierzähnen um den Hals ausmachen. Überall liegen Häute und andere Teile von Tieren, hängen an Stangen oder von Fleischhaken herab wie nach einer schaurigen Industriehavarie.

Pflichtbewusst zeigt Du seinem Gast auch die fleischverarbeitenden Stationen: ausbluten, häuten, zerlegen, einfrieren und verpacken. Sie bleiben stehen und schauen zu, wie ein Schuppentier für den Verarbeitungsprozess vorbereitet wird. Das scheue kleine Tier wird zuerst mit einem Hammerschlag auf den Kopf betäubt, dann umgekehrt aufgehängt und der Länge nach aufgeschnitten, damit das Blut abfließen kann. Danach wird es in einem Becken mit kochendem Wasser entschuppt, schließlich ausgenommen, gewaschen, in Plastik eingeschweißt und mit Trockeneis in einen Schiffscontainer gepackt.

»Wo geht die Sendung hin?«, fragt Lu, als ein Arbeiter den Container versiegelt.

Du legt einen Finger an die Lippen. »Das sagen wir nie.«

»Nein, natürlich nicht.«

Als sie endlich nach draußen ins Sonnenlicht treten, möchte Lu am liebsten im Staub auf die Knie sinken und Guanyin, der buddhistischen Göttin der Gnade, für die Befreiung aus dem Purgatorium danken.

Du zündet sich den nächsten Stumpen an. »Möchten Sie sonst noch etwas wissen?«

»Vielen Dank. Ich denke, das reicht.«

»Sind Sie überzeugt von der Qualität unserer Produkte?«

»Ja.«

»Möchten Sie mit mir zu Mittag essen?«

»Seltsamerweise habe ich gar keinen Hunger. Liegt vielleicht an der Hitze. Ich gehe zurück auf mein Zimmer und aale mich erst mal in der klimatisierten Luft.«

»Wie Sie wünschen.«

Auf dem Rückweg kommen Lu und die ihn begleitenden Soldaten an mehreren Gästehäusern vorbei, alle auf Stelzen errichtet. Aus einem hört Lu Musik. Er sieht keine Wachleute am Fuß der Treppe stehen, was nur heißen kann, dass der Bewohner frei kommen und gehen kann.

Lu bleibt einen Moment stehen, um zu lauschen. Er erkennt in der Melodie das traditionelle chinesische Volkslied *Regenbogenschwestern*.

Regenbogenschwester, en ai hai you!
Sie ist so wunderschön geworden, en ai hai you!
Lippen wie Kirschen, en ai hai you!

Nur ein Mensch, der sich nach seiner Heimat sehnt, würde so ein uraltes Lied spielen.

Als die Soldaten Lu an seinem Quartier abliefern, sieht er Bullethead nur mit Shorts bekleidet, im Staub neben der Treppe Liegestütze machen. Er stützt sich dabei nur auf die Fäuste. Sein bulliger Oberkörper glänzt vor Schweiß, und sein gesamter Rücken ist mit Tattoos im Stil der Yakuza bedeckt. Die Soldaten suchen Schutz im Schatten zwischen den Gebäuden und rauchen.

Bullethead steht auf und wischt sich den Sand von den Beinen. »Genug Tigerschwänze für heute gesehen?«

»Davon kann man nie genug kriegen!«

Lu will die Treppe hinaufgehen, doch Bullethead versperrt ihm den Weg. »Ich traue Ihnen nicht.«

»Das verletzt mich zutiefst.« Lu bedeutet Bullethead, zur Seite zu gehen.

Bullethead rührt sich nicht vom Fleck. »Alex Ho ist ein Spitzel. Und ich glaube, Sie auch.«

»Wer sagt, dass er ein Spitzel ist?«

»Die Leute.«

»Die Leute reden viel.«

»Wissen Sie, was Daw Khaw mit Spitzeln macht? Sie wirft sie ihren Tigern zum Fraß vor.«

»Alles klar«, sagt Lu. »Wollen Sie mich einschüchtern? Wenn Sie damit fertig sind, würde ich Sie bitten, mir aus dem Weg zu gehen.«

»Versuchen Sie doch, an mir vorbeizukommen.« Bullethead reckt trotzig das Kinn.

Lu sieht zu den Soldaten. Sie verfolgen interessiert das Geschehen und zeigen keine Bereitschaft einzugreifen. Lu seufzt. »Wollen Sie sich mit mir prügeln? Wenn ja, müsste ich vorher noch kurz pinkeln und was trinken.«

Bullethead Zähne glänzen stumpf. »Jetzt nicht. Aber vielleicht bald.« Er tritt zur Seite.

Lu geht nach oben und legt seine durchgeschwitzten Kleider ab. Er duscht und legt sich aufs Bett.

Was für ein Tag.

VIERUNDDREISSIG

Nachdem er sich eine Stunde lang hin und her gewälzt hat, steht Lu auf, zieht sich an und befestigt die Kamera wieder in einem Knopfloch an seinem Hemd. Er nimmt sich Wasser und etwas Obst aus der Teeküche und legt eine Disc mit einem alten *Rambo*-Film in den DVD-Player ein. Der Film erscheint ihm noch schlimmer als in der Erinnerung, und nach einer halben Stunde schaltet er aus. Um sieben Uhr kommt ein Diener und holt ihn ab.

Am Fuß der Treppe wartet Cho bereits auf ihn. Er trägt einen traditionellen *longyi*, die Falten in Hüfthöhe umgeschlagen, eine rote Seidenbluse, ein grellbuntes Halstuch und eine violette Kopfbedeckung. Er ist geschminkt, Lippenstift, Rouge, Lidschatten. Lu muss gestehen, dass er umwerfend aussieht, aber er fragt sich auch, was Cho dazu veranlasst, in diesem Aufzug aufzutauchen.

Cho gibt keine Erklärung. Er grüßt Lu mit einem Kopfnicken und geht los, die Diener im Schlepptau.

Lu holt ihn ein. »Heute ohne Bullethead?«

»Ja«, sagt Cho. »Heute Abend werden Sie und Khaw die Bedingungen aushandeln. Solche Dinge sind jenseits seiner Gehaltsklasse.«

»Soll heißen, er taugt nur als Knochenbrecher.«

»Manchmal braucht man ein Skalpell, manchmal eine Keule. Bullethead ist eine Keule.«

Lu kann seine Neugier nicht bezähmen. »Und warum heute dieser Aufzug?«

Cho hält kurz inne, ehe er antwortet. »Ich bin ein *Nat Kadaw*.«

»Was sind Sie?«

»Ein *Nat Kadaw*.«

»Ist das der burmesische Begriff für einen Mann, der gerne Frauenkleider trägt?«

»Nein. Ein *Nat Kadaw* ist ein … Wie soll ich das erklären? Er ist ein Mensch, der im Auftrag der Lebenden mit den Geistern kommuniziert.«

»Ein Medium?«

»Mehr oder weniger.«

»Mit welchen Geistern reden Sie? Toten Verwandten? Können Sie eine Nachricht von meiner Großmutter empfangen? Richten Sie ihr aus, dass ich ihr Reis-Congee vermisse.«

»Das ist kein Scherz.«

»Nein, natürlich nicht.« Sie trotten eine Weile schweigend nebeneinanderher, dann fragt Lu: »Mit welchen Geistern reden Sie denn nun?«

»Mit den *Nats*.«

»Mit wem?«

»Den *Nats*. Die *Nats* sind Naturgeister, aber auch Menschen, die vor langer Zeit gelebt haben. Könige. Krieger. Und einfache Bürger. Es gibt siebenunddreißig Große *Nats*.

Sie alle haben ein vorzeitiges Ende gefunden und dadurch übernatürliche Kräfte erlangt.«

»Was für Dinge offenbaren Ihnen die *Nats*?«

»Was immer Sie wollen. Ratschläge in geschäftlichen oder in Liebesangelegenheiten. Für die Zukunft. Manchmal auch nichts.«

»Und warum die Frauenkleider?«

»*Nat Kadaw* sind Gefährten der *Nats*.«

»Gefährten. Also Bräute?«

»Ja … aber ein *Nat Kadaw* kann männlich oder weiblich sein. Es hängt nicht vom Geschlecht ab. Und auch nicht von der sexuellen Orientierung. Ich habe mich nicht aus freien Stücken dafür entschieden, ein *Nat Kadaw* zu sein. Als ich sechzehn Jahre alt war, ist mir im Traum ein *Nat* erschienen und hat mir gesagt, wir seien verheiratet. Ich habe mich lange dagegen gesträubt. Dann wurde ich sehr krank. Mir blieb nichts anderes übrig, als einzuwilligen. Deswegen habe ich irgendwann dieses Land verlassen und bin nach Kunming gezogen. Die *Nats* sind dort nicht so mächtig. Aber wenn ich nach Hause zurückkehre – spüre ich ihren starken Einfluss.«

»Mit welchem *Nat* sind Sie verheiratet?«

»Was geht Sie das an?«

»Ist es ein Geheimnis?«

»Nein, aber ich lege keinen Wert darauf, mich Ihrem Spott auszusetzen.«

»Sie schätzen mich falsch ein, Bruder Cho. Ich frage Sie nicht, um Spott mit Ihnen zu treiben, sondern weil ich etwas lernen will.«

Zwischen den Falten seines Rocks zaubert Cho eine Packung Zigaretten hervor und steckt sich eine an. »Es ist der Herr des Großen Berges. Auch als Der Schönling bekannt.«

»Ein cooler Spitzname.«

»Er war berühmt für seine Kraft. Er konnte den Stoßzahn eines Elefanten mit bloßen Händen zerbrechen. Der König fühlte sich daher bedroht und ließ ihn bei lebendigem Leib verbrennen.«

»Vor Despoten mit einem Minderwertigkeitskomplex muss man sich in Acht nehmen. Aber mir ist aufgefallen, dass Sie sich für das Festessen gestern Abend nicht so gekleidet haben. Warum nicht?«

»Daw Khaw bittet den Schönling bei geschäftlichen Abschlüssen gern um seinen Rat.«

Lu gefällt das alles nicht. Er hat noch nie von diesen *Nats* oder *Nat Kadaw* gehört. Er ist nicht abergläubisch, im Laufe der Jahre aber Zeuge von Phänomenen geworden, die sich nicht ohne Weiteres erklären ließen. Von Göttern besessene Tempelmedien und Ähnliches. »Das erscheint mir nicht fair. Das ist wie Insiderhandel.«

»Sie haben nichts zu befürchten. Es sei denn, Sie haben Grund dazu.«

»Was sind Sie, ein Glückskeks?«

»Was bitte?«

»Egal.«

Sie gelangen an einen Torbogen und betreten einen Hof, in dem sich ein seichtes, auf allen vier Seiten von überdachten Kolonnaden umgebenes Becken befindet. Eine schmale

Brücke wölbt sich über das Wasser zu einem Pavillon in der Mitte des Beckens. Postiert im Schatten der Kolonnaden fallen Lu einige von Khaws Leibwächterinnen auf.

Der Pavillon hat eine rechteckige Form, mit einem mehrstufigen Dach, das sich nach oben verjüngt. Die Tragbalken sind mit farbigen Schnitzereien versehen, die Wände mit glänzenden Glasstücken und funkelnden Steinen verziert. In dem Pavillon steht ein kleiner, von Kerzen erleuchteter Esstisch.

Lu erkennt die Szenerie mit dem Pavillon sofort von dem Bildschirmschoner auf Wilson Fangs Computer wieder – hier wurde das Foto von Fang mit der geheimnisvollen Frau aufgenommen, ihr Gesicht verborgen hinter einer erhobenen Tasse. Die Frau ist Khaw, das weiß Lu jetzt. Fang wird vermutlich nicht zu dem Essen dazustoßen, aber wenigstens ist dies eine Gelegenheit für Lu, Beweise zu sammeln, dass Fang sich früher mal hier aufgehalten hat und es eine Verbindung zu Khaw gibt. Er bereitet einen Schnappschuss vor und sagt: *»Ta ma de.«*

»Was ist los?«, fragt Cho.

»Ich bin überwältigt von der Schönheit der Szene.«

Cho und Lu setzen sich einander gegenüber und lassen das Kopfende des Tisches – Khaws rechtmäßiger Platz als Gastgeberin – leer. Ein Diener nimmt ihre Getränkewünsche entgegen. Cho bestellt wie üblich Whisky mit Eis, Lu fragt, ob sie Shaoxing-Wein im Angebot haben, und freut sich, dass es ihn auch hier gibt. Die Getränke kommen schnell. Cho trinkt einen Schluck, was einen hellen, halbrunden Abdruck seines Lippenstifts am Glasrand hinterlässt. Lu probiert den Wein. Nicht schlecht. Aber auch nicht ausgezeichnet.

Nach einer kurzen Wartezeit rauscht Daw Khaw herein, begleitet von zwei weiblichen Wachen, von denen eine Goldene Giftnatter ist.

Khaw nimmt Platz. Sie trägt Freizeitkleidung, einen langen, fließenden *longyi* und eine schwarze Bluse mit Schlüsselloch-Ausschnitt. Die Haut an Hals, Brust und Schultern glänzt, Khaw ist geschminkt. Lu findet die Wirkung verführerisch. Khaw zündet sich eine Cheroot-Zigarre an und bietet auch Lu eine an, der aber lehnt ab; Cho raucht Marlboro. Das Essen wird auf sehr kleinen Porzellantellern serviert. Die Unterhaltung ist oberflächlich, Cho beteiligt sich nicht daran.

Khaw benutzt zwei Essstäbchen aus Holz mit Perlmuttintarsien und befördert damit einen winzigen Happen in den Mund. »Dr. Du hat mir gesagt, dass Sie mit der Qualität unserer Produkte zufrieden sind.«

»Ich werde Alex einen begeisterten Bericht schicken.«

»Das freut mich.«

»Es wird sein Interesse wecken. Vielleicht möchte er dann monatlich eine Sendung mit jeweils verschiedenen Waren erhalten.« Lu probiert den eingelegten Fisch. »Wäre das ein Problem?«

»Nein. Aber die Preise variieren, je nach Angebot und Nachfrage und je nachdem, wie stark die Behörden den Handel ins Visier nehmen.«

»Wie verhält es sich mit dem Transport?«, fragt Lu.

»Wir garantieren die Lieferung.«

»Aber wie gehen Sie dabei vor?«

Khaw legt ihre Essstäbchen beiseite und trinkt einen winzigen Schluck von ihrem ausländischen Wein. »Wir benutzen kommerzielle Transporte mit falschen Papieren. Menschliche Kuriere. Oder wir schicken die Ware mit der Post. Es gibt viele Möglichkeiten.«

Lu hustet, als ihm Zigarettenqualm ins Gesicht weht. Cho isst kaum etwas, raucht Kette und trinkt einen Whisky nach dem anderen. »Und wenn die Sendung auffliegt?«

»Dann brauchen Sie auch nichts zu zahlen. Natürlich ist es ratsam, eine fremde Lieferadresse zu verwenden, die man nicht bis zu Ihnen zurückverfolgen kann.«

Nachdem die logistischen Fragen geklärt sind, wenden sie sich der Preisgestaltung zu. Lu weiß, dass kein Geld den Besitzer wechseln wird, doch er feilscht tüchtig, schon um Eindruck zu machen, aber auch Daw Khaw ist eine gerissene und hartnäckige Verhandlerin. Anschließend kann sich Lu gut vorstellen, wie einer ihrer Bären sich fühlen muss, wenn ihm die Galle abgelassen wird.

Gegen Ende der Mahlzeit baut sich eine Musikgruppe am Eingang des Pavillons auf und fängt an zu spielen. Cho schwingt sanft im Takt mit. Er scheint ziemlich betrunken zu sein.

Khaw bestellt eine Flasche Champagner und drängt Lu gleich mehrmals dazu, zur Feier des Tages mit ihr anzustoßen. Sie ist in Geberlaune, und Lu nutzt die günstige Gelegenheit, sie nach Informationen über Wilson Fang zu fragen.

»Ich habe neulich ein interessantes Gerücht gehört«, fängt er behutsam an.

»Gerüchte«, erwidert Khaw, »sind Geschichten, die sich kleine Leute über uns zuflüstern – kleine Leute, die neidisch auf uns sind.«

»Stimmt. Vergessen Sie, was ich gesagt habe.«

Khaw schnippt die Asche von ihrem Stumpen in einen Porzellanteller. »Warum so schüchtern? Raus damit.«

»Es betrifft jemanden, der, glaube ich, ein Kunde von Ihnen ist. Ein Restaurantbesitzer aus dem Norden. Wilson Fang.«

Khaws Miene verhärtet sich. »Woher kennen Sie Wilson?«

»Er ist berühmt. Das heißt, sein Restaurant ist berühmt. Man sagt, es gäbe dort alles, was das Herz begehrt, solange man bereit ist, dafür zu bezahlen.« Khaws missmutiges Knurren klingt wenig ermutigend. Lu hakt dennoch nach. »Anscheinend hat er die falschen Leute verärgert, und sie haben versucht, ihn zu töten.«

»Shen bu you ji«, murmelt Khaw. Dieser Ausdruck, dem meist ein *ren zai jiang hu* vorangestellt wird, bedeutet so viel wie »Schlimme Dinge passieren nun mal« und bezieht sich auf die Gefahren, die das Leben eines Banditen mit sich bringt.

»Wissen Sie, wer versucht hat, ihn zu töten?«, treibt es Lu weiter voran.

»Was geht Sie das an, Bruder Ming?«

»Nichts«, sagt Lu. »Ist sowieso nur Gerede.«

»Ausländer haben ein Sprichwort, vielleicht kennen Sie es. ›Neugier ist der Katze Tod.‹«

»Sie haben recht. Es geht mich nichts an.«

»Ja, es geht Sie nichts an.«

»Das Seltsame ist nur …«, setzt Lu erneut an, doch Khaws Blick sagt ihm, dass er zu weit gegangen ist. Er lächelt, zuckt mit den Schultern und wendet sich Cho zu, um ihn zur Ablenkung in die Unterhaltung mit einzubeziehen. Doch Cho hat die Augen halb geschlossen, das Kinn ruht auf seiner Brust. Lu ist erstaunt. Im Goldenen Wasserbüffel hatte er beobachten können, wie Cho fast eine ganze Flasche Whisky allein ausgetrunken hat und trotzdem nicht völlig abgestürzt ist. Andererseits hat er heute Abend kaum etwas gegessen.

»Nun? Fahren Sie fort«, sagt Khaw nach einem kurzen Schweigen. »Bringen Sie Ihren Gedanken zu Ende.«

»Es ist nicht wichtig.«

»Nun sagen Sie schon!«

»Wenn Sie darauf bestehen. Dem Gerücht nach soll Fang aus China geflohen und momentan bei einem mächtigen Freund untergekommen sein. Der Freund soll an einem versteckten Ort irgendwo in Myanmar leben.«

»Wer verbreitet solche Gerüchte?«

»Ich bitte Sie, *A Sao*. In der *jianghu* gibt es so gut wie keine Geheimnisse.«

Jianghu – »Flüsse und Seen« – ist die Kurzform für die kriminelle Unterwelt. Inspiriert von chinesischen Kampfkunstromanen steht der Begriff für ein fiktives Universum, in dem rechtschaffene Banditen gegen eine korrupte Regierung und für Gerechtigkeit kämpfen.

»Es wäre eine grobe Dummheit meinerseits, jemanden aufzunehmen, der vor den chinesischen Strafverfolgungsbehörden geflohen ist«, sagt Khaw. »Wir sind auf den guten Willen unserer Freunde im Norden angewiesen. Den aufs Spiel zu setzen, würde mich gegenüber meinen eigenen Leuten in eine sehr unangenehme Lage bringen.«

»Ein Freund in Not …«

»In diesem Geschäft gibt es keine Freunde, Bruder Ming. Sie täten gut daran, das zu beherzigen.«

»Zweifellos.« Lu nimmt als eine Art Friedensangebot die Flasche, um Champagner nachzuschenken, doch Khaw bedeckt ihr Glas mit der Hand. Sein ungeschickter Versuch, ihr Informationen zu entlocken, hat die Stimmung verdorben.

Es ist daher fast eine Erlösung, als Cho abrupt vom Tisch aufsteht. Er schlurft in eine Ecke des Pavillons, hebt die Arme und dreht sich im Kreis. Die Musikgruppe reagiert und beschleunigt das Tempo. Eine Musikerin kommt und überreicht Cho ehrerbietig einen grünen Blätterzweig. Er nimmt ihn entgegen und wedelt damit, wie ein Junge mit einem Leuchtstab auf einer Technoparty.

Endlich ist Der Schönling dazugestoßen.

FÜNFUNDDREISSIG

Die Musikerin trällert in ein Mikrofon. Cho hüpft herum; seine ungelenken Bewegungen changieren zwischen der exakten Choreografie eines traditionellen südostasiatischen Tanzes und der Ausgelassenheit einer betrunkenen Oma, die auf einer Hochzeit eine flotte Sohle aufs Parkett legt.

Ein Diener nimmt die Flasche Whisky vom Tisch und schüttet Cho einen ordentlichen Schluck in den Mund, zündet dann eine Zigarette an und steckt sie ihm zwischen die Lippen. Lu kann nicht erkennen, ob Cho unter Drogen steht, ob er besessen ist oder das Ganze nur vortäuscht. Khaw dagegen scheint keinen Zweifel zu haben. Sie blickt verzückt, eine echte Gläubige.

Lu kommt eine beunruhigende Erkenntnis. Mit wenigen ausgewählten Worten in Khaws Ohr hätte Cho die Macht, Lu ausbluten zu lassen wie das bedauernswerte Schuppentier, das er bei der Führung über das Gelände gesehen hat.

Die Musik wird lauter und schneller. Cho, schweißnass im Gesicht, hüpft auf und ab. Khaw holt ein dickes Bündel amerikanischer Banknoten hervor und hält es hoch. Ein Diener eilt herbei, um es entgegenzunehmen. Er durchsticht das Bündel in der Mitte mit einer Sicherheitsnadel, worauf Cho seinen Tanz kurz unterbricht, um dem Diener Gelegenheit zu geben, das Geld an seine Kleidung zu heften.

So geht es eine ganze Weile weiter. Cho werden Zigaretten und Whisky aufgedrängt, Geldscheine an seine Kleidung geheftet oder in den Bund des *longyi* gesteckt. Schließlich winkt er Khaw zu sich.

Sie geht zu ihm. Er legt seine Arme auf ihre Schultern. Lu kann nicht hören, was er sagt, und selbst wenn könnte er es vermutlich nicht verstehen, denn sie scheinen burmesisch zu sprechen. Khaw ist ganz auf Cho konzentriert, und Lu nutzt die Gelegenheit, um einige Fotos von den beiden zusammen zu machen. Nach ein paar Augenblicken nickt sie, verbeugt sich und kehrt an ihren Platz zurück. Lu sucht in ihrem Gesicht nach Warnsignalen, doch ihre Miene verrät nichts.

Cho macht Lu ein Zeichen. Lu tut so, als würde er es nicht bemerken.

»Der *Nat* ruft Sie«, sagt Khaw.

»Danke, ich bin nicht interessiert.«

»Es ist eine Ehre. Nicht jeder wird auserwählt.«

»Ich glaube nicht daran.«

Khaws Augen blitzen. »Gehen Sie!«

Lu steht widerwillig auf und nähert sich Cho. Cho packt ihn an den Schultern, seine Finger sind wie Krallen. Von seiner Nase fällt ein Schweißtropfen. »Bruder«, sagt Cho nach einer dramatischen Pause. »Sie gehen einen gefährlichen Weg.«

Lu stockt der Atem. Das Wort für Weg auf Mandarin ist

lu. Das chinesische Zeichen wird anders geschrieben als Lus Nachname, aber trotzdem – will Cho damit andeuten, dass er mehr weiß, als er preisgibt? Spielt er mit Lu?

»Ich nehme gerne einen Umweg, wenn Sie das für nötig halten«, sagt Lu zurückhaltend.

Ein Diener taucht auf, um Cho eine brennende Zigarette in den Mund zu stecken. Cho pafft ein paar Züge, spuckt die Zigarette dann aus. »Falls Sie es bis nach Hause schaffen, suchen Sie Frieden … und finden dadurch, was Sie begehren.«

»*Falls?* Was meinen Sie damit?«

Cho rasselt eine lange, ununterbrochene Wortfolge herunter, die sich in Lus Ohren wie Kauderwelsch ausnimmt. Er braucht einen Moment, bis ihm klar wird, dass es Burmesisch ist. »Wenn Sie wollen, dass ich Sie verstehe, müssen Sie Mandarin mit mir sprechen.«

Cho bläst ihm seinen ekelhaften Alkoholatem ins Gesicht. »Denken Sie daran – eine Schwalbe macht noch keinen Sommer.«

In der chinesischen Kultur sind Schwalben die Vorboten des Frühlings und ein Symbol für Eheglück. Zufällig bedeutet Yanyans Name ebenfalls Schwalbe. Was will Cho ihm damit sagen? Dass Lu und Yanyan als Paar dem Untergang geweiht sind? »Reden Sie Klartext«, fährt Lu ihn entnervt an. »Genug der Rätsel.«

Cho scheint kurz davor, eine weitere geheimnisvolle Verkündigung zu machen, da bricht er zusammen. Lu kann ihn gerade noch rechtzeitig auffangen, bevor er zu Boden stürzt. Diener eilen herbei, um Cho zurück an seinen Platz zu bringen. Sie wischen ihm den Schweiß vom Gesicht und geben ihm Wasser zu trinken.

»Bringt ihn zurück in sein Quartier«, befiehlt Khaw.

Cho wird von Dienern des Pavillons fortgebracht; seine Füße schleifen über den Boden, der Kopf baumelt herab. Die Musikgruppe packt ihre Instrumente zusammen und verlässt die Bühne.

Lu ist besorgt über Chos Zustand. »Kommt er wieder auf die Beine?«

»Er wird es schon schaffen«, sagt Khaw. »Nur ein, zwei Tage völlig erschöpft sein, mehr nicht.« Ihre Laune hat sich anscheinend aufgehellt. Sie hält ihren Champagnerkelch zum Nachschenken hin. Ein Diener eilt herbei, doch Lu winkt ihn fort und gießt Khaw selbst nach.

»Was hat Der Schönling zu Ihnen gesagt, wenn ich fragen darf?«, sagt Lu.

»Glück im Geschäftlichen, Pech in der Liebe.«

»Das tut mir leid.«

»Besser als andersherum.«

»Wohl keine Romantikerin, oder?«

»Liebe und Schönheit verblassen, Bruder Ming. Aber Gold ist beständig. Und was hat Nat zu Ihnen gesagt?«

»Dass ich Ihr Premiumkunde sein werde.«

Khaw lacht. »Gewiss hatte er etwas Interessanteres zu sagen.«

»Der Zyniker in mir glaubt, dass sogenannte Medien wie Cho ihre Botschaften einigermaßen vage formulieren, damit die Leute die Leerstellen von allein ergänzen.«

»Vielleicht gibt es in Ihrem Land keine Götter mehr. Ihre

kommunistische Regierung hat sie verscheucht. Hier dagegen gibt es sie noch. Manchmal ziehen sie den Vorhang ein Stück beiseite, und man erhascht einen Blick auf die kommende Welt.«

Lu hebt sein Glas. »Wollen wir hoffen, dass es eine schöne Aussicht ist, *A Sao*.«

Sie trinken. Khaw beugt sich vor. »Nebenbei bemerkt, Sie sind auch kein übler Anblick.«

»Ein Kompliment, das mich ehrt.«

»Wenn Sie mich heute so sehen, können Sie es nicht wissen, aber ich war früher mal eine echte Schönheit.«

»Das sind Sie immer noch.«

Khaw hebt einen dicken Finger. »Aber schon als junges Mädchen, naiv und noch feucht hinter den Ohren, habe ich mich geweigert, von irgendwem kontrolliert zu werden. Manche mussten ganz schön Lehrgeld zahlen.«

»Das glaube ich Ihnen gern. Aber Sie haben sich nie verliebt?«

»Oh, doch. Sogar oft. Und wenn ich mich in einen verguckt hatte – die Hitze, die ich dann entwickelt habe, hat ausgereicht, um jedes Bett in Brand zu setzen.« Lu lacht verlegen, aber Khaw bemerkt es nicht einmal. Sie lächelt angestrengt Richtung Decke, über irgendeine persönliche Erinnerung, als würde sie dort oben einen alten Schwarz-Weiß-Film betrachten. Sie kehrt zur Erde zurück und sieht Lu an. »Ob Mann oder Frau.«

Lu fragt sich, worauf sie hinauswill. Khaw ist nicht jung, aber sie strahlt eine sexuelle Verführungskraft aus, die schwer zu leugnen ist. Mit dem Feind zu schlafen gehört nicht zu seinem Auftrag, und er ist sich nicht sicher, ob er unter diesem Druck überhaupt funktionieren würde.

Außerdem gibt es ja noch Yanyan. Immer.

Khaw legt eine Hand auf Lus Arm. »Soll ich Ihnen ein Geheimnis verraten?«

»Na ja«, sagt Lu. »Nur zu.«

»Die Wahrheit ist – heute mache ich es mir lieber allein im Bett gemütlich, mit einem Glas Wein und einem guten Film.« Sie lacht ungestüm, und erleichtert stimmt Lu in ihr Lachen ein.

Khaw tupft ihre Augenwinkel mit einer Serviette ab, dann wird sie ernst. »Ich freue mich, dass wir uns einigen konnten. Und ich muss gestehen, Ihre Gesellschaft, Bruder Ming, war mir ein Vergnügen. Aber ab jetzt wird Cho Ihre einzige Kontaktperson sein.« Sie steht von ihrem Stuhl auf. »Wir werden uns nicht wiedersehen.«

Lu erhebt sich ebenfalls. »Danke für alles, *A Sao*.«

»Sie werden niemals über das, was Sie hier gesehen haben, sprechen.«

»Verstanden.«

»Wenn doch, werde ich davon erfahren. Und die Beendigung unserer geschäftlichen Beziehung wird dann Ihre geringste Sorge sein.«

»Verstanden, *A Sao*.«

»Gute Nacht.«

»Gute Nacht.«

Khaw verlässt den Raum, Goldene Giftnatter und die andere Leibwächterin im Gefolge. Am Fuß der geschwungenen Brücke tauchen zwei Soldaten auf. Sie eskortieren Lu zu seinem Gästehaus und beziehen Posten vor der Treppe.

Lu betritt seine Wohnung, geht ins Schlafzimmer und schaut aus dem Fenster. Der Dreiviertelmond ist eierschalenweiß, vor einem samtenen Himmel. Die Nacht ist wie geschaffen, um draußen mit Freunden etwas zu trinken.

Aber Lu hat keine Freunde und keinen Wein und, wichtiger noch, auch keine Zeit mehr, wenn er morgen wie geplant abreist.

Es führt kein Weg daran vorbei, er muss sich auf die Suche nach Fang begeben.

SECHSUNDDREISSIG

Lu schaltet das Licht aus und legt sich aufs Bett, die Gedanken kreisen, das Herz rast. Als es Mitternacht schlägt, steht er auf und geht mit seiner Reisetasche ins Badezimmer. Er schließt die Tür, schaltet das Licht ein und sucht in seinen Kleidern nach einem angemessen dunklen und locker sitzenden Teil. Er entscheidet sich für ein schwarzes T-Shirt, Trainingshose und gefälschte flache Gucci-Sportschuhe. Die Kamera im Knopfloch verschwindet in der Hosentasche. Er schaltet das Licht aus, verlässt das Badezimmer und wartet, bis seine Augen sich an die Dunkelheit gewöhnt haben. Dann tritt er nach draußen auf die Veranda.

Er lauscht dem nächtlichen Summen, dem Zirpen, Schwirren und Surren von Milliarden Insekten, dem fernen Trällern von Flöten, dem Schlag der Trommeln, dem leisen Gemurmel der Wachposten am Fuß der Treppe.

Er geht zurück ins Schlafzimmer, zieht die Laken vom Bett, verknotet sie und dreht sie zu einem provisorischen Seil zusammen. Er tritt wieder nach draußen auf die Veranda und befestigt ein Seilende an dem der Treppe gegenüberliegenden Geländer, das andere wirft er nach unten, hinter einen der Stützpfeiler aus Beton.

Lu nimmt das Laken fest in die Hand und wappnet sich innerlich: *Letzte Gelegenheit, keine unglaubliche Dummheit zu begehen.* Er holt tief Luft und steigt über das Geländer.

Er klettert, von den Wachposten unbemerkt, an dem Stützpfeiler herunter und springt den letzten Meter zu Boden. Er drückt sich an den Pfeiler, wartet einen Moment, kriecht dann über den Sand bis zur Unterseite des benachbarten Gästehauses, wo er im Schatten kauert. Bis hierher ist es geschafft, bleiben nur die verdächtig von der Veranda baumelnden Laken, für jeden zufällig Vorbeikommenden, der nicht völlig blind ist, nicht zu übersehen. Er muss also schnell handeln.

Lu bahnt sich einen Weg durch das Gelände bis zu dem Gebäude, wo Fang vermutlich untergetaucht ist. Er hockt sich unter die Treppe, beobachtet und wartet. Stimmen nähern sich. Lu legt sich flach auf den Boden.

Zwei Soldaten gehen vorbei, die Gewehre achtlos über den Rücken geschlungen. Sie bleiben stehen, um sich Cheroots anzuzünden. Einer von ihnen macht eine Bemerkung, worauf der andere in schrilles Kichern ausbricht. Dann setzen sie ihre Patrouille fort.

Lu erklimmt die Treppe zur Veranda. Oben sind nur zwei Türen. Er entscheidet sich für die weiter entfernte. Die Chancen, dass sie ihn zu Fang bringt, stehen fifty-fifty.

Die Tür ist unverschlossen. Lu wusste es. Die Gästehäuser sollen ihre Bewohner davon abhalten, sie zu verlassen, nicht umgekehrt. Lu tritt ein und schließt leise die Tür.

Es riecht nach Zigarettenrauch, verdorbenem Essen

und abgestandenem Alkohol. Lu schleicht sich weiter vor und knallt mit dem Schienbein gegen einen Tisch. Er tastet die Tischplatte ab, Gläser, Aludosen, Schnapsflaschen. Wer immer hier wohnt, Aufräumen ist nicht seine Stärke.

Lu sucht den Weg zum Schlafzimmer nach Gefühl und öffnet die Tür. Durch das einzige Fenster im Raum scheint hell der Mond, sein Licht fällt auf eine dunkle, auf dem Bett ausgestreckte Gestalt. Zentimeterweise rückt er vor, sucht nach der Kamera in seiner Hosentasche.

Als er nahe genug ist, erkennt er einen Mann, der auf dem Rücken liegt und schnarcht, mit nacktem Oberkörper und einem dicken Bauch, der wie die Unterseite einer Schnecke glänzt. Seine Haut ist übersät mit Tattoos: menschliche Schädel, ein bärtiger *Yesu* am Kreuz, nautische Sterne und kyrillische Buchstaben.

Es ist nicht Fang, sondern Andrei, der Crystal-Meth-Dealer.

Ta ma de. Wer hätte gedacht, dass europäische Gangster auf chinesische Volkslieder abfahren?

Lu zieht sich rückwärts zur Tür zurück. Ein Schritt nach dem anderen. Mit der Ferse stößt er gegen eine auf dem Boden liegende Flasche. Lautes Scheppern.

Andrei schlägt die Augen auf. Vor Schreck stößt er einen Schrei aus, springt aus dem Bett und überrumpelt Lu. Er packt ihn am Hals, drückt zu und stößt ihn gegen die Wand. Lu schraubt ihm die Faust ins Gesicht. Andrei krümmt sich vor Schmerz und zielt mit seinen dicken Fingern auf Lus Augen.

Lu rammt seine Fingerknöchel in einen empfindlichen Druckpunkt an Andreis Ellbogen. Andrei nimmt sofort die Hand von Lus Hals. Lu setzt mit einem gezielten Leberschlag und einem rechten Haken ans Kinn nach. Ein solider Treffer, Andrei geht in die Knie.

Lu dreht sich herum, hinter den großen Mann, und schlingt einen Arm um seine Kehle. Andrei erhebt sich taumelnd. Lu springt auf seinen Rücken, nimmt seine Taille mit den Beinen in die Zange und setzt zu einem Würgegriff an. Andrei versucht, ihn abzuschütteln, stemmt sich, als ihm das nicht gelingt, in die Höhe und knallt Lu gegen die Wand.

Lus Kiefer bebt, doch er hält den Druck aufrecht, zieht die Schlinge immer enger zu.

Andrei, jetzt in Panik und sich der Gefahr bewusst, in der schwebt, zerrt wie verrückt an Lus Arm. Je weniger Blut in sein Gehirn strömt, desto schwindliger wird ihm, bis er schließlich aufgibt und zu Boden sinkt. Lu klammert sich an Andreis Rücken, hält den Würgegriff noch lange aufrecht, nachdem sich Andrei schon nicht mehr bewegt. Eine Minute. Zwei Minuten. Lu hält ihn so lange, bis er nicht mehr kann.

Schließlich löst er den Griff und setzt sich an die Wand, kommt wieder zu Atem. Seine Arme sind wie Gummi. Er schüttelt sie aus. Der andere Ausländer, der aus Afrika, muss im Nachbarzimmer sein. Aber vielleicht haben sich die beiden vorm Zubettgehen noch betrunken. Andernfalls hätte er etwas von dem Kampf mitbekommen.

Lu prüft Andreis Puls. Da ist keiner.

Gan! So ein Mist. Schlimmstes Szenario. Es ist ihm nicht gelungen, Fang aufzutreiben, und nicht nur das, er hat auch noch einen von Khaws Gästen getötet.

Aber er hat keine Zeit für Selbstvorwürfe. Oder für Jubel, dass er noch am Leben ist. Seine Bettlaken hängen noch immer offen von der Veranda. Er muss unbedingt zurück, ehe sie entdeckt werden.

Lu schleicht über das Gelände zurück zu seinem Gästehaus und findet die Situation unverändert. Die Betttücher baumeln hinter dem Pfeiler, und die Wachposten haben anscheinend nichts bemerkt. Er klettert an den Laken hinauf zur Veranda, löst den Knoten vom Geländer und trägt das provisorische Seil ins Haus. Bei gelöschtem Licht tastet er sich vor bis zum Schlafzimmer, trennt die einzelnen Laken und schüttelt sie aus. Das Reinigungspersonal wird sich fragen, warum sie so schmutzig sind, aber das lässt sich nicht ändern.

Jetzt braucht er erst mal einen Drink. Brauchte er jemals keinen? Er dreht sich um zur Tür ins Wohnzimmer.

Im Türrahmen steht eine Gestalt.

»Ganz ruhig!«, sagt die Gestalt leise. »Ich bin es.« Eine Taschenlampe blitzt auf. Lu sieht grüne Schlieren und braune Haut, ehe das Licht wieder erlischt.

»Bang«, sagt Lu. »Wie …?«

»Haben Sie Fang gefunden?«

»Kommen Sie ins Badezimmer«, sagt Lu.

»Warum?«

»Da können wir reden.« Lu geht ins Badezimmer und

wartet. Er vernimmt ein Klappern und einen dumpfen Schlag, der von Metall herrührt. Wenige Sekunden später kommt Bang herein. Lu schließt die Tür und schaltet das Licht ein.

Bang trägt dunkle Kleidung, Kampfstiefel, eine schwarze Strickmütze, im Gesicht Tarnschminke. Er riecht, als hätte er sich tagelang nicht gewaschen.

»Wo ist Fang?«, fragt Bang.

»Woher wussten Sie, in welchem Gebäude ich untergebracht bin?«

»Der Peilsender, woher sonst? Ist Fang hier oder nicht?«

»Ich habe ihn gesucht, aber nicht gefunden.«

»Wo haben Sie nach ihm gesucht?«, will Bang wissen.

Lu beschreibt ihm den Geländeplan aus dem Gedächtnis. »Vielleicht ist er in einem der anderen Häuser. Oder er wohnt in Khaws Privaträumen. Ich weiß nicht, wo sie sich befinden, vermutlich im nördlichen Quadranten.«

Bang flucht. »Ich muss ihn unbedingt finden.«

»Ich habe heute Abend einen Mann getötet.« Lu berichtet Bang von seinem Kampf mit Andrei. »Ich habe seine Leiche dort liegen lassen. Wenn sie ihn finden, denken sie hoffentlich, dass er im Suff gestürzt ist oder einen Herzinfarkt hatte.«

»Das spielt keine Rolle«, sagt Bang. »Morgen ist sowieso alles vorbei.«

»Wieso?«

Bang antwortet nicht. Er zieht seine Seitenwaffe, eine chinesische QSW-06-Automatik. Das Modell ist unter der Bezeichnung *weisheng shou qiang* beziehungsweise »gerauscharme Handwaffe« bekannt. Bang zieht einen Schalldämpfer aus einer Tasche und schraubt ihn an den Lauf der QSW.

»Was machen Sie da?«, fragt Lu.

Bang antwortet wieder nicht. Lu verschenkt ein paar wertvolle Sekunden, traut seinen Augen nicht, bis es fast zu spät ist. Dann streckt er die Hand aus und greift nach der Pistole, als Bang den Lauf gerade nach oben richtet. Sie ringen um die Kontrolle über die Waffe, bis Bang mit den Fingern seiner freien Hand gegen Lus Kehle schlägt. Dieser japst nach Luft und greift sich an den Hals. Auf diese Gelegenheit hat Bang gewartet. Er rammt Lu die Pistole ins Brustbein. Lu dreht sich zur Seite und pariert mit seinem Arm.

Die Pistole bellt so laut wie ein kleiner Hund. Eine Kugel schießt in die Wand.

Lu umklammert Bangs Handgelenk mit beiden Händen. Bang reagiert, indem er Lu erst seine linke Faust in die Rippen stößt, dann mit einem Ellbogen Lu an der Schläfe trifft. Lu sieht einen ganzen Sternenhimmel. Er drückt und zieht, verdreht Bang gewaltsam das Gelenk und stößt ihn auf die Badezimmerablage zu. Bang prallt mit dem Kopf gegen den Spiegel, das Glas zerbricht.

Er stößt Lu von sich, zielt mit dem Lauf auf sein Gesicht. Lu lenkt Bangs Hand mit dem Unterarm in eine andere Richtung. Die Pistole feuert in die Decke.

Lu hechtet vor, verpasst Bang einen Kopfstoß und bricht ihm die Nase. Bang packt Lu an der Kehle, hebt ihn beinahe hoch und schleudert ihn in die Badewanne. Er zielt erneut auf ihn. Lu holt mit dem Fuß aus, und die Pistole fliegt durch die Luft.

Bang kriecht sofort tastend über den Boden, woraufhin Lu aus der Badewanne springt und es ihm gleich tut. Bang findet die Pistole als Erster. Lu stößt ihn kopfüber mit dem Knie gegen die Wand, doch Bang ist schneller. Er zielt unter der Armbeuge hindurch hinter sich, sodass Lu direkt in den Lauf blickt. Rasch duckt sich Lu zur Seite, als Bang bereits abdrückt und ein sauberes Loch in die Badezimmertür schießt. Lu packt ihn am Hemdrücken, hebt ihn hoch und stößt ihn mit dem Kopf voran gegen die Toilettenschüssel und wird mit einem schmerzvollen Aufstöhnen belohnt. Lu holt mit dem Ellbogen gegen Bangs Hinterkopf aus, doch Bang duckt sich weg, sodass Lu nur mit seinem Ellbogen den oberen Rand des Spülkastens trifft, und ein Stück Porzellan abbricht.

Bang weicht ein Stück zurück und rammt Lu seinen eigenen Ellbogen in die Rippen. Er dreht sich und bringt die Pistole wieder ins Spiel, doch Lu gelingt es, sie ihm aus der Hand zu schlagen. Die Waffe fliegt erneut durch die Luft und landet in der Badewanne.

Sie geben die Pistole auf und konzentrieren sich jetzt darauf, sich auf die altmodische Weise umzubringen, schlingern in wilder Umarmung durch das Badezimmer, reißen den Handtuchhalter aus der Wand, zerbrechen Fliesen mit den Fäusten. Bang ist größer und stärker, und seine Kenntnisse im Ringkampf sind auf einem hohen Niveau. Lu weiß nicht, welche Technik Bang benutzt: Hatte er eben noch seine Hände um Bangs Hals gelegt und mit seinen falschen

Gucci-Turnschuhen wild auf Bangs Kampfstiefeln herumgetrampelt, fliegt er im nächsten Moment mit dem Rücken gegen die Badezimmertür. Der Riegel öffnet sich, und Lu landet auf dem Boden im Schlafzimmer.

Bang fasst in der Badewanne nach der Pistole.

Lu steht auf und rennt los.

SIEBENUNDDREISSIG

Lus Ziel ist die Haustür, obwohl er weiß, dass die Flucht in die Sicherheit, zu den Soldaten am Fuß der Treppe, Fragen aufwerfen wird, die er vielleicht nicht beantworten kann. Als er jedoch aus dem Schlafzimmer kommt, tritt er mit dem Fuß gegen einen an der Wand lehnenden Gegenstand, der scheppernd zu Boden fällt. Lu kann ihn nicht genau erkennen, aber er weiß instinktiv, was es ist. Er packt ihn sich, rennt durchs Zimmer und hechtet über die Sofalehne, als Bang mit gezogener Pistole aus dem Schlafzimmer auftaucht.

Für einen Moment herrscht schwer lastendes Schweigen. Das Badezimmerlicht ist an, doch bis in die dunklen Ecken des Wohnzimmers dringt es kaum vor, und Lu denkt, dass Bang ihn vielleicht nicht über die Sofalehne hat springen sehen. Er fährt mit der Hand über den Gegenstand. An der Spitze ragt ein Hebel hervor. Er zieht daran und hört das beruhigende metallische Plopp einer Patrone, die in die Kammer fällt. »Ich habe Ihr Gewehr«, ruft er.

»Das ist alles ein Missverständnis«, sagt Bang eilig.

»Soll das heißen, dass Sie gerade eben nicht versucht haben, mich zu töten?«

»Natürlich nicht. Sie haben mich urplötzlich angegriffen.« Bangs Stimme klingt dumpf. Lu vermutet, dass er hinter der Frühstückstheke hockt.

Lu kniet sich hin. »Sie brauchten also nur jemanden, der Ihnen den Weg zeigt und den Sie danach observieren können.«

Die QSW bellt erneut. Eine Kugel zischt durch ein Sofakissen, so knapp an Lu vorbei, dass er den Luftzug der Geschossbahn spürt. Lu lässt sich fallen, rollt sich über den Boden und taucht hinter einem der Sessel wieder hervor. Er drückt den Abzug des Gewehrs. Es löst automatisches Schnellfeuer aus.

Anders als die QSW ist das Gewehr nicht mit einem Schalldämpfer ausgestattet, und es ist erstaunlich laut. Leere Patronenhülsen kullern über den Boden. Lu duckt sich wieder hinter den Sessel.

»Idiot!«, brüllt Bang. »Das ist auf dem ganzen Gelände zu hören!«

Lu begreift, dass er einen schweren Fehler begangen hat, und es läuft ihm kalt den Rücken herunter. Aber wie soll man auch klar denken, wenn jemand versucht, einen umzubringen?

Er hört, wie Bangs Kampfstiefel den Rückzug antreten. Die Schlafzimmertür schlägt krachend zu. Lu steht auf, geht ihm hinterher. Er weiß nicht, was er machen soll. Bang erschießen? Oder ihn bitten, sie beide aus dem Land zu schleusen?

Lu hört Glas zerspringen. Er öffnet die Badezimmertür, schiebt den Gewehrlauf durch den Spalt. Er spürt einen

Hauch kalter Nachtluft. Er läuft zum Fenster. Scherben knirschen unter seinen Füßen. Er sieht hinaus.

In der Finsternis sind Rufe zu hören, Taschenlampen blitzen auf. Von Bang keine Spur. Wie konnte er aus dieser Höhe springen, ohne sich ein Bein zu brechen?

Lu bleibt gerade noch genug Zeit, die Kamera in seiner Tasche in die Toilettenspülung zu werfen, ehe die Tür aufgeht und ein Dutzend Soldaten hereinstürmt.

ACHTUNDDREISSIG

Bei Tagesanbruch sitzt Lu auf einem eisernen Stuhl, Hand- und Fußgelenke mit Eisenschnallen fixiert, ein Metalltablett vor ihm drückt auf seine Oberschenkel. Abgesehen von Kopfdrehungen kann er sich kaum bewegen.

Ähnliche mittelalterliche Vorrichtungen finden sich in der Volksrepublik China in jedem Amt für Öffentliche Sicherheit und in »schwarzen Gefängnissen«. In diesen Geheimgefängnissen werden Dissidenten und andere unerwünschte Personen ohne Gerichtsverfahren vom Ministerium für Staatssicherheit festgehalten. Offiziell als »Verhörstuhl« bezeichnet, werden sie von den Behörden als ein sicheres und humanes Mittel gepriesen, um Verdächtige während der Befragung ruhigzustellen.

Diejenigen, die Erfahrung mit so einem Stuhl gemacht haben, nennen ihn »Tigerstuhl«.

Verglichen mit einem Stromschlag durch ein Akkukabel oder dem Herausreißen der Fingernägel mit einer Kneifzange scheint ein Tigerstuhl gar nicht mal so schlecht zu sein. Bis man bewegungsunfähig ist, ohne Essen, ohne Wasser, ohne Pinkelpausen, ohne Schlaf, und einem ununterbrochen kaltes, grelles Licht ins Gesicht scheint – das ist Folter, auch wenn sie nicht zu Verbrennungen oder Knochenbrüchen führt.

Lu schätzt, dass er seit zwei, vielleicht drei Stunden auf diesem Stuhl sitzt. Seine Pobacken sind gefühllos, der Mund trocken, und er verspürt einen mächtigen Drang, seine Blase zu entleeren.

Nachdem die Soldaten das Gästehaus gestürmt hatten, wurde Lu zunächst auf das Sofa verbannt, während die Wohnung gründlich durchsucht wurde. Oberst Ta erschien, in Kampfanzug und mit einer 45er Automatik mit Perlmuttgriff im Holster. Es ist noch mitten in der Nacht, daher trägt er nicht wie zuvor seine verspiegelte Pilotensonnenbrille, und Lu sieht, dass er sich irgendwann mal eine schwere Verwundung am linken Auge zugezogen haben muss. Die Haut um die Augenhöhle ist runzlig und vernarbt, und das Auge selbst liegt inmitten dieses Kraters, wässrig und verfärbt, wie ein weich gekochtes Ei.

Ta beginnt mit der Befragung. Lu antwortet dem Oberst, er sei in der Nacht aufgewacht, weil er dringend auf die Toilette musste. Als er ins Band ging, sei er von einem Fremden in dunkler Kleidung überfallen worden. Den Kampf schildert er so, wie er sich zugetragen hat, in allen Einzelheiten.

»Warum sollte hier jemand einbrechen und Sie töten?«, möchte Ta von ihm wissen.

Lu zuckt mit den Schultern. »Vielleicht liegt hier eine Personenverwechslung vor. Vielleicht war er hinter den beiden Ausländern her, die ich beim Festessen gesehen habe.«

Ta glaubt ihm kein Wort.

Unterdessen herrscht auf dem Gelände reges Treiben. Lu fragt sich, wie Hauptmann Bang es schaffen soll, dieser kleinen Armee von zig Soldaten zu entkommen. Er muss an den im Dschungel versteckten Soldaten denken, Kaung, und andere wie ihn.

Ta befiehlt Lu, sich flach auf den Boden zu legen. Lu spielt den gekränkten Gast und weigert sich. Er wird angeschrien, mit der Waffe bedroht. Lu hält es für sehr wahrscheinlich, dass er getötet wird, falls er nicht nachgibt, also gehorcht er. Er wird an den Handgelenken gefesselt und an einen abgelegenen Ort auf dem Gelände verfrachtet, in diesen dunklen Raum gesperrt, auf diesen Stuhl gesetzt.

Dort sitzt er immer noch.

Der Raum hat einen Betonboden, Backsteinwände und ein Holzdach. Die Wände dämpfen die Geräusche von außen, doch in der Ferne vernimmt Lu Rufe und das schwache Krähen eines Hahns.

Und in Abständen Gewehrsalven.

Während er darauf wartet, was für schreckliche Dinge als Nächstes passieren, versucht er zu enträtseln, warum Bang ihn töten will. Die einfachste Erklärung ist, dass Lu seinen wichtigsten Auftrag erfüllt hat – Bang Zugang zu Khaws Versteck zu verschaffen, um an die GPS-Koordinaten zu kommen –, und jetzt stellt er ein Sicherheitsrisiko dar und muss eliminiert werden. Es erscheint ihm wie ein besonders übler Trick, eiskalt und berechnend, einen Ahnungslosen zu rekrutieren, der die Drecksarbeit erledigt, und ihn danach zu beseitigen, um Spuren zu verwischen. Aber für das

Ministerium für Staatssicherheit hat ein Menschenleben bekanntlich keinen hohen Stellenwert.

Die andere Erklärung ist, dass Lus wahrer Zweck von Anfang an darin bestand, Bang auf das Gelände zu bringen, damit er Fang töten kann. Das Gerede über Auslieferung: nur vorgeschoben. Das würde durchaus Sinn ergeben, wenn Jia davon ausging, Fangs *guanxi* oder Einfluss auf seine Kollegen im Ministerium für Staatssicherheit würde ihn letztlich vor Verfolgung schützen. Bei diesem Szenario würde die Entdeckung von Fangs Leiche den Verdacht automatisch auf Lu lenken. Statt zu riskieren, dass er beim Verhör zusammenbricht, wäre es klüger sicherzustellen, dass er nicht mehr in der Lage ist, die Details von Jias Komplott auszuplaudern.

Wie auch immer, Jia hat jedenfalls große Anstrengungen unternommen, um Fang zu beseitigen. Lu hat den Eindruck, dass vielleicht doch mehr dahintersteckt als nur ein treuer Staatsdiener, der fest entschlossen ist, der Gerechtigkeit Genüge zu tun.

Was ist, wenn Fang etwas gegen Jia in der Hand hat? Vielleicht taucht Jia in einem der Überwachungsvideos aus dem Restaurant auf. Und diese ganze Geschichte hier ist nur die Vertuschungsaktion eines Mannes, der ein Hühnchen zu rupfen hat und dem dafür der Schreckensapparat des Ministeriums für Staatssicherheit zur Verfügung steht.

Lu versucht, den Druck auf seine Pobacken zu verringern, doch es ist hoffnungslos. Der Harndrang erreicht einen unerträglichen Höhepunkt, und er ist beinahe erleichtert, als endlich die Tür aufgeht. Er blinzelt in das grelle Rechteck aus Sonnenlicht. Schattengestalten treten ein. Ein, zwei, drei. Die Tür wird geschlossen. Ein Deckenlicht wird eingeschaltet. Lus Augen passen sich allmählich an.

Er sieht sich Oberst Ta gegenüber. Daw Khaw.

Und Wilson Fang.

Khaw bebt vor Wut. »Sie Vollidiot!« Sie schlägt ihm ins Gesicht.«

»A Sao …«, setzt Lu an, doch Khaw kneift ihm mit ihren klauenhaften Fingern in die Wangen. »Sie werden sich voller Angst und Schrecken im Staub winden, bevor ich Ihnen die Gnade des Todes gewähre, das kann ich Ihnen versprechen.« Sie lässt seine Wangen los und schlägt ihn erneut. Sie kann erstaunlich hart zuschlagen.

»Ich habe doch gar nichts getan!«, protestiert Lu.

»Hat jemand ein Messer?«, ruft Khaw, durch Lus Leugnung angestachelt. »Ein Messer, damit ich ihm die Eier abschneiden kann!«

»Vorher wollen wir aber noch herausfinden, was er weiß«, sagt Ta. »Danach können Sie ihm seine kleinen baumelnden Dinger abschneiden.«

Wilson Fang tritt vor. »Darf ich, *A Sao*?«

Khaw winkt verärgert ab und marschiert in eine Ecke, um sich zu sammeln.

Fang zündet sich demonstrativ langsam und genüsslich eine 555-Zigarette an, zieht einmal ausgiebig daran und mustert Lu. »Sie kommen mir bekannt vor. Sind wir uns schon mal begegnet?«

»Nein«, antwortet Lu vorsichtig.

»Daw Khaw hat mir gesagt, dass Sie sich nach mir erkundigt haben.«

»Ich habe Gerüchte gehört, dass Sie sich hier aufhalten, mehr nicht. Jeder kennt das Gerücht.«

Fang bläst den Rauch zu den Dachbalken. »Sagen Sie mir, für wen Sie wirklich arbeiten.«

»Alex Ho.«

Fang streckt die Hand aus und schnippt die Asche seiner Zigarette auf Lus Kopf. Lu schüttelt sie ab.

»Alex Ho würde seine eigene Mutter für ein Taschengeld an ein syrisches Bordell verkaufen«, sagt Fang. »Der Mann ist ein falscher Hund, der seine eigene Scheiße frisst.«

»Wie können Sie es wagen, so über ihn zu reden!«, schreit Lu. »Und wie können Sie es wagen, einen Gast so zu behandeln? Ich bin in gutem Glauben hergekommen, um Geschäfte zu machen, und dann bricht irgendein Verrückter in mein Quartier ein und versucht, mich umzubringen. Und ehe ich mich's versehe, sitze ich gefesselt auf einem Stuhl und werde beschuldigt … Ich weiß nicht mal, wessen ich beschuldigt werde.«

»Erstaunlicher Zufall«, sagt Ta. »Sie kommen hierher. Sie fragen nach Herrn Fang. Und dann taucht ein Schütze auf, der alle Anzeichen eines hochqualifizierten Militärangehörigen aufweist.«

»Was für eine idiotische Verschwörung soll das sein, in die ich Ihrer Meinung nach verwickelt bin? Eine, die es nötig hat, jemanden herzuschicken, der bei mir einbricht und *mich* umbringt?«

»Ding hat Sie geschickt«, sagt Fang. »Oder etwa nicht?«

»Ding?«

»Wir vergeuden unsere Zeit«, sagt Khaw. »Ich hole jetzt ein Messer.«

»Sie haben gehört, was Khaw vorhat«, sagt Fang. »Ich rate Ihnen, den Mund aufzumachen, solange Sie noch eine Zunge haben. Und eine Nase. Und Hoden.«

»Rufen Sie Alex an, wenn Sie mir nicht glauben!«, schreit Lu ihn an.

»Wie Sie wollen.« Fang wirft seine Zigarette auf den Boden.

Sie lassen Lu allein im Dunkeln schmoren.

Zeit vergeht, vielleicht eine Stunde. Lu massiert seine Handgelenke in den Fesseln, aber es gelingt ihm nur, eine Hautschicht abzuschaben. Der Harndrang ist schmerzvoll. Er hält so lange durch, wie er kann, doch dann geschieht das Unvermeidliche. Er lässt es laufen. Die Erleichterung ist enorm, wenn auch nur von kurzer Dauer. Danach ekelt er sich vor sich selbst. Wie tief kann er noch sinken?

Er fürchtet, dass er es schon bald erfahren wird.

Eine weitere endlose Stunde vergeht, dann kommen zwei Leibwächterinnen von Khaw herein, gefolgt von Oberst Ta. Die Leibwächterinnen fangen an, Lu vom Stuhl loszubinden.

»Was ist los?«, fragt Lu.

»Wir haben den Mann gefunden, der auf Sie geschossen haben soll«, sagt Ta.

Lu wird vom Stuhl gezerrt. Die Beine versagen ihm den Dienst. Er fällt, doch die Leibwächterinnen machen keine

Anstalten, ihm zu helfen. Sie fesseln seine Hände hinter dem Rücken, heben ihn hoch und zerren ihn nach draußen. Die heiße Sonne brennt ihm in den Augen. Die Leibwächterinnen stoßen ihn vor sich her. Sie gehen in westliche Richtung, wie Lu bemerkt, zum Tor auf der Rückseite.

Lu möchte wissen, was Ta in Erfahrung gebracht hat. »Hat er gesagt, warum er mich töten wollte?«

»Männer wie er reden nicht.« Ta rümpft die Nase. »Und Sie riechen nach Pisse.«

Wenig später erreichen sie das Tor. Eine Handvoll Soldaten steht davor, die Lu mit einer Mischung aus Gleichgültigkeit und Feindseligkeit anstarren. Sie überqueren die Brücke und gehen den Schotterweg zu den Tierkäfigen entlang.

Lu muss an die Warnung von Bullethead denken. *Wissen Sie, was Daw Khaw mit Spitzeln macht? Sie wirft sie ihren Tigern zum Fraß vor.*

Kurz darauf stoßen sie auf eine Traube Menschen: Khaw, flankiert von zwei Leibwächterinnen. Ein Diener, der sie mit einem Bambusschirm vor der Sonne schützt. Wilson Fang. Ein halbes Dutzend Soldaten. Dr. Du, der außerordentlich gereizt aussieht. Cho und Bullethead.

Und Bang, der im Staub auf dem Boden kniet, die Arme an den Ellbogen und Handgelenken straff gefesselt.

Die Leibwächterinnen zerren Lu vor Khaw und zwingen ihn, vor ihr niederzuknien. »Ist das der Mann, der versucht hat, Sie zu töten?«, fragt sie.

Bangs Kopf hängt tief herab, Blut tropft aus seiner gebrochenen Nase auf den Schotterweg.

»Schwer zu sagen«, antwortet Lu. »Es war dunkel. Ich konnte kaum etwas sehen.«

Lu verspürt einen Anflug von Mitleid mit Bang, hauptsächlich jedoch Wut. Er und Jia mit ihren undurchschaubaren Plänen und finsteren Machenschaften tragen hierfür die Schuld. Und Bang hätte Lu, ohne zu überlegen, getötet. Trotzdem will Lu es für ihn nicht noch schlimmer machen, als es schon ist.

Khaw gibt ein Zeichen. Soldaten treten vor, heben Bang hoch und schleppen ihn bis zum Waldrand. Bangs rechtes Bein schleift über den Boden, man hat ihm in den Schenkel geschossen. Khaw richtet ein paar scharfe Worte an Du, worauf dieser den Soldaten folgt.

Die Gruppe nähert sich einem Drahtzaun. Achtlos lassen die Soldaten Bang zu Boden fallen. Er bleibt liegen, gelähmt, wehrlos, geschwächt durch Blutverlust und mit wahrscheinlich unerträglichen Schmerzen.

Du schirmt seine Augen ab und späht in das Gehege. Er schließt das Tor auf und bedeutet den Soldaten, sich zu beeilen. Sie tragen Bang in das Gehege, legen ihn ab. In ihrer Eile, wieder herauszukommen, rempeln sie sich gegenseitig an. Du verschließt das Tor wieder.

Lu möchte das nicht sehen und senkt den Blick zu Boden, doch er spürt etwas Kaltes und Hartes unterm Kinn. Es ist die Spitze einer Machete, die Goldene Giftnatter in der Hand hält.

»Gucken Sie hin«, sagt sie.

»Nein«, murmelt Lu.

»Hingucken!« Goldene Giftnatter ritzt mit der Schneide

an Lus Haut. Widerstrebend hebt Lu den Blick und schaut hinüber zum Gehege.

Bang robbt über den Boden zum Zaun und richtet sich langsam und unter Schmerzen auf. Er starrt Khaw an. Sein Gesicht ist übersät mit blutigen Schnittwunden und Prellungen. Die Lippen sind geschwollen, ein Auge fast geschlossen. Doch sein Widerstandswille ist ungebrochen.

Lu kann nicht umhin, Bangs Haltung rührt ihn zutiefst. Was für eine Verschwendung.

Im Gebüsch hinter Bang bewegt sich etwas. Lu schließt die Augen. Die Klinge der Machete von Goldene Giftnatter tippt an seine Kehle. Lu spürt, wie ein Tropfen Blut seinen Hals hinunterrinnt. Er schlägt die Augen auf und sieht sie hasserfüllt an. Sie deutet mit einer ruckartigen Bewegung des Kopfes in Richtung Bang.

Aus dem Schatten tritt geschmeidig ein Tiger hervor, unter dem orange-schwarzen Fell zeichnen sich die Muskeln ab. Das Tier fletscht die Zähne. Lu kann dessen bedrohliches Knurren förmlich in der Magengrube spüren.

Bang wird wissen, dass der Tiger sich an ihn heranschleicht, doch für keine Sekunde wendet er den Blick von Khaw ab.

Nicht einmal, als der Tiger über ihn herfällt, seine rasiermesserscharfen Klauen in Bangs Rücken versenkt und Bangs Kopf zwischen seine Kiefer klemmt. Bang läuft das Blut in Strömen übers Gesicht. Unter dem Gewicht des Tigers bricht er zusammen. Zunächst bleibt er noch stumm, doch am Ende kann er nicht umhin, vor Schmerz aufzuschreien, bis ihm der Tiger gnädigerweise die Kehle aufschlitzt. Die Bestie zerfetzt Bangs Körper, leckt sich die blutigen Pfoten und zieht ihn schließlich ins Unterholz.

Lu möchte sich übergeben. Er zittert am ganzen Leib.

Er kommt als Nächster dran.

NEUNUNDDREISSIG

Lu hört Khaws Befehl: »Schnappt sie euch.« Er wartet darauf, dass grausame Hände ihn ergreifen und in das Gehege werfen. Doch dann überlegt er: Schnappt *sie* euch?

Lu blickt auf und sieht, dass Khaw auf Cho und Bullethead zeigt.

»Lady …«, setzt Cho an, doch Khaw bringt ihn mit einer deutlichen Geste zum Schweigen.

»Du hast eine Schlange in mein Haus gebracht«, faucht sie ihn an. »Ob aus Böswilligkeit oder Unwissenheit spielt keine Rolle.« Sie gibt den Soldaten ein Zeichen. »Los!«

Die Soldaten zögern.

»Was ist mit euch?«, brüllt Khaw sie an. »Macht schon!«

Cho fällt auf die Knie und presst sich die Hände an die Schläfen. Er rattert eine lange Litanei auf Burmesisch herunter. Ob Gebet oder Betteln um sein Leben – Lu vermag es nicht zu sagen.

Bullethead ist seinem Wesen treu und nimmt diese Wendung der Ereignisse nicht einfach hin. Er weicht zurück, zieht eine Pistole aus dem Hosenbund und schießt, noch ehe die Soldaten ihre AK-47 in Anschlag bringen können. Ein Soldat geht zu Boden. Bullethead zielt auf Khaw. Er drückt ab, doch eine ihrer Leibwächterinnen wirft sich vor sie und wird von der Kugel getroffen. Bullethead feuert noch mehrere Schüsse ab und läuft dann weg.

Goldene Giftnatter, stark humpelnd, da ihr Bein nach dem Kampf von gestern noch verletzt ist, nimmt die Verfolgung auf. Einer der Soldaten besitzt die Geistesgegenwart, mit seiner AK-47 anzulegen, zögert jedoch, aus Angst, Goldene Giftnatter zu treffen.

Oberst Ta tritt mit seiner 45er in der Hand vor. Bullethead rennt den Schotterweg entlang, so schnell seine dicken Beine ihn tragen. Ta ruft etwas, der Ton durch jahrzehntelangen Militärdienst geschliffen, und Goldene Giftnatter geht umgehend in eine Hockstellung. Ta streckt den Arm aus und visiert sein Opfer mit seinem verbliebenen guten Auge über den Lauf seiner Pistole an, atmet aus und drückt den Abzug.

Bulletheads Schädeldecke explodiert. Er fällt um wie ein Sack Ziegelsteine.

Eine Schrecksekunde lang herrscht Totenstille, unterbrochen nur durch das leise Röcheln von Khaws verwundeter Leibwächterin. Khaw sinkt auf die Knie und wiegt den Kopf der Leibwächterin in ihrem Schoß. Mit Bewunderung in den glasigen Augen blickt die Sterbende zu Khaw auf.

Ta brüllt Befehle. Zwei Soldaten bergen ihren verwundeten Kameraden und bringen ihn zurück aufs Gelände. Einer hält mit seinem Gewehr Cho in Schach. Zwei weitere eilen herbei, um die Leibwächterin wegzubringen, doch Khaw scheucht sie ärgerlich davon.

Die Leibwächterin hustet feucht, Blut quillt aus ihrem Mund. Khaw flüstert sanfte Worte. Mit der Hand schirmt sie das Gesicht ihrer Leibwächterin vor der Sonne ab. Niemand rührt sich, bis die Leibwächterin ihren letzten Atemzug tut.

Khaw streicht der Toten zärtlich über die Wange, dann legt sie ihren Kopf behutsam in den Sand. Sie steht auf. Ihre Bluse ist blutdurchtränkt. Sie deutet auf Cho. »Und jetzt ist er an der Reihe«, sagt sie mit belegter Stimme.

Die restlichen Soldaten weichen ihrem Blick aus.

»Sie fürchten die *Nats*«, sagt Oberst Tan.

»Würde sich ein echter *Nat Kadaw* so leicht täuschen lassen?«, spottet Khaw.

»Die *Nats* entscheiden, was sie preisgeben. In der Hinsicht sind sie widersprüchlich.«

»Er soll sterben!« Khaw stampft mit dem Fuß auf den Boden. »Jetzt sofort!«

»Machen Sie es doch selbst«, sagt Ta.

»Versager. Allesamt!«, flucht Khaw und schnippt mit dem Finger nach Goldene Giftnatter, die einen Moment braucht, um zu verstehen, was ihre Herrin von ihr will. Die Machete. Sie reicht sie ihr. Khaw marschiert zu Cho. »Sieh mich an!«

Cho sieht sie an. Sein makelloses Gesicht ist kunstvoll mit Staub beschmutzt, wie bei einem Filmidol aus einem Western der Fünfzigerjahre. Er ist ganz ruhig. Vielleicht hat Der Schönling ihm ein paar tröstende Worte ins Ohr geflüstert.

Khaw schwingt die Machete, stöhnt vor Anstrengung,

und Chos Kopf plumpst auf den Boden. Sein Körper kippt zur Seite.

Khaw wischt die Klinge an Chos Hose ab. Der Diener, der ihr den Schirm trägt, nimmt seinen ganzen Mut zusammen und eilt zu ihr, doch Khaw stößt ihn zur Seite. Sie geht zu Lu und tippt mit der Spitze der Machete an sein Kinn.

»Ich werde Ihnen alles sagen«, verspricht Lu.

»Ich weiß«, antwortet Khaw.

VIERZIG

Lu wird zurück in den Verhörraum gebracht und wieder auf den Tigerstuhl geschnallt. Stühle für Oberst Ta und Wilson Fang werden hereingetragen. Khaw fährt einen Soldaten an: »Ich setze mich doch nicht wie eine Straßenhändlerin auf so einen Schemel!« Sobald eine standesgemäße Sitzgelegenheit bereitsteht, wird die Tür geschlossen, und Goldene Giftnatter bezieht davor Position.

Oberst Ta zündet sich eine Cheroot-Zigarre an, Fang eine Zigarette.

»Kann ich bitte etwas Wasser haben?«, fragt Lu.

»Sie arbeiten für Ding«, sagt Fang. »Beginnen wir damit.«

»Wer ist Ding?«, fragt Lu, doch er ist sich ziemlich sicher, dass er Ding kennt.

Zorn blitzt in Fangs Gesicht auf, dann überlegt er es sich und holt ein Handy aus seiner Tasche. Er entsperrt es und zeigt Lu ein Foto von einer Gruppe Männer an einer Festtafel. Nach dem Interieur zu urteilen, handelt es sich um Fangs Restaurant. Die Männer haben rote Gesichter, sind gut gelaunt und betrunken. Fang steht, und seine Hand ruht auf der Schulter eines Mannes, der rechts von der Mitte sitzt. Die Halbglatze, die breiten Schultern und die dicken Oberarme sind unverkennbar.

»Genau«, sagt Lu. »Zuerst hat er mir vorgegaukelt, er heiße Jia und arbeite für die staatliche Forst- und Graslandverwaltung. Dann sagte er, er arbeite für das Ministerium für Staatssicherheit, wolle mir aber seinen Klarnamen nicht nennen.«

Fang beugt sich vor und starrt Lu an. »Moment mal. Ich kenne Sie doch. Die Frisur hat mich wirklich getäuscht.« Er schnippt mit den Fingern. »Lu Feng. Amt für Öffentliche Sicherheit, Rabental.«

»Lu Fei. Mein Name ist Lu Fei.«

»Ein Bulle?«, zischt Khaw.

»Keine Sorge«, sagt Fang. »Ding hat bestimmt irgendeine blödsinnige Legende um ihn herum gestrickt, und niemand weiß, dass er sich hier aufhält. Aber warum ausgerechnet *Sie*?«

»Das Mädchen, das Sie ermordet haben«, sagt Lu. »Tan Meixiang. Sie kommt aus meiner Heimatstadt.«

Khaw beugt sich auf ihrem Stuhl vor. »Wovon redet er, Wilson?«

»Ein Mädchen, das für mich gearbeitet hat«, sagt Fang. »Aber ich habe sie nicht getötet.«

»Wo ist sie dann?«, fragt Lu.

»Sie ist tot, ja«, sagt Fang. »Aber ich habe sie nicht getötet. Das war Ding.«

»Lügner!«, knurrt Lu.

»Dann hat er Ihnen wohl nicht gesagt, dass er einer meiner besten Kunden war. Er kam einmal im Monat, mindestens, trank Hennessy, hat sich an Schmuggelfleisch satt gegessen, manchmal in Gesellschaft irgendeines Flittchens, das er in einer Bar aufgelesen hatte. Und deswegen sind Sie hier? Wegen einer toten Kellnerin?«

»Sie kommt aus meiner Heimatstadt«, wiederholt Lu, als würde das alles erklären.

»Moment!« Khaw erhebt sich von ihrem Stuhl. »Sie!« Sie zeigt auf Lu. Ihre Finger sind noch immer blutverschmiert. »Beginnen Sie am Anfang!«

Lu holt tief Luft. Was hat er jetzt noch zu verlieren? »Ich bin stellvertretender Polizeichef von Rabental, einer Stadt siebzig Kilometer außerhalb von Harbin. Eines Tages kam ein Mädchen in mein Büro, fünfzehn Jahre alt. Sie sagte, ihre Schwester werde vermisst. Die Schwester, Tan Meixiang, arbeitete in Fangs Restaurant. Als ich anfing, mich umzuhören, hat Fang mich auflaufen lassen, was mir von meinen Vorgesetzten eine Menge Ärger einbrachte. Dann hat sich aus heiterem Himmel Jia bei mir gemeldet – ich meine Ding. Er sagte, er sei von der Forstverwaltung und wolle Fang wegen illegalen Tierhandels drankriegen. Die Forstverwaltung sei aber kompromittiert, deshalb müsse er verdeckt vorgehen, abseits der üblichen Kanäle. Später hat er dann erklärt, er sei vom Ministerium für Staatssicherheit, aber sein Ziel sei das Gleiche.«

»Welche Rolle haben Sie dabei gespielt?«, fragt Khaw.

»Ding ist davon ausgegangen, dass Fang sich hier aufhält, aber er brauchte Beweise für seine Vorgesetzten. Ich sollte als Kunde auftreten.«

»Zu welchem Zweck?«

»Um Ding Zugang zu verschaffen, damit er … Ihren genauen Standort erfährt.« Die Knopflochkamera erwähnt er lieber nicht. Und er hofft, dass niemand den Abfluss in seinem Gästehaus überprüft. »Ich habe ihm geglaubt, dass sein Ziel letztlich die Auslieferung von Fang ist. Das war offenbar gelogen.«

Khaw unterdrückt einen Fluch. »Ding weiß also jetzt, wo sich mein Wildgehege befindet.«

»Bang – der Mann, den Sie dem Tiger zum Fraß vorgeworfen haben; das war sein Fachbereich. Ich weiß nicht, ob er die Koordinaten an Ding weitergegeben hat, und selbst wenn ist es auch egal. Ding interessiert sich nicht für Sie. Er ist hinter Fang her. Und alles nur wegen des toten Mädchens, Tan Meixiang.«

»Was ist mit Mädchen genau passiert, Wilson?«, fragt Khaw.

Fang wählt seine nächsten Worte mit Bedacht. »Ding tauchte in meinem Restaurant auf, betrank sich wie immer und hat das Mädchen begrapscht. Es wurde handgreiflich, und er hat sie geschlagen. Dann hat er seine Tat bereut und dem Mädchen zur Entschädigung Geld angeboten. Worauf sie ihm gesagt hat, das könne er sich sonst wo hinstecken. Also hat er sie getötet, oder er hat sie töten lassen, ich war jedenfalls nicht daran beteiligt.«

»Wo wurde sie getötet?«, fragt Khaw. »In dem Restaurant?«

»Nein. Natürlich nicht.«

»Wo dann?«

»Ich weiß es nicht. Er hat sie weggebracht.« Fang lässt die

Zigarette auf den Boden fallen und zündet sich die nächste an. Sein Hemd ist schweißdurchtränkt.

»Und das haben Sie ihm durchgehen lassen?«, fragt Khaw.

»Was sollte ich machen? Ding ist von der Staatssicherheit. Ich brauche Ihnen nicht zu sagen, was das bedeutet. Und an die Behörden konnte ich mich auch nicht wenden. Ich betreibe ein Restaurant, das verbotene Gerichte auf der Speisekarte hat. Das macht zehn Jahre, mindestens.«

»Tan Meixiang hat keine zehn Jahre mehr«, sagt Lu. »Nicht mal mehr zehn Sekunden.«

»Klappe!«, blafft Fang. Er sieht zu Khaw. »Ding ist durchgedreht. Er hat versucht, mich in Harbin umzubringen, und jetzt hat er Ihnen Ihr Geschäftsmodell kaputtgemacht. Wir müssen ihn ausschalten.«

»Fragen Sie sich lieber«, wendet sich Lu an Khaw, »warum Ding unbedingt Fangs Tod will.«

»Die Frage haben Sie doch selbst schon beantwortet!«, schnauzt Fang ihn an. »Weil ich ihn in den Mord an dem Mädchen mit hineinziehen kann.«

»Mal angenommen, Fang hat ein Gewissen«, sagt Lu und konzentriert sich ganz auf Khaw. »Was er offensichtlich nicht hat. Er könnte durchaus zur Polizei gehen und Ding anzeigen. Aber sein Wort würde gegen das Wort eines Beamten der Staatssicherheit stehen. Ich bitte Sie. Das Einzige, was damit erreicht wäre: Fang geriete ins Visier der Behörden. Das ist Fang klar. Und Ding ebenso. Warum also sollte Ding sich all diese Mühe machen?«

»Er ist ein paranoider Spinner!«, brüllt Fang.

»Der Grund, warum Ding diesen Plan ausgeklügelt hat, um an Fang ranzukommen«, sagt Lu, »ist ganz einfach: Fang lässt sein Restaurant überwachen. Er hat den ganzen belastenden Vorfall auf Video!«

»Lüge!«, schnaubt Fang.

Lu prescht weiter vor: »Stellen Sie sich vor, Sie sind ein hochrangiger Beamter, der versucht hat, eine Kellnerin in einem Speiseraum zu vergewaltigen. Denken Sie daran, was für ein Druckmittel derjenige in der Hand haben würde, der das alles auf Band mitgeschnitten hat. Selbst wenn er Sie nicht direkt erpresst, wäre er eine ständige Gefahr, wie ein Messer, das an einem dünnen Faden über Ihrem Kopf hängt. Ich an Dings Stelle würde keine Nacht mehr ruhig schlafen können.«

»Die Kameras sind nur da, um sicherzustellen, dass meine Angestellten mich nicht bestehlen!«, wehrt sich Fang. »Ich behalte die Aufzeichnungen nicht. Das wäre dumm, wenn man bedenkt, dass meine Kundschaft hauptsächlich aus reichen, mächtigen Personen besteht.«

Lu wendet seinen Blick nicht von Khaw ab. »Fang hätte intervenieren können, wenn er gewollt hätte. Ding überzeugen, das Mädchen laufen zu lassen. Und das Mädchen überreden, das Schweigegeld anzunehmen. Aber Fang ist ein gerissener Geschäftsmann. Und er wusste, dass die tote Tan Meixiang ihm mehr nutzt als die lebende. Deswegen hat er es geschehen lassen.«

Fang schnippt seine Zigarette in eine Ecke. »Das ist ein schönes Märchen. Aber es war Ding, der das Mädchen getötet hat, nicht ich. Und jetzt will er mich töten, damit ich es niemandem weitererzählen kann.«

Khaw runzelt die Stirn. »Wenn es stimmt, was er sagt, sind Sie gar nicht in der Lage, sich an die Behörden zu wenden. Warum also sollte Ding das Risiko eingehen, jemanden herzuschicken, der Sie töten soll?«

»Ich sagte doch schon, der Mann ist verrückt«, erwidert Fang.

»Das kaufe ich ihm nicht ab«, sagt Lu. »Dass Fang sie nicht selbst getötet hat.«

»Was Sie wem abkaufen oder nicht, ist völlig irrelevant«, sagt Fang. »Sie sind sowieso ein toter Mann.«

»Es gibt ein ganz einfaches Mittel, die Wahrheit herauszufinden«, sagt Lu. »Sehen Sie sich das Video an.«

»Ich kann mich nur wiederholen«, knurrt Fang. »Es gibt kein Video.«

»Natürlich gibt es eins«, sagt Lu.

»Wo?«, faucht Fang ihn an. Er wendet sich Khaw zu. »Glauben Sie, ich bin so blöd, ein Video mit derart brisanten Aufnahmen in die Cloud zu stellen? Bin ich vor Ihrer Haustür etwa mit einer Festplatte unterm Arm aufgekreuzt?«

»Aber vielleicht mit einem USB-Stick«, sagt Oberst Ta.

»Halten Sie sich da raus!«, blafft Fang.

»Meine Vermutung ist, dass er überstürzt fliehen musste, als der von Ding geschickte Killer auftauchte«, sagt Lu. »Wahrscheinlich hatte er zu viel Angst, um erst noch nach Hause zu gehen und einen Koffer zu packen. Er hat sich etwas Bargeld geschnappt und sich mit dem, was er am Leib hatte, bis hierher durchgeschlagen. Aber täuschen Sie sich nicht, er hat einen unglaublich leistungsstarken Computer dabei, der stundenlange Videoaufzeichnungen sicher speichern kann. Einen Computer, den man landläufig auch Mobiltelefon nennt.«

Fang verdreht die Augen. »Lächerlich.«

»Geben Sie mir Ihr Handy, Wilson«, verlangt Khaw.

»Sie glauben ihm doch etwa nicht, oder?«, sagt Fang.

»Ich weiß nicht, was ich glauben soll«, erwidert Khaw. »Geben Sie mir Ihr Handy.«

Auf Fangs Gesicht spiegeln sich die unterschiedlichsten Gefühle. Dann lächelt er gezwungen. »Das Handy ist nutzlos, *A Sao*. Ich habe bei der ersten Gelegenheit die SIM-Karte ausgetauscht, damit es nicht geortet werden kann.«

»Der Austausch der SIM-Karte wirkt sich nicht auf heruntergeladene Dateien aus«, sagt Lu.

»Was sind Sie doch für ein schlaues Kerlchen«, spottet Fang. »Verdienen Sie sich samstagabends im Handyladen was nebenher?«

»Geben Sie mir Ihr Handy«, sagt Khaw.

Fang zieht ein Handy aus seiner Gesäßtasche und reicht es ihr.

»Passwort?«, fragt Khaw.

»Zehn, vier, acht, acht.«

Khaw drückt die Tasten.

»Es sind dort auch Videos und Fotos … privater Natur drauf«, sagt Fang. »Ich hoffe, Sie werden deswegen nicht schlecht über mich denken.«

»Oberst«, wendet sich Khaw an Ta, »würden Sie bitte so lange hierbleiben und die Aufsicht führen?«

Oberst Ta zieht seine Pistole und legt sie auf dem Oberschenkel ab. »Wenn mir jemand bitte Tee bringen würde.«

»Wohin gehen Sie?«, will Fang wissen. »Ich habe Ihnen mein Handy gegeben. Sehen Sie doch selbst nach.«

»Falls das Video existiert«, antwortet Khaw, »wären Sie nicht so unvorsichtig gewesen, es an einer leicht auffindbaren Stelle abzulegen. Aber keine Sorge. Wir sind hier nicht so primitiv, dass wir kein Handy hacken könnten.«

Fangs Miene verfinstert sich, aber er sagt nichts.

Goldene Giftnatter öffnet Khaw die Tür. Sie gehen hinaus, und die Tür schließt sich wieder.

Fang zündet sich eine Zigarette an, murmelt wütend und wischt sich Schweiß von der Stirn. Er raucht die erste Zigarette zu Ende und zündet sich die nächste an. Es klopft an der Tür, und ein Diener bringt den Tee für Oberst Ta. Keinen für Fang oder Lu. Das Warten geht weiter.

Zehn Minuten. Fünfzehn Minuten. Ta sieht aus, als wäre er eingeschlafen – schwer zu sagen, da seine Augen hinter seiner Sonnenbrille verborgen sind. Fang beobachtet ihn heimlich. Lu glaubt, dass er überlegt, sich der Pistole zu bemächtigen. Er ist kurz davor, einen Warnruf auszustoßen, als die Tür auffliegt und ein halbes Dutzend Soldaten hereinstürmt. Sie umzingeln Fang und ringen ihn nieder. Oberst Ta verzieht keine Miene.

Fang, laut schreiend und um sich tretend, wird aus dem Zimmer gezerrt. Zwei Soldaten bleiben. Sie salutieren vor Oberst Ta. Einer von ihnen deutet auf Lu und sagt: »Daw Khaw will, dass wir ihn mitnehmen.«

»Tun Sie sich keinen Zwang an«, erwidert Ta.

Die Soldaten binden Lu vom Tigerstuhl los und stoßen ihn zu Boden. Sie fesseln ihm die Hände, stülpen ihm eine Kapuze über den Kopf und zerren auch ihn aus dem Zimmer.

EINUNDVIERZIG

Eine lange, holprige Autofahrt. Lu sitzt eingeklemmt zwischen zwei Soldaten. Sie reden kein Wort, und sie stinken nach Zigarettenrauch und Dschungelfäulnis.

Er fragt sich, wohin die Reise geht. Warum haben sie ihn nicht gleich in den Tigerkäfig geworfen? Oder ihm einen Kopfschuss verpasst? Vielleicht hat Khaw einen besonders schrecklichen Tod für ihn vorgesehen. Möglicherweise soll er von Elefanten niedergetrampelt werden. Oder er wird auf einem Ameisenhügel abgelegt, gefesselt und in Honig getaucht …

Nach einer Weile wird die Straße eben, und der Fahrer macht reichlich Gebrauch von der Hupe. *Verkehr*. Lu nimmt wahr, dass sie durch ein belebtes Gebiet fahren. Eine Stadt. Vielleicht die mit dem Buddha, der vorwurfsvoll in das verruchte Tal hinunterzeigt.

In regelmäßigen Abständen hält das Fahrzeug an, ein paar Worte werden gewechselt, manchmal auf Mandarin, manchmal auf Burmesisch. Die Unterhaltungen sind oberflächlich. Eine Begrüßung, eine Erwiderung, und das Fahrzeug fährt weiter.

Vermutlich Checkpoints. Überqueren sie die Grenze?

Dann wird die Straße wieder holpriger. Lu bekommt unter der Kapuze kaum Luft, und er hat großen Durst. Er wird unruhig. Einer der Soldaten stößt ihm seinen spitzen Ellbogen in die Seite.

Er ist kurz davor, vor Angst und Klaustrophobie durchzudrehen, als das Fahrzeug zum Stehen kommt. Der Fahrer schaltet den Motor aus. Die Türen öffnen sich, und man zerrt Lu von der Rückbank. Er wird über sandigen Untergrund geführt, in sengender Sonne, zu einer schattigen Stelle.

Die Kapuze wird entfernt. Lu blinzelt.

Ein Trupp Soldaten umringt ihn. Oberst Ta mit seiner Pilotensonnenbrille ist anwesend. Goldene Giftnatter mit ihrer blutverschmierten Machete. Khaw in frischer Kleidung – weite Baumwollhose, Kampfstiefel, Tarnfleckbluse, breitkrempiger Hut. Und Fang, der wie Lu in die Sonne blinzelt, die Hände auf dem Rücken gefesselt.

»Wo sind wir, verdammt?«, keucht Fang.

Gute Frage. Lu sieht eine Schotterpiste, zu beiden Seiten verstreut liegende Gebäude, dahinter dichter, undurchdringlicher Dschungel.

»Wilson«, sagt Khaw. »Wie Sie wissen, toleriere ich ein gewisses Maß an schlechtem Benehmen. Immerhin verdiene ich meinen Lebensunterhalt auf eine Weise, die viele Menschen als unmoralisch betrachten würden. Aber ich habe meine Grenzen.«

»A Sao …«, hebt Fang an.

»Seien Sie still.« Khaw nimmt Fangs Handy aus der Tasche, gibt das Passwort ein, wischt einmal und hält es Lu hin. »Schauen Sie.«

Sie hat ein Video aufgerufen. Mit Datum und Zeitangabe in der linken oberen Ecke. Es ist auf dem kleinen Handydisplay schwer zu erkennen, aber Lu kann die Daten entziffern: *11/7. 19:34. Freitag.*

Es ist der Abend, seit dem Tan Meixiang als vermisst gilt.

Die Tür zu einem der privaten Festräume in Fangs Restaurant öffnet sich, er ist leer. Ding erscheint und zerrt eine Frau in den Raum. Ding schaltet das Licht ein und schließt die Tür. Lu ist sich zu neunzig Prozent sicher, dass es sich bei der Frau um Tan Meixiang handelt – obwohl er sie nie leibhaftig gesehen hat, nur auf Fotos.

Ding drückt sie gegen die Wand. Sie stößt ihn von sich. Sie wechseln ein paar Worte, doch das Video ist ohne Ton. Ding grapscht Meixiang an die Brust. Sie ohrfeigt ihn. Ding fasst sich an die Wange, sein Gesicht verzieht sich vor Wut. Er boxt Meixiang in den Bauch. Sie krümmt sich. Er schlägt ihr seitlich gegen den Kopf. Sie fällt auf den Teppichboden.

Ding tritt sie einmal, zweimal, kommt dann zur Besinnung. Er kniet hin und dreht ihren Kopf zur Seite. Mit dem Daumen zieht er ein Augenlid nach oben. Lu sieht Blut auf Meixiangs Gesicht. Ding steht auf und sammelt sich. Streicht sich die Haare nach hinten, steckt sein Hemd in die Hose. Dann verlässt er den Raum.

Bislang widerspricht nichts Fangs Version der Ereignisse an diesem Abend.

Khaw wischt über den Schirm, erhöht die Abspielgeschwindigkeit. Als Fang und ein weiterer Mann, gefolgt von Ding, in den Festraum eilen, hält sie an.

Der dritte Mann trägt einen weißen, kurzärmligen Kittel. Seine Arme sind mit Tattoos übersät. Es ist der Koch. *Lao Ping.*

Lu sieht, wie Ping Meixiang auf einen Stuhl hilft. Mit einem Handtuch tupft er ihr das Blut im Gesicht ab. Sie schiebt seine Hände weg. Ding steht wie ein unartiger Junge in der Ecke. Er sagt etwas. Meixiang schüttelt den Kopf. Fang macht beschwichtigende Gesten. Die Unterhaltung geht einige Zeit weiter, während der sich Meixiang zunehmend aufregt. Fang winkt Ding hinaus. Sobald Ding den Raum verlassen hat, zieht Fang einen Stuhl heran und führt ein langes Gespräch mit Meixiang.

Ping verlässt den Raum und kehrt mit einer Flasche Wasser und einer Eispackung zurück. Er reicht Meixiang das Wasser. Sie weint jetzt. Fang beugt sich vor, spricht ruhig. Meixiang gibt nicht nach. Fang lehnt sich zurück, die Enttäuschung ist ihm ins Gesicht geschrieben. Er steht auf und bedeutet Ping, ihm zu folgen. Sie treten nach draußen auf den Flur.

Khaw spielt das Video wieder ein Stück vor.

Ping kehrt zurück. Allein. Mit finsterem Gesicht. Er geht zu Meixiang und stellt sich vor sie hin. Sieht auf sie herab.

Ende des Videos.

Lu zuckt mit den Schultern. »Was soll das beweisen?«

»Für einen Polizisten sind Sie nicht gerade sehr helle«, sagt Khaw.

»Für einen Atomwissenschaftler bin ich nicht sehr helle. Für einen Polizisten, muss ich sagen, bin ich ziemlich klug.«

»Haben Sie gesehen, dass Ding das Mädchen ermordet hat?«, fragt Khaw.

»Nein. Aber Fang hat ja schon gesagt, dass Ding sie nicht in seinen Räumen getötet hat.« Lu kommt sich seltsam vor, weil er Fang verteidigt.

»Es ist doch klar, dass Wilson Ding aus dem Raum scheucht und ihm sagt, dass er die Sache übernimmt«, sagt Khaw.

»Nein!«, ruft Fang dazwischen. »So war es nicht!«

»Wenn er seinen Mund noch einmal aufmacht, schneid ihm die Zunge raus«, sagt Khaw. Goldene Giftnatter zieht ihre Machete. Fang sieht sie hasserfüllt an, hält aber den Mund. Khaw gibt einem ihrer Soldaten ein Zeichen. »Binden Sie ihn los.«

Der Soldat zückt ein Messer und durchtrennt Lus Handfesseln. Lu ist unsicher, wohin das führen soll, doch vorerst scheint es nicht so, als würde er kurzerhand hingerichtet. Er öffnet und schließt die Hände, um den Blutkreislauf wieder in Gang zu setzen.

Khaw reicht Lu das Handy. »Zufällig habe ich guten Kontakt zu einigen Ministerien in Peking. Ich konnte eine Telefonnummer von Ding bekommen. Ich habe ihn angerufen, und wir haben uns unterhalten.«

Fang macht ein Geräusch, als hätte er sich an einem Stück Knorpel verschluckt.

Khaw tupft sich mit einem bestickten Taschentuch Schweißperlen von der Oberlippe. »Ich habe ihn darüber in Kenntnis gesetzt, dass sein kleiner Mordplan gescheitert ist und ich sehr darüber verärgert bin, dass seine

Agenten in mein Haus eingedrungen sind. Ich solle das nicht persönlich nehmen, hat er mir gesagt, sein Anliegen sei einzig und allein, Fang zu kriegen, und das Video. Er hat mir eine hohe Geldsumme angeboten, wenn ich beides übergeben würde. Eine sehr hohe Summe.« Sie dreht sich auf ihrem Stiefelabsatz. »Was mich betrifft, tragen Sie, Wilson, und Ding beide gleichermaßen Schuld an dem Tod der jungen Frau, ganz egal, wer ihr am Ende die Kehle aufgeschlitzt hat. Ding ist über sie hergefallen, und Sie haben die Situation ausgenutzt, um Macht über ihn zu erlangen.«

»Das ist nicht wahr«, sagt Fang.

Khaw wendet sich wieder Lu zu. »Und Sie … Sie sind unter Vorspiegelung falscher Tatsachen zu mir gekommen. Sie haben meine Sicherheit gefährdet, mein Vertrauen und meine Gastfreundschaft missbraucht und mir absichtlich schweren Schaden zugefügt.«

Lu widerspricht nicht. Was sie sagt, trifft zu.

»Ich will aber auch der Tatsache Rechnung tragen, dass Ding Sie angelogen hat und dass Ihre Absichten auf ihre Art durchaus ehrenwert waren«, sagt Khaw. »Sie dachten, Sie würden dabei mitwirken, einen Mann auszuliefern, der eine unschuldige Frau getötet hat. Ihretwegen haben Sie sich in große Gefahr begeben. Das sagt etwas über Ihren Charakter.« Sie hält die Hände wie zwei Waagschalen vor sich und balanciert sie aus. »Aus diesem Grund habe ich beschlossen, Sie am Leben zu lassen.«

Lu atmet tief durch. Er kommt sich vor, als würden seine Füße vom Boden abheben, als sei er leichter als Luft.

Aber er darf nicht voreilig sein. Khaw wird ihn nicht töten. Großartig. Doch die Sache hat bestimmt einen Haken.

»Was ist mit mir?«, fragt Fang.

»Ja, Wilson, was ist mit Ihnen?«, entgegnet Khaw hitzig. »Das kann ich Ihnen sagen: Ich habe eine Abmachung mit Ding getroffen. Und ich habe ihm gesagt, wo er Sie und Ihr Handy finden kann.«

»Sie können ihm nicht vertrauen!«, sagt Fang. »Er wird annehmen, dass Sie eine Kopie von dem Video besitzen. Er wird nicht eher ruhen, bis auch Sie tot sind!«

»Natürlich vertraue ich ihm nicht«, erwidert Khaw. »Aber wir sind übereingekommen, dass es das Beste für uns beide ist, wenn wir einen Waffenstillstand erklären und jeder auf seiner Seite der Grenze bleibt.« Khaw sieht auf die Uhr. »Ich nehme an, dass er in … etwa zwei Stunden hier sein wird.« Sie winkt hinüber zu den verstreut liegenden Gebäuden. »Dieses Dorf ist seit beinahe zwanzig Jahren verlassen. Schlechte Luft, wie die Bewohner sagen. Giftige Dämpfe. Die nächste menschliche Siedlung ist dreißig Kilometer entfernt.« Sie deutet auf einen der Soldaten, und er übergibt ihr eine Pistole. Khaw zeigt Lu die Waffe. »Können Sie mit einer Automatik umgehen?«

»Mehr oder weniger.«

»Ding wird bewaffnet sein. Aber ich habe ihm gesagt, Sie seien tot, deswegen wird er davon ausgehen, nur Wilson vorzufinden, wehrlos und allein.« Sie übergibt Lu die Pistole. »Verhelfen Sie dem Mädchen zu ihrem Recht, Herr Polizist.«

»A Sao …«, setzt Fang an, doch Khaw geht zu dem war-

tenden SUV, ohne sich noch einmal umzuschauen. Oberst Ta folgt ihr, danach Goldene Giftnatter. Der SUV wendet und fährt Richtung Süden. Ein Soldat löst Fangs Handfesseln, ein anderer stellt eine Styroporbox an den Straßenrand. Dann steigen alle in das zweite Fahrzeug und brausen in einer roten Staubwolke davon.

Lu untersucht die Waffe in seiner Hand. Es ist eine QSZ-92 aus chinesischer Produktion, die kleine Schwester von Bangs QSW.

Fang räuspert sich und spuckt auf den Boden. »Was jetzt?«

Die Pistole gibt ein dumpfes Klicken von sich, als Lu durchlädt. »Warten. Was sonst?«

ZWEIUNDVIERZIG

Ding hat vorübergehend Quartier in Jinghong bezogen – um näher am Geschehen zu sein –, als er Khaws Anruf erhält. Er ist alarmiert, dass es ihr gelungen ist, an seine Telefonnummer zu kommen. Sie muss mehr Verbindungen nach oben haben als gedacht. Und er ist bestürzt, dass Bang getötet wurde. Bang war ein guter Mann, ein guter Soldat.

Lus Tod schert Ding nicht im Geringsten. Er war nur ein Werkzeug, das man benutzt und wegwirft.

»Ein Handel«, schlägt Khaw vor. »Fang und das Handy.«

»Gegen?«

»Sie werden keine weiteren Anstrengungen unternehmen, die meine Sicherheit gefährden, und Sie mischen sich nicht in meine Geschäfte ein. Und sollten irgendwelche Geheiminformationen über mich auf Ihrem Schreibtisch landen, werden Sie mir Bescheid sagen.«

»Ich habe nicht den Wunsch, mich in Ihre Geschäfte einzumischen. Die gehen mich nichts an.«

»Dann sind Sie also einverstanden?«

»Prinzipiell, ja. Aber woher soll ich wissen, ob Sie nicht eine Kopie des Videos angefertigt haben?«

»Das können Sie nicht wissen. Wenn Sie auf Ihrer Seite

der Grenze bleiben, bekommen wir keine Probleme, weder Sie noch ich.«

»Geben Sie mir die Koordinaten, wo ich Fang finden kann.«

Er notiert sich die Information und legt dann auf. Er sieht auf die Uhr. Mit etwas Glück ist Fang gegen Abend ein toter Mann.

Und wie er mit Khaw weiter verfährt, wird er sich später überlegen.

Im Geist erstellt Ding eine Liste der Sachen, die er benötigt. Ein geeignetes Fahrzeug zu finden ist kein Problem. Angemessene Waffen sind da schon schwieriger.

Doch Ding ist erfinderisch.

Während er seinen nächsten Schritt plant, durchströmt seinen Körper ein Gefühl, das er seit Jahren nicht mehr empfunden hat. Aufregung. Vorfreude. Sogar ein Hauch Nervosität.

Der Jagdinstinkt.

DREIUNDVIERZIG

Lu nimmt seine Umgebung genauer in Augenschein. Er sieht ein verlassenes Dorf, etwa ein Dutzend Häuser, die meisten davon Hütten, ein, zwei gemauerte, die anderen aus Holz und Stroh, Weinranken kriechen die Wände hoch. Eine schmale Straße durchschneidet den Ort von Nord nach Süd. Jedes herannahende Fahrzeug ist leicht zu erkennen. Falls Ding sein Auto allerdings fernab vom Ort parkt und sich durch den Dschungel schlägt, ist alles offen.

Lu geht zu der Kühlbox. Mit dem Fuß stößt er den Deckel auf. In der Box sind Wasserflaschen und Bier, eisgekühlt.

Lu klappt den Deckel wieder zu, nimmt die Box und trägt sie zu dem nächstgelegenen, noch nicht ganz so maroden Gebäude. Es hat Betonwände, eine Türöffnung ohne Tür, auf drei Seiten Fenster, deren Rahmen mit Glasscherben gespickt sind, und das Dach ist nur teilweise eingestürzt. In dem herumliegenden Müll findet Lu einen Plastikstuhl und bezieht Posten an dem Fenster, das eine Blickachse Richtung Norden bietet. Er gönnt sich eine Wasserflasche, trinkt sie aus, hat danach immer noch Durst und gönnt sich noch eine.

Fang kommt herein. Lu beobachtet ihn aus dem Augenwinkel, die Pistole ruht auf seinem Knie. Fang hockt sich an die gegenüberliegende Wand. Sein ehemals weißes Hemd ist mit reichlich rotem Staub bedeckt. Er hat dieselben Krokodillederschuhe an wie bei ihrer ersten Begegnung. Fang zieht eine zerbeulte Packung Zigaretten aus der Tasche und klopft eine heraus. Papierschnipsel und Tabakkrümel rutschen in seine Hand. Er flucht und weitet die Öffnung der Packung, bis er eine einigermaßen intakte Zigarette findet. Er zündet sie an. »Was ist in der Box?«

»Bier und Wasser.«

»Werfen Sie mir ein Bier rüber.«

Lu überlegt kurz, ob er ihm lieber raten soll zu verschwinden, nimmt dann jedoch eine Dose und wirft sie quer durch den Raum. Fang verpasst den Wurf. Jetzt, da Lu wieder genug Flüssigkeit intus hat, könnte ein Bier erfrischend sein. Er nimmt sich eine Dose und zieht den Verschluss auf. Es ist eine gängige Marke, die an jedem Straßenstand billig und meist lauwarm zu haben ist. Er nimmt einen kräftigen Schluck. Es ist das beste Bier, das er je getrunken hat.

Fang öffnet seine Dose. Bier spritzt auf seine Hose. Er flucht ausgiebig, stülpt dann seinen Mund über die Öffnung, schlürft und rülpst. »Ich habe viel Geld.«

»Schön für Sie.«

»Ich kann gerne was abgeben.«

»Ich will Ihr Geld nicht.«

»Was wollen Sie dann?«

»Ich will Tan Meixiang lebend wiederhaben und sie ihrer Schwester zurückbringen?«

»Sie haben doch nicht etwa den ganzen Weg auf sich genommen, um mich für einen Mord dranzukriegen, den ich gar nicht begangen habe.«

»Doch. Und Sie waren es.«

»Ding hat sie getötet.«

»Ich habe das Video gesehen. Es war Ihr Mann – Ping. Auf Ihren Befehl.«

Fang zündet sich erneut eine Zigarette an und raucht für einen Moment schweigend. Er trinkt sein Bier aus, knüllt die Dose zusammen und schleudert sie in eine Ecke. »Mir blieb nichts anderes übrig. Ding ist von der Staatssicherheit.«

»Das Mädchen hätte nicht sterben müssen«, sagt Lu.

»Sie hatte vor, Ding anzuzeigen.«

»Wie Sie schon sagten, er ist von der Staatssicherheit. Er wäre darum herumgekommen.«

Fang schüttelt den Kopf. »Wer weiß – bei diesem Antikorruptionsklima. Ding wollte kein Risiko eingehen. Das brachte mich in eine ausweglose Situation.«

»Die Ihnen die Möglichkeit bot, einen hochrangigen Offizier der Staatssicherheit in die Tasche zu stecken.«

Fang raucht die Zigarette bis zum Anschlag, schnippt sie dann weg, steht auf und wischt seine Hose ab. »Ding wird uns beide töten. Das ist Ihnen doch wohl klar.«

»*Sie* wird er töten. Dass ich auch hier bin, weiß er nicht.«

»Er wird es erfahren, sobald er hier ist. Er war beim Militär. Sie sind tot, bevor Sie überhaupt merken, dass er hinter Ihnen steht.«

»Vielleicht benutze ich Sie als Köder und binde Sie mitten auf der Straße wie eine Ziege an einen Pfahl.«

»Und dann?«, fragt Fang. »Einen Offizier der Staatssicherheit in einen Hinterhalt locken? Wissen Sie, was die mit Ihnen machen?«

»Ding ist ein Abweichler«, sagt Lu. »Wenn er hier im Dschungel zu Tode kommt, werden nicht mal seine eigenen Leute jemals erfahren, was ihm zugestoßen ist.«

»Sind Sie wirklich so ein harter Typ?«, fragt Fang. »Trauen Sie sich zu, es mit einem trainierten, erfahrenen Geheimagenten aufzunehmen? Eins kann ich Ihnen nämlich versichern: Für Ding ist das eine nette Abwechslung vom Büroalltag.«

Lu trinkt sein Bier aus und wirft die leere Dose in die Kühlbox.

»Und was ist mit mir?«, sagt Fang. »Finden Sie das in Ordnung, dass er mich kaltblütig umlegen wird?«

»Eigentlich schon, ja.«

»Ich gebe Ihnen eine Million Yuan«, sagt Fang.

»Ich sagte bereits, dass ich Ihr Geld nicht will.«

»Zwei Millionen.«

»Reden Sie nur weiter«, sagt Lu, »und ich erschieße Sie auf der Stelle.«

»Zwei gegen einen macht sich besser als einer allein.«

»Was schlagen Sie vor? Dass wir uns mit der Pistole abwechseln?«

»Sind Sie ein guter Schütze?«

»Ich bin Polizist.«

»Also nicht.«

»*Qu ni ma.*«

»Ich bin ein ausgezeichneter Scharfschütze«, prahlt Fang. »Ein erfahrener Jäger. Geben Sie mir die Pistole, und ich kümmere mich um Ding.«

»Nein.«

»Haben Sie einen anderen Plan?«

»Mein Plan für Sie ist, dass Sie die Klappe halten. Ich lausche auf das Geräusch eines Automotors.«

»Idiot!«, knurrt Fang. »Wir werden beide hier sterben.« Er läuft auf und ab, unter seinen Füßen knirschen zerbrochene Dachpfannen und ausgetrocknete Palmwedel. »Scheiß drauf.« Er geht auf die Türöffnung zu.

Lu steht abrupt auf. »Wohin wollen Sie?«

»Weg.«

»Sie haben doch gehört, was Khaw gesagt hat. Hier gibt es nichts im Umkreis von dreißig Kilometern. Ohne Wasser und ohne Essen kommen Sie nicht weit.«

»Hier sind wir für ihn leichte Beute!«

»Wir haben einen Vorteil. Ding weiß nicht, dass ich auch hier bin.«

Fang schaut zur Waffe in Lus Hand, dann zu Lu. Es scheint, als wollte er nach ihr greifen – doch dann kehrt er in seine Ecke zurück und lässt sich verbittert an der Wand hinabgleiten.

Sie warten.

VIERUNDVIERZIG

Der frühe Nachmittag geht über in den Spätnachmittag. Lus knurrender Magen erinnert ihn daran, dass er seit etwa zwanzig Stunden nichts gegessen hat. Durch eine Lücke in den Dachziegeln blickt er in den Himmel. Er sieht Palmwedel, die sich im Wind wiegen, vor einem violetten Firmament. Bald wird es dunkel sein.

Er wiegt die QSZ in der Hand. Aus dem Schusswaffentraining weiß er, dass sie fünfzehn Patronen enthält.

Fünfzehn Schuss gegen die Waffen, die Ding auffährt.

Plötzlich hebt Fang den Kopf. »Was ist das?«

Lu hört nur das unentwegte Gezwitscher der Vögel und das Summen der Insekten. Sonst nichts. Er sieht durch das Fenster. Die Straße Richtung Norden ist frei, soweit er sie überblicken kann, was ungefähr fünfzig Meter sind.

»Hören Sie das auch?«, fragt Fang.

»Psst!« Lu lauscht. Ja, jetzt hört er es ebenfalls. Ein leises Surren. Lu hat auf einmal einen trockenen Mund. »Gehen Sie raus auf die Straße, wo er Sie sehen kann.«

»Sind Sie verrückt?«

Lu richtet die Pistole auf ihn. »Es war keine Bitte. Also gehen Sie.«

»Eine bessere Strategie fällt Ihnen nicht ein? Damit er in aller Ruhe zielen kann, soll ich raus ins Freie und hoffen, dass Sie ein besserer Schütze sind als er? Das sind Sie nicht, das kann ich Ihnen versprechen.«

»Ganz ehrlich, Fang, ich improvisiere. Und jetzt setzen Sie gefälligst Ihren Arsch in Bewegung und gehen raus, damit Ding Sie sehen kann.«

»Klar. Was immer Sie sagen.« Fang steht auf und klopft sich die Hose ab. Er geht zur Türöffnung und steckt den Kopf ins Freie. Er blickt zu Lu, macht eine obszöne Geste mit dem Finger und rennt los.

»Ta ma de!« Lu geht zur Türöffnung und sieht Fang über die Straße sprinten und hinter einer Hütte auf der anderen Seite abtauchen. Niemals hätte er einem Mann in schicken Krokodillederschuhen zugetraut, so schnell zu laufen.

Er kehrt zum Fenster zurück und sieht, dass sich ein Fahrzeug langsam nähert. Es kommt genau dort zum Stehen, bis wohin er die Straße überblicken kann. Die Treffsicherheit der QSZ würde nach Lus Einschätzung ausreichen, ein Ziel auf diese Entfernung zu treffen. Aber würde auch seine *eigene* Treffsicherheit ausreichen? Er geht in die Hocke und beobachtet das Geschehen von der Ecke der Fensterbank aus.

Die Fahrertür öffnet sich, und ein Mann huscht ins Gebüsch am Straßenrand.

Ding geht kein Risiko ein, nutzt den Dschungel als Deckung. Aber wenigstens scheint es so, als sei er allein gekommen.

Lu überlegt, ob er es schaffen könnte, zum Fahrzeug zu

laufen und einfach abzuhauen. Eher unwahrscheinlich. Sicher hat Ding den Schlüssel eingesteckt. Selbst wenn er es schaffen würde zu fliehen, wäre es nicht das Ende. Ding würde erst ruhen, wenn er tot war.

Lu duckt sich unter die Fensterbank und spitzt die Ohren, lauscht auf knirschende Schritte durch hohes Gras.

Minuten vergehen. Lu hört Insekten, Vogelgesang, das Rascheln von Palmwedeln im Wind, das Rauschen seines Bluts in den Ohren.

Ding müsste schon sehr nahe sein. Und was ist mit Fang? Läuft er weg, oder sitzt er versteckt hinter der Hütte, mit einer Holzlatte in der Hand?

Lu wischt sich die Hände an der Hose ab, greift wieder zur Pistole. Warum braucht Ding so lange? Das Warten ist eine einzige Qual. Als er es nicht mehr aushält, hebt er den Kopf über die Fensterbank, seine Kniegelenke knacken.

Er entdeckt Ding hinter einer Palme, in fünf Meter Entfernung, mit einem Sturmgewehr.

Ihre Blicke treffen sich.

Lu zieht den Kopf ein.

Eine Salve aus der automatischen Waffe reißt die Flanke des Hauses auf. Kugeln fliegen durch das Fenster, lassen die wenigen noch übrig gebliebenen Glasscherben zersplittern und zersieben die Wand gegenüber. Lu geht kriechend in Deckung. Die nächste Salve bringt die Dachsparren zum Beben.

Lu kauert sich in eine Ecke. Sein Blick geht zum Nordfenster. Zur Türöffnung. Zum Ostfenster. Er hat einen schweren taktischen Fehler gemacht. Sich in einer Schachtel eingeschlossen. Sollte Ding den Lauf seines Maschinengewehrs durch eine der Öffnungen schieben und abdrücken, würde er sein Ziel nicht verfehlen.

Lu zögert, wie gelähmt durch seine Unentschlossenheit. Dann fliegt ein kleiner schwarzer Gegenstand durch das Fenster und kullert über den Boden. Er sieht aus wie ein Shaoxing-Weinkrug aus Steingut. Lu braucht ein, zwei Sekunden, um zu erkennen, um was es sich tatsächlich handelt.

Eine Granate.

Lu stürmt los und hechtet durch die Türöffnung. Eine heftige Erschütterung trifft seinen Rücken. Er landet kopfüber im Dreck. Beton, Dachziegel und Holz prasseln wie Hagel auf die Erde.

Lu weiß nicht, ob ein Granatsplitter ihn getroffen hat. Egal, denn seine dringendere Sorge ist, dass er hier auf offener Straße ungeschützt ist.

Er rafft sich auf und rennt los. Er registriert das Geräusch von automatischem Feuer und das Zischen von Kugeln, die an seiner rechten Schulter vorbeifliegen. Er überquert die Straße und taucht hinter der Ecke der nächsten Hütte ab. Zu spät fällt ihm ein, dass auch Fang hier Zuflucht gesucht hat. Er wird brutal daran erinnert, als Fang ihm mit einem Stück Ziegel auf den Kopf schlägt.

Betäubt geht Lu in die Knie. Fang lässt den Ziegelstein fallen und holt mit der Faust aus. Reflexartig versucht Lu, sich wegzuducken. Fangs Knöchel prallen dumpf gegen Lus Stirnkante. Fang brüllt vor Schmerz und schüttelt die Hand aus. Er greift nach der QSZ. Sie kämpfen um die Pistole. Fang versetzt Lu einen Fußtritt und reißt die Waffe an sich. Er zielt auf Lu und drückt ab.

Ein Klicken ist zu hören – doch zu Fangs großer Enttäuschung folgt kein Schuss.

Fang erkennt das Problem sofort. Die Pistole ist gesichert. Er sucht nach dem Mechanismus, legt den Hebel um.

In dem Moment ertönen Schüsse von der anderen Straßenseite, die in einer Seitenwand der Hütte einschlagen. Fang duckt sich. Bei der nächsten Salve rennt er über offenes Gelände in den Dschungel.

Lu drückt sich an die Wand. Er spürt ein Rinnsal seine Schläfe hinabrinnen, wischt es weg, sieht Blut an seiner Hand. Er hört das unverwechselbare metallische Geräusch, als Ding ein neues Magazin in sein Sturmgewehr schiebt.

Lu weiß, dass er hier nicht bleiben kann. Fang ist nur zehn Meter von ihm entfernt, hält sich im Busch versteckt. Lu ist ein leichtes Ziel, wenn Fang auch nur annähernd so gut schießt, wie er behauptet. Die Hütte ist aus Bambus und Schilf, aber sie ist besser als nichts. Lu kriecht durch den Hintereingang und rollt sich außer Sicht.

Der Grundriss der Hütte ist einfach – ein langer, rechteckiger Raum, vier Wände, Lehmboden, eine klapprige Haustür zur Straße. Verrottete Fensterläden, in der Mitte des Raums eine zerfledderte Trennwand aus Bambus, aber es gibt keine Möbel, kein Bett oder Tisch, nichts, hinter dem man in Deckung gehen könnte.

Lu sieht sich nach einer Waffe um, einer rostigen Machete, einem Ackergerät, einem spitzen Stock. Es gibt nichts.

Die Wände sind dünn und gespickt mit Ritzen und Löchern, durch die wie Nadelstiche das Licht der untergehenden Sonne dringt. Während Lu sich umschaut, sieht er einen Schatten an der Vorderseite der Hütte vorbeihuschen.

Ding. Er steuert die Tür an.

Es gibt ein altes chinesisches Sprichwort: *Yi gong wei shou.* »Angriff ist die beste Verteidigung.«

Lu rutscht vorwärts, geht dann in die Hocke. Als Ding vor der Tür steht, richtet sich Lu ruckartig auf, springt und kracht mit den Füßen voran durch die Tür.

FÜNFUNDVIERZIG

Lu spürt den Aufprall an den Sohlen bis hinauf zum Kinn.

Die Tür fliegt aus den Angeln und landet krachend auf Ding. Lu rappelt sich hoch und wirft zerbrochene Türleisten beiseite. Ding ist wie betäubt. Lu versucht, ihm das Gewehr abzunehmen, doch es ist mit einem Trageriemen um Dings Schulter geschlungen. Ding stößt Lu von sich. Lu schlägt ihn, spürt ein befriedigendes Knirschen und Ding erlahmt.

Lu reißt ihm den Gewehrriemen über die Schulter und weicht zurück.

Ding rührt sich, blinzelt und setzt sich auf. Er reibt sich das Kinn und klappt den Mund auf und wieder zu. »Immer mit der Ruhe. Tun Sie nicht etwas, das Sie später bereuen.«

»Ich bereue gar nichts. Halten Sie Ihre Hände so, dass ich sie sehen kann.«

»Wo ist Fang?«

»Versteckt sich irgendwo im Gebüsch.«

»Er wird Sie töten«, sagt Ding. »Bei der erstbesten Gelegenheit.«

»Das hat er von Ihnen auch gesagt.«

»Geben Sie mir das Gewehr. Ich lasse Sie laufen. Das ist eine Sache zwischen Fang und mir.«

»Das hat Fang auch gesagt. Es ist gelogen. Sie haben mich in Ihren Dreck hineingezogen, und jetzt stecke ich bis zum Hals mit drin.«

Ding leckt sich das Blut von den Lippen und schielt hinüber zur Hütte. »Wir können hier nicht sitzen bleiben und uns weiter streiten.«

Lu deutet mit dem Kopf zur Türöffnung. »Rein mit Ihnen.«

Ding kriecht über die Schwelle, Lu folgt ihm. Sie schleichen bis zur hinteren Wand und postieren sich links und rechts des Hinterausgangs. Lu späht durch einen Spalt im Bambus. Von Fang ist nichts zu sehen.

Ding massiert sich seinen Unterkiefer. »Khaw hat gesagt, Sie seien tot.«

»Überraschung!«

»Ist Fang bewaffnet?«

»Leider ja.«

»Womit?«

»Einer QSZ.«

Ding späht ebenfalls durch einen Spalt auf seiner Seite. »Bald geht die Sonne unter. Im Schutz der Dunkelheit kann sich Fang frei bewegen. Wir müssen ihn ausschalten, ehe es dazu kommt.«

»Apropos frei bewegen: Wo ist der Schlüssel zu Ihrem Auto?«

»In meiner Tasche.«

»Werfen Sie ihn her.«

»Sie dürfen mir mein einziges Fortbewegungsmittel nicht nehmen. Helfen Sie mir, Fang zu töten, und wir fahren gemeinsam los.«

»Ende der Geschichte? Ich kehre zurück in mein langweiliges Kleinstadtleben, und Sie vergewaltigen weiter Kellnerinnen und lassen sie anschließend töten.«

Ding schnaubt. »Ich habe sie nicht getötet.«

»Schlüssel!«

Ding trägt eine schwarze Kampfmontur mit weiten Seitentaschen an den Hosenbeinen. Seine Hand gleitet in die rechte Tasche.

»Stopp!«, sagt Lu.

»Entscheiden Sie sich«, sagt Ding. »Wollen Sie den Autoschlüssel oder nicht?«

»Ich hoffe für Sie, dass Sie keine Pistole aus der Tasche ziehen.«

»Ich habe nur das Gewehr. Das heißt, ich hatte nur das Gewehr.« Ding greift mit der linken Hand von außen an die Tasche, während er mit der rechten Hand in der Tasche kramt.

»Vorsicht«, warnt ihn Lu, den Finger am Abzug.

Langsam zieht Ding seine Hand aus der Tasche und zeigt Lu einen kleinen Gegenstand, der an seinem Finger baumelt. Er wirft ihn herüber. Er landet vor Lu im Dreck. Ding fest im Blick behaltend beugt sich Lu vor und hebt den Gegenstand auf. Es ist kein Schlüssel.

Es ist der Stift einer Granate.

»Hören Sie gut zu«, sagt Ding leise. »Ich halte mit meiner Hand den Sicherheitshebel einer Granate gedrückt.

Wenn Sie auf mich schießen, haben Sie vier Sekunden, bevor sie explodiert.«

»Sie blödes Arschloch!«

»Ich hole jetzt die Granate aus der Tasche. Bleiben Sie ganz ruhig. Es ist ein heikles Manöver.«

Dings rechte Hand gleitet erneut in die Tasche. Er zieht die Granate vorsichtig heraus und hält sie hoch. Sie ist kleiner und zylindrischer als die Shaoxing ähnliche Waffe, mit der er zuvor versucht hat, Lu zu töten. Lu kennt diese Bauart nicht, sie sieht nach einem ausländischen Fabrikat aus.

»Wie viele von diesen Dingern haben Sie dabei?«, fragt Lu. Er könnte sich für seine Unvorsichtigkeit in den Hintern treten.

»Nur diese beiden. Selbst für mich ist es nicht leicht, mal eben spontan Sprengkörper und Waffen lockerzumachen. Geben Sie mir das Gewehr.«

»Damit Sie mich erschießen? Sie können mich mal.«

»Wenn nicht, werfe ich Ihnen diese Granate in den Schoß.«

»Dann werden wir beide in Stücke gerissen.«

»Ich habe keine Angst zu sterben, Kommissar. Aber wenn ich die Wahl hätte, würde ich lieber nicht sterben. Also bitte, das Gewehr.«

»Danke für das Angebot, aber ich glaube, ich behalte es doch lieber.«

»Ganz ehrlich, Sie sind für mich keine Bedrohung. Niemand wird Ihnen das Märchen abnehmen, Sie seien für verdeckte Ermittlungen zu einer geheimen Festung irgendwo im Dschungel von Myanmar aufgebrochen. Man wird Sie für völlig durchgeknallt halten. Und diese lächerliche Frisur macht es auch nicht glaubhafter. Geben Sie mir das Gewehr, und ich kümmere mich um Fang. Sie wollen doch auch seinen Tod, oder nicht?«

»Was ist mit Tan Meixiang passiert?«

»Das weiß ich nicht. Das ist die Wahrheit, ich schwöre. Fang hat gesagt, er wolle sich der Sache annehmen. Und das hat er getan. Vielleicht hat sein Koch sie zerlegt und sie auf die Speisekarte gesetzt. Ich habe sie nicht getötet, und ich habe auch Fang nicht damit beauftragt.«

»Aber Sie haben versucht, sie zu vergewaltigen.«

»Vergewaltigung ist ein starkes Wort. Ich war betrunken und für einen Moment unbesonnen. Sie hätte einfach das Geld nehmen und abziehen sollen.«

»Sie sind ein Schwein.«

Ding späht durch ein Loch in der Wand. »Ich kann auch ein guter Freund sein. Wollen Sie wieder auf Ihre alte Arbeitsstelle? Oder etwas Besseres? Ich kann das für Sie einfädeln.«

»Ich bin nicht käuflich.«

»Jeder Mensch hat seinen Preis«, sagt Ding. »Ich muss nur herausfinden, wie hoch Ihrer ist.«

»Wissen Sie was? Ich gebe Ihnen das Gewehr im Tausch gegen den Autoschlüssel.«

Ding grinst. »Werfen Sie das Gewehr rüber, und ich werfe Ihnen den Schlüssel zu.«

»Erst den Schlüssel.«

»Dazu muss ich wieder in meine Tasche greifen.«

»Wenn Sie eine Pistole ziehen, erschieße ich Sie und gehe das Risiko mit der Granate ein.«

»In Ordnung.« Ding fasst in die linke Tasche. Er zieht die Hand heraus und zeigt Lu einen kleinen schwarzen Funkschlüssel. »Fangen Sie ihn.« Er wirft ihn – durch die Türöffnung nach draußen. »Oh, entschuldigen Sie.«

»Holen Sie ihn«, knurrt Lu.

»Auf keinen Fall. Fang ist da draußen, und Sie haben gesagt, er sei bewaffnet.«

»Holen Sie ihn, oder ich puste Ihnen den Schädel weg.«

Ding bewegt die Granate in seiner Hand. »Mein Freund sagt mir, dass Sie mir keine Befehle zu geben haben.«

»Mistkerl«, erwidert Lu. Er schiebt sich bis zur Türöffnung vor. Der Schlüssel liegt eine Armeslänge von der Türschwelle entfernt.

»Viel Glück«, sagt Ding.

Lu stürzt sich auf den Schlüssel. Er hört Schüsse krachen, seine Finger wühlen im Dreck. Wieder ein Schuss, die Kugel reißt ein Stück Wand über Lus Kopf heraus. Er schnappt sich den Schlüssel und wälzt sich über die Schwelle zurück in die Hütte. Zwei weitere Schüsse durchschlagen die Seitenwand der Hütte. Lu kriecht in eine Ecke.

Die Schüsse hören auf. Stille. Dann fängt Ding plötzlich an zu lachen. »Das war knapp.«

Lu steckt den Schlüssel in eine Hosentasche und nimmt aus der anderen Fangs Handy. »Erkennen Sie das wieder?«

»Ist das Fangs Handy? Geben Sie her!« Ding streckt die Hand aus wie ein kleines Kind, das seine Belohnung will.

»Holen Sie es sich doch.« Lu wirft es durch die Türöffnung.

»*Gan!*«, schimpft Ding. »Was haben Sie gemacht?«

»Fang!«, ruft Lu. »Ich habe Ihr Handy rausgeworfen. Haben Sie es gesehen?«

»Ruhe!«, zischt Ding.

»Ich bin hier mit Ihrem Freund Ding«, schreit Lu. »Ich habe sein Gewehr. Er ist unbewaffnet. Ich habe beschlossen, dass Sie beide die Sache unter vier Augen klären sollten.«

»Was für ein Spiel treiben Sie da?«, brummt Ding.

»Woher soll ich wissen, dass er unbewaffnet ist?«, kommt Fangs Antwort, durch die Entfernung und Blätter gedämpft.

Lu fährt mit der Hand unter den Gewehrschaft, ertastet den Verschluss und zieht das Magazin heraus. »Schauen Sie gut zu, Fang.« Lu wirft das Magazin nach draußen.

Ding ist rasend. »Sie Idiot!«

Lu zieht am Ladehebel, um die geladene Patrone auszuwerfen. Dann wirft er das Gewehr durch die Türöffnung. »Haben Sie das gesehen, Fang? Entwarnung!«

Ding hält die Granate so fest in der Hand, dass die Knöchel weiß hervortreten. Für einen Moment denkt Lu, dass er sie gleich werfen wird.

»Alles Teil des Plans«, sagt Lu.

»Was für ein Plan, Sie dämlicher Esel?«

Fang ruft aus dem Dschungel: »Woher soll ich wissen, dass er nicht noch eine Waffe hat?«

»Wenn er eine hätte«, ruft Lu, »wäre ich dann noch am

Leben?« Lu sieht zu Ding und senkt die Stimme. »Fang wird nach dem Handy suchen. Auf jeden Fall. Khaw hat ihn hochkant rausgeworfen. Er hat niemanden sonst. Er wird nach dem Handy suchen. Und wenn es so weit ist, schmeißen Sie die Granate raus. Wumm! Problem gelöst.«

Ding starrt ihn wütend an, sagt aber nichts. Lu sieht die infernalische Maschine in seinem Kopf förmlich rattern und knattern. Der Plan ist logisch.

»Viel Glück.« Lu kriecht vorsichtig rückwärts über den Boden. Ding sieht ihm hinterher.

»Lu Fei!«, ruft Fang, doch Lu ignoriert ihn.

Als er fast an der Eingangstür ist, sagt Ding: »Bis bald, Kommissar.«

Lu hechtet durch die Türöffnung und rennt los.

SECHSUNDVIERZIG

Das Naheliegende wäre, schnurstracks zu Dings Auto zu laufen, den Motor anzulassen und Richtung Norden zu fahren. Vom nächsten funktionierenden Telefon aus den stellvertretenden Direktor Song anzurufen, ihm die ganze verrückte Geschichte zu erzählen und darauf zu hoffen, dass er über genug *guanxi* verfügt, um Lu vor eventuellen Repressalien seitens Ding zu schützen. Und zu beten, dass Ding es nicht riskiert, Lu zu verfolgen und seine eigenen Verbrechen zu entlarven.

Aber das ist unwahrscheinlich. Ding wird nicht ruhig schlafen können, wenn er weiß, dass Lu draußen frei herumläuft, obwohl er sich ausrechnen kann, dass Lu mit jedem Versuch, ihn vor Gericht zu bringen, scheitern würde. Doch schon die Andeutung, Lu könnte eine schmutzige Geschichte erzählen, würde einen Skandal auslösen und Dings Karriere ein Ende setzen.

Nein – Ding würde den nächsten Bang schicken. Oder Lu selbst aufsuchen.

Lu rennt zehn Meter weit, geht dann hinter dem nächsten Gebäude, einer Baracke mit Blechdach, in Deckung. Er kriecht hinein und öffnet die hintere Tür gerade so weit, dass er den Raum zwischen der Hütte, in der Ding Schutz sucht, und dem Rand des Dschungels, wo Fang sich versteckt, überblicken kann.

Fang wird bald einknicken, da ist sich Lu sicher. Er wird das Handy suchen, egal, wie hoch das Risiko ist. Es ist sein einziger Rettungsanker. Ohne das Video hat er nichts zu verhandeln.

Und so kommt es. Dreißig Sekunden später ruft Fang: »Ding! Lassen Sie uns darüber reden.«

Ding antwortet nicht.

Eine Minute vergeht. Noch eine.

»Ding!«

Stille.

»Ding, verdammt!«

Grillen zirpen.

Schließlich ereignet sich das Unausweichliche. Fang gleitet aus dem Unterholz hervor, auf dem Bauch, wie eine Schlange. Er robbt sich einen Meter vor, hält an. Lu kann förmlich seine Zunge hervorschnellen sehen, die Luft nach Gefahren abschmecken. Fang robbt weiter. Noch einen Meter und noch einen.

Lu ist angespannt. Er sieht zu, wie ein Mensch buchstäblich seinem Tod entgegenkriecht. Er könnte dem Einhalt gebieten, er könnte laut rufen, ihn warnen, doch er hält den Mund.

Als Fang nur noch einen Steinwurf von dem Handy entfernt ist, stürzt er sich darauf. In der einsetzenden Dunkelheit sieht Lu nicht, wie aus der Hütte ein dunkles, zylinderförmiges Objekt hervorschießt. Aber er weiß, dass es kommt. Er zieht den Kopf ein. Zwei Sekunden später hört er eine Explosion und spürt die Erschütterung unter den Schuhsohlen. Das Dach des Schuppens bebt.

Fang schreit auf.

Lu stößt die Tür auf und läuft zu dem angerichteten Blutbad. Vor ihm taucht Ding aus seiner Hütte auf. Er und Lu haben dieselbe Stelle auf dem aufgewühlten Schotterweg zum Ziel, sie beide suchen nach dem Gewehr.

Ding gewinnt das Rennen. Er schnappt sich das Gewehr und sucht das Magazin. Er merkt, dass er es nicht finden wird, bevor Lu sich auf ihn wirft, also greift er mit der Hand um und schwingt das Gewehr wie eine Keule. Lu weicht aus, sucht den Boden nach der QSZ-Pistole ab und versucht gleichzeitig, nicht den Schädel eingeschlagen zu bekommen.

Lu und Ding umkreisen sich, wobei Fangs zerfledderte Leiche das Zentrum ihrer Umlaufbahn bildet. Ding wird dessen bald überdrüssig und tritt über Fang hinweg, das Gesicht zu einer mörderischen Fratze verzerrt. Lu duckt sich. Ding schwingt weiter das Gewehr. Lu zielt auf sein Schienbein, umschließt Dings Fußknöchel mit beiden Händen und rammt seine Schulter in Dings Bein knapp unterhalb des Knies. Ding fällt hin, nicht ohne Lu vorher einen Schlag mit dem Gewehrkolben auf den Rücken zu versetzen.

Es tut höllisch weh. Doch Ding geht zu Boden.

Lu klemmt Dings Fußknöchel zwischen Achselhöhle und Ellbogen und reißt kräftig daran. Ding schreit auf, als der Fußknöchel knackt. Lu lässt von ihm ab, Ding umklammert sein Bein vor Schmerz mit beiden Händen. Lu schnappt sich das Gewehr und sucht die Pistole.

Er entdeckt sie unweit von Fangs Leiche. Er wirft das Gewehr mit dem leeren Magazin auf den Boden und hebt die Pistole auf. Sie ist zerkratzt und verschrammt, aber ansonsten intakt. Lu schießt einmal zur Probe auf die Hütte. Die Waffe funktioniert. Lu sieht Fang an, um sich zu vergewissern, dass er tot ist. Er ist tot.

Lu geht zurück zu Ding.

»Sie haben mir den Fußknöchel gebrochen!«, stöhnt Ding.

»Das bezweifle ich. Ich habe ihn nur leicht verstaucht. Ich werde Sie jetzt durchsuchen. Machen Sie keinen Blödsinn, sonst breche ich Ihnen den Fußknöchel wirklich. Und den anderen gleich mit.« Er wälzt Ding auf die andere Seite und tastet ihn ab. Er findet ein Militärmesser, das er in den Dschungel wirft.

Ding setzt sich auf und massiert seinen Knöchel. Sein Atem stockt vor Schmerz, als er ihn mit den Fingern abtastet. »Was jetzt, Kommissar?«

»Ich bringe Sie nach Jinghong.«

»Und dann?«

»Ich weiß nicht. Im Moment möchte ich nur weg von hier.«

»Sie haben mich zu einem halben Krüppel gemacht.«

»Ich suche Ihnen etwas, das Sie als Krücke benutzen können.« Lu sieht sich um, findet einen brauchbaren Ast und hilft Ding auf die Beine. »Sie können einen Arm um meine Schultern legen, aber seien Sie brav, sonst bringe ich Sie um, und das Problem hat sich erledigt.«

»Ich will genauso dringend von hier weg wie Sie«, sagt

Ding. Sie humpeln los, dann bleibt Ding stehen. »Das Handy.«

»Das hat die Granate zerstört.«

»Ich will mich vergewissern. Bitte. Wenn es Ihnen nichts ausmacht.«

Lu kehrt zu dem Sprengplatz zurück. Bei dem rasch abnehmenden Licht braucht er eine Weile, um es zu finden. Das Display ist netzartig gesprungen, und das Gehäuse ist zerbrochen, Elektronikteile quellen hervor. Lu zeigt es Ding.

»Darf ich es behalten?« Ding hält die Hand auf.

»Machen Sie sich nicht lächerlich.« Lu steckt das Handy ein.

Sie humpeln die Straße entlang zu Dings Fahrzeug. Lu lehnt Ding gegen den Kühler und schließt mit dem Funkschlüssel das Auto auf. Er durchsucht rasch das Wageninnere, findet keine Waffen, aber ein Handy, einen dicken Umschlag mit Geld, Wasserflaschen und eine Plastiktüte mit Snacks. »Haben Sie hier irgendwo Klebeband?«, fragt Lu. »Oder eine Schnur?«

»Ich muss mich setzen«, sagt Ding. »Bitte.«

Lu hilft Ding auf die Beifahrerseite, lehnt ihn gegen den Radkasten und öffnet die Tür.

Er hört einen Schuss. Laut. Großkaliber. Und sehr nah.

Lu geht in Deckung. Flüssigkeit spritzt auf die Windschutzscheibe. Ding sackt zu Boden, in der Stirn ein sauberes rundes Loch.

Lu springt in den SUV, zieht die Tür zu und klettert über den Schalthebel auf die Fahrerseite. Er drückt den Zündungsknopf, der Motor springt sofort an.

Er legt den Gang ein und rechnet damit, dass jeden Moment die nächste Kugel die Seite des Wagens durchschlägt. Vor ihm sieht er Scheinwerfer, die sich von Süden her nähern. Zwei Fahrzeuge. Sie blockieren die Straße. Lu schaltet den Rückwärtsgang ein. Reflexartig sieht er in den Rückspiegel.

Wenige Meter von der hinteren Stoßstange entfernt, von Lus Rücklichtern rot angestrahlt, steht ein Mann. Er zielt mit einem Gewehr auf Lus Kopf.

Im ersten Moment verfällt Lu in panische Unentschlossenheit. Dann begreift er, dass er nirgendwo hinfahren wird. Er schaltet in die Parkstellung. Schaltet den Motor aus. Er nimmt seine QSZ-Pistole aus der Tasche und wartet darauf, was als Nächstes passiert.

SIEBENUNDVIERZIG

Die Scheinwerfer halten fünf Meter vor ihm an. Türen werden geöffnet, Türen werden geschlossen. Lu steigt aus dem SUV, hält die QSZ-Pistole locker in der Hand. Mittlerweile ist es völlig dunkel.

Vor den Autoscheinwerfern bewegen sich Schatten. Zuerst taucht Goldene Giftnatter auf. Dann Oberst Ta. Ta pfeift. Der Mann hinter Lus SUV kommt hervor. Er hält eine 375er Ruger, und er lächelt Lu freundlich an. Es ist der junge Soldat, mit dem Du ihn an dem Tigergehege bekannt gemacht hat – Kaung.

»Waffe?«, sagt Oberst Ta.

Goldene Giftnatter streckt die Hand aus. Lu übergibt ihr die QSZ.

Ta gibt ein Signal, und Khaw tritt aus dem Schatten hervor. Sie mustert Lu von oben bis unten. Vom Scheinwerferlicht hinter ihr angestrahlt, kann Lu ihre Miene nicht entziffern. »Wilson?«

»Liegt dahinten«, sagt Lu. »Was von ihm noch übrig ist.«

»Haben Sie ihn getötet?«

»Nein. Ding.«

»Und das Handy?«

»Ist in meiner Tasche.«

»Übergeben Sie es bitte.«

Lu holt das Handy aus der Tasche und gibt es Goldene Giftnatter.

Khaw nimmt sich viel Zeit, um sich eine Cheroot anzuzünden. »Dann ist dem Mädchen ja die gebührende Gerechtigkeit widerfahren.«

»In Ihrer Vorstellung von Gerechtigkeit vielleicht, nicht in meiner.«

»Männer wie Ding und Fang stehen außerhalb des Gesetzes. Sie werden niemals einen Gerichtssaal von innen zu sehen bekommen. Dieser Fall erforderte eine rudimentäre Lösung.«

»Würden Sie sich auch in diese Kategorie einordnen?«

Khaw raucht schweigend weiter. Die Spitze ihres Stumpens glüht rot. »Sie gehören wirklich nicht hierher, Darling. Nehmen Sie Dings Auto, fahren Sie Richtung Norden und blicken Sie nicht zurück.«

Lu kann nicht glauben, dass es so einfach sein soll. Khaw wird ihm gestatten, zwanzig, dreißig Meter weiter die Straße entlangzufahren, dann wird Kaung ihm wahrscheinlich das Gehirn wegpusten.

Khaw streckt die Hand aus. »Das werden Sie brauchen.«

Es ist sein Ausweis, auf den Namen Long Ming. Er steckt die Karte ein.

Khaw tritt näher heran. Jetzt kann er ihr Gesicht erkennen. »Ich weiß, wo Sie wohnen, Kommissar Lu Fei aus Rabental, Provinz Heilongjiang. Sie tun gut daran, das nicht zu vergessen.« Ihre Miene wird weicher, und unerwartet berührt sie Lus Wange. »Gute Reise.«

Sie wirft den Stummel auf den Boden und taucht in der Dunkelheit hinter den Scheinwerfern unter. Oberst Ta salutiert spöttisch. Er und Goldene Giftnatter folgen Khaw. Türen schlagen zu, Motoren heulen auf, Fahrzeuge setzen zurück und fahren los.

Langsam dreht sich Lu um. Kaung ist weg, verschmolzen mit dem Dschungel.

Lu steigt in Dings SUV, lässt den Motor an, macht eine Kehrtwende und rast so schnell wie möglich über die Schotterstraße, vornübergebeugt, die Hände fest am Lenkrad.

Er wartet auf die Kugel.

Er schafft einen Kilometer. Zwei. Drei. Die Kugel kommt nicht.

Lu fährt zwanzig Minuten, ohne einem anderen Fahrzeug zu begegnen, ohne jedes Zeichen menschlicher Zivilisation. Dann fährt er an die Seite und schaltet den Motor aus. Er macht die Tür auf, steigt aus, bleibt stehen und schreit in die schwarze Nacht hinein.

Etwas beruhigt reibt er mit einer Handvoll Dreck Dings Blut vom SUV. Mit Wasser aus einer der Flaschen wäscht er sich Hände und Gesicht. Seine Kleidung ist schmutzig, doch das ist im Moment nicht zu ändern. Er wirft die leere Flasche in den Dschungel und öffnet die nächste. Er trinkt sie halb leer, erleichtert sich und setzt die Fahrt fort.

Nach einer Weile erreicht er eine befestigte Straße, kommt durch eine Reihe kleiner Ortschaften, bis er schließlich ein Hinweisschild sieht, das ihn zur Schnellstraße zweihundertvierzehn führt. Von da an ist die Fahrt entspannter. In den frühen Morgenstunden erreicht er die Vororte von Jinghong und fährt durch die Straßen auf der Suche nach einem kleinen Hotel – in dem man einem Mann, der aussieht, als wäre er gerade aus einem Erdloch gekrochen, nicht allzu viele Fragen stellt. Er findet eine passende Unterkunft in der Nähe des Bahnhofs, rosa gestrichen und mit einer Leuchtschrift: *Rosa Schwan*.

Lu parkt und geht hinein. Hinter einer Glastheke sitzt eine ältere Frau. In einem tragbaren Fernseher hinter ihr läuft dröhnend eine Varietéshow. Die Frau sieht Lu gleichgültig an. Er lächelt höflich und bittet um ein Zimmer.

»Für ein paar Stunden oder eine Nacht?«, fragt die Frau mit versteinerter Miene.

»Nur für eine Nacht.«

»Welches Thema?«

»Wie bitte?«

»Wir haben Kerkerzimmer, ein Gartenzimmer, ein Chaletzimmer und ein Dschungelzimmer.«

»Kein Dschungelzimmer!«, sagt Lu, vehementer als beabsichtigt. »Ihr einfachstes Zimmer. Ich bin allein.«

»Möchten Sie Gesellschaft? Ich kann ein Mädchen anrufen. Was für eins wollen Sie haben – groß, dünn, jung, alt, mager, dick …«

»Nein.«

»Wollen Sie lieber einen Jungen?«

»Nur ein Zimmer.«

Die Frau zuckt mit den Schultern. Sie prüft seinen Ausweis. Er gibt ihr Geld aus Dings Umschlag. Sie gibt ihm die Schlüssel. »Auf dem Gang steht ein Automat mit Filmkarten. Einhundert Yuan, Filme unbegrenzt, vierundzwanzig Stunden. Zweiter Stock. Nach links, wenn Sie aus dem Aufzug kommen. Einen schönen Aufenthalt.«

Lu geht nach oben und schließt die Tür zu seinem Zimmer auf. Ein kleiner Sitzbereich mit Sofa und Flachbildschirm, hinter einem hauchdünnen schwarzen Vorhang das Bett. In einem Regal liegen diverse erotische Hilfsmittel, Massageöle, fluoreszierende Kondome, Honey Drops. Lu steckt den Kopf ins Badezimmer und sieht einen großen Whirlpool. Perfekt. Er dreht den Wasserhahn auf und geht nach draußen auf den Gang. Außer Filmkarten gibt es in dem Automaten noch Getränke, Snacks und sogar Cosplay-Outfits – frivole Krankenschwester, Polizistin, Schulmädchen, Zofe. Für Männer sind natürlich keine Kostüme darunter.

Lu kauft zwei Dosen Bier und diverse Snacks und geht zurück auf sein Zimmer. Er verschlingt das Essen, öffnet eine Bierdose, zieht sich aus und steigt in das kochend heiße Wasser in der Wanne. Er liegt wie erstarrt da und bewegt sich nur, um den nächsten Schluck Bier die Kehle runter zu gießen. Dann steht er auf, trocknet sich ab, putzt sich die Zähne mit der Hotelzahnbürste und geht mit dem zweiten Bier ins Bett. Noch ehe er es ausgetrunken hat, ist er eingeschlafen.

Lu schreckt aus dem Schlaf hoch, orientierungslos. Er sieht den dünnen Vorhang, die Drucke mit Geishas an den Wänden, die Kondome auf dem Nachttisch. *Ach ja, richtig*. Er schaut auf die Nachttischuhr. Fast neun. Er steigt wieder in seine schmutzige Kleidung, trinkt Wasser aus dem Hahn und erkundigt sich telefonisch bei China Air nach Flügen nach Harbin, mit Zwischenhalt in Peking. Er muss zum Flughafen fahren und persönlich buchen, da er keine Kreditkarte hat. Dann lässt er sich von der Telefonauskunft die Nummer des Kriminalamts geben. Er wird durchgestellt und verlangt, den stellvertretenden Direktor Song zu sprechen. Er nennt Name und Dienstgrad und erklärt, er rufe in einer dienstlichen Angelegenheit an. Song ist nicht zu erreichen, und da Lu dem Mitarbeiter am Telefon nicht traut, fragt er, ob die leitende Gerichtsmedizinerin des Kriminalamts – Dr. Ma Xiulan – zu sprechen sei. Nach ein paar Klicks ist sie in der Leitung.

»Ja?«

»Hallo, Dr. Ma. Hier ist Lu Fei, Gemeinde Rabental.«

»Kommissar Lu! Was für eine schöne Überraschung. Sind Sie in der Stadt? Rufen Sie an, um die versprochene Stadtführung einzufordern?«

Lu muss schmunzeln. »Ich wünschte, es wäre so. Ich habe heute Nachmittag kurz Aufenthalt in Peking, und ich würde mich gerne mit dem stellvertretenden Direktor verabreden. Ist er in der Stadt?«

»Oh, wie schade. Sie benutzen mich nur, um an Song heranzukommen.«

»Ich … also …«

Ma lacht. »Sie sind so leicht zu durchschauen, Kommissar. Wie halten Sie es bloß den ganzen Tag mit den vielen Kriminellen aus?«

»Ehrlich gesagt sind die meisten Bauern oder Fabrikarbeiter keine verwirrend attraktiven, genialen Gerichtsmedizinerinnen. Jedenfalls habe ich vor, Peking bald mal einen richtigen Besuch abzustatten, aber ich stecke momentan in einer Art Zwickmühle, deswegen …«

»Schon verstanden. Song ist heute im Büro. Wahrscheinlich gerade in einer Besprechung. Soll ich ihn bitten, Sie zurückzurufen?«

»Ich habe gerade kein Handy, aber ich bin heute Nachmittag für einen kurzen Zwischenstopp am Flughafen.« Lu nennt Ma die Informationen zum Flug.

»Sehr geheimnisvoll, Kommissar.«

»Wenn wir uns das nächste Mal sehen, erzähle ich Ihnen alles.«

»Abgemacht. Ich kümmere mich darum, dass Song die Nachricht bekommt.«

Lu legt auf, geht nach unten, bezahlt die Telefonrechnung mit Dings Geld und springt in den SUV. Er hat nicht viel Zeit, deshalb sucht er das nächste Bekleidungsgeschäft auf und kauft Unterwäsche, Strümpfe, Hose und Hemd. Er zieht sich im Auto um und fährt zum Flughafen. Er kauft am Schalter ein Ticket, passiert die Sicherheitsschleuse und nimmt im Terminal an einem Nudelstand noch einen Imbiss zu sich. Danach tritt er den dreieinhalbstündigen Flug nach Peking an.

Song erwartet ihn bereits am Flugsteig, als er ankommt. Er sieht ziemlich verärgert aus. »Ich hoffe, Sie haben einen guten Grund. Ich habe alle meine Nachmittagstermine abgesagt und bin hierhergeeilt, und Sie haben dreißig Minuten Verspätung, und ich lechze nach einer Zigarette.«

»Entschuldigung. Lassen Sie uns einen ruhigen Ort zum Reden suchen.«

Sie setzen sich in eine Ecke, und Lu fasst für ihn in wenigen hastigen Worten zusammen, was er erlebt und durchgemacht hat. Ding, Bang, Fang, Khaw.

Song hört mit offenem Mund zu. »Unglaublich«, sagt er, als Lu mit seiner Geschichte ans Ende angelangt ist.

»Es ist wahr. Jedes Wort.«

»Sie neigen dazu, sich in die haarsträubendsten Abenteuer zu verwickeln.«

»Dabei sehne ich mich nach einem friedlichen Leben: Ich möchte in Ruhe mein Bier trinken und Jagd auf entlaufene Hühner machen.«

»Ich brauche eine Zigarette, um das alles zu verarbeiten«, sagt Song.

»Ich darf meinen Anschlussflug nicht verpassen«, erklärt Lu.

»Wie können Sie von mir verlangen, mich so einer komplizierten Sache ohne eine Zigarette angemessen zu widmen?«

»Sie haben recht«, sagt Lu. »Was habe ich mir nur dabei gedacht?«

Sie begeben sich zu einer verglasten Raucherlounge.

Song raucht *Chunghwa* und überlegt angestrengt. Er kommt zum Ende seiner Überlegungen, drückt die Zigarette aus, und sie ziehen sich in eine andere ruhige Ecke zurück.

»Mein Rat ist, vergessen Sie es«, sagt Song.

»Was?«

»Die ganze Sache. Leben Sie einfach weiter, als wäre nichts passiert.«

»Das war's? Und deswegen bin ich nach Peking geflogen?«

»Fang und Ding sind tot. Und diese Khaw lebt in Myanmar. Unerreichbar, es sei denn, jemand in der Regierung will sie ausschalten, aber wäre das der Fall, wäre sie längst weg vom Fenster. Fangs Restaurant wird geschlossen. Wir wissen bereits, dass er mehrere Polizisten und Beamte entweder bestochen oder kompromittiert hat, folglich wird es keine weiteren Ermittlungen geben. Es gibt keinen Grund für ein Verfahren.«

»Was ist mit dem Mädchen? Tan Meixiang.«

»Wie gesagt, Fang und Ding sind tot. Hätte man ihnen den Prozess gemacht und sie für schuldig befunden, wären sie hingerichtet worden. Das Ergebnis ist das Gleiche, oder?«

Lu gefällt das nicht. Song legt ihm eine Hand auf die Schulter. »Hören Sie, Lu Fei – es ist hart, aber das ist der Lauf der Welt. Alles in allem wurde trotz der Umstände der Gerechtigkeit Genüge getan.« Er sieht auf die Uhr. »Ich muss zurück ins Büro, und Sie sollten sich schleunigst zu Ihrem Flugsteig begeben.«

Sie reichen sich die Hand und gehen auseinander. Lu steigt in das Flugzeug. Er beschließt, sich auf dem Weg nach Harbin gepflegt zu betrinken. Und wie er sich betrinkt.

ACHTUNDVIERZIG

Gegen Mitternacht kommt Lu in Harbin an. Mit dem Zug gleich weiter nach Rabental zu fahren, daran ist nicht zu denken. Er ist zu erschöpft und zu betrunken und nimmt sich im nächsten Hotel am Flughafen ein Zimmer. Es wird eine unruhige Nacht.

Am nächsten Morgen wacht er, ganz untypisch, verkatert auf. Im Restaurant des Hotels bestellt er einen starken Tee und zwei mit Schweinefleisch gefüllte Dampfnudeln. Danach fährt er mit dem Zubringerbus zum Bahnhof und steigt in den nächsten Zug nach Rabental.

Um die Mittagszeit ist er zu Hause. Er geht zu seiner Wohnung, fällt aufs Bett und verschläft den Nachmittag. Es ist fast sieben, als er wach wird. Sein Kater ist verschwunden, doch das überwältigende Gefühl der Desillusionierung und Enttäuschung ist geblieben.

Er duscht heiß und ausgiebig und schrubbt an den Tattoos herum, bis die Haut rot und aufgeraut ist, doch die Motive sind nur wenig verblasst. Er nimmt den Ohrring ab, den Monk ihm geliehen hat, dann ruft er Yanyan an. »Ich bin wieder da.«

»Ich bin so froh, dass du dich meldest.«

»Wirklich?«, sagt Lu, plötzlich den Tränen nahe.

»Natürlich. Warum nicht?«

»Ich weiß nicht.«

»Wie ist es gelaufen? Deine versteckte Ermittlung.«

»Es war furchtbar.«

»Das tut mir leid. Ist dir was passiert? Bist du verletzt?«

»Können wir uns heute Abend sehen?«

»Klar. Ich bin im Roten Lotus.«

Lu seufzt. »Ich möchte eigentlich nur dich sehen. Und nicht in der Bar.«

Für einen Moment herrscht Schweigen am anderen Ende. »Ich mache zu, und wir treffen uns in einer Stunde bei mir.«

»Sicher?«

»Ja.«

Als Lu vor Yanyans Haus steht, öffnet sie ihm die Tür, sieht ihm kurz ins Gesicht und nimmt ihn in den Arm. Dann ergreift sie seine Hand und führt ihn in die Küche. Sie wärmt einen Krug Shaoxing-Wein an.

»Möchtest du darüber reden?«, fragt sie.

»Lieber nicht.«

»Verstehe. Hast du Hunger?«

»Ich möchte, dass du mir die Haare schneidest«, sagt Lu. »Ich will nicht mehr mit dieser Frisur rumlaufen.«

»Ich muss dir einen Igelschnitt verpassen.«

»Egal.«

»Na gut. Trink einen Schluck Wein.« Yanyan gießt ihm Wein in eine Reisschale und stellt den Krug beiseite. Lu trinkt. Yanyan verschwindet und kehrt mit einem

Handtuch und einer Haarschneidemaschine zurück. Sie legt Lu das Handtuch um die Schultern, steckt die Maschine in den Stecker und fängt an, mit der Klinge über seinen Kopf zu fahren. Als sie fertig ist, liegen verstreut blonde Haare herum, wie schmutzige Schneeflocken. Sie tritt einen Schritt zurück, um ihr Werk zu begutachten.

»Und?«, sagt Lu.

»Es ist … anders.« Sie unterdrückt ein Lächeln. »Du kannst es dir im Badezimmerspiegel ansehen, wenn du den Wein ausgetrunken hast.«

Lu trinkt die Schale leer, geht dann ins Badezimmer und betrachtet sich im Spiegel. Er fährt sich mit der Hand über den Kopf. Es fühlt sich komisch an, irgendwie flauschig. Die Stelle, wo Fang ihn mit dem Ziegelstein getroffen hat, ist verschorft, aber noch immer etwas wund. Yanyan lehnt im Türrahmen.

»Jetzt sehe ich aus wie Monk«, sagt Lu.

»Ich finde, du siehst hübsch aus«, sagt Yanyan.

»Oh.« Lu fährt sich erneut mit der Hand über den Kopf. »Vielleicht lasse ich es so.«

»Wir wollen nichts überstürzen«, rät Yanyan.

»Aha. Jetzt kommt die Wahrheit ans Licht.«

»Stell dich unter die Dusche und wasch dir die restlichen Haare ab. Ich koche uns was zu essen«, sagt Yanyan.

»Ich habe keine anderen Kleider dabei.«

»Irgendwo liegt noch ein Morgenrock herum. Leg deine Kleider einfach vor die Tür, ich hänge sie auf die Leine und klopfe sie gut aus.«

Lu stellt sich einen Seidenkimono mit rosa Pfingstrosen vor, und die Länge reicht gerade so weit, dass sein »kleiner Bruder« bedeckt ist. »Schon gut, ich …«, sagt Lu, doch Yanyan ist bereits weg. Lu zuckt mit den Schultern, schließt die Tür und dreht die Dusche auf. Er zieht sich aus, wirft die Kleider vor der Tür auf den Boden und stellt sich unter den Wasserstrahl.

Er trocknet sich ab und findet einen Baumwollbademantel am Haken der Badezimmertür. Er zieht ihn an und knotet den Gürtel zu. Er passt ihm einigermaßen gut. Lu vermutet, dass er mal Yanyans verstorbenem Ehemann gehört hat.

Der Geruch nach Essen lockt ihn in die Küche. Yanyan steht gebeugt über dem Herd. Als er den Raum betritt, wendet sie sich ihm kurz zu. Bei seinem Anblick in dem Mantel verzieht sich ihr Gesicht zu einer undurchdringlichen Miene, und rasch dreht sie sich um und widmet sich wieder ihrer Tätigkeit.

»Setz dich«, sagt Yanyan etwas zu fröhlich. »Das Essen ist in einer Minute fertig.«

Lu kommt sich vor wie ein Betrüger, der in die Haut eines anderen Mannes geschlüpft ist. Er gießt sich den restlichen Shaoxing-Wein ein und trinkt. Er ist kalt geworden.

Yanyan stellt eine Schüssel mit dampfenden gebratenen Nudeln auf den Tisch. »Bier?«

»Ja.«

Yanyan holt ein Harbin-Lagerbier aus dem Kühlschrank, öffnet die Flasche und kommt mit zwei Gläsern zurück. Sie gießt Lu ein. Er nimmt die Flasche und gießt im Gegenzug ihr ein. Sie trinken. Mit Essstäbchen verteilt Yanyan die Nudeln auf zwei Teller.

»Sieht köstlich aus«, sagt Lu.

»Es ist nur eine Kleinigkeit.« Yanyan nimmt einen Happen und kaut, den Blick nach unten gerichtet. Sie bemerkt, dass Lu nicht isst. »Was ist los?«

»Ich habe keinen Hunger.«

Yanyan legt die Essstäbchen beiseite. »Ich auch nicht.« Sie trinkt ihr Glas aus und hält es Lu zum Nachschenken hin.

Lu gießt ihr ein. Schweigend leeren sie die Flasche und dann noch eine zweite.

Lu gähnt. Er hat sich noch nie so ausgelaugt gefühlt wie heute. »Entschuldige. Ich kann kaum die Augen offenhalten.«

»Komm.« Yanyan streckt die Hand aus. Lu zögert und nimmt sie dann. Sie führt ihn nach oben ins Schlafzimmer. Sie öffnet den Kleiderschrank und holt Shorts und ein T-Shirt heraus. »Es dauert nur einen Moment.« Sie verschwindet durch die Tür.

Lu steht einen Moment unschlüssig herum, dann legt er den Bademantel ab und schlüpft unter die Bettdecke. Er legt den Kopf auf ein Kissen und schließt die Augen.

Als Yanyan wiederkommt, schnarcht Lu leise. Sie schmunzelt, löscht das Licht und steigt zu ihm ins Bett. Lange bleibt sie liegen und lauscht Lus Atemzügen. Sie dreht sich um und nimmt das gerahmte Foto von ihrem Hochzeitstag vom Nachttisch. Sie küsst ihre Fingerspitzen und drückt sie ans Glas, legt dann den Rahmen mit der Vorderseite nach unten hin.

Sie kuschelt sich an Lu, schlingt einen Arm um seine Taille und legt eine Wange an seinen Rücken. So schläft sie ein.

NEUNUNDVIERZIG

Kurz nach Sonnenaufgang schlägt Lu die Augen auf. Ein Sonnenstrahl wandert zentimeterweise Yanyans Körper hinauf. Er will sie wecken, doch ihr Gesichtsausdruck ist so kindhaft und entspannt, dass er sich scheut, sie zu stören.

Schließlich schlüpft er aus dem Bett, zieht den Bademantel an und geht nach unten, um seine Kleider zu holen. Er zieht sich an und schreibt ihr eine Nachricht, die er auf den Esstisch legt. Es ist ein Ausschnitt aus dem Gedicht »Frühlingsschlaf« von Bai Juyi.

Das Kissen ist weich, die Decke warm, der Körper friedlich.
Sonne scheint über die Türschwelle, die Vorhänge noch ungeöffnet,
Frühlingsduft liegt in der Luft.
Er sucht dich oft heim im Schlaf, doch nur für kurze Momente.

Lu kehrt zu seiner Wohnung zurück und kocht sich Tee. Dann ruft er Polizeichef Liang an.

»Tut mir leid, mein Junge«, sagt Liang. »Der Termin für die Anhörung steht noch nicht fest.«

»Schon in Ordnung«, sagt Lu. »Ich bin ziemlich ausgepowert. Ein Zwangsurlaub kommt mir gelegen.«

»Alles in Ordnung? Sie hören sich … irgendwie seltsam an.«

»Alles gut. Aber hören Sie, Chef …«

»Oh. Jetzt kommt's. Erst sagen Sie etwas Vernünftiges, und als Nächstes folgt etwas absolut Unvernünftiges. Können wir es nicht bei dem Vernünftigen belassen?«

»Ich habe eine Spur im Fall Tan Meixiang.«

»Nein, Lu Fei. Ich lege jetzt auf.«

»In Fangs Restaurant gab es einen Koch. Ping Soundso. Er wurde bei dem Schusswechsel verwundet. Ich möchte ihn sprechen.«

»Hören Sie …«

»Bitte, Chef. Nur noch diese eine Sache. Ich bin auch ganz brav. Ich will ihn nur sprechen, und wenn etwas dran ist, rufe ich Sie an, und dann können Sie entscheiden, wie wir weiter vorgehen. Versprochen.«

»Keine gute Idee.«

»Wenn ich wegen diesem Fall meine Arbeit verliere … dann will ich ihn wenigstens abschließen. Verstehen Sie das?«

»Das verstehe ich, aber …«

»Ich könnte auch auf eigene Faust anfangen, alle Krankenhäuser in Harbin anzurufen. Soweit ich im Bilde bin, gehen die immer noch davon aus, dass ich stellvertretender Polizeichef bin. Oder schlimmer … ich könnte einen Rabental-Reporter anrufen, der mir helfen würde, Ping ausfindig zu machen. Eine Reporterin wie Annie Ye würde die Geschichte bestimmt brennend interessieren.«

»Das würden Sie nicht tun.«

»Natürlich nicht«, sagt Lu. »Weil es nicht nötig sein wird.«

Liang faucht laut ins Telefon. »Ich mag solche schmutzigen Tricks nicht. Dafür ziehe ich Ihnen die Hosen stramm.«

»Ich lasse mir gern die Hosen stramm ziehen, wenn Sie mir im Gegenzug den Namen des Krankenhauses nennen.«

Ohne ein Wort des Abschieds legt Liang auf.

Zehn Minuten später ruft er zurück. »Ping wurde gestern entlassen. Haben Sie etwas zu schreiben? Ich gebe Ihnen seine Adresse.«

Lu notiert sie sich. »Danke, Chef.«

»Vermasseln Sie es nicht, mein Junge. Ich warne Sie.«

»Das werde ich bestimmt nicht. Ich will nur mit ihm reden.«

Lu zieht sich seine Polizeiuniform an. Da es ihm untersagt ist, sich auf der Wache blicken zu lassen, hat er keine Möglichkeit, an eine Pistole zu kommen. Er kann nur hoffen, dass es kein tödlicher Fehler ist.

Er ruft einen Fahrdienst an, der ihn nach Harbin bringen soll. Als der Fahrer eintrifft, sieht er Lu befremdlich an. »Haben Leute wie Sie keinen Dienstwagen?«

»Meiner ist in der Werkstatt«, sagt Lu.

Der Fahrer bringt ihn ans hinterste Ende von Harbin. Ping wohnt in einem riesigen Mietshaus aus den Achtzigerjahren, ein grauer, trostloser Bau. Lu betritt das Haus und fragt einen alten Mann, der in der Eingangshalle hinter einem Schreibtisch sitzt, nach Ping.

»Ja, den kenne ich«, sagt der Mann. »Der ist gestern wiedergekommen, sah aus wie der wandelnde Tod.«

»Allein?«

»Ja, er wohnt allein.«

»Warnen Sie ihn nicht vor, dass ich komme. Verstanden, Onkel?«

»Ja.«

Lu fährt mit dem Aufzug in den dreiundzwanzigsten Stock und geht den schwach beleuchteten Flur mit verschrammten Wänden und zerborstenen Deckenfliesen entlang. Er klopft an Pings Tür und tritt zur Seite. Keine Reaktion. Er klopft noch einmal. Schließlich wird die Tür geöffnet. Ping schaut heraus.

»Amt für Öffentliche Sicherheit«, sagt Lu. »Zeigen Sie mir Ihre Hände.«

Ping streckt die Hände aus. Sie sind leer. »Ich erinnere mich an Sie.«

»Sind Sie allein?«

Ping nickt.

»Treten Sie zurück«, sagt Lu. Ping schlurft zur Seite, und Lu betritt die Wohnung. Er sieht ein Wohnzimmer mit Küchenzeile und Essbereich. Er schließt die Tür und deutet auf das Sofa. »Setzen Sie sich. Legen Sie die Hände auf die Knie und lassen Sie sie dort liegen.«

»Ich besitze keine Waffe. Ich will keinen Ärger.«

»Machen Sie schon!«

Ping gibt nach, bewegt sich langsam und vorsichtig. Er

trägt ein weißes T-Shirt und eine Schlafanzughose. Er war dünn, als Lu ihn zum ersten Mal sah, jetzt ist er bis aufs Skelett abgemagert.

Ohne Ping aus den Augen zu lassen, steckt Lu kurz den Kopf ins Schlafzimmer und ins Badezimmer. Beruhigt kommt er zurück und stellt sich vor das Sofa. Ping sitzt ruhig da, die Hände wie angewiesen auf den Knien.

»Ihr Chef ist tot.«

Ping nickt. »Das wundert mich nicht.«

»Ding ebenfalls.«

Ping lächelt leise. »Gut so. Er war ein Arschloch.«

»Ich habe das Videoband der Überwachungskamera gesehen. Ding, Tan Meixiang, Sie.«

»Dann wissen Sie ja alles. Und was passiert jetzt?«

Plötzlich packt Lu die kalte Wut. »Was jetzt passiert? Sie gestehen den Mord an dem Mädchen und dass Sie die Leiche beseitigt haben. Danach werden Sie verurteilt und kriegen eine Kugel in den Kopf.«

»Ah.« Ping rutscht auf dem Sofa herum, zuckt vor Schmerz zusammen und fasst sich an die Seite. »Und was ist … wenn es gar keine Leiche gibt?«

FÜNFZIG

Im Lauf der Jahre machten unter den Kellnern des Restaurants *Hisst das Große Banner* viele schockierende Gerüchte über Ping die Runde.

Frau Lin, die dienstälteste Kellnerin, behauptet, Ping habe zehn Jahre für den Mord an seiner Frau und deren Liebhaber im Gefängnis gesessen. »Er hat sie im Zhaolin Park erwischt, als sie es gerade im Gebüsch trieben«, sagt sie. »Den Liebhaber hat er mit einem Hackbeil zerkleinert, und seine Frau hat er im See ertränkt.«

Der Oberhilfskellner erklärt: »Ich habe gehört, dass er in Japan für die Yakuza gearbeitet und während einer Schießerei ein Kind getötet hat. Deswegen musste er sich den Finger abschneiden!«

Lao Yang, der in der Küche den Wok Nummer vier bedient, schnaubt verächtlich. »Unsinn. In Wahrheit war Lao Ping ein Auftragsmörder der Regierung, der Internetagitatoren ausgeschaltet hat. Eines Tages bekam er den Auftrag, einen Studenten umzubringen, der etwas Kritisches über die Kommunistische Partei gepostet hatte. Als er die Adresse sah, wurde ihm klar, dass es sein eigener Sohn war! Er musste ihn natürlich trotzdem töten, aber danach hat er sich zurückgezogen und seinen Lebensunterhalt als einfacher Koch verdient.«

Tan Meixiang ist sich bewusst, dass nicht alle diese Gerüchte stimmen können. Aber wo Rauch ist, ist auch Feuer, und obwohl sie niemals ein Wort mit Ping gewechselt hat oder je in irgendeiner Weise direkt mit ihm zu tun hatte, findet sie seine kalte, ernste Art zutiefst beunruhigend.

Als Ping an dem Abend des 11. Juli in den privaten Festraum zurückkehrt und sich mit versteinerter Miene bedrohlich vor ihr aufbaut, muss Meixiang davon ausgehen, dass sie sterben wird.

»Kommen Sie mit«, sagt Ping.

»Wohin?«

»Kommen Sie. Sofort.«

Meixiang überlegt, ob sie sich wehren, schreien und ihn kratzen soll, doch am Ende fügt sie sich. Ping bringt sie nach unten und durch einen Hinterausgang nach draußen. Er winkt einem Taxi. Der Fahrer fragt nach dem Ziel. Meixiang erwartet, dass Ping ihm irgendeine abgelegene Stelle am Songhua-Fluss nennt, die gut geeignet ist, um eine Leiche abzuladen, doch nach kurzer Überlegung nennt er ihm den Namen eines Hotels, von dem sie noch nie gehört hat.

Jetzt ist sie fest davon überzeugt, dass Ping sie erst noch vergewaltigen wird, bevor er sie tötet. Sie fängt an zu weinen. Ping sagt ihr, dass sie ruhig sein soll.

Sie kommen an dem Hotel an, einer heruntergekommenen Absteige in der Nähe des Bahnhofs, die hauptsächlich von Vertretern, Prostituierten, Drogenabhängigen und kleinen Gaunern aufgesucht wird. Ping bucht ein Zimmer und geht dann mit Meixiang nach oben.

»Setzen Sie sich«, sagt er zu ihr, sobald sie im Zimmer sind.

»Bitte tun Sie mir nicht weh«, fleht sie ihn an und fängt wieder an zu weinen.

»Hören Sie auf zu weinen. Setzen Sie sich und hören Sie zu.« Meixiang bleibt stehen, bedeckt mit den Händen das Gesicht. »Setzen!«

In dem Raum befinden sich nur ein Stuhl und ein Bett.

Meixiang setzt sich auf den Stuhl. Ping späht aus dem Fenster, dann dreht er sich um und setzt sich aufs Bett.

»Ihr Leben ist in Gefahr«, sagt er.

Meixiang dachte, das sei offensichtlich.

»Aber ich werde Sie nicht töten«, sagt Ping.

»Nicht?«

»Nein. Ich bin kein Mörder. Trotz der Gerüchte, die über mich im Umlauf sind.« Ping blickt reumütig. »Und selbst wenn würde ich niemanden töten, der nichts getan hat, außer die unerwünschte Aufmerksamkeit eines betrunkenen Arschlochs auf sich zu ziehen.«

Meixiang denkt, dass Ping ihr vielleicht nur einen besonders raffinierten Streich spielt. Um sie zu beschwichtigen und in einem Moment der Unaufmerksamkeit sein Hackbeil aus dem Hosenbund zu ziehen und ihr die Gliedmaßen abzuschlagen.

»Sie müssen sich nur eine Zeit lang verstecken«, fährt

Ping fort. »Ich weiß nicht, wie lange. Eine Woche. Zwei. Vielleicht länger. Ich sage Fang, dass ich … dass ich mich um sie gekümmert habe. Er wird nicht nach Einzelheiten fragen. Aber falls jemand Sie sieht … dann ist die Hölle los. Haben Sie mich verstanden?« Er kramt in seiner Hosentasche nach Bargeld und legt es aufs Bett. »Mehr habe ich im Moment nicht. Aber es reicht für den Anfang. Benutzen Sie auf keinen Fall Ihre Bankkarte. Ich weiß nicht, ob Ding so weit gehen wird, Ihr Konto und Ihre Anrufe zu überwachen. Nur für den Fall werde ich Ihr Handy weit entfernt von hier wegwerfen.«

»Ich muss meine Schwester anrufen.«

»Nein. Sie werden eine Zugfahrkarte kaufen und dann ihrer Schwester eine SMS schicken, dass Sie eine Reise machen. Mehr nicht. Kein Kontakt mehr, bis diese Sache ausgestanden ist.«

»Aber …«

»Kein Aber.«

»Wie lange wird das dauern?«

»Ich weiß es nicht.«

»Wir sprechen fast jeden Tag miteinander. Sie wird das seltsam finden, dass ich wegfahre.«

»Lieber soll sie das seltsam finden und sich Sorgen machen, als dass Sie Ihren Standort verraten. Und wenn sie observiert wird, wird ihre Reaktion nur zu der Legende beitragen, dass Sie tot sind.«

»Wer sollte sie beobachten?«

»Ich weiß nicht, wozu Ding fähig ist. Ich weiß nur, dass er Verbindungen nach oben hat. Also tun Sie das, was ich

Ihnen sage – zu Ihrer eigenen Sicherheit und der Ihrer Schwester.«

Nachdem Meixiang eine Zugfahrkarte nach Dalian reserviert und ihrer Schwester eine Nachricht geschickt hat, nimmt Ping ihr das Handy ab. »Ich werde vorbeikommen, wenn ich kann, und Geld und Vorräte mitbringen.«

»Aber …«

»Ich habe mir das nicht ausgesucht, aber jetzt steckt auch mein Hals in der Schlinge. Wenn Fang spitzkriegt, dass ich Sie verstecke, sind wir beide geliefert. Tun Sie also genau das, was ich sage.«

Wie versprochen, kommt Ping jeden zweiten Tag vorbei, bringt ihr Geld, Hygieneartikel, verpacktes Essen und geschnorrte Reste aus dem Restaurant. Außer wenn das Zimmermädchen sauber macht und Meixiang sich in der Lobby aufhält, verlässt sie nie den Raum. Das Warten ist eine Qual, nicht zuletzt deshalb, weil sie sich Sorgen macht, wie Meirong ihr Verschwinden aufnimmt. Seit dem Tod ihrer Mutter ist Meixiang nicht gerade Muttersatz geworden, aber sie ist auch mehr als nur eine Schwester für Meirong.

Und dann vergehen zwei Tage, drei Tage, ohne dass Ping auftaucht. Am vierten Tag geht Meixiang das Geld aus. Panik ergreift sie. Was ist, wenn er aufgeflogen ist? Gefoltert und ermordet wurde? Wie lange noch, bis sie mit einem Klopfen an der Tür rechnen muss?

Sie überlegt, ob sie weglaufen soll.

Aber ohne Handy, Geld oder Bankkarte kommt sie nicht weit.

Also wartet sie.

Und wartet.

Und dann, wie befürchtet, klopft es an der Tür.

EINUNDFÜNFZIG

»Amt für Öffentliche Sicherheit!«, ruft eine Stimme.

Eine männliche Stimme.

Meixiang hört, wie ein Schlüssel ins Türschloss geschoben wird. Sie gerät in Panik.

Auf dem Nachttisch steht eine Thermoskanne für heißen Tee. Sie nimmt sie und läuft ins Badezimmer, knallt die Tür zu und schließt hinter sich ab.

Nach einem Moment ruft die Stimme durch die Badezimmertür. »Meixiang?« Der Mann hört sich nicht wie Fang an, doch Meixiang weiß auch, dass er nicht allein kommen würde. Sie hält die Thermoskanne hoch. Es ist keine echte Waffe, aber diesmal hat sie beschlossen zu kämpfen. Sie müssen sie schon töten, hier im Badezimmer, oder sie um sich tretend und kreischend durch die Eingangshalle schleifen.

»Ich bin Polizeibeamter«, sagt der Mann. »Öffnen Sie die Tür.«

Kann ja jeder behaupten, denkt Meixiang.

»Sie haben nichts zu befürchten, wenn Sie herauskommen«, sagt der Mann. »Fang und Ding sind tot.«

Es wird am Türknauf gerüttelt, ein Klicken ist zu hören,

die Tür geht auf. Meixiang ist drauf und dran, die Thermoskanne zu werfen, doch dann sieht sie einen Mann in der Uniform des Amtes für Öffentliche Sicherheit im Türrahmen stehen. Er hält eine Bankkarte in der Hand, mit der er das Schloss der Badezimmertür aufgehebelt hat. Er lächelt. »Meirong und ich haben überall nach Ihnen gesucht.«

Es dauert einige Zeit, bis er Meixiang davon überzeugt hat, dass er die Wahrheit sagt. Und danach muss er erst noch das Ende eines längeren Weinkrampfs abwarten. Schließlich sammelt sie sich, wäscht sich das Gesicht und ist bereit zu gehen.

Er bringt sie nach unten, durch die Eingangshalle nach draußen. Sie wendet ihr Gesicht der Sonne zu und atmet tief ein.

Lu fummelt an seinem Handy herum. »Ich muss einen Fahrdienst bestellen.«

Das Auto kommt, und sie fahren zu Meixiangs Haus. Ihre Mitbewohnerin ist in der Arbeit, Meixiang schreibt einen Abschiedsgruß und packt ihre Sachen. Sie hat nicht viel: Kleider, ein paar Elektronikgeräte, etwas Nippes. Und das Foto auf dem Kühlschrank.

Sie fahren mit dem Auto weiter nach Rabental. Meixiang weint fast ununterbrochen. Der Fahrer blickt immer wieder in den Rückspiegel, besorgt, aber zu eingeschüchtert durch Lus Uniform, um Fragen zu stellen.

Am späten Nachmittag kommen sie an. Lu ist erleichtert, als er feststellt, dass die Kinder des Viertels gerade woanders sind, vielleicht streunende Katzen quälen oder alte Frauen mit faulem Gemüse bewerfen.

»Warten Sie hier«, sagt Lu. Er rechnet damit, dass Herr Tan betrunken ist, und er möchte nicht, dass irgendetwas das Wiedersehen überschattet.

Die Tür zur Eingangshalle steht offen. Einige ältere Bewohner sitzen dort und genießen die frische Brise. Lu nickt ihnen höflich zu und geht die Treppe hinauf in den zweiten Stock. Er klopft an die Wohnungstür. Nach einer kurzen Wartezeit öffnet ihm Meirong. Ihr Gesichtsausdruck zeigt zunächst Panik, gefolgt von dumpfer Resignation.

Lu nimmt ihre Hand. Gehorsam lässt sie sich nach unten führen. Ihr Blick ist dabei die ganze Zeit auf den Boden gerichtet.

Meixiang wartet draußen. Als Meirong sie sieht, stößt sie einen markerschütternden Schrei aus und wirft sich ihrer Schwester in die Arme. Beinahe wären sie rückwärts die Eingangsstufen hinuntergefallen. Sie drehen sich im Kreis, schwanken zwischen Weinen und Lachen.

Lu sieht alles verschwommen. Er wischt sich die Augen, und seine Finger sind feucht. Es muss an dem verdammten Pollenflug liegen.

Die Wiedervereinigung der beiden Mädchen erinnert ihn an eins seiner Lieblingsgedichte – »Dorf Qiang« von Du Fu –, das ungefähr so lautet:

Ich kehre von eintausend Li zurück.
Meine Frau und meine Kinder staunen bei meinem
Anblick.
Durch glückliche Fügung bin ich lebend
zurückgekommen.
Spätnachts holen wir unsere Kerzen.
Und sehen uns an wie im Traum.

DANKSAGUNG

Ein Dankeschön an das wunderbare Team von Minotaur: Keith Kahla, Alice Pfeifer, Hector DeJean, Martin Quinn und den vielen anderen, die hinter den Kulissen wirken.

Dank auch an meinen Agenten Bob Diforio.

Ein dankbarer Gruß an Chris Alexander und Nicholas Sigman für ihre wertvolle Kritik und hilfreichen Vorschläge.

Von ganzem Herzen danke ich Freunden und Familie für ihren Zuspruch, ihre Unterstützung und ihre Liebe.

Und Dank an die unter euch, die *Das rote Zeichen* gelesen haben und gespannt auf weitere Abenteuer mit Lu Fei warten …

多謝, 多謝.

Autor

Brian Klingborg hat in Harvard Ostasienkunde studiert und viele Jahre in Asien gelebt und gearbeitet. Heute lebt er in New York, ist im Verlagswesen beschäftigt und widmet sich weiterhin seinen Leidenschaften: dem Schreiben und der asiatischen Kultur.

Brian Klingborg im Goldmann Verlag:

Das rote Zeichen. Ein Fall für Kommissar Lu Fei. Thriller
(auch als E-Book erhältlich)

STEVE CAVANAGH
FIFTY
FIFTY
VOM AUTOR VON THIRTEEN
THRILLER
Zwei Schwestern unter Mordanklage.
Eine ist unschuldig.
Die andere eine eiskalte Killerin.
GOLDMANN